二見文庫

危険な夜の果てに

リサ・マリー・ライス／鈴木美朋＝訳

Heart of Danger
by
Lisa Marie Rice

本シリーズのブレインストーミングに協力してくれた素敵な物書き仲間のグループ、ブレインストーマーズに本書を捧(ささ)げます。あなたたちがひとりでも欠けていたら、このシリーズは完成しませんでした。

そしていつものように、わたしのすばらしい夫と息子に。

謝辞

エージェントのイーサン・エレンバーグ、編集者のメイ・チェン、エイヴォンの最高のチームに、今回も多大な感謝を。

そして、卓越した武器コンサルタントにして戦闘コンサルタントのアダム・ファイアストーンに。すべての手柄は彼のもの。すべての間違いはわたしのもの。

危険な夜の果てに

登　場　人　物　紹　介

キャサリン・ヤング	神経科医。ミロン研究所の研究者
トム・マッケンロー(マック)	米国特殊作戦部隊の元隊長
ルシウス・ウォード大佐	米国特殊作戦部隊の元指揮官
ジョン・ライアン	米国特殊作戦部隊の元隊員
ニック・ロス	米国特殊作戦部隊の元隊員
チャールズ・リー	アルカ製薬の研究部門の部長
クランシー・フリン	警備会社経営者。元軍人
キャル・ベアリング	ミロン研究所の警備主任
ロジャー・ブライソン	ケンブリッジ研究所の研究員
ステラ・カミングズ	元女優
ブリジット	妊婦

1

ニューヨーク・タイムズ一月六日版

本紙独占記事

一月五日、マサチューセッツ州ケンブリッジのアーカ製薬の研究所が全焼した火災の原因は、当初報じられたガス管の爆発ではなかったことが本紙の調べでわかった。

政府高官が本紙だけに明かした情報によれば、研究所は〈ゴースト・オプス〉と呼ばれる、アメリカ合衆国軍から派生した精鋭部隊に奇襲された。

民警団法により、合衆国軍が国内で作戦行動をとることは禁じられている。

この極秘奇襲部隊のリーダーは、十年前にウサーマ・ビン・ラーディン急襲作戦を実行したといわれている海軍特殊部隊（SEAL）チーム6の元隊長、ルシウス・ウォード大佐とされている。大佐の軍歴は非公開。本紙は情報公開法に基づき情報開示を求めたが、却下された。

研究所の火災により四十一名の人命が失われた。死亡者のなかには、ワクチン研究でここ数年ノーベル賞候補者にあげられているマッカーサー財団フェロー、ロジャー・ブライソン博士も含まれている。

「弊社のケンブリッジ研究所では癌ワクチンの開発が進んでいましたので、今回の火災は研究の阻止をもくろむ競合他社のしわざとしか考えられません」と、アーカ製薬CEOのウィリアム・ストーレンセン博士は述べている。「あらゆる手を尽くして、罪を犯した者たちに報いを受けさせていただきたい」

筆者は、ウォード大佐がアーカ製薬のライバル企業に数百万ドルを投資しているという情報を得た。ウォード大佐の所在はいまだ確認されていない。

また、ゴースト・オプスのメンバー三名が、ワシントンDCでおこなわれる軍法会議へ移送される途中で逃走した。本紙が入手した文書からは三名の氏名が消去されている。三名には逮捕状が出ている。

（ジェフリー・ケラーマン）

一年後
カリフォルニア州北部ブルー山

車が死んでしまった。

小さくてかわいらしいラベンダー色の電気自動車は、どう見ても穏やかな気候がお好みではあるものの、凍ったでこぼこ道をえっちらおっちらのぼっていたが、突然止まって動かなくなった。

暴風雪のまっただなかで。しかも真夜中に。人っ子ひとりいない山の上で。

キャサリン・ヤングに打つ手はなかった。

ああもう。よりによってこんなときに。

何度もイグニッションボタンを押してみたが、車は完全に息絶えていた。最新モデルの電気自動車で、メインモーターに万一のことがあっても、べつのバッテリーで作動する補助モーターで少なくとも十五キロは進めると、営業マンは力説していたのに。

すべての計器のイルミネーションが消えてしまった。運転席のドアをあけても、車内灯すらつかない。湿った雪まじりのすさまじい風に顔を殴られ、彼女はあわててドアを閉めた。

携帯電話もことされていた。こちらも完全に死亡、画面は空白。このｉＰｈｏｎｅ15なら、普段は月にいる人とも通信できるが、いまはまったく反応がなく、美しいけれどなんの役にも立たないメタリックガラスの薄板になってしまった。後部座席を手探りし、頼りになるiPad8を見つけたが、それもやはり動かなくなっていた。電源を入れるのを拒んだのは、製造されて以来はじめてだ。こちらも、ただのメタリックガラスの薄板と化してしまった。

GPSも故障、MP3も故障、腕時計も故障。

なにもかもが故障。

車の外はなにも見えず、道の端までどのくらい距離があるのかもわからなかった。激しく降る雪のせいだ。非常用のハロゲンライトをつけたとしても、三メートル先も見えないだろう。車が故障し、ライトはつかず、通信手段もないいま、べつの惑星にいるも同然だった。

それも、厳寒の惑星に。

そもそも、日没後も路上にいるつもりではなかったし、息をせずにはいられないのと同様に、トム・〝マック〟・マッケンローを探さずにはいられない衝動に駆り立てられていなければ、もう何時間も前に引き返していたはずだ。だが、三度も行き止まりにぶつかりながらも、わだちや枯れ枝だらけの凍った道を苦労して後戻りし、一日じゅう突き動かされるかのようにまともな道を探しつづけた。空から光が消え、ひらひらと落ちてきた雪片が激しい嵐に変わっても、キャサリンは止まらなかった——止まることができなかった。

そしてついに、道のまんなかで夜の闇よりも黒く立ちはだかる巨石に危うくぶつかりそうになり、正しい道を通ってきたのを確信した。

もちろん、すべてあらかじめわかっていたことだ。

彼は車を故障させる。携帯電話もタブレットもGPSもオーディオプレイヤーも、全部使えなくする。

これが言葉ではなくイメージとして思い浮かんだ。真っ暗ななか、ライトもつけずに車中に座っている自分の姿が頭のなかに見えた。そのときは、さっぱりわけがわからなかったが、いまはよくわかる。

どこへ行けば彼が見つかるのかも知っていた。

彼はブルー山のどこかに潜伏している。ひどくさびれた道を行くこと。ほとんど通行不可能な道を。そのうち障害物にぶつかる――倒木と大きな岩。それをよけて先へ進む。彼はあなたが来ることを知っている。彼のほうからあなたを見つける。

これもイメージとして伝わってきた。ぼやけて不明瞭だが、抑えきれないイメージとして。気づいたらこの行き止まりの道を三百キロ、なにも考えずに走っていた。イグニッションボタンを押したら、車が勝手にここまで走ってきたかのようだった。

あげくのはてに、車は故障してしまった。

そしていま、キャサリンは真夜中の山道で、使いものにならない車のハンドルを汗ばんだ両手で握りしめている。

風がうなりをあげた。

最後に人の住む集落を通過したのは六十キロ手前で、商店が二軒と、カリフォルニアに残っている数少ないガソリンスタンドのうちの一軒があった。キャサリンはスタンドの前を通り過ぎながら、好奇の目を向けた。ガソリンスタンドを見たのはほんとうに久しぶりだった。そのスタンドはひとけがなく、いまにも崩れ落ちそうで、色あせて破れたペナントが激しさを増していく風にはためいていた。

車内はあっというまに冷えていく。意地の悪い突風が車を揺らした。キャサリンはこの車を気に入っていた。流れるような線がスタイリッシュだ。だが、軽さと丈夫さを兼ね備え、強い圧力がくわわると一瞬で硬度を増す画期的な樹脂でできているにもかかわらず、凍てつく強風が相手ではひとたまりもない。ハイウェイでは快適な走行をもたらしてくれる長所が、酷寒の雪嵐のなかでは致命的な欠点になる。

また突風が車を大きく揺らした。左側の車輪が少しずつ持ちあがり、次の瞬間にはドンと音をたてて落ちた。キャサリンは鼓動が速まるのを感じながら、パニックと闘った。脳裏にあるイメージが浮かんだ。うなる風に激しく揺さぶられ、じわじわと道の端へすべっていき、崖から転落する車。

いかにも現実になりそうな筋書きだ。

なんという人生の終わり方だろう――自分の乗った車が崖から転がり落ち、障害物にぶつかって大破するなんて。ぶつかるのは大きな岩か、巨木か。もちろん、爆発はしない。即死はしないかもしれないが、つぶれた車のなかに閉じこめられ、救助される望みもなく、出血を止めることもできない。キャサリンがここにいることは、だれも知らない。無人の山中だ。死体が発見されるとすれば、春になってからだろう。

ふたたび突風が吹いた。車が揺れ、車輪が数センチすべった。どっと汗が噴き出したが、たちまち寒さで冷たくなり、肌を冷やした。雪の弾幕がフロントガラスを打ち、氷の針が降り注ぐ。

握りしめたハンドルが凍りそうに冷たかった。ハンドルを放し、両手を脇の下に挟む。荷物入れに手袋が入っているが、電動で開閉するため、車が故障していてはあけられない。役に立つはずの手袋も、海底に沈んでいるようなものだ。

また全身が震えた。キャサリンは神経科医であり、医学博士でもあるので、なにが起きているのかわかっていた。一秒ごとに肺と体表から体温を奪われ、体が震えることで熱を発しようとしているのだ。

まもなく深部体温が低下しはじめるだろう。そのあとに起きることは避けがたい——意識混濁、記憶喪失、臓器不全。

死。

理不尽な死に方だわ、とキャサリンは思った。でも、自分の中核にある毒入りの聖杯がこんなふうに壊れるのは、当然のなりゆきかもしれない。

わたしの持つ能力。わたしにかけられた呪い。

物心ついてからこのかた、キャサリンは理性を重んじてきた。鉄の意志で自分を理性に縛りつけ、数学、生物学、医学、神経科学を学んだ。全力で自分の特殊能力を消そうともがいてきた。それなのに、会ったこともないトム・マッケンローという男を探すこの無謀な旅で命を落とそうとしている。イラクのサマッラで死神と会う約束をしたかのように、もはや呪いから逃れることはできない。

風がまた、こいつをよこせといわんばかりに車を激しく揺さぶった。キャサリンはさらに震えた。冷気が鋭く、痛いほどだった。痛みを感じるのはよいことだ。生きている証拠であり、まだ低体温症になっていないことを示している。

けれど、まもなく痛みもなくなるだろう。助かる一線を越える。越えてしまえば命はない。

暗闇のなかでみずからの鼓動に耳を澄ませているうちに、時が止まってしまった。最初は時間の感覚を忘れないように鼓動を数えていた。だが、二時間ほどたつと、どこまで数えていたのかわからなくなった。永遠にも思える時間が過ぎたころ、心拍数が落ちはじめた瞬間がはっきりとわかった。深部体温が低下している。低体温症になりかけているのだ。すでに死んでしまい、地下深くに埋められているような感じがした。

泣く気力もなく、キャサリンはハンドルに突っ伏して死を覚悟した。願わくば、すぐに終わりますように。

ドンドンという大きな音に、キャサリンはぎくりとした。胸が苦しかったが、体を起こしてなんの音か確かめようとした。

次の瞬間、ドアが開いて一本の腕がキャサリンを外へ引っぱり出した。キャサリンは突っ立ってしきりにまばたきした。大きな手が腕をつかんでくれているおかげで、雪に覆われた地面にばったりと倒れこまずにすんだ。

周囲が見通せるほどの明かりはなかった。その男が三十センチ離れたところにいたら、キャサリンには姿が見えなかっただろう。

だが、男はすぐそばにいた。体温を感じるほど近くに。永遠にも思えるほど長い時間のあと、はじめて感じる温もりだった。

男は体がとても大きく、その肩幅でキャサリンの視界をふさいだ。身長が高いので、キャサリンは仰ぎ見なければならなかったが、そうしても顔がよくわからなかった。男は頭からつま先まで黒に包まれ、太ももに拳銃をストラップでとめ、鞘つきの長いナイフを持っている。スキー用の黒いゴーグルが昆虫の目のようだ。不気味な光景に、キャサリンは息ができれば悲鳴をあげていたに違いない。

現代版の死神が、キャサリンを迎えにきたのだ。

「なにを探しているんだ？」男の声は低く深みがあり、泣き叫ぶ風のなかでもはっきりと聞こえた。キャサリンは呆然として息を継ぐこともできなかった。大きな手がキャサリンを忘我の状態から引き戻すかのように小さく揺さぶり、もう片方の手が男の顔へあがり、あの昆虫の目を……はずした？

これは幻覚だ。寒さで神経障害が起き、現実とは違うものを見せているのだ。

「なにを探しているんだ？」声が先ほどより少し鋭くなり、敵意があらわになった。男はもう一度キャサリンを揺さぶった。

現実が戻ってきて、キャサリンは震える息を吸った。幻覚ではない。目の前にいるのは、この天候に適した服を着て、暗視ゴーグルをつけた大男だった。

「ト、トム」恐怖で口が乾き、半日ぶりに発した声はかすれていた。混乱した頭では順序立ててものを考えることはできない。思わずばか正直に答えてしまった。「トム・マッケンローを探しているの。マ、マックって呼ばれている人」

キャサリンは、トム・マッケンローがどんな人物なのかも知らなかった。この男も、マッケンローの名前すら聞いたことがないのだろうか。もしくは、トム・マッケンローの天敵か。知らなければキャサリンを放っておくだろうし、天敵なら太ももにとめた大きな黒い銃でキャサリンを撃ち殺すだろう。体格からすると、大きな拳を振りおろすだけでキャサリンを崖から突き落とせるかもしれない。

だが、男はキャサリンにフードをかぶせ、両手首をプラスチックの拘束具で縛ると、肩にひょいとかつぎあげ、大股で歩きだした。

女にとって最低の悪夢だ。

空気があまりに冷たく、息をするのもつらかった。抵抗などできるはずもない。フードをかぶせられているのでなにも見えず、両手と両足の感覚もなくなり、頭がぼうっとしてきた。それに、がっしりとした肩にかつがれていると、これほど力が強そうな男に抵抗するすべなどないことがわかる。風が吹きすさび、足元には雪が積もっているのに、男は大人の女をひとりかつぎ、夏の日に手ぶらで歩いているかのように進んでいく。無理をしている様子はみじんもない。

男はたくましい腕だけでキャサリンの両脚を押さえていた。キャサリンは男を蹴りつけようとしたが、押さえつけられた脚は少しも動かなかった。

どこへ連れていかれるにせよ、さしあたって大きな違いはない。心拍数がじょじょに低下しはじめた。自分の姿を見ることはできないが、最後のときまで動きつづける心臓へ血が戻っていくせいで、顔が蒼白(そうはく)になっているはずだ。もはや震える体力も残っていない。ひたすら耐えるしかなかった。

寒さと闇のせいで、時間の感覚も失っていたが、何時間もたったような気がしてきたころ、男が足を止めた。

どこかはわからないが、男の目指した場所にたどりついたらしい。

2

ちくしょう！

暴風雪のなかをちっぽけな電気自動車で、冬山の装備もせずにブルー山をのぼってくるとは、いかれた女だ。吹きだまりのなかに放置してくるべきだったんだ。

トム・マッケンローは顔をしかめ、女をホバークラフトの助手席におろした。

よそ者を基地に連れてくるのは気が進まなかったが、この女は愚かすぎる。それに、いったい何者なのか確かめなければならない。女はマックの名前を知っているのだから。

おれの名前を知っている。

だれも知らないはずなのに。

ゴースト・オプスに入隊したとき、すべての公的な記録からトムの名前は抹消された。

ゴースト・オプスのメンバーは、家族も親戚も友人も失う。それが入隊の条件だった。有能な隊員になるには必要なことだ。気持ちを乱すもの、他人とのつながり、愛着、そんなものはいらない。

それなのに、この女はマックの名前を知っていた。マックを探していた！

深刻な事態だ。合衆国軍はむろんのこと、あらゆる法執行機関がマックを探している。捕まったら、マックも仲間たちも親切な扱いは受けられないだろう。

マックは運転席に乗りこみ、イグニッションボタンを押した。ホバークラフトが喉を鳴らして始動した。航空機のエンジンが搭載されている。静かなのに馬力があり、超機密扱いの乗り物だ。

このホバークラフトは、ジョンとニックが数カ月前に軍の極秘施設から盗んできたもので、同じ重さの金塊に等しい価値がある。マックは暖房を最強にし、女に防寒毛布をかけてやり、座席のヒーターも最強にした。

ホバークラフトで、女の車まで引き返した。運転席側の床に雪が積もっている。女のバッグと、助手席に置いてあった小さなケースを取り、ドアを閉めもせずにホバークラフトへ戻った。どのみち車はごみと化している。電磁パルスが電気系統を破壊してしまったので、新しいモーターに交換しなければ、走らせることはできない。雪嵐がやんだら、コミューンの庭に運びこませよう。

ふたたび運転席に座ると、女は手首の縛(いまし)めをはずそうとしていた。「やめろ」マックがいうと、女はすぐに動かなくなった。

ものわかりのいい女だ。マックは怒ったら危険な男だ。女はそのことを声に感じ取ったのだろう。

「わたしをどこに連れていくの？」女は精いっぱい声の震えを抑えながら尋ねた。

マックは女の度胸に感心した。逃がしてと泣き叫んだり、じたばたと暴れたり、殴りかかってきたりはしない。鎮静剤はないし、この天候では、マックほど運転のうまい男でも緊張する。暴れる女に運転を邪魔されれば、殴って気絶させるしかない。そんなことはしたくないが、やむをえない。

「まずは暖かい場所へ連れていこう、ヤング博士」

女はぴたりと動きを止めた。

マックは、女のバッグから取り出した身分を証明するものを見おろした。カリフォルニア州発行の運転免許証、クレジットカード二枚、企業の社員証、医療保険のホログラム。すべて名義はキャサリン・ヤング博士だ。

彼女はミロン研究所という企業に勤めているらしい。医師なのか、研究者なのかはわからない。

どちらでもいい。いずれわかることだ。さしあたっては、急いで本部に戻らなければならない。

マックはホバークラフトを浮きあがらせるボタンを押し、操縦桿（そうじゅうかん）を前に倒すと、道からはずれ、コミューンの方角へ向かった。

キャサリンは座席の背に体を押しつけられる感覚で、はじめて乗り物が動いていたことに気づいた。一瞬、黒ずくめの男に押さえつけられたのかとぼんやりした頭で考えたが、それは勘違いだった。男は隣に座っている。呼吸の音が聞こえ、体が発する熱を感じた。

乗り物はまったく音をたてず、奇妙なことに……滑空しているようだった。キャサリンが通ってきた道――道路というより踏み分け道だった――はでこぼこで、そこらじゅうに石が突き出て、雪ですべりやすくなっていたのだが。

これも解明しなければならない多くの謎のひとつだろうか。

いまキャサリンにできることはたったひとつしかない。じっと座って待つことだ。長いあいだ移動したような気がしたが、正確な時間を知るすべはなかった。おそらく、当初感じた衝動のとおりに、トム・マッケンローのもとへ向かっているのだろう。それとも死へ向かっているのか。その両方かもしれない。

自分の特殊能力のせいでいやな目にあわないよう、今日までずっと努力してきたのに、結局は川の激流に逆らえない小枝が海に流れ着くように、いまこの瞬間へ押し流されてしまった。

フードをかぶせられ、両手は縛られているものの、決して不快ではなく、寒くもない。この奇妙な乗り物のなかは暖房が効いていて、男は毛布をかけてくれた。木綿のシーツくらい薄い毛布なのに、不思議なほど暖かい。

深刻な低体温症にかからなかったのは幸運だった。急に体の表面を温めると、血圧が急降下してショック状態を起こし、死に至ることはよくある。

ふたりは黙りこくっていた。

めったにないことだが、キャサリンは腕を伸ばして男に触れたくなった。肌を触れあわせたくなった。普段は、やむをえない場合でなければ他人に触れたりはしない。しばしばつらい結果を招くし、ときには危険なこともあるからだ。

両手はむき出しのままだ。縛られたまま腕を伸ばして男に触れれば、彼に敵意があるのかどうかはわかる。まもなく彼に殺されることになるのかどうか。

男の精神がほかの多くの人間と同じように悪意と暴力性に満ちていれば、キャサリンはこの乗り物を降りた瞬間から死にあらがうつもりだった。

だが、確実に男の肌に触れるにはどうすればいいのだろうか。男は両手の先まで薄くて丈夫な素材の服に包まれているようだ。

またしても、特殊能力はなんの役にも立たず、危険をもたらしただけだった。キャサリンを窮地に追いこむばかりで、そこから脱出する方法は教えてくれない。

じっと座って待ち、胸の鼓動を静め、頭を空っぽにし……ただそこにいることだけに集中するしかない。この乗り物の行き着く先で死ぬ運命と戦うのなら、考えても意味のないことに気力を浪費すべきではない。

トム・マッケンローという男を探しにきたのは、抑えようのない衝動に突き動かされてのことだった。しかも――ああ、信じられない――会ったこともない彼に抱いた、あらがいがたい感情に突き動かされて。


マックはコミューンの入口であるだだっ広い洞窟にホバークラフトを乗り入れた。マック自身が設計したセキュリティシステムは厳重だが、洞窟の入口まで道沿いに点々と設置されたセンサーが、ホバークラフトの発する信号を感知していたので、問題なく洞窟に入ることができた。センサーが信号を感知しなければ、秘密の入口が視界に入ってくる前に、電磁パルスが乗り物を故障させる。キャサリン・ヤングの車の回路を焼き切ったのも電磁パルスだ。

ほとんどありえないことだが、そこで侵入を阻止できなければ、監視カメラのモニターを見ている者が、上空を飛んでいる無人小型飛行機に命令を出し、強力で高精度の小型ミサイルを発射させる。地表には、煙をあげるクレーターと、どろりとした液体しか残らない。

ホバークラフトが停止し、コンクリートのフロアにふわりとおりた。

マックは外に出て、助手席側のドアをあけた。キャサリン・ヤング博士はじっと座ったまま動かなかった。その手がかすかに震えていなければ、彫像になってしまったのかと勘違いしそうだった。美しい両手だということは認めなければならない。それに、彼女が美人であることも間違いない。

そのことが、マックには気になった。美しい女は決まってトラブルのもとになる。冷えきった車から引っぱり出した女は、寒さのせいで血の気を失い、ショックを受けて怯えきっているが、それでもモデルではないかと思うほど美しかった。だが、無知で無謀な愚か者だ。そうでなければ、雪嵐の晩に、侵入者を阻むために障害物を置いてでこぼこにした道にいるわけがない。

もっとも、彼女は博士の肩書きを持っているくらいだから、ばかではない。ということは、無謀なのだ。いったいなにを考えているのだろう?

マックは彼女を見つけたとき、狩猟の最中に雪嵐で身動きが取れなくなったのだろうと思い、六十キロおりたところにあるリージェントという町まで送ってやろうといいかけた。そのとき、彼女が爆弾を落とした。

トム・マッケンローを探しているの。

その爆弾が落ちた瞬間、なにも知らない一般人の美女を町まで送るという可能性は消えた。彼女は一般人ではないし、偶然通りかかったわけでもない。

この女は危険だ。

政府機関を全部あわせても、だれひとりマックの行方を知らないというのに、彼女は知っていた。おそらくスパイで、脅威であることに疑いの余地はない。マックとしては、このキャサリンという女がだれに送りこまれたのか、そしてなぜここがわかったのか明らかになるまでは、彼女を解放することはできなかった。

ひょっとしたら、彼女が生きてここを出ていく可能性はないかもしれない。

「降りろ」マックはいった。

マックは荒くれ者たちに厳しい訓練をほどこす。死ぬかもしれない危険な状況へたたきこまれることになる男たちを訓練する。厳しく訓練しなければ、彼らが生き延びることはできない。銃撃戦ではチームの結束力がすべてであり、マックはチームのリーダーだ。部下はどんなときもマックの命令にすぐさま従う。そうしなければならないからだ。不服従は死を意味する。それも、安らかではない死を。

だから、マックの命令は神の声に等しく、部下たちの耳に突き刺さる。

それでも普段なら、女に対してはそれなりに穏やかに話しかける。だが、いまは疑念と憤りで頭がいっぱいで、自分の全世界を破壊しかねない相手に穏やかな声で話しかけることなどできなかった。

美しい女ではあるが。

マックの厳しいひと声で、彼女は身をすくめた。小さな獣が自分より大きな獣に脅かされたら、こんなふうに反応するものだ。体を丸めて縮こまる。ところが、驚いたことに彼女はすぐに背筋を伸ばし、フードをかぶった頭を高くあげて胸を張った。みずからを鼓舞しようとしているらしい。

なんと……くそっ。

マックにも覚えがある。

危機に陥ったときに自分を励まそうとするのがどんなことかはよく知っている。マックはイエメンで原理主義者の捕虜となり、地獄のような二カ月を過ごしたことがある。頭巾をかぶらされ、状況が読めないなか、いつ何時、喉をかき切られるか後頭部を銃で吹っ飛ばされるかしてもおかしくないということだけがはっきりしていた。いま、キャサリン・ヤングの気持ちがわかるのは、かつて同じ気持ちを味わったからだ。

この世から退場するのなら、堂々とそうしたい。ああ、その気持ちはよくわかる。いやというほど知っている。

ほんのつかのま、マックは彼女と一体になっていた。彼女の視線で世界を見ていた。だが、その感覚はすぐに消えた。

知ったことか。

同情している場合ではない。彼女のほうからここへ来たのだ。マックを見つけられるはずがないのに見つけた。世界でもトップクラスの専門家が三人がかりで設計したセキュリティシステムを突破して。どうしてそんなことができたのか、さっぱりわからない。

この女は脅威の種だ——マックにとっても、部下たちにとっても、そしてマックたちが作りあげてきたこのいかれたコミューンにとっても。

「来い」マックはいらだちをこめていった。

できるだけ早急に尋問する必要がある。顔が青ざめ、見かけこそか弱そうだが、侵略者の先鋒だということがはっきりしたら、急いで処理に当たらなければならない。彼女の目的と、だれの手先なのかが早めにわかれば、防御もしやすくなる。

キャサリン・ヤングはひらいたドアから両脚をおろし、ブーツのつま先で地面を探した。ウールのパンツとブーツをはいてくる程度の分別はあったようだ。平均的な身長なのに、脚はまるで首から生えているかのように長かった。そっと足を地面につけ、固さを試している。マックはいらいらして彼女の細いウエストを両手でつかみ、地面に抱きおろした。片方の足で着地する様子は、いまいましいことにバレリーナのようだった。

抱き心地もいい。

なんてこった。

マックは呆然として、大きく一歩あとずさった。そういう感情は、自分にはないはずだ。いまも、そしてこれからも、自分は兵士なのだから。みずから軍隊を去ったのではなく、軍隊がマックを捨てたのだ。

いまでも心のなかでは自分のものを守る兵士だ。そして、この女は危険を体現している。抱き心地がふわりと軽い。美しく勇ましい。それがどうしたというのだ？　むしろ危険性が二倍になるだけだ。

敵の勇敢さは禍を呼ぶ。それはたしかだ。

性欲に頭をかきまわされているのだろうか？　いままで決してなかったことだ。任務についているときは、性欲は存在しないに等しい。そしてマックにとっては、物心ついてから死ぬまでずっと、生活のすべてが任務だ。もちろん、セックスの相手がいたころは性欲など簡単に処理していたが、一年ほど前からそんな環境ではなくなってしまった。

この女のせいで気の迷いが生じるなら、手を打たなければならない。それも大至急だ。夜、迷彩柄の乗り物で山をおり、監視カメラのないどこか近場の町で一夜の相手を探さなければ。いや、一晩でこの欲望を解消できるのだろうか。

キャサリン・ヤングは顔をあげて静かに立っていた。呼吸が少し速まり、両手が震えているのを除けば、ストレスを感じている兆候は見られない。

「こっちへ来い」マックはぶっきらぼうにいい、彼女の肘を取ると、八百メートル上まで一気にのぼる長大なエレベーターへ向かって歩きだした。

彼女は賢明にもおとなしくついてきた。マックは自分に女を痛めつけることができるとは思えなかったが、試してみる気もなかった。マックは部下だけではなく、この〝ヘイヴン〟を守る最前線にいる。守るべきものとこの女とどちらが大切かくらべれば、負けるのは彼女だ。

ジョンが薬品販売会社から盗んできた短期記憶を消す薬がある。軽い麻酔薬と組みあわせて服用させれば、百五十キロ離れた場所で彼女が目覚めたときには、マックのこともブルー山のことも、ヘイヴンのことも忘れているはずだ。

エレベーターのボタンを押しながら彼女の腕を引っぱると、彼女は抵抗せずじっとしていた。扉があき、マックは彼女の背中を押して先に乗せた。

このエレベーターを設計したエンジニアのエリック・デインは、速度を限界まであげることに興じていた。三十秒間で六百メートル上昇するが、乗っている者はそうと気づかない。だれも航空病にかからないのが不思議だ。

デインはマックが拾ったはぐれ者のひとりだ。オークランド・ベイブリッジに構造的な欠陥があることを発見し、会社の上層部に報告したのをきっかけに職を失い、地下にもぐった。彼が欠陥を報告してから二カ月後、二〇二一年のハロウィーン地震で、揺れがさほど大きくなかったにもかかわらず、橋のオークランド側が崩壊した。四十名が犠牲になった。

デインの報告書は所属していた会社の記録から抹消され、デインは逆に事故の責任を負わされた。会社は莫大(ばくだい)な額の賠償金を求める訴訟を起こしたが、被告がいなかった。デインが行方をくらませたのだ。

こうして、無法者や逃亡者を寄せ集めたマックの組織に、またひとり仲間が増えたのだった。

デインの設計により、エレベーターは離陸時も揺れず、到着前に少しずつ減速するので、キャサリン・ヤングはどれくらいのぼったのかわかっていないはずだった。地中を八百メートル、ロケットのように上昇したのではなく、ほんの数階分をのろのろとのぼった程度にしか感じていないだろう。

扉が音もなくひらいた。すっぽりとフードをかぶせられ、周囲の音がよく聞こえないはずだから、扉の外がコミューンの中央広場である広々としたアトリウムであることは、彼女にはわからない。働いている者が四名いた。ひとりはジョンで、フードをかぶった女の肘をつかんでいるマックをしげしげと眺めた。マックは右に首をかしげて合図した。そちらにミーティングルームがある。世界じゅうどこでも通じるサインでカメラを示すと、ジョンはうなずいて取りにいった。

マックはベンチや植木のあいだを縫うようにして、広場の奥へキャサリンを連れていった。音も光も匂いも、フードがほとんど遮断してくれるはずだ。

いつも、このコミューンの中心にある広場に入ってくると誇らしい気持ちになるのだが、いまもほとばしる誇りで胸がいっぱいになった。

美しい。広場を突っ切るたびに、ほんとうに気持ちが高揚する。広場は昼も夜も光にあふれている。昼間は、ごく薄いのに銃弾も通さない天井の膜を通して空が見え、日差しがさんさんと降り注ぐ。夜になれば、天井の縁に設置された極小の太陽熱収集装置（ソーラーパネル）がたっぷりの光で広場を照らす。ソーラーパネルはボタンひとつで作動する暖房装置にもなる。その効果は驚くほどだ。空から降ってきた雪が、頭上高くにある天井に触れたとたんに消えてしまう。

広場のあちこちに緑がある――みずみずしく茂った植物が目をよろこばせ、芳香を放つ。果樹園や花壇、つややかな葉群、小さな草の茂み。

植物が元気に育っているのは、黄金の腕を持つマニュエル・リヴェラのおかげだった。ジョンがコミューンから九十五キロほど離れたカーダンという小さな町へ女を漁りにいったとき、そこでマニュエルと知りあった。ふたりは親しくなった。

マニュエルは有機栽培の農場の生産を軌道に乗せようと、一日に十八時間も働いていた。ジョンはいつのまにか、マニュエルをすっかり気に入っていたことに気づいた。ある日、町へ出かけると、いつも立ち寄るバーの店主から、マニュエルが〝強盗〟に襲われたが、地元の病院に入院するのを拒み、上階の部屋で臥せっていることを告げられた。

ジョンは階段を駆けあがってドアを蹴りあけるや、マニュエルをひと目見て止血をし、彼を肩にかつぐと、マックとニックにだめだといわれるのを覚悟して山へ連れて帰った。

だが、そのころにはマックもニックもあきらめていた。寄せ集めのコミューンはすでにデインも仲間として認めていたし、ストーカーに顔を切られた有名な女優や、保険に入っていない妊娠高血圧腎症の妊婦を追い払わねばならなかったＥＲの看護師など、四十人ほどが現代社会から逃げてきていた。

マニュエルは数日前、自分の農地の有機栽培作物を汚染されたとして、隣接した土地で遺伝子組み換え植物の実験的栽培をおこなっている農業関連企業を相手取って訴訟を起こした。二人組の強盗に襲われたのは、その翌日のことだった。地面の血だまりには、びりびりに破られた訴状が散っていた。

その農業関連企業は、アーカ製薬の子会社だった。

いまでは、マニュエルはコミューンの公共スペースを緑で潤し、広い果樹園と畑を管理し、有機栽培の新鮮な果物や野菜を住人たちに供給している。

マニュエルのおかげで、社会から追放され、獣のように狩りの獲物にされている者たちが、国王のような食事をとることができる。

みずみずしい緑を見ていると、マックはなんのために戦っているのか、そしてなぜキャサリン・ヤングに対して油断してはならないのか、あらためて思い出した。ヘイヴンの住人たちはみんな、運や偶然によってここへやってきた。だが、この女は、わざわざマックに会いにきたのだ。

マックはミーティングルームのドアをあけ、キャサリンをなかへ入れた。ジョンが彼女に気づかれないほど小さなビデオカメラを数カ所に設置している。隣室でニックと一緒に見ているはずだった。

キャサリンはドアのすぐ内側で、じっと立ちすくんでいた。放してくれとせがんだり、どこへ行くのかと問い詰めたりはしなかった。マックはそれが気になっていた。彼女に自制心がある証拠だ。やはりスパイでは？

調べる方法はたったひとつ。

マックはバラクラーヴァ帽を脱ぎ、自分の手首を二回たたいて彼女の手錠を解錠すると、フードを脱がせた。

キャサリンはまぶしそうにまばたきし、周囲を見まわした。

マックは彼女を注意深く観察した。人間とは、それぞれ目のつけどころが異なるものだ。スパイはつねに〝スイッチ〟が入っている。スパイはたまたまその職業につくわけではない。そんなふうに生まれついている。生来、危険に対して敏感で、訓練でその能力に磨きをかけてくれる人間がいるところへ引き寄せられるのだ。

たとえば子ども部屋に入ると、あらゆる出口の位置とゆりかごに寝ている赤ん坊の手のなかをチェックする。念のために。

だから、キャサリンがここへ侵入する任務を負ってきたのであれば、マックの両手を見て、ドアの鍵の種類を確かめ、四方の壁に窓がないか目をやり、武器になりそうなものはないか探すだろう。それも速やかに、一・五秒程度で室内にあるものすべてを頭のなかでリストにする。

マックもそれができるし、ジョンとニックもそうだ。最高の教官、ルシウス・ウォードにたたきこまれたのだから。

以前の上官を思い出したとたん、怒りのせいで心臓が小さく跳ねた。だが、躊躇(ちゅうちょ)なくその感情を押しつぶした。いまは怒りに呑(の)まれてはならない。これからもずっと。どのみち、あの男はいまごろリオで贅沢(ぜいたく)に暮らしている。

キャサリンは、室内の様子を探ろうとしなかった。マックをじっと見ている。その視線はマックの両手を一瞥(いちべつ)もせず、なにかを考えているかのように、顔にしばらくとどまっていた。マックの手はベレッタ92と、鞘に入った黒いカーボンのコンバットナイフをいまにもつかめるあたりにあったのだが。ナイフは鋼の三百倍の強度がある。喉をかき切るどころか、少しも力を入れずに首をはねることすらできる。

スパイならそのことをとっさに理解する。警戒レベルを引きあげ、戦闘に備えて身構えるはずだ。

キャサリン・ヤングはそのようなことをしなかった。マックの前に突っ立ったまま、ひたすら目を見つめている。呼吸は規則正しく、両手は垂れ、体に力は入っていない。

そして、いまいましいことに美しい。彼女がスパイだったとして、いまのところ有利に働く要素はそれだけだ。世界じゅうの情報機関が、美しく運動神経のよい女を集めるのに苦労し、場合によってはハイスクールのころから訓練している。女スパイたちは〝蜜壺(ハニー・ポット)〟と呼ばれる——そして、非常に有能だ。

ゴースト・オプスにもそのような女——フランチェスカとメラニー——がいて、一流スパイを目指して訓練を受けている。ふたりとも美しく、異性愛者《ヘテロセクシャル》の男なら生き物としてつい接近を許してしまうほどだった。ホルモンに支配されるのだ。ふたりの獲物となった男たちは、いつのまにか脇腹をナイフで刺され、首に縄を巻かれ、眉間に極小の銃弾を撃ちこまれた。

だが、フランチェスカもメラニーも、見まがいようのないある特徴を持っていた。ファッショナブルな服装とメイクで、兵士であることは隠せるかもしれないが、危険な女であることは隠せない。見る目のある男なら、ふたりが美しいガラガラヘビのように物騒な気配を漂わせていることに気づくに違いない。

キャサリン・ヤングには、そのような雰囲気がなかった。ひどくか弱そうで、ひどく悲しげだった。この女は捕食者ではない。見るからに無力で、疲労困憊《こんぱい》している。

くそっ。

「座れ」マックは鋭くいった。

彼女は部屋のなかに視線をめぐらせ、ミーティングに使われる長いテーブルではなく、一対一の面談に使われる小さなテーブルのほうへ行き、安楽椅子に座った。マックもそのむかいに腰をおろした。膝を動かせば、彼女と触れあいそうな距離だ。

脚が触れないよう、やわらかな座面に深々と座った。こんなことはしたくなかった。彼女の話に信憑性《しんぴょうせい》がなければ非情な選択をせざるをえないのを承知のうえで、尋問しなければならない。

はぐれ者たちを守らなければならないのだ。みんなの安全のために彼女を始末しなければならないのなら、そうするしかない。不本意だが、やる。

初めから、マックはこの小さな王国で、王に任命された男だ。ここにいたくているわけではないのに、こうして座り心地のいい安楽椅子に座っている。一兵卒だったら、安楽椅子を持つなど許されない。兵士でいることは楽ではない。困難に見舞われる日々を過ごすうちに、さまざまなことを習得するのも速くなる。マックは苦難の分野では博士号を取れる。

このコミューンでは、みんながマックに悩みを相談しにくる。彼らは普通の民間人だ。立って気をつけの姿勢で報告しろと命じたいのはやまやまだが、そうするわけにはいかない。民間人の世界では、そんな習慣はない。だから、マックは相談しにきた者を安楽椅子に座らせ、コーヒーまで出し――紅茶は勘弁してほしい――相手のほうから要点を話しはじめるのを待つことを覚えた。

キャサリン・ヤングは、椅子に背中をあずけてリラックスしようとはしなかったが、かといって座席の端に緊張した面持ちでちょこんと腰かけているのでもなかった。もっぱら、なにかを待ち受けるかのようにマックを見つめている。

よし、それならこちらからダンスをはじめてやる。

「あんたは何者だ？　だれを探しているといったか――探している男の名前はなんだ？」

彼女はまばたきひとつしなかった。「トム・マッケンロー。トム・マッケンローを探しているの」

マックは訓練のおかげで、涼しい顔で嘘をつくことができる。目つきに気持ちをあらわすことも絶対にない。「聞いたことがない。あんたは何者だ？　三度は尋ねないぞ」

彼女は深く息を吸った。マックはその顔から目を離さないようにした。華奢な体つきのわりには、豊かな胸をしているからだ。もちろん、深い意味はない。ただの観察結果だ。でも、来週には山をおりて女を抱きにいかなければだめだ。

「わたしはキャサリン・ヤング」彼女は静かな声でいった。「キャサリン・ヤング博士。神経学者で、ミロン研究所という機関に勤めているの。研究所はパロアルトから北へ三十キロほどのところにあるわ。全部、わたしのバッグに入っていたものを読んで知っているでしょうけど。専門は認知症」

彼女はマックになにかいう時間を与えるかのように、口をつぐんだ。

マックは待った。

認知症か。ひょっとしたら、おれもそうじゃないか？　彼女を殴って気絶させ、ここから五百キロ離れた場所に置いてこなかったとは、いつものおれじゃない。そう、どうかしている。

ジョンの姿は見えないが、いまごろキーボードをたたいているはずだ。キャサリンが話を終えるか終えないうちに、隠しイヤフォンから彼の声が聞こえてきた。

「彼女の話は事実だ、ボス。キャサリン・アン・ヤング。一九九五年八月八日生まれ。住所はパロアルトのユニバーシティ・ロード」低い口笛。「うちの犬についてる蚤(のみ)よりたくさんの学位を持ってる。成績優秀。ほんとうに頭のいい女なんだな。運転免許証、写真。それから……ああ。これは社員証だ。ミロン研究所。全部調べてみる」

マックはキャサリンにはわからないように、だがジョンにはわかる程度に、かすかにうなずいてみせた。

すると、またジョンの声がした。「おっと、ボス。彼女の勤め先はミロンだって？　フトゥーラ・テクノロジーの傘下だ。フトゥーラの現オーナーはだれだか知ってるか？」ジョンはときどき自分の洞察力に興奮することがある。返事が返ってこないことに得意になってひたいをたたくジョンが目に見えるようだった。「悪いね、ボス。答えはアーカ製薬。そうなんだ。われらが美しきヤング博士は、要するにアーカの手先なんだよ」

アーカ製薬。最後の任務。マックとジョンとニックは、その任務の最中に危うく命を落としそうになり、結局はアウトローにならざるをえなかった。三人からすべてを奪ったのは、アーカ製薬がペスト菌の兵器化を研究しているという、虚偽の情報だった。

実際には、ペスト菌など存在せず、優秀な科学者たちが癌治療薬の開発をしているだけだった。そして、マックのチームが全滅した。マックとジョンとニックだけが逃げた。マックを裏切り、チームを裏切ったのは、チームの全員が信頼していた男、指揮官だった。

アーカ製薬。目の前のこの女は、要するにアーカの手先。

偶然とは思えなかった。見た目がどんなにか弱そうでも、専門のスパイでなくても、ありあまるほどの学位を持っている博士であっても、やはりマックの第一印象は当たっていた。

この女は危険だ。

「つづけろ」彼女は黙ったまま、マックの顔を探るようにじっと見つめていた。せいぜい見るがいい。なにもわかりゃしないぞ。

「わたしは普段、研究所に勤務しているの。研究所には、急激に発症する重度の認知症患者を対象に実験する棟があるわ。自分の名前も思い出せない、過去のことをなにも思い出せないほど、症状が進行してしまった人たち、感情もなくなってしまった人たちがいる。わたしたちは認知症の治療薬を開発しているの。失われたシナプスを再形成する薬。技術的なことを説明するわ。わたしたちの研究はまだ実験段階で、だれもやったことがないけれど、とても有望な実験結果も得られている。被験者は、意識がはっきりしていると二名の神経学者が判断したときに実験のリスクの説明を受けて、同意書に署名する。それができない場合は、家族が弁護士の立ち会いのもとで署名するわ。被験者はそれぞれ番号を割り振られる。わたしは被験者を番号で呼ぶことには反対なのだけど、みんな名前も思い出せないの。でも、ある実験グループに、ナンバー9という番号で呼ばれている人がいて……」

声が途切れ、彼女はなんといえばいいのか考えるように、両手を見おろした。

マックはしばらく待っていた。だが、ついにはいらだちを手振りであらわした。「ナンバー9。ナンバー9という患者がどうかしたのか？　ほとんど脳がやられている以外に、まだなにかあったのか？」

彼女が目をあげた。このうえなく美しい目だった。周縁が濃いグレーで、中心が明るいグレーの瞳が、驚くほど長く密なまつげに囲まれている。メイクをしているようには見えないので、おそらくつけまつげではない。

くそっ。どうかしているのはおれだ。尋問の最中に相手の目に見とれるなど、致命的な結果を引き起こしかねない。このところ女を抱いていないことなどいいわけにはならない。どんなこともいいわけにならない。集中しろ。

彼女はじっとマックを見つめていた。その表情は優しげで無防備で、隙だらけだった。マックは、それが彼女の作戦で、演技である証拠を探したが、見つからなかった。尋問の技術はささいな矛盾を見つけることがすべてだと、マックは身をもって学んでいる。彼女はこのうえなく有能なスパイなのか――それこそ、マックが知っているスパイのなかでピカイチなのか――それとも、真実を話しているのか。つまり、脅威ではないということなのか。

いや……彼女は暴風雪のなか、マックを探しにきた。マックを名指しした。

やはり、脅威に決まっている。

「ヤング博士」

彼女はそれまでぼんやりしていたかのように、かすかにびくりとした。口の両脇が蒼白で、鼻の頭が赤い。暴風雪の吹き荒れる山を車でのぼってきて、危うく低体温症になるところだったのだから、ひどく疲れているのかもしれない。そう気づいたマックは、彼女が疲れている兆候を探し、発見した。彼女はまっすぐ座っているのも骨が折れるのか、椅子の上で小さく揺れていた。

マックは左の前腕に、ごく薄く小さなキーパッドを装着していた。セーターの袖をまくりあげ、テーブルの下で〝三十分以内に食べものと温かい飲みものを頼む〟とタイプし、この女にはもったいないほどのご馳走(ちそう)を思い浮かべ、思わずほほえみそうになった。

ヘイヴンには、世界最高のシェフがいる。

テーブルの下から両手を出し、いらいらしている手振りをした。

「そのナンバー9がどうした？　どういう男なんだ？」

「大柄な人だった。カルテによれば五十三歳とのことだったけれど、ずっと老けて見えたわ。認知症患者の多くは、実際の年齢より十歳、ことによれば二十歳上に見えるの。自分のことを自分でできなくなると、あっというまに老けこんでしまう。ナンバー9のカルテには、彼は複数の企業を渡り歩いてきた重役クラスの人だったけれど、四年前から転職の間隔がひどく狭まっていることが書かれていた。そのことは、認知症という診断結果と合致するわ。企業は履歴書に基づいて彼を採用するけれど、いくらもたたないうちに、仕事ができないことが明らかになる。ほどなく履歴書は失敗の記録になってしまった。家族に関しては、離婚していて、子どもはいない。加入していた医療保険では、養護ホームには入れない。それで、自分で書類に署名できるうちに、みずからこの実験プログラムに申しこんだ。どこから見ても正常なケースよ。急性の重度認知症の患者さんに正常っていってもいいのかどうかわからないけれど」

彼女は水差しをちらりと見やり、咳払いした。「お水を一杯いただける?」

マックがグラスに水を注いでやると、彼女は長く白い喉を上下させながら飲み干した。マックはその様子をまじまじと見ていたことに気づき、目をそらした。

ちくしょう。

「ありがとう」彼女はグラスを置き、マックにほほえんだ。マックは笑みを返さなかった。ほほえんでいる場合ではない。だが、彼女の笑顔を十点満点で評価すれば一千点だった。ためらいがちで、温かな笑み。左の頬に小さなえくぼができる。

いいかげんにしろ。本題に戻れ。

「その男の――ナンバー9のなにがおかしいと思ったんだ?」

「たしかに、普通ではないところがあったの。研究所には可動式のfMRIがあって、患者さんの脳を定期的にスキャンして、変化を記録している。とくに投薬によって脳のさまざまな部位がどんなふうに反応するか調べるの。認知症には複数の原因があるわ。小さな脳梗塞が何度も起こったために脳の特定の部位が酸欠になって、壊死（えし）してしまったり。アルツハイマー型認知症の脳には、アミロイド斑と神経原線維のもつれが見られる。脳が萎縮してしまうの。どのタイプも、ｆＭＲＩの画像にはっきりと特徴が現れる。でも、ナンバー9の画像は、どれにもあてはまらなかった。わたしは首をひねったわ。彼の脳は、いままでに見たことのない形で損傷していた。機能的な症状はたしかに認知症と一致するけれど、スキャンした画像は違う。認知症の患者は概して全体的な機能の低下が見られるけれど、それは脳細胞の壊死や、アルツハイマー型ではアミロイド斑によるものだわ。海馬を中心に脳の変性が起きるの。ところが、ナンバー9の脳は、普通とは違って線条体の変性が見られた。いままで見たことのないタイプだった。患者本人に会っていなければ、彼の脳は……外からの力によってダメージを受けたと考えたでしょうね。たとえていえば、高次の機能に覆いをかぶせたような感じ。でも、その覆いの下は、まるでボイラーが発火するように活発に活動していることが、画像から読み取れた。彼は言葉で意思を伝達しようとするけれど、うまくいかない。そして、だんだん疲弊してきた。認知症の患者は言葉を忘れるものよ。ただ、ナンバー9は言葉を忘れてしまったから発語がないわけではなさそうだった」

マックには自分とこの話のつながりが見えなかったが、アーカ製薬傘下の企業に関することなので、聞かなければならないことはわかっていた。

「それで……どうしたんだ？　その男の心を読んだのか？」

その皮肉には、予想以上の反応が返ってきた。彼女はわずかにぎくりとし、目を見ひらいた。

「いいえ」彼女は深く息を吸った。「そんなことはしていないわ。医学部では人の心を読む方法なんか教えていないもの。手がかりを見つけたのは、ほんとうに偶然だった。わたしがｉＰａｄにメモを入力していたとき、彼がはっと顔をあげたの。それから、ｉＰａｄとわたしの顔を交互に見た。ｉＰａｄを彼のほうに向けてあげたら、驚いたことに文字を打ちはじめたのよ」

「なるほど」マックはいった。「おもしろい」

「彼は、黙って監視カメラを止めてくれ、とタイプした。わたしはセキュリティコードを知っていたから、いわれたとおりにした。ただ、モニターを見ている人や監視プログラムが警戒するといけないから、彼が眠っている映像をループで再生するようにしておいたわ」

なかなか抜け目がない。スパイではないかもしれないが、頭はいいようだ。まあ、頭がいいからこそ、いくつも学位を持っているのだろうが。

「それから、彼はものすごく苦労して、何度かあいだをあけながらも、あることを伝えてきた。最初に彼が教えてくれたのは、カルテに載っているエドワード・ドミノという名前は本名ではないということだった。わたしは鵜呑みにはしなかったわ。認知症には、さまざまな周辺症状があるの。とくに妄想はよく見られる。わたしが会った患者さんのなかには、自分のことをジョン・ケネディとかジョージ・ワシントンだと思っている人がいた。マルコ・ポーロやアインシュタインっていう人もいたわね。だから、彼が本名は違うなんて奇妙なことをいいだしても驚きはしなかった。でも、彼が本名だといったのは、有名人の名前なんかじゃなかった。ただし、あなたはよく知っている名前なのかもしれない」

キャサリン・ヤングは言葉を切り、マックの顔を見た。マックは無表情を保った。

彼女は溜息をついた。「ルシウス・ウォードというの」

「なん、だっ、て?」マックの耳のなかでジョンの声がした。ジョンの後ろでニックも声をあげたのがわかった。

「おれも知らないな」マックはわずかに眉をあげていった。不意の一発を食らったような気分だったが、顔には出さなかった。「なぜおれが知っていると思ったんだ?」

「さあ、なぜかしら。とにかく、彼が真剣だったということはたしかよ――エドワード・ドミノだろうがルシウス・ウォードだろうが、わたしには関係ない。彼はほんとうにつらそうだった。ぶるぶる震えて、ひどく汗をかいて、でもあきらめなかったわ。ルシウス・ウォードという名前を繰り返して、絶対にトム・マッケンローを見つけてくれ、と書いた。いまのはそっくりそのまま、彼の言葉よ。疲れで真っ青になりながら、一時間かけてそれだけをわたしに伝えてきた。それから、もうひとつあるものをくれたわ」彼女はパンツのポケットを探り、小さな手になにかを握りしめて取り出した。それをテーブルの上にぽんと放る。投げられたものは何度か転がり、マックの手のそばで止まった。マックはそれをまじまじと見つめ、息を詰まらせた。

「嘘だろ」今度はイヤフォンからニックの声が聞こえた。「大佐の〝鷹〟だ」

それは一見したところ、取るに足らないがらくたでしかなかった。黒い金属でできた、ごく小さくて目立たないピンバッジだ。だが、拡大してみれば、非常に凝った細工がほどこされていることがわかる。飛翔している鷹をかたどったもので、羽毛の一本一本までが完璧に再現され、背中には一本の細い線が走っている。それは、ウサーマ・ビン・ラーディンを射殺した銃の銃身から作られたものだった。

ゴースト・オプスの隊員のバッジだ。隊員は記章など、あらゆる目印を携帯するのを禁じられていた。合衆国陸軍の軍服を着用することすら許されていなかった。ただ、シャツのボタンより小さなこのバッジをつけることだけは許可されていた。世界じゅうにたった七個しかなく、なかでも金色の線が入っているのは一個だけだった。ゴースト・オプスの隊長、ルシウス・ウォード大佐のものだ。

マックは知っている――裏切り者かどうかはともかく、ルシウスがこのピンバッジを手放すことがあるとすれば、死んだときか、よほどの緊急事態が起きたときだ。ルシウスが部下を裏切り、売り渡したとしても、マックが抱いていたルシウス像が完全に間違っていたとしても、これだけは間違いない。死か天変地異でもなければ、ルシウスの手からこのバッジを引きはがすことはできない。

「それがなにか知っているの？」彼女が尋ねた。

マックは、彼女が皮肉をいっているのかもしれないと考え、目のなかを探ってみたが、そこに邪心はなかった。ほんとうに困っているのだ。ゴースト・オプスの存在はＳＣＩ――特別隔離情報（センシティヴ・コンパートメンテッド・インフォメーション）だ。世界でも彼らのことを知っている人間はほんの一握りであり、なかでも秘密のバッジについて知っている者はさらにかぎられている以上、この〝鷹〟がなにを意味するのか、彼女が知っているはずがない。

「いや」マックは椅子に深く座り直し、胸の前で腕を組んだ。「おれが知っているはずだと？」

「そういうわけではないわ」彼女は無造作に鷹をつかんだ。その小さな金属のバッジがまさに血と汗と涙の結晶であり、マックとジョンとニックが父親のように慕っていた男の象徴であることを、彼女は知らない。マックたちを裏切った男。蠅（はえ）をたたきつぶすように、部下を炎の罠（わな）のなかへ導き、なに食わぬ顔で命を奪った男。金のために。

彼女は溜息（ためいき）をついた。「それをくれたとき、彼はぶるぶる震えていたわ。なにかとても大切なもののようだった。でも、震えはその前からひどかったの。わたしに伝えることで、どんどん抑えが効かなくなっていったのね」目をあげて、マックと視線を合わせた。「でも、そのバッジより大切なのが、トム・マッケンローを見つけて、あることを伝えてほしいということだった」

「あることとは？」マックは尋ねた。声はさりげない調子だったが、心臓は大きくずっしりとした音をたてはじめた。こんなふうに話が展開するとは、思いもよらなかった。

マックたち三人は、ルシウスが金を持ってカリブ海の島か東南アジアのリゾート地にでも消えたのだろうと、単純に考えていた。世界でだれよりも行方のくらませ方を知りつくしている者といえば、それはルシウス・ウォードにほかならない。姿を消すことにかけては、彼は巨匠だ。

しばしば三人は、自分たちがはぐれ者としての生き方を余儀なくされているのに、ルシウスはどこか熱帯の楽園で裕福に暮らしているだろうと想像しては、苦々しい気持ちになっていた。

ところが、ルシウスはここからせいぜい三百二十キロほどしかない研究施設にいたというのか？　重い病気をわずらって？　つかのま、マックは心のなかで葛藤した。ボスがひとりぼっちで病に苦しんでいるとは、想像するのもつらかった。このままじっと座っていられず、文字どおり両手がむずむずしてきた。大佐のもとへ行かなければ……。

だが、おれたちを裏切った男だ。そのことをつねに忘れないようにしなければならない。大佐はおれたちを裏切り、罠にはめて死なせたのだ。

「彼はいったの……その……その、マックという人を見つけてくれって」彼女は顔をあげた。マックは彼女の大きなグレーの瞳に、痛みと悲しみを見て取った。「マックを見つけたら、〝コード・デルタ〟と伝えてくれ、といわれたの。どういう意味か知らないけれど」

マックは知っていた。

危険、という意味だ。

大男は椅子に背中をあずけ、テーブルを拳でコツコツとたたいていた。その態度には少しも威圧するようなところはないが、キャサリンの脈拍数は急激に増加した。いや、彼は見るからに危険、それもかなり危険な感じがするが、激高しているとは思えず、キャサリンをあからさまに脅すようなことは一度もしていない。

粗暴な男は、我慢ができない。ささいなことで激高する。不適切なひとこと、不適切な目つき、なんにでも怒る。

キャサリンはかつて、ある男とふたりで出かけたことがあった。書店で同じ本に手を伸ばしたのがきっかけだった。店内のスターバックスで一緒にコーヒーを飲み、明日の夜、食事に行かないか、と誘われた。キャサリンはいつも男に対して慎重だが、彼はとても素敵な人に見えた。声が穏やかで、話もおもしろく、知的だった。肌を触れあわせるまでもなく、キャサリンは彼が気に入った。翌日の食事は楽しかった。帰りの車のなかで、彼にキスを許してもいい、また食事に誘われたら応じようと、キャサリンは思った。週末に彼をランチに招いてもいいかもしれない。

　ゆっくりと時間をかけて。それがいい。

　ところが、彼はキャサリンに覆いかぶさると、髪をつかみ、攻撃するように荒々しくキスをした。キャサリンの口を手でこじあけ、舌を突っこんできた。まったくの不意打ちに、キャサリンは抵抗した。

　彼はよろこんだ。そう、抵抗されてよろこんでいた。心から。

　穏やかで人当たりのよい仮面の下に隠れていた真の男の姿に、キャサリンは氷水をかぶったような気持ちになった。頭のなかが、赤い炎のような暴力の渦でいっぱいになった。吐き気の波がどくどくと全身に広がり、呑みこまれそうになった。それはずっとそこにあったのに、彼に触れなかったために気づいていなかった。キスによって、彼があふれんばかりの暴力に満ちた袋のような男だと知った。ほんの少しこすれば皮膚が破れて、攻撃性と暴力性がほとばしり出てきそうだった。

　キャサリンは彼を押しのけ、自宅である小さな家に逃げこんでドアを閉め、激しく息を継いだ。耳を澄ませていると、やがて彼の車がタイヤをきしらせて走り去るのがわかった。

　その夜は、キャサリンの人生の分岐点であり、最悪の夜だった。玄関のドアを勢いよく閉めてから、ずるずると壁をすべりおりると、何時間も膝を抱えて震えていた。

そのとき、はじめて思った。一生このままだ。あの男の人となりを見誤ってしまったのは、いままでずっとみずから孤立していたせいだ。孤立していたのは、だれかと親しくなろうとするたびに、自分の特殊能力がその思いの泉を毒で台無しにするからだ。

この一件で、キャサリンはすっかり参ってしまい、それ以来、男には触れないようにしていた。また暴力ではちきれそうになっているだれかと知りあうのが怖かった。

いまも目の前の男に触れていないが、彼に粗暴なところがあるようには思えなかった。彼に感じるのは、花崗岩（かこうがん）のような固さだった。堅固な自制心。その下にあるものは、キャサリンには見えない。暴力かもしれないし、違うかもしれない。どちらにせよ、それは噴き出しそうにない。わずかに漏れることすらないだろう。

彼と目を合わせた。女は話している相手の目を見つめがちだが、それを攻撃や敬意の不足と受け取って、腹を立てる男もいる。けれど、この男が逆上することがあるとは、どうしても思えなかった。むしろ、その逆だ。彼の大きな体はびくともせず、意思によって統制が取れているのは明らかだった。

過剰なまでに武装しているのに。

右の太ももには大きな黒い拳銃、左の太ももには、鞘におさめた黒く長いナイフがストラップでとめてある。だが、彼には武器など必要ない。彼の体そのものが武器だ。その長身には力がみなぎっている。抑制されているが、見まがいようのない力がにじみ出ている。

身につけている服はいわゆるハイテク素材で――薄くてマットな質感の黒い生地だ――キャサリンがそれまで見たことがないほどたくましい体を際立たせている。並み外れて広い肩と引き締まったウエストが逆三角形をなし、そこから伸びる両脚は長く力強く、腕も長く、手も大きい。

彼はたしかに恐怖心を起こさせるし、尋問のあいだずっと怖い顔でキャサリンをにらんでいた。嘘をついたら見逃さないといわんばかりに、暗く険しい目でキャサリンの目をじっと観察している。もっとも、ほんとうに嘘をついているとしても、神経言語学にどっぷりはまったキャサリンが目の動かし方をしくじるわけがない。嘘をついていないように見せるボディランゲージは知りつくしている。キャサリンの嘘を嘘と見抜けるのはｆＭＲＩだけだ。脳の特定の部位が活性化するのを抑えることは不可能なのだ。

いまは嘘をついていないのだから心配はいらないが、彼ほど注意深ければ、どんな人間が相手でも嘘を見破ることができるだろう。

彼のボディランゲージは静かだが、警戒しているのが見て取れた。彼はキャサリンを少しも信用していない。キャサリンが攻撃するどころか、ごまかすようなそぶりをしようものなら、彼は蛇のように敏捷(びんしょう)に反応するはずだ。だから、キャサリンも静止していた。

だがいま、病人から頼まれたメッセンジャーの役目を果たした。どうしても断ることのできなかった役目を。よかったのか悪かったのかはべつにして、とにかくやりおおせたのだ。

緊張がすっとほどけていき、疲労からずるずると眠りこけてしまわないよう、無理やり背筋を伸ばしていなければならなかった。あいにく、椅子の座り心地がすばらしすぎる。おそらく、普段この部屋は尋問には使われていないのだろう。

尋問とは、不安を生じさせるような環境でおこなわれるものだ。

キャサリンは周囲を念入りに観察してはいなかったが、部屋は快適を通り越して素敵といってもよいほどだった。普通、取調室は素敵な雰囲気ではなく、質素で寒々しい。独房にも似たところであり、取調室で嘘をつけば本物の独房行きとなる。

いま何時だろう？　夜中の十二時ごろだろうか。ゆうべはナンバー9のことが気になり、よく眠れなかった。

ナンバー9――ルシウスの必死さには鬼気迫るものがあり、キャサリンはすっかり呑まれ、肌がちくちくするのを感じた。彼から感じるイメージは、それまでにないほど強烈だった。ふたりを隔てる障壁が崩れ、彼の傷ついた脳のなかに入りこんでしまったような感じだった。そこに言葉はなく、イメージだけが広がっていたが、たったひとこと、だれかの名前が何度もとぎれとぎれにつぶやかれていた。トム・マッケンロー。マック。マック。マック。

イメージは鮮明だった。山。ひとけのないでこぼこ道。障害物。壊れた車。

そして、恐ろしいことに、ルシウス自身の死も見えた。排水溝のついた金属の寝台の上にのっている、冷たく動かない体。検死のために横たえられた遺体。

ルシウス・ウォードは病んでいたが、死が近いわけではなかった。脳波は異常だったが、心肺機能に問題はなかった。けれど、死のイメージは執拗だった。彼はまもなく死ぬことを予期していたのだ。

昨日、ルシウスは興奮していた。懸命に言葉を発しようとし、そのやせ細った外見からは意外なほどの力でキャサリンの腕にすがりついた。繰り返し喉の奥でクッ、クッと音をたてたが、言葉は出てこず、口からは意味のないか細い声が漏れるばかりだった。両目は飛び出て、細い首の腱はちぎれそうに張りつめていた。口を何度もあけては閉め、そのたびに歯がカチカチと鳴った。

なんとか話そうとするその姿は、見ているだけでつらく、耐えがたかった。キャサリンは身を屈め、ひどく興奮して切迫した様子の彼の目を見つめ、口元に耳を近づけた。

彼はやっとのことで、ある言葉を発した。

「逃げろ」彼のささやき声に、鳥肌が立った。

キャサリンはわけがわからないまま帰宅した。食事もできず、睡眠もとれずに朝を迎えたとき、頭のなかのイメージに従ってみることにした。ルシウス・ウォードに植えつけられた得体の知れない恐怖のせいか、なんとなく研究所に病欠の連絡を入れるのはためらわれた。結局、だれにも告げずに出発したのだった。

黒ずくめの男が不意に立ちあがり、キャサリンを見おろした。「ここを動くな」そう命じてから、部屋を出ていった。

ここを動くな。いわれなくても、ほかにどうしようもない。男が出ていったあと、キャサリンが逃げようと考えるひまもなく、ドアはさっと閉まった。

テーブルの上を眺めた。木目が妙にきれいで、ぼんやりと見つめているうちに、がくんと首が折れた。はっと背筋を伸ばす。椅子の上で居眠りしかけていた。

ここに一晩じゅう閉じこめられるのだろうか。椅子は二脚しかない。寝心地はよくないかもしれないけれど、もう一脚に脚をのせて短い睡眠をとることができるかもしれない。

体がこわばり、骨の髄まで疲れがしみこんできて、キャサリンはそわそわと座り直した。疲れているだけではなく、飢えと渇きもひどい。ドアを見やる。ノブがない。黒ずくめの男が前に立つと音もなくひらき、男が出ていくと、やはり勝手に閉まった。キーパッドもない。あったとしても、キャサリンには暗証番号がわからなかっただろう。

ふたたび突然ドアがあき、キャサリンは胸をどきどきさせ、危険に備えて身構えた。だが、危険なことはなにもなく、そこにいたのは大きなトレイを抱えた十代の少年だった。キャサリンは拍子抜けした。われに返り、少年に話しかけなければ、少しでも情報を引き出さなければと思ったときには、ここに棲んでいる目に見えない精霊に操られているかのように、またドアがさっと開閉し、少年の姿は消えていた。

目の前にご馳走があった。大きな音をたてて胃袋が鳴り、おいしそうな匂いが胃液の分泌を急激に促した。

震える手で、いちばん近くにあるものを取った。タコスだ。ただのタコスではない。極度の空腹のせいかもしれないが、驚くほど美味だった。石臼で挽いたトウモロコシ粉のトルティーヤ、新鮮なトマト、スパイシーで申し分ない味付けの肉……レタスまで甘い。これほどすばらしいホームメイドのワカモーレ（メキシコ料理に使うサルサの一種）は食べたことがない。クロテッドクリームをかけて刻んだチャイブを散らしたベイクドポテト。真っ赤に熟れたおいしそうなトマトにエクストラバージンオイルをまぶしたサラダ。いままで食べたなかで最高のピーチパイには、うれしさのあまりフォークを口に運ぶと笑いだしたくなった。

ピッチャーに入っているのは、きっと果実を搾った本物のフレッシュジュースだ。リンゴと人参の風味に、ほのかにレモンの酸味がした。それはからからに渇いた喉を夢のようにすべりおりていく。夏の日の庭にいるような気分だった。

ああ、ここの人たちはわたしを殺すかもしれないけれど、このうえなくすばらしい最後の晩餐を出してくれたのはたしかだ。

3

サンフランシスコ
アーカ製薬本社

私用の携帯電話が鳴った。研究部門の部長、チャールズ・リー博士は顔をしかめた。もう遅い時間で、アフリカからの試験結果を待っているところだった。こんな時刻に電話がかかってくるのは変だ。発信者を確かめ、電話をドック・コネクターに差しこみ、ホログラムのアイコンを押した。ミロン研究所の警備主任、キャル・ベアリングの弾頭のように剃りあげた頭が、３Ｄで映し出された。ベアリングは険しい顔をしているが、普段からそうだ。

「どうした、ベアリング？」リーは研究データをスクロールしつづけた。ホログラムはまるでそこに実物がいるように見えるので、ついそちらに顔を向けたくなるが、その必要はない。

「なにかあったのか？」

「ヤング博士のことで話があります」

その言葉に、リーは注意を引かれた。眉をひそめ、モニターから顔をあげる。「彼女がどうかしたのか?」

キャサリン・ヤング博士は、SLプロジェクトに不可欠の人材だった。研究者としては一流だ。ドイツにいれば、神経科学と生物学でフラウ・ドクトル・ドクトル――ふたつの博士号と医学士の称号で呼ばれることになる。

彼女は科学の領域では信じられないほど頭がいいが、大局を見渡す視野はなく、自分のもとへ送られてくる認知症患者だけに注目し、その背景を疑問に思うことはない。完璧だ。

ヤング博士とは違ったのが、ケンブリッジ研究所のロジャー・ブライソンだった。彼の抱く疑問は徐々にリーをいらだたせるようになり、ついには危険な域に達した。あれほどしつこく詮索するようになったブライソンが焼け死んだのは、当然の報いだ。

皮肉だったのは、ブライソンが癌ワクチンを発明していたことだ。現在、その製造方法は北京の科学技術部の金庫室に保管されている。ケンブリッジ研究所にあったワクチンは、ゴースト・オプスの攻撃の直前に持ち出され、外交郵袋で北京へ送られた。共産党中央政治局の幹部は全員、すでに癌ワクチンを接種している。

いずれ中国が覇権を握るときがきたら、世界じゅうの中国系移民もみんな癌ワクチンを接種できるようになる。

リーは三十八年前、北京近郊の村でチェン・リーとして生を受けた。父親は医師だったが、ひとり息子の将来のために、みずからの父親も連れてサンフランシスコに移住した。リーが七歳のときのことだ。アメリカでは中国の医師の資格が認められず、父親はタクシー運転手になった。

愚かな男だった。三十年ものあいだ人にこき使われたあげく、まださほど年老いてもいないのに死んだ。だが、なんのためにそんな苦労を？　息子をアメリカ人にするためだ。

たしかに、リーはアメリカ人になった。サンフランシスコのようにさまざまな人種が暮らしている都市に、リーはすっかりなじんでいた。完璧な英語を話せるようになり、ハイスクールではバスケットボールの選手だったし、ジャズを好み、奨学生としてスタンフォード大学に進んだ。両親は天にも昇らんばかりによろこんだ。だが、高名な学者だったのに、不本意ながら息子にアメリカへ連れてこられた爷爷（イェイェ）——おじいちゃん——は、リーが北京語を忘れず、完璧な漢字を書けるよう、つねに練習させたし、勢力を誇ったころの中国の昔話を孫の頭に吹きこんだ。

父親はあまりにも忙しくいつも疲れていたせいで、息子がアメリカン・ドリームを信奉しているふりをしていることには気づかず、疑う余裕もなかった。父親自身はアメリカを信じていた。リーは、スタンフォード大学で神経生物学を学びはじめて二年目を迎えた十七歳のころには、父親が大きな間違いを犯したことに気づいていた。アメリカは過去で、中国こそが未来じゃないか。

リーが大学二年生のとき、中国が経済でアメリカを追い抜いたと、経済協力開発機構(OECD)が正式に発表した。アメリカの経済は縮小しているのに、中国はさらに成長しつづけた。そのことは、リーの周囲でもはっきりしていた。アメリカは貧しくなり、貧困化はさらに進んだ。アメリカは自信を失い、膝を抱えてうずくまり、そのうち新しい風が世界に吹き渡ることを待ち望んでいた。だが、そんなふうに風向きが変わることはありえない。

リーは中国にいたころの学友と連絡を取りつづけていた。その多くが、いまでは有力な地位についている。なかでも、チャオ・ユーは国防部長の右腕だ。

SLプロジェクトの大きな可能性に気づいた四年前から、リーはユーと協働している。ユーは中国国防部とのパイプ役であり、リーとは超長波の暗号化された通信チャンネルで連絡を取っている。合衆国の国家安全保障局(NSA)に察知される恐れがあるので、宇宙衛星による通信回線は使えない。プロジェクトに着手した当初から、ふたりは地上の回線で通信していた。

リーは以前、中国が覇権を握るまでには百年かかると考えていた。だからといって、あせってはいなかった。中国は昔から長い目でものごとを見てきた。アメリカでは四半期ごとに計画を立てて動く。三カ月先しか見ていないとはお笑いだ。中国は一世紀先を見据えている。

だが、SLプロジェクトが成功すれば、中国はわずか一年で世界を支配することができる。そのときが来たら、リーは一度も忘れたことのない祖国へ、英雄として、有力者として凱旋(がいせん)

するつもりだ。中国の最終兵器そのものだった男として。

この自分、チャールズ・リーこそが歴史を作る。

超人兵士。歴史がはじまって以来、それはあらゆる軍隊の夢だった。もっと賢く、もっと敏捷に、もっと強く。そんなアメリカン・コミックのヒーローがいた——キャプテン・アメリカだ。けれど、リーとユーは現実のヒーローを作りあげようとしている——キャプテン・チャイナ。

いまのところ、計画は順調に進んでいる。

例外がケンブリッジ研究所だったが——これについては、クランシー・フリン大将が処理してくれた——それを除けば、小さな技術上の問題が残っている程度だ。計画はほぼ予定どおりに実現するだろう。

とはいえ、ケンブリッジ研究所の一件で、少なからず失われたものがあった。三人の有能な兵士——実験台となるはずだった真の戦士たちだ。研究材料として、リーの意のままにできたはずだった。

三人は臨床試験の被験者としては完璧だった。人工的に認知症にし、快復させてから、脳を取り出して神経組織を分析する。健康な精神と肉体を備えた戦士を実験台にするなど不可能だろうが、頭も体も抜け殻にすれば無害だ。

リーはふたたびベアリングがいったことに注意を戻した。「ヤング博士がどうした?」

「欠勤したんです。一時間前に知らされたばかりなのですが」

「病欠の連絡はなかったのか？」

「無断欠勤でした。自宅にもいません。確認してきました」

リーはかすかな胸騒ぎを覚えた。ヤング博士は、試作品の投与量に関する分析をしている最中だ。非常に勤勉な研究者でもある。その彼女が無断で欠勤するなど異常事態ではないか。

彼女は自分がほんとうはなにをしているのか、まったく気づいていない。だがもし、ブライソン博士のように研究の全体像が見えるようになっていたとしたら、放っておくわけにはいかない。もっとも、ブライソンはそもそもなんでも疑ってかかる性格だったが、ヤングは違う。「インターホンに出なかっただけだろう」

「わたしが〝いなかった〟といえば、文字どおりいないということです。家のなかを調べましたが、無人でした」

いやな予感はふくらんだ。まったくヤング博士らしくない。「携帯電話にかけてみたのか？」

ベアリングの声が冷たくなった。彼はつっけんどんに答えた。「もちろんです。電波が届かないところにいると」

要するに、ベアリングの主張したいことはそれだ。ベアリングはミロンの研究者全員の体内に極小の探知機を注射したがったが、リーが却下した。ミロンはいわば巨大な頭脳だ。だれかひとりに気づかれたら、またたくまに広がり、とんでもない騒ぎになる。

リーはミロンの研究者たちに計画の断片しか見せないようにしているが、彼らは非常に優秀だから、二と二を足せばどうなるか、答えを正しく導き出すことができるはずだ。だから、ミロンでの研究期間は平均して半年に設定している。キャサリン・ヤングは例外だった。リーは、彼女の仕事は中断させるべきではないと考えていたし、後任の研究者が彼女のレベルになるまで半年はかかるからだ。

ヤングは改変された脳のMRIマップを作り、次の研究の土台を築く業務を担当していた。機密扱いの仕事なので、マップが完成すれば、リーは彼女を異動させるのではなく、ベアリングに命じて始末するつもりだった。

彼女は知りすぎている。トラブルの種になってもおかしくないくらいに。

リーはヤングを監視下に置いていた。ベアリングは当初、厳しく監視していたが、なにも変わったことが起きないので、少しばかり警戒をゆるめることにしたばかりだった。

とたんに、彼女は網の目をすり抜けてしまった。

「車はどうだ？」

「信号を発信していません。送受信機が故障しているようです」ベアリングの唇が不機嫌そうに引き締まった。

ベアリングは、社員の車にも追跡装置を取り付けたいと求めていた。だが、社員のほとんどは電気自動車に乗っていて、まもなくカリフォルニア州では電気自動車以外の自動車が禁止される。どの車輛(しゃりょう)も、簡単に位置を特定できるマイクロチップで動くようになる。そのことを根拠に、リーはベアリングの提案をにべもなく却下した。外付けの追跡装置など、不正がおこなわれていることを明らかに示す証拠にほかならない。どの車も、走行中であればどこにいるのか調べられるようになるのだから。

現在も電気自動車には、緊急事態に信号電波で位置を知らせるための送受信機が搭載されている。

つまり、キャサリン・ヤングの車は自宅にはないが、走行中ではないか、もしくは送受信機が壊れているかのどちらかだ。

リーは指でコンソールを小刻みにたたいた。だが、すぐにやめた。ボディランゲージで感情をあらわにしないことの重要性は、だれよりも知っている。

「研究所の監視カメラはチェックしたのか?」

「はい」ベアリングの顔がいらだちで赤みを帯びたことは、ホログラムでもわかった。「もちろんです」

「昨日おかしなことはなかったのか?」

「とくにそういったことはなかったようです」ベアリングは疑われていると感じたのか、歯を食いしばった。

もっとも、ベアリングになにがわかる？　彼は科学者ではない。研究者がなにをしているのか、理解できるわけがない。

「ヤング博士が……どこか上の空だったとか？　変わった様子はなかったのか？」

リーはベアリングの胴体のない頭を見やった。ほんの数年前まで、ホログラムの映像は音声より〇・五秒遅れて届き、通話が奇妙に現実離れした感じになることもあった。だが、アーカ製薬は最先端の技術を有するので、ベアリングの反応はリアルタイムだった。「ありません」

「昨日、彼女が会った患者は？」

「ナンバー9です」

リーはまたじわりとした悪寒を感じた。

ベアリングは、ナンバー9がだれなのか知らない。ウォード大佐がいつも陰で活躍していたことは幸いだった。彼の特殊な軍歴を知っている者はほんの一握りしかいない。ベアリングは元軍人だが、歩兵隊の出身だ。ウォードがなにをしていたのかは、ベアリングの階級では決して知りえないことだ。

騒ぐほどのことではないだろう。だが……キャサリン・ヤングがウォードを調べた直後に姿を消したのは、よくない兆候だ。

ウォードが鍵だ、それは間違いない。計画実現まであと少し、ほんとうにあと少しなのだ。

SL―57は効果がなかったが、繰り返し連続投与するたびにゴールへ近づいていた。現在、ウィルスが媒介するホルモンと神経伝達物質刺激剤と筋肉増強剤のカクテルを微調整しているところだ。知性を増幅し、反射スピードを速めるはずの実験で、ほとんどの患者の症状が急激に悪化したが、最近になってその原因がわかり、逆の効能が現れるよう調整している。現在、SL―58の実験中だ。そう、ちょうどいまこの瞬間に。

この〝戦略的リーダーシップ・プロジェクト〟という無害な名前のついた国家機密計画は、もともとクランシー・フリン大将が管理している闇資金を元手に、リーが大将から請け負ったものだった。フリンはすでに退役し、現在は民間のセキュリティ会社のCEOだ。リーは、フリンがSLを使って無敵の私有軍を作りたがっているのを知っている。

フリンは個人の金をアーカ製薬のミロン研究所に注ぎこんでいた。リーのプロジェクトに年間一千万ドル近い額を提供しているのだ。フリンの見積もりでは、最初の一年で百万ドルの利益をあげ、三年以内に計画が軌道に乗れば、利益は二倍になるはずだった。

だが、リーは完成したSLをフリンの自由にさせるつもりはなかった。最初の数百万本は中国へ渡り、彼の地で大量生産され、人民解放軍の七百万人の兵士と四千万人の予備兵に計画的に投与されることになる。中国は無敵になるのだ。

リーは、戦士の脳が祖国と自分に世界を制覇する手段を与えてくれることが、調和という点でも望ましいと考えていた。いかにもふさわしい。ルシウス・ウォード大佐は、アメリカが生んだもっとも偉大な戦士のひとりだ。

だが、ひょっとすると、ふさわしくなかったのかもしれない。残念だ。リーは、あと一日か二日、ヤング博士が姿を現すのを待つことにした。もし現れなければ、ウォード大佐を始末して脳を解剖し、先に進む。薬の完成は近いのだ。

中国の時代がすぐそこに来ている。

数時間のうちに、試作品のテスト結果が届く。よい結果が出れば、数カ月後には目標が達成でき、中国の勝利だ。

ブルー山

「さて、彼女についてなにかわかったか？　頭がよくて、タコスを心底うまそうに食べるってこと以外に」ニック・ロスが尋ねた。日に焼けて骨張った顔は、マックと同じように無表情だった。

マックの部屋の3Dモニターで、三人でキャサリン・ヤングを見ていた。

「そうだな、すごくいい女ってことはわかる」ジョンが楽しげにいった。マックとニックににらまれ、両腕を広げる。「なんだよ？　すごくいい女だろ。あの髪、あの目、あの胸……」

「ジョン……」ニックがいらだちをこらえるように、長々と息を吐いた。

ジョン・ライアンは軽薄なサーファーだとだれもが思いこむ。日差しにさらされたブロンド、なれなれしい態度、派手なアロハシャツと女に目がないこと。マックやニックに負けず劣らず危険な男だが、外見からはそうとわからない。

男たちは本能的にマックとニックを避けるが、ジョンのことは見くびり、あとで心底悔やむはめになる。それまで生き延びていられるかどうかは運しだいだ。

「彼女は大佐の治療をしていると話している」マックは静かにいったが、言葉は大きな黒い石を池に投げこんだかのように響いた。「彼女のいうとおりなら、大佐は生きてこの近くにいる。バリ島でトロピカルドリンクを飲んでいるわけではなく、メコン川上流にもタジキスタンにもいない」ルシウスがそれらの場所を熟知していたので、三人は彼がこのうちのどこかにいると想像していた。ルシウスはコロンビア、シエラレオネ、インドネシアの離島にも詳しかった。過酷な僻地（へきち）で知らない場所はなかった。ルシウスがバリの豪邸で女をはべらせているんじゃないかと三人で話すときは、いつも辛辣な口調になった。その豪華な新生活は、三人の命で購（あがな）ったも同然だからだ。

「いい女かどうかは関係なく、もっと情報を引き出さなければならない。大佐の話はでっちあげかもしれないけれど、なにかを知っているのはたしかだ。なにを知っているのか、そこを探る必要がある」ニックの声は低かった。マックとジョンが、交互に目を合わせる。「手段はなんでもいい。ただし、彼女と寝るのはなしだ。そんな時間はない。ジョン、たとえおまえでもな」

ジョンは残念そうに溜息をついた。三人とも女に危害を与えることはできないが、ジョンはベッドで女から情報を得ることがあった。

マックは違う。女たちはマックになびかない。マックに目を向けることすらいやがる。彼の顔をひと目見るだけで、悲鳴をあげて逃げ出すか、たったひとつの目的のために利用する――セックスだ。そして、ことが終われば去っていく。

それでかまわなかった。マックはごつごつとした醜い大男に生まれついた。敵にブーツナイフで切られた痕が頬に残っていて、反対側の頬もアーカ製薬の火災で火傷を負った。たいていの人間は、はじめてマックの姿を見たときにおののく。ギリシャ神話の頭に蛇が生えた女の話のように、マックを見たら石になると思っているのか、目をそらす。

たしかに厳しい生き方をしてきたし、それが顔にあらわれている。それでも、マックは自分の外見など気にしていなかった。軍隊ではなすべきことをきっちりこなしたし、容姿は成果にまったく関係がなかった。外見が気になるのは隠密の任務につくときだけだった。記憶に残りやすいからだ。それも、よくない意味で。

「おれよりマックのほうが成功する可能性が高いぞ」ジョンが眉をぴくぴくさせながらいった。「その恐ろしげなしかめっつらがいいのかな」

「やめろ」マックはぶっきらぼうにいった。ふざけている場合ではない。

「いや、おれは本気だよ」ジョンは急に真顔になった。ハンサムな顔立ちには似合わない表情だ。マックは、ジョンがその魅力で敵をだますのを何度も見てきた。あけっぴろげな明るい笑顔を巧みに使い、同時に敵を刺す。ジョンの顔は深刻な表情を作るのに適していない。こんなふうにまじめくさった彼を見るのは不思議な感じがした。「あの女はおまえが好きみたいだ」

マックは簡単に驚くたちではないが、かすかに口が開くのを感じ、急いで閉じた。「いったいなんの話だ？」

「あの女の話だよ」ジョンがしつこくいった。「あの女医。おまえが一時間、尋問した女。忘れたのか？　ほら、いまモニターに映ってる女だ」

「よせ、ジョン」ニックの声は低かった。

「彼女はおまえを気に入ってる」ジョンはニックの言葉などなかったかのようにつづけた。「すごい色男を見るような目で見てるじゃないか」

マックはいいかげんにしろという気持ちをこめてうなった。ジョンはマックをからかうのが好きだが、いまはだめだ。モニターでは、ヤング博士がジュースを飲み終え、ピーチパイの最後のひときれを口に入れようとしていた。あんなに食べるのにやせているとは、よほど代謝がいいらしい。そうでなければ、飢え死に寸前だったのだ。

それに気づいたとたん、後ろめたさのようなものがじわりと広がった。マックはたしかに他人に対して厳しいが、残酷ではない。尋問のあいだずっと、彼女が空腹を我慢していたのかもしれないと思うと、いい気持ちはしなかった。女にひもじい思いをさせるとは……これで、おれも正式に人でなしの仲間入りだ。

荒くれ者ではあるが、人でなしではなかったのに。

「おお、あの食べっぷりを見ろよ」ジョンがいった。「行儀は文句なしだが、全部平らげたぞ」

「腹が減っていたんだ」マックはつっけんどんに答えた。

「ああ」ジョンがうなずいた。「おまえを食いたがってる」

「ふざけるな、ジョン」ニックがジョンの肩に拳を一発食らわせた。「無駄口をたたいているひまはない。おかしいぞ、おまえ」

「ちょっと待て、おれはまじめにいってるんだぞ。待てってば！　どういうことか説明させてくれ」ジョンは手を伸ばし、モニターの右から左へ人差し指を引っぱり、動画を巻き戻した。「ええと……ここだ！　マックにフードを脱がされた瞬間」

三人はモニターを見つめたが、マックはどこに目をつければいいのかわからなかった。現場にいたのに、なにも気づかなかった。モニター上で、マックがひらいたドアを片方の手で押さえつつ、フードをかぶったキャサリンの背骨のつけねあたりにもう片方の手を添えて、部屋のなかへ入れた。

マックは思い出した。鮮明に。なめらかに引き締まった背中、細いウエスト。彼女が脇を通り過ぎるときにふっと漂ったすばらしい香り。マックは、ベッドの外ではめったに女に触れない。彼女の手ざわりはよかった。だが、マックはすぐさまその思いを押しつぶした。敵ではないとはっきりするまでは、彼女は敵だ。

「ほら！」ジョンが声をあげ、モニターをタップして動画を一時停止させた。「なんだ？」ニックが怪訝そうに尋ねた。マックは眉をひそめて身を乗り出し、ジョンのいいたいことを探り当てようとした。静止画像には、脱がせたフードを彼女の頭上に掲げている自分と、フードに引っぱられた髪が後光のようにふんわりと頭のまわりに広がっている彼女が映っていた。彼女はまっすぐマックを見つめている。つまり、彼女がはじめてマックの顔を見た瞬間だ。

やっぱり美人だな、とマックは冷静に考えた。知っている女たちのなかでも指折りだ。淡いグレーのきれいな目、高い頬骨、ふっくらとした唇。骨格の美しさは、一生色あせない。きっと百歳になってもきれいだろう。朝はメイクをしたのかもしれないが、とうに落ちてしまっている。だが、よけいな飾りのいらない容貌だ。ただし、少し彩りを添えてもいいかもしれない。顔色が氷のように真っ白だ。

それから……ほかに気づいていないところはなんだろう？

「なんだ？」マックはもう一度尋ねた。

「彼女の顔だよ、ちくしょう！」ジョンは彼女の顔のあたりを指でこつこつとたたいた。「見ろ！」

マックとニックはモニターを眺め、顔を見あわせた。いったいなんなんだ？

ジョンはばかにするように鼻を鳴らした。「なんてこった。おまえたちふたりとも観察力ゼロだな。おれがなにを見てるのか教えてやろうか。なにも見えない！　そこだよ」

マックとニックはまた顔を見あわせた。マックは肩をすくめた。「なにをいってるのかさっぱりわからない」

「彼女は怖がってないだろ、ばか野郎！」ジョンがどなった。「人間ならだれでも死ぬほど怖がる。しかも女だぞ。スパイじゃなくてただの研究者だ。いきなり見知らぬ場所へ連れてこられて、おまえの顔を見たのに、怖がっていない。おまえも自分の見てくれがどんなか知ってるだろう。それを逆手に取って、相手を威圧することもあるじゃないか。ところが彼女にはまったく効き目がない。ほら見ろよ！」

マックは見た。静止画像には、険しい顔つきの自分と、自分をまっすぐ見あげているキャサリン・ヤングが映っていた。彼女の表情には、疲れとか弱さが見られた。だが、恐怖はない。みじんもない。

「なあ」ジョンがマックのほうを向いた。「おまえは見た目が怖い。おれはおまえのことを知ってるし、いいやつだってこともわかってる。だけど、ときどき、おれでさえおまえが怖いんだよ！　考えてみろ。彼女は怖がってない。その傷だらけの怖い顔にびびってない。ということは……前からおまえの顔を知ってたのか、ひと目惚れしたのかのどちらかだ。まあ、おれは前者だと思うけどな」

「こいつのいいぶんには一理あるぞ、マック」ニックがモニターを見つめたまま、のろのろといった。「悪く思わないでほしいんだが、いきなりおまえの顔を見ても、悲鳴をあげて逃げ出さなかったんだ。それに、ここへさらわれてきたも同然だ。だが……彼女が前からおまえを知っていた可能性は？」

　それならマックにも答えられる。「いままで一度も会ったことがない」

「だったら……なにかおれたちに見えていないことがある。わかっていないことが」

　三人は押し黙った。

「おまえの顔写真を見たことがあるんだろう」ニックがおもむろにいった。「それしか考えられない。彼女は前もって心構えをしていた」

「ありえない」マックはぴしゃりといい返した。「おれたちはくそったれゴーストだぞ」

　絶対にありえない。ルシウスは軍の内外問わず、メンバーの存在を証明する文書をことごとく処分した。しかも、彼はなにかをやると決めたら徹底的にやる。

「ただ……」ジョンがいいかけた。金色の眉のあいだに、集中して考えるときの皺が寄っている。

「ただ？」

「いや、ばかみたいに聞こえるだろうけど、彼女は大佐に頼まれてきたといってるんだよな」ジョンは片手をあげた。「待て。べつに、彼女がほんとうにルシウスに頼まれてきたとはいってない。ただ、彼女がそういってるだけだといってるんだ。それで、なぜ彼女がおまえをはじめて見たのにびっくりしなかったのか、ひとつだけ理由を思いついたんだが、ええと……」

「ルシウスにおれの特徴を聞いてきたってわけか」マックは淡々といった。「ルシウスから聞いていたから、おれがこんな顔だと知っていた。だとすれば、彼女の話は事実だということになる。ルシウスはパロアルトにいる。そして、窮地に陥っている」歯を食いしばり、チームメイトたちを見た。「コード・デルタだ」

あとで殺されても、それだけの価値はあると思えるほど、食事はおいしかった。

食事をする前はひどく胃が痛かったので、キャサリンはほんの二口三口を呑みくだすのがやっとだろうと思っていたが、食べものの匂いを嗅いだだけで、胃袋の入口がドアのようにひらいた気がした。

たぶん内なる野性が生き延びたがっていたのだろうと、キャサリンは思った。脳のなかの原始的な領域が目覚め、生を目指して後押ししてくれたのだ。

キャサリンは子どものころもティーンエイジャーになってからも、本能的な欲求を抑えていた。自分の特殊能力の源が無意識の領域にあると信じていたからだ。感情や欲求に振りまわされないように、いつも自分を戒めてきた。

科学者としての自分は、その考え方が無意味であることを承知している。人の感情を読むことを可能にしている力は、追い払おうとしても死ぬまで追い払えるものではない。たしかに、しばらくのあいだ抑えつけるのは可能だ。それができるのは、キャサリンが意識的に自分を律することにかけては女王だからだ。

けれどかならず、力は手に負えないほど強力になり、すさまじい勢いで戻ってくる。

ナンバー9に強く感応してしまったのは、おそらくそのせいだ。エドワード・ドミノ、別名ルシウス・ウォードに。このところ長いあいだ力を抑制していたのだが、そんなときに彼と出会った。ずっと研究に没頭し、ほとんどの人間関係を断ち切り――心や体が惹かれてしまいそうな相手は、とくに避けた――内なるドラゴンを追い出したつもりだった。

だが、いつのまにかそのドラゴンは、炎を吐きながら黒と金色の翼で戻ってきていた。抑圧していた力は弱まるどころか、さらに強まっていた。

ナンバー9の心はかつてないほど鮮明に読み取れた。細部まであざやかで具体的で、まるで文字で書かれた説明書を手渡されたかのようだった。

それまでは、心を読めるといっても、曖昧で曇ったイメージしか見えなかった。大きな感情は拾える——恐怖、憎悪、秘めやかな恋心、羞恥、野心などは。オーケストラのなかから大きな音を聞き取るようなものだ。その下にある微妙な感情は、触れたり解釈したりするのが難しかった。

この力は、頼もしい科学の柱に支えられた世界の外にある。これはなにか……べつのものだ。キャサリンがいまここにいるのは——抑えきれない力に突き動かされてここにいるのは、純粋な本能のしわざだ。

食事をし、飲みものをとれと本能に命じられ、キャサリンは従った。

信じられないほどおいしいジュースを最後の一滴まで飲み干し、ビタミンが体のすみずみまで行き渡るような気がした瞬間、またドアがシュッと音をたててあいた。振り返ると、あの黒ずくめの大男が部屋に入ってくるところだった。

男はキャサリンのむかいへ歩いてきて、椅子に腰をおろした。

キャサリンは、彼の物腰にはじめて目をとめた。大きな体をしているのに、運動選手のように、このうえなく優美に動く。ずば抜けて大柄なアメリカン・フットボールのラインバッカー並みの体格で、服の上からも筋肉の盛りあがりが見て取れる。先ほどの冷気も水も遮断する甲殻のような服ではなく、黒いスウェットシャツとブラックデニムに着替え、黒いコンバットブーツをはいていた。彼が袖をまくると、血管の浮き出たたくましい前腕が覗いた。筋肉により多くの酸素を送りこむために血管が発達したのだ。肉体の必然的な反応は嘘をつかない。彼が長年、体を鍛える生活をしてきたことを物語っている。

それとも、戦闘生活か。彼は運動選手ではなく、戦いを生業(なりわい)にしている者だろう。腰の武器がその証拠だ。

彼はむかいから、まばたきひとつせず、暗い目でキャサリンを眺めている。

もやもやとうねる疑念が煙のように彼を包んでいた。彼はキャサリンを歓迎などしていないし、信用すらしていないが、敵意は感じられなかった。

「ごちそうさまでした」キャサリンは礼儀正しくいった。

男はひょいと頭をさげた。「どういたしまして」低く豊かな声が部屋の壁に反響した。

「思っていたよりおなかがすいていたみたい」

彼が〝そうだな〟と答えるのを期待して、キャサリンはわざとそういってみた。部屋のどこかに監視カメラがあるのだろうが、どこにあるのかはわからない。最近のビデオカメラは壁やドアノブや窓枠にぺたりと貼りつけられる。ずっと一挙手一投足を見張られていたはずで、いまこの瞬間も見られているはずだ。

だが、キャサリンは彼を見くびっていた。彼はまつげすら動かさなかった。

オーケイ。作戦変更だ。「食事を出してくれるとはびっくりしたわ」

彼の目が険しくなった。「飢え死にさせたくなかったのでね。とにかく、さっさと帰ってほしい」

「それならわかる」キャサリンは身を乗り出した。「いずれは、ここから何百キロか離れた場所に、置き去りにされるはめになることもわかってる。目を覚ましたときには頭が痛くて、過去二十四時間の記憶がなくなってるはずよ。記憶消滅薬の量によっては四十八時間かもしれない。あの〝忘却の川〟っていう薬は、うちの会社が開発したのよ。社内ではMIBって通称で呼ばれてた。メン・イン・ブラックの略ね。ただし、現実に記憶を消すのは、ピカッと光るペン型ライトではなくて、飲みものに数滴垂らして使う液体だけど。ありがたいことに、さっきの人参とリンゴのジュースにはMIBは入ってなかったわね。記憶を消される前に、伝えたいことがあるの」

ほら！　キャサリンほどボディランゲージを読むことに長けている者でなければ、彼の変化に気づかなかっただろう。彼の右頸部、胸鎖乳突筋に不随意性収縮が見られたのを除けば、彼は体のどの部分も動かさなかった。どんな訓練をしても、唐突に起きる筋肉の不随意運動を止めることはできない。とはいえ、彼はたいしたものだ。

キャサリンも負けていない。

「ナンバー9は多くを語らなかったけれど……」実際には、ひとこともしゃべっていない。ただ、男たちのぼんやりとしたイメージを伝えてきただけだ。「ここには複数の人間がいるんでしょう。あとふたり、もしくは三人、あなたに似た人が。ナンバー9のお友達なの？」

今度も彼はぴくりとも動かなかったが、その表情が冷たくなった。

「お友達じゃないの？」

沈黙。

「ねえ」キャサリンは唇を噛んだ。「気絶させられる前に、きちんとメッセージを伝えられたかどうかは確認したいの。あんなふうに頼まれたからには……」口ごもってしまった。テーブルの下で震えている両手にぐっと力をこめた。激しい鼓動を静めようとした。「わたしは危険を冒してここへ来たのよ。わたしの患者を、重い病気をわずらった人を安心させるためには、約束するしかなかったの、あらゆる手を尽くして……」あなたを見つけるって。いいい、あなたを。「その人、トム・マッケンロー、マックを見つけるって。あなたに渡したあの小さな鷹のバッジを渡して、コード・デルタと伝えるって約束したの。信じようが信じまいが、わたしは事実を話してる。おそらく、あなたのお友達は——とにかく、ナンバー9は友達だと思ってるようだけれど——もう長くない。この話があなたにとってどんな意味があるのか、わたしは知らないわ、ミスター・マッケンロー。あなたがマックなんでしょう。つじつまは合ってると思うけど。そうでなければ、わたしはとんでもない勘違いをしてるのね」

できるだけのことをやりつくして気持ちが落ち着き、キャサリンは手持ちのカードをテーブルに並べるように、両手を差し出した。事実、手の内は明かした。彼に、この背の高い、見るからに物騒な男に、すべてを見せた。全力を尽くしたけれど、ひょっとしたら命を奪われるかもしれない。

あとは彼しだいだ。

「ほんとうのことを教えてやれよ、マック」耳のなかでジョンの声がした。「ゲーム終了の時間だぜ」

「そうだな」ニックはいつものようにそっけない。

マックはすっと目を細くし、キャサリン・ヤングをひたと見据えた。彼女はじっと見つめられても、身動きひとつしなかった。嘘をついていることを示す兆候はまったくない。事実を語っているのかもしれない。マックたちを裏切った元上官、ルシウス・ウォードに頼まれてきたのかもしれない。マックを罠にかけるために。もしかしたら、火星人に送られてきたのかもしれない。

くそっ。尋問技術の訓練は受けた。チームのメンバー全員がそうだ。マックは、情報を聞き出すために拷問するのが好きではなかった。人を殺さねばならないのなら、だらだら時間をかけたくない。それに、真実を知りたいときに、苦痛がいつも役立つとはかぎらない。たいていの人間は、とにかく苦痛を止めたいためになんでもしゃべる。ときに、尋問者が聞きたがっているとおりの嘘をつく。とはいえ、マックも過去、尋問するときに苦痛を利用してしゃべらせたことが何度もあった。

マックやニック、ジョンのような男たちは、どんな状況に置かれても口を割らない。拷問に耐える訓練を受けているのだが、訓練とは関係なく、もともと口が堅いのだ。彼らはそういう資質を見こまれて選ばれ、鋼(はがね)を鍛錬するように鍛えられた。そのうえ、機密を守るために自殺する薬品をほとんど常時携帯していた。

やれるものならやってみろ、死体から情報を聞き出してみろ、というわけだ。

そう、人間を痛めつけて真実を白状させるすべなら知りつくしている――。

だめだ。

この女にはできない。無理だ。

いったいおれはどうしたんだ？　彼女はおれを見つけたんだぞ。だれにも見つけられなかったのに。

「最初から話してくれ」マックはいった。「一部始終、洗いざらい。あんたの話が信用できなければ、ＭＩＢで医学博士の知識を消す」

キャサリン・ヤングは溜息をついた。「わかったわ。わたしはキャサリン・ヤング。あなたの仲間が……」室内を見まわすが、監視カメラは目に見えるところにはない。「仲間が何人かいるんでしょうけど、いまどこかでこの話を聞いている人が、すでにグーグル検索したはずよ。だから、わたしが身許(みもと)を偽っていないことはわかってるでしょう。それに、バッグに入っていた身分証明書はもう見たわね――運転免許証と社員証。高校の卒業写真も見たんじゃないかしら」

「そのとおり」ジョンが静かにいった。「賢いね」

たしかに、彼女は賢い。だからこそ、彼女を解放するわけにはいかない。

「つづけろ」マックはいった。

キャサリンはマックの顔をじっと見ていた。「わたしは子どものころから脳に関心があったの。博士号の論文のテーマは認知症の病理についてだった。認知症の病理はとても興味深いわ。脳の機能が弱まっていくのよ。認知症を理解すれば、逆に正常な脳がどんなふうに機能するのかがわかる。それで、シカゴ大学の研究所に勤務して、認知症に関する論文を何本か書いたわ。そのあと、ミロンから一年契約で働かないかと声がかかって、ある臨床試験の被験者のデータを分析する仕事をすることになった。患者のなかには、ほとんど脳機能が回復した人もいた。認知症の治療薬が完成すれば、莫大な収益が見こめるわ。認知症患者は世界じゅうに一千万人いる。二十年後にはその倍になるといわれているわ。ミロンがこの研究をなにより優先させているのは当然よね」

「だが、問題があった」マックはいった。尋問の基本テクニックは繰り返させることだ。何度も同じことを語らせるうちに、嘘が含まれていれば、おのずと露見する。

「ええ。機能的な問題と、行動的な問題。患者のなかには……どう見てもおかしい人がいた。科学的な意味でね。それから、わたしはだれかに尾行されているのを知った」

「おやおや」耳のなかで、ジョンのつぶやきが聞こえた。

「尾行？」一般市民に——しかも研究オタクに出し抜かれたくらいだから、ミロンのセキュリティシステムは役立たずに違いない。

彼女は溜息をついた。「科学者であるということは、基本的には熟練した観察者であるということよ。みんな忘れがちだけど。それで、男がふたり、かわるがわるしょっちゅう出没することに気づいたの。ふたりとも眼鏡や帽子で変装しているつもりだったみたいだけど。それに、わたしがある特定の患者のデータを取った日は、かならずパソコンをハッキングされた。念のために、バックドアはあけっぱなしにしてあるの。レッド・ハットというセキュリティシステムがとても信頼できるのよ」

「コンピュータにも詳しいのか」耳のなかでジョンの声がした。「レッド・ハットはたしかに鼻がきく。あまり知られてないけどな」

「それから、ちょっとした罠もしかけたの」彼女がかぶりを振ると、長くつややかな髪が肩の上でさらさらと音をたてた。「まさか引っかかるとはね。デスクに書類を置いたままにして、三十分ほど席を空けたの。帰ってきたら、案の定よ——書類が移動していた。大きな変化はなかったわ、ほんの数ミリ動いていただけ。でも、さっきもいったように、わたしは観察眼を持っている。放置した書類は、重要なものはなにも含まれていない。分析データはすべて、高度に暗号化してUSBフラッシュメモリに保存してあるわ。よほど間抜けなのね、簡単にだませるんだもの」

彼女の声は皮肉っぽかった。なにがあったのかは知らないが、彼女はまったくミロンのセキュリティを信用していないようだ。

「わかった」マックはうなずいた。「ナンバー9の話に戻ろう」

「ええ。そうしましょう」

「彼の外見的な特徴をいえるか？」

「もちろん。だけど、いまの彼がどんな姿か説明しても、以前の彼を知っていた人にはわからないかもしれないわ。体重が四割ほど減ったようだし、何度も手術を受けているの」太陽の前を雲がよぎるように、美しい顔が曇った。「手術の情報はカルテに記載されていなかった。それでは困るわ。管理部門に質問したけれど、答えははぐらかされてしまった」ふっくらとした唇が嫌悪をあらわにして引き締まった。「記録を紛失した、べつの部署にある、記録はデジタル化されていない、全部たわごとよ……なにかあるに決まってる。彼はわたしにわかるだけで少なくとも五回、大きな手術を受けているわ。体に証拠が残ってるのよ、はっきりとね」

「どこに？」

「え？」彼女がさっと顔をあげたとたん、またつややかな髪が肩の上で揺れた。とても自然で、美しい色だった。ありふれた茶色だと思っていたのは、間違いだった。アッシュブロンドから栗色（くりいろ）、漆黒へと、二十段階にもわたって赤みを帯びた色調を網羅することのできる染髪料など、この世にあるわけがない。天井の明かりに照らされた彼女の髪があまりにもつやつやと輝くので、マックはまぶしくて目をそらした。

「なんだって？」マックはとっさにいった。

「ボス」ニックのぼそぼそとした声が聞こえた。「いまは頭を職務離脱(AWOL)させないでくれ」

ニックに注意されたのが恥ずかしく、マックは歯を食いしばった。いったいどういうことだ――女の髪ごときに気が散るとは。ルシウスがここにいたら、情けなく思うだろう。

　そう思うと、また胸に鋭い痛みが走った。ルシウスに軽蔑されようがかまわないじゃないか、あの男はおれを売ったんだ。金のために。想像のなかであっても、おれやジョンやニックにとやかくいう権利は、あの男にはないんだ。

　マックはふたたび頭のなかでテープをまわしはじめた。

「手術の痕があったのは、体のどこかと訊(き)いたんだ。骨を修復した痕でもあったのか？」

「違うわ。頭部と背骨のつけね。すべて、神経の手術だった。あちこち、いじられていたわ。それも専門家の手で。かつて脳に二本のプローブを入れてあったのが、取りはずされたように見えた」

　マックは顔をしかめたくなるのをこらえた。医者も病院も大嫌いなのだ。「なんのための手術だろう？」

「そう」キャサリンは両手に答えが書いてあるかのように、しげしげと見おろした。「それよ。それがわからない。ミロンはなんらかの理由で、わたしたち研究者をチームで働かせることはしないの。だから、このことを調べているのはわたしだけ。なんといっても、ナンバー9のカルテが手に入らないのよ。悪性にせよ良性にせよ、腫瘍ではないと思う。言葉を発したり、サインで意思表示したりすることがひどく困難だったから、彼に説明してもらうことはできなかった。ほかにも、異常な点があったわ」

嘘だ。やはりこの女は敵に送りこまれたのだと、マックは知った。さっと顔をあげる。

「うん」耳のなかでニックの重々しい声がした。「おれたちも気づいた」

彼女は話をつづけた。「ナンバー9のfMRIは不可解だった。臨床的に見れば重度の認知症のはずなのに、神経学的には、どの認知症のパターンにもあてはまらなかった。どうにも解せなかったから、fMRIの画像と脳波のデータを自宅に持ち帰って調べてみたの。それから――」

「それから?」マックはテーブルを指先で小刻みにたたいた。たしかに彼女は美しく聡明だが、たとえ通常の三倍の量の自白剤〈トゥルース〉を注射してでも、さっさと真実を聞き出さなければならない。

「トム・マッケンローを見つけろとわたしに告げた翌日から、ナンバー9は大量の投薬を受けて、ほとんど意識がなくなってしまった。そして昨日――もうおといね――出勤すると、彼は状態が悪くなっていて、両手足を拘束されて、ひどく暴れていた。でも、わたしに気づくと、ぴたりと暴れるのをやめて、こっちへ来いというようにうなずいたの。そして、キーボードを使わせてくれと身振りで伝えてきた。わたしは彼のいうとおり、監視カメラを止めた。彼はもうすぐ殺されると書いたわ。とても……説得力があった」

「病んでいたのに」マックはつけたした。

「そう、病んでいたのに。もちろん、妄想は認知症でよく見られる症状だわ。わたしはとにかく彼を落ち着かせたかった。手や足が拘束具でこすれて、出血していたから。そのとき、彼はもう一度、トーマス・マッケンロー、マックという男を探してくれといったの」

「あんたの話は信じられない」マックはにべもなくいった。

彼女の笑みは、悲しげで疲労がにじんでいた。「信じられない？」

「ああ。あんたは最初、彼は言葉を発することができない、まともな思考力もないといっていたが、最後には話をしたことになっている。矛盾していないか？」

キャサリンは長いあいだ、静かに呼吸しながらマックを見ていた。やがて、片方の手のひらをそっと斜めにし、握っていた鷹のバッジをテーブルに転がした。その手は震えていたが、視線は揺るがなかった。

ふたりは静まり返った部屋のなかで、鷹のバッジがかすかな音をたて、一度、二度と転がるのを見ていた。ジョンとニックも耳を澄ませてこの様子を見ているのが、マックにはわかっていた。

突然、マックの世界がひっくり返った。

キャサリンがさらに手を伸ばし、マックの手をつかんでいた。

最初、マックはそれを誘惑だと思った。それ以外に触れる理由があるか？　たしかにふたつの手が重なったさまは、いまいましいほどエロティックだった。浅黒く力強いマックの手は、傷だらけで荒れている。労働者の手だ。彼女の手はすんなりとして指が長く、上品だ。クリームのような肌が華奢な骨格を覆っている。ピアニストの手。

女が男の上に重なり、その対比がそそる。

そういうふうにやるのが好きなのか、と思った瞬間、痛みを伴わない火傷のような熱さが、手から腕を駆けのぼり、胸に広がった。まるで未知の物体に体を乗っ取られたようだった。温かく包みこまれるような、えもいわれぬほど甘美な存在に。つかのま、マックは薬を盛られたのだろうかと思った。彼女が極小の注射器で……なにかを注射したのではないか。なんの薬かはわからない。こんな効能の薬があるとは、聞いたことがない。

それ以上は考えられず、マックは彼自身よりも強力ななにかに支配されていた。まじまじとキャサリンの顔を見つめていると、その顔は緊張した——苦痛でも受けているみたいに。小さな爆弾がはじけたかのように、瞳だけが輝いている。瞳そのものが光を放っているかのように。

不思議な熱は、いまではマックの全身をめぐり、すみずみまで金色の輝きで満たしていた。

マックは琥珀（こはく）の塊に閉じこめられてしまったようだった。体のパーツがどれもしっかりと固定され、ぴくりとも動かなかった。

「ボス？」ジョンが静かな声で尋ねた。「大丈夫か？」

「おれたちもそっちへ行こうか？」ニックは噛みつかんばかりの口調だった。

結局、マックは凍りついたのではなく、閉じこめられたのでもなかった。体がその金色の熱を逃がしたがらなかっただけだ。動いてみると、動けた。マックは、短くきっぱりとかぶりを振った。いや、いい。

「わかった」ジョンが長々と息を吐いた。「休戦。気が進まないが、おれたちは休戦だ」

マックはさっと顔をあげた。そう、休戦だ。

「悲しいのね」キャサリンが優しい声でいった。あの抗しがたい輝きを放つ瞳が、マックの目を揺るぎもせずに見つめている。「ひどく悲しんでる。大きな悲しみが、あなたのなかで黒い煙のように渦巻いてる。父親のように慕っていた人に裏切られた。心から信頼していた人に。その人は、自分を信頼している人間を裏切るくらいなら死んだほうがましだと考える人だと、あなたは信じていたのね。だけど……その人はあなたを裏切った。お金のために。そのことを思い出すだけで、胸が痛くなるんでしょう」

マックの手がぴくりと動くと、彼女は自分の手に少しだけ力をこめて押さえた。

こんなことはありえない。キャサリンは小柄な女だ。華奢で、はかなげといってもいい。

手もマックの半分ほどの大きさしかない。その彼女に押さえつけられているなど、ばかばかしくて笑ってしまう。それなのに、小さな手に縛られ、あの明るく輝くグレーの瞳から少しも視線をそらすことができない。

「あなたは傷ついている」彼女はささやいた。「とても。だけど、人には見せない。なぜなら……」耳を澄ませるように首をかしげたが、視線はマックからそらさなかった。「なぜなら、みんなに頼りにされているから。自分が裏切られたように、みんなを裏切るくらいなら、死んだほうがましだと思っている」

マックは動けなかった。動いているのは肺だけだった。生きながら皮をはがれているような気分だったが、痛みはなかった。同時に、自分の心を読める人間に久しぶりに出会ったのを知った。

それまでずっと、自分の気持ちを隠してきた。養家を転々として育った子ども時代、思ったことを口にしたりやりたいことをやったりすると、たいてい罰が待っていた。長じて軍隊に入ると、任務をこなしているかぎり、マックがなにを考え、なにを感じているかなど、だれも気にしなかった。マックには、かえって居心地がよかった。

例外がルシウスだ。ルシウスはマックの内面を覗きこんだ。どうしようもない痛みが黒い大波のように襲ってきて、マックは息ができなくなった。いつまでたってもこの痛みは癒えない。一年たっても、不意を突いて襲いかかってくる。

「悲しいのね」キャサリンがつぶやいた。「あなたはとても悲しんでいる。それでも、煙の下で愛情と義務感が燃えている。なにがあっても仲間を守ると思っている。無辜の人たちを守れない人生など、あなたにとってなんの意味もない。あなたは命をかけて仲間を守っている」

ハチドリの羽ばたきを増幅させたらこんなふうに聞こえるのではないかと思われるような、か細い声だった。言葉はほとんど残らない。ただ、熱くとろけるような感覚が残った。マックは生まれてはじめて、他人と深いところでつながっているのを感じた。その感覚は、仲間やルシウスに感じた忠誠とは違う。まったく違う種類のなにかだ。仲間たちとはこのうえなく強い絆でつながっているものの、その絆の片方の端がマックの心まで入りこむことは決してない。

だが、いまマックとキャサリンとのあいだに境界はなかった。マックはゆっくりと着実なリズムを刻んでいる自分の鼓動と、トクトクと、つんのめるように速い彼女の鼓動を感じた。自分のなかにいるのと同時に、彼女のなかにいた。

こんなことがあってたまるか。やはり薬を盛られたのだ。針を刺された感じはなかったが、ひょっとしたら小さな貼付剤のようなもので……。

キャサリンのやわらかな声がつづいていた。銀色に輝くその瞳は、マックをぼうっとさせる。「わたしが危険な人間じゃないかと不安になっているのね。敵があなたの居場所を知り、わたしを送りこんできたのだと思っている。どういえば納得してもらえるのかわからないけれど、わたしをここに来させたのは、あなたの敵ではないわ。それから、わたしは危険ではない。あなたにとっても……」かすかに首をかしげ、マックを見つめる。「あなたの仲間にとっても」突然、彼女は首をめぐらせた。髪がふわりと広がり、また肩に落ちる。「あなたの仲間はわたしたちを見ている。耳を澄ませている。わたしが怪しい動きをしたら、すぐにあなたを助けにくるわ。でも……」マックの手を放した。「危険なのはわたしではない」

すべてが止まった。突然だった。死ぬのはこんな感じだろうか。まばゆく温かな感情の渦が、体のなかでカーニバルがつづいているような明るさと熱気がふっと消え、しんと静まり返った。まるで明かりのスイッチを切ったように。そして、マックのスイッチも切れた。

彼女はまだマックをまっすぐ見ている。銀色のまなざしは、すべてを理解していて、悲しげだった。

「わたしはあなたが恐れるべき存在ではないわ、ミスター・マッケンロー。マックと呼んだほうがいい？」

4

サンフランシスコ
アーカ製薬本社

部屋は暗く、パソコンのモニターだけが明るかった。グリニッジ標準時で午前九時、シエラレオネ時間でも午前九時だ。シエラレオネでは暑い一日がはじまっているが、一月の北カリフォルニアの夜は冷えこむ。

リーは、フリンのセキュリティ会社〈オリオン・エンタープライズ〉のシエラレオネ支社を神の視点で見おろした。偵察衛星キーホール十八号から借りた映像だ。フリン自身は、ヴァージニア州アレクサンドラにある豪華な本社ビルにいる。今日、シエラレオネでSL−58の臨床試験が実施されていた。被験者たちは、それぞれ五〇ccのSL−58を投与された。最低でも四十八時間、効果が持続する量だ。奥地のダイヤモンド鉱山から首都の港町フリータウンへ移動するのに、それだけの時間がかかるのだ。

鉱山のダイヤモンドの埋蔵量は豊かだが、市場までの道のりは危険に満ちている。ジャングルのなかには、反政府勢力グループが一グループどころか二グループ潜んでいて、ダイヤモンドを運ぶ護送隊や近隣の村を襲い、略奪する。フリータウンまで無事にたどりつける護送隊は三分の一しかない。世界最高の埋蔵量を誇る鉱山とはいえ、六十六パーセントの損失は無視できなかった。

オリオン・エンタープライズは、アムステルダムのダイヤモンド組合に雇われ、ダイヤモンド運搬の護衛を一回につき百万ドルで請け負っていた。一度の護送で運ばれるダイヤがカットされ、商品になれば、ざっと五億ドルの価値になるのだから、組合はフリンが設定した値段に文句はいわなかった。だが、オリオンに与えられたチャンスは一度だけだ。ほかのセキュリティ会社のほうがましだということになれば、組合との契約にお別れのキスをしなければならない。

リーはダイヤモンドにも金にも興味はなかった。ただし、この護送が成功し、次回以降も成功すれば、そのたびにリーにも相当な額のボーナスが入ることになっている。その金があれば、リーの計画をさらに進めるのに役立つ。

今回の臨床試験には、もうひとつの意味もあった。中国の国営鉱山企業がブルンジで世界最大のイリジウムの鉱床を発見したのだ。その事実は外部にはまったく漏れていない。

大量のイリジウムを手に入れれば、中国はこの先二十年間、マイクロチップの分野で世界をリードできる。鉱床は、地図上の国境線などなんの意味も持たない奥地の地下深くにある。

オリオンの臨床試験が成功すれば、ＳＬ－58は早期に中国軍で採用され、ブルンジから東のインド洋へ、そこから船で中国へ輸送されるイリジウムを護衛する兵士たちに投与されることになる。

メインのモニターには、曙光（しょこう）が差すと同時に出発したオリオンの護送隊が映っていた。装甲トラックには、未加工のダイヤモンド五キロが入っているチタンの金庫がのっていて、トラックの前後をそれぞれ二台のウニモグが固めている。

前年にボツワナのオラパ鉱山が枯渇した影響で、ダイヤモンドは世界でもっとも価値の高い商品になっていた。

装甲トラックを含めた三台の車輌がダイヤモンドを運ぶ。三台とも重装備し、一分間に千発を発射する五〇口径の機関銃を一挺（ちょう）ずつ搭載している。フリンの話では、銃弾は五万発以上を用意してあるとのことだった。

南京では、〝飛龍〟という五十名からなるエリート飛行隊が、今日の結果を待っている。実験が成功すれば、一カ月以内にＳＬ－58を投与された彼らが、港までイリジウムを運ぶトラックを護衛することになる。

いま被験者になっているのは、フリンの部下たちだ。合衆国陸軍の元兵士もいれば、アフリカの奥地に詳しい南アフリカ人もいる。全員が、ゆうべのうちにＳＬ－58を注射されていた。ただし彼らは、その注射は丸一日つづく移動のあいだ眠らずにいられるためのアンフェタミンで、効果は長持ちするが、体にはなんの害もないと伝えられている。

リーは、長い暗号文で北京に逐一経過を報告していた。

これは重要な実験だ。今日は重要な一日だ。ＳＬ－58の一回目の臨床試験なのだ。いまのところ、申し分ない。現地の医師からの報告は異常なしという言葉ばかりで、退屈ですらあったが、リーは満足していた。退屈は予想どおり。結構なことだ。

リーは、護送隊が現地時間の午前五時きっかりに出発するのを見守っていた。時間どおりに、きちんとまとまっている。

出発時の彼らの動きはてきぱきとして正確だったが、そのことはモニター越しでも現地にいるかのようによくわかった。リーは兵站については門外漢だが、二十五名のグループを動かすのがどれほど大変なことか、ある程度はわかる。今回のメンバーは、なにをするにもすばやく効率よく動いている。リーは彼らが積み荷をトラックに運びこむ様子を見て、映像が早送りになっているのではないかと、思わずモニターのダッシュボードの時計を確かめてしまった。早送りにはなっていなかった。リアルタイムだ。男たちは普通の人間が走る速度で歩き、荷物を運ぶ手足の動きはかすんで見えた。

フリンもヴァージニアで映像を見ながら監督している。リーは科学者の目で見ていたが、このうえなく満足だった。

男たちの動きは、踊りの振り付けのごとくぴったりと決まっていた。鍛えた体で、あらかじめ何千回も練習を繰り返したかのようだ。ブロードウェイの演目であってもおかしくない。フリンの部下はもともと有能なのだろうが、それでもこれほどの動きはできないはず。まさにいま、リーはSL−58の効果を目の当たりにしていた。

彼らは敏捷に正確に行動し、生きた兵器と化している。だが、トラブルはひそかに迫っていた。

リーは五分おきに画面を赤外線サーモグラフィからの受信画面に切り替えていたが、護送隊の現在地から百メートルほど離れたジャングルのなかに、人間ほどの大きさの生き物が点在していることに気づいた。

フリンも気づき、現地に指示を出していた。護送隊のメンバーは監督下に置かれていることを知っている。

最初、赤い点は大型の哺乳類かもしれないと思われた。だが、しばらくじっとしていたのが、護送隊が前進しはじめたとたんに動きだしたということから導かれる結論はひとつ——監視中の反政府軍の兵士たちだ。

明らかに、道路沿いで待機している兵士たちは無線で交信していた。フリータウンまでは一本道だ。それは、よく知られた手口だった。護送隊が拠点を充分に離れてから襲撃するのだ。

もっとも、この強化された護送隊を襲えば、予想外に手厳しい返り討ちにあうことになるだろう。

フリンの指示は、ひたすらスピードを落とさずに進めというものだった。普通の護送隊なら、ひどいでこぼこ道でせいぜい時速二十五キロから三十キロ程度しか出せず、夜間はさらにペースが落ちるので、フリータウンまで三日から四日かかる。だが、この護送隊はノンストップで走る。休憩せず、排泄(はいせつ)は瓶や缶ですませ、食事は携行食だ。彼らに休憩は必要ない。SL―58を注射したので、一日に最低八千キロカロリーを摂取するだけで、丸二日間、運転し、戦闘しつづけることができる。

二十四時間稼働する護送隊は、ダイヤモンド組合にとっては利益の三倍増を確実にするもので、オリオンにとってはドル箱商品だ。だが、それよりも重要なのは、これが戦闘におけるSL―58の臨床試験で最初の成功例になるかもしれないということだ。成功すれば、フリンは今後一年間、SL―58を利用することを許可される。そのあいだに、中国はSL―58を大量生産して人民解放軍の兵士に投与する体制をととのえる。一年間、オリオンの協力による臨床試験を重ねたのち、リーは現在の生産拠点である研究所を破壊し、製造法のデータを処分し、薬の存在を知っているごく少数の科学者を始末してから、ひそかにアメリカを脱出する。ミロン研究所で一発目の爆発が起きたときには、北京めざして空を飛んでいるはずだ。

リーはアフリカの歴史については資料を読みこんでいた。イサンドルワナの戦いで、西欧諸国はアフリカに打ち勝つには圧倒的な武力が必要だと思い知った。SL—58の発明は、アフリカでの紛争の様相を変えるだろう。

あらかじめ、リーはフリンから今回の護送隊の装備について聞いていた。

ウニモグは、敵の存在を感知する赤外線前方監視装置、地雷を検出する地中レーダーを装備し、砲架も搭載している。車体の側面と上部に五〇口径の機関銃が固定してあり、銃弾で仕留められなかった敵は、その下のマイクロ波ブラスターが料理する。

リーは兵士ではないが、護送隊の外見にはぎょっとした。正気の人間なら、こんなものを襲撃しようとは思わないだろう。もちろん、反政府勢力〝神の反乱軍〟の兵士たちは明らかに正気ではない。彼らは子どものころに誘拐され、薬漬けにされて、恐怖を感じなくなっている。

護送隊はなめらかに突き進んでいく。衛星中継の映像では、ひとつの有機生命体に見えた。各車輛には、ほかの四台のブレーキとアクセルの動きを示すモニターがあり、密に連絡を取りあって、車間距離を最低限に保っている。

彼らが夜明けに出発した直後、赤外線サーモグラフィのモニター上で、オリオンのキャンプを囲んでいた赤い点が散開した。いくつかの点は道路と平行に移動していたが、すぐに止まった。護送隊のスピードについていけなかったのだ。六十キロ西では、蟻(あり)の巣に枝を突っこんだように、赤い点の集団が散らばった。護送隊が接近していると無線で連絡を受けたようだ。だが、いつものように奇襲の隊形をととのえたときには、護送隊は一糸乱れずぴったり連なって猛スピードで駆け抜けていった。

さらに百六十キロ西で、次の罠が仕掛けられていた。道路が急峻な谷間に落ちこむ地点で、典型的な奇襲ポイントだ。リーは、もっとも道幅が狭まる場所へ蟻たちが群がるのをほほえみながら眺めた。軍事の知識がなくても、破壊力のある爆弾を何発も爆発させないかぎり、反政府軍に勝ち目がないことくらいはわかる。護送隊は、ウニモグの武装した車体にかすり傷ひとつ負うことなく待ち伏せ地点を駆け抜けるだろう。

この試験は成功する。

リーはボタンを押した。「順調ですね」と、フリンに話しかけた。

「そうだな。順調そのものだ」と、返ってきた。

フリンは最後まで見届けるのだろうが、リーには仕事があった。モニターを最小化し、何通かの検死報告書に目を通してから、コーヒーを飲みにいった。社員食堂では仕入れたばかりのブルーマウンテンを出していて、それがじつにうまい。中国へ向けて発つときは、一箱持っていくつもりだった。予想よりも早まりそうだが。

オフィスに戻ってモニターを一瞥し、眉をひそめた。サイドモニターには、シエラレオネの詳細な地図が映っていて、護送隊がどこまで進んだか、青いラインが示している。いまごろ道のりの三分の一の地点を走っているはずが、すでに二分の一近くまで迫っていた。リーはクエリーを打ちこみ、返ってきた答えに驚いて目を見ひらいた。

護送隊は時速九十五キロで走っていた。大型車輛が未舗装のでこぼこ道を走るには非常識ともいえるスピードだ。リーはメインモニターをひらいたが、二台目以降の車輛を視認することはできなかった。衛星中継の映像には、もうもうと舞いあがる土埃しか映っていない。万一、あの超重量級の車輛が一台でも横転しようものなら、メンバーの増幅した知性も体力も、最先端の装備も、まったく役に立たない。手負いの象を相手にするようなものだ。倒れた車輛をウィンチで起こすあいだ、ほかの車輛で防御線を張らなければならない。護送隊が立ち往生しているという知らせはあっというまに広がり、神の反乱軍だの赤の抵抗軍だのが大挙してやってくるだろう。

正気の沙汰ではない。

リーはサイドモニターのデータを見やり、まばたきした。護送隊はさらに速度をあげていた。いまでは時速百五キロを超えている。

フリンの部下たちはこの任務全体をぶち壊そうとしているのか。フリンにネット電話をかけようとしたとき、スピーカーから彼の南部訛りの低い声がとどろいた。モニターの右下の小さな四角形のなかから、フリンが顔を真っ赤にしてにらみつけてきた。

「いったいどうなってるんだ、リー？　あのばか者どもは時速百十キロも出しているぞ。あいつらはなにをやらかそうとしてるんだ？」

フリンのいったとおりだった。護送隊はいまや時速百十二キロ……いや、百十五キロで走っている。

「ミスター・フリン」リーはいつもフリン将軍と呼びかけていたが、今日はその呼称をあえて使わず、冷淡な口調で答えた。「わたしにもあなたの部下がなにをしているのかさっぱりわかりませんが、あのスピードではいつトラックが衝突してもおかしくありませんね。十五キロほど先で反乱軍が活動しているようです。そのあたりの道路はひどいありさまですよ。もし衝突事故を起こせば大惨事になります」

赤外線サーモグラフィのモニターでは、護送隊から十五キロ先の木立のなかに赤い点が群れていた。衛星からの画像に人の姿は確認できない。

「そんなことは彼らもわかっている」フリンが声を荒らげた。「われわれが見ているものは彼らにも見えている」

「では、この無謀な運転はますます許しがたいものになりますね」リーは平然といった。

フリンは答えなかった。元大将の呼吸の音が室内に響いた。彼は美食と色を好む男で、この二年間、リーと会うたびに五キロずつ体重が増え、どんどん息があがりやすくなっているようだった。いま、モニター上のフリンの顔は真っ赤にむくんでいる。心臓発作を起こすのは時間の問題だ。

欲深なアメリカ人め。リーは苦々しく思った。いつまでたっても、もっともっととほしがる。巨大なダニが、腹がはじけるまで血を吸うようなものだ。人民解放軍には太った将官などひとりもいない。

「なんだあれは」フリンは耳障りな声をあげた。「あいつらはいったいなにをしているんだ？」

リーはメインモニターに向き直り、目を疑った。衛星のカメラが故障したのだろうか。違う。カメラはリアルタイムで映像を流しつづけている。リーとフリンが見ているのは、護送隊がスピードを落としているところだった。谷間の道の途中、いちばん道幅が狭まっている地点で。

時速八十キロ

時速五十五キロ

時速三十キロ

リーは信じられない思いで見ていた。五台の車輛が、一秒とずれずに同時に止まった。

フリンがどなった。「ハーディ！　ロリンズ！　応答せよ！　いったいなにをしているんだ？　敵に囲まれているぞ！　車輛が故障したのか？　なぜ止まった？」

リーのスピーカーから、低い声が聞こえた。リーではなく、フリンに応答する声だ。「いえ、故障ではありません。敵と戦うんです」声は異常に興奮し、息が荒かった。

護送隊が出発した当初に、無線で聞いた兵士たちの声はどうだったか。そっけないほど冷静だった。戦闘機のパイロットを思わせる声が、ロボットのように淡々と事実を述べた。

「だめだ、だめだ！」フリンが叫んだ。「なにもするな！　繰り返す。なにもするな！　とっととフリータウンへ行け！」

カチッ。返事はない。興奮した男たちの声、われ先にとトラックを降りていく音。音声などなくても、なにが起きているのかははっきりとわかった。トラックの前後からどやどやと降りてくる男たちを上空からとらえた映像が、モニターに映った。

リーは兵法には疎いが、立ち往生した護送隊が敵に囲まれた場合、防御戦を張って姿を隠し、積み荷を守らなければならないということくらいは知っていた。それなのに、トラックから出てきた男たちはライフルを担いでジャングルへ一直線に走っていく。蟻塚に集まっている蟻のようだった赤い点が、動きを止めた。いずれにせよ、オリオンのメンバーたちは優秀な射手ばかりだった。殺傷力のあるテーザー銃を持った四人が、反政府軍の兵士たちを一度に五人ずつ仕留め、みるみるうちに一掃していく。

しかし、オリオンのメンバーがどれほど凶暴でも、いかに武装していても、銃の名手であっても、敵の数はオリオン側の百倍はある。

ジャングルのなかでも、オリオンのメンバーを追跡するのはたやすかった。彼らはボディアーマーを身につけているので、赤外線放射エネルギーが反政府軍の兵士たちにくらべて著しく低い。戦闘がはじまって二分後、オリオンのメンバーのひとりが動かなくなった。その一分後、またひとりが倒れた。

修羅場だった。メンバーは懸命に戦ったが、ひとり殺しても、そのあとに五十人、いや百人が控えている。多勢に無勢で、たとえ敵が棍棒しか持っていなくても、遅かれ早かれオリオンが敗北するのは目に見えていた。

ほどなく、オリオンのメンバー全員のマークが動かなくなった。ひとり残らず反政府軍の兵士たちに取り囲まれている画像を見て、リーは急激な吐き気を覚えた。オリオンの男たちが八つ裂きにされているのだ。

あっというまに終わった予想外のできごとに、オリオンの本部は静まり返っていた。やがて……。「どういうことだ?」フリンのしわがれた叫び声がした。「なにをやらかしたんだ? さっさと走り抜ければよかったじゃないか。おまえの作った薬は連中から知性を奪ったのか? いったいなにを注射したんだ?」

なぜこんなことになったのか、リーにはわかっていた。

モニターには、ジャングルのなかからひらけた道路に出てくる兵士たちが映っていた。リーは吐き気をこらえた。数人の兵士が、切断した頭部を銃剣に突き刺して掲げ、道路を踊るように跳ねていく。重装備のトラックは簡単に壊せず、後部荷台に侵入できたとしても、ダイヤモンドはチタンの金庫に入っている。金庫はこじあけられない。とはいえ、ダイヤモンドはジャングルのなかを通る道のどまんなかで、武装した過激な連中に囲まれていることに変わりはない。月の裏側へ持っていかれたも同然だ。

薬が強すぎたのだ。増幅された凶暴性が、任務を完了させたいという欲求に勝ってしまった。つまり、SL－58は使えないということだ。

フリンの荒い息づかいに、そんなに興奮しては心臓発作を起こすのではないかと、リーは思った。ふたりは、二度と回収できない巨額の富をじっと見おろしていた。

「なんだったんだ？」フリンがかすれた声で尋ねた。「SL－58のせいか？」

「はい」リーは答えた。

「SL－59を持ってこい。一刻も早く」

5

ブルー山

彼は険しい目をして椅子に深く座っていた。ぴくりとも動かない。マックと呼ばれている男。笑わないしかめっつらの大男。傷跡多数。武器を持ち、人を殺す能力を有している。

キャサリンは、フードを脱がされた瞬間に、彼がだれなのかを知った。ナンバー9から感じ取ったマックのイメージからは、傷跡のある屈強な男ということしかわからなかった。だが、それで充分だった。マックがどんな姿をしていようが、本質とは関係ない。外見は外見にすぎない。肝心なのは彼だ。彼の本質。その点にかけては、ナンバー9は驚くほど鮮明なイメージを持っていた。強くたくましく、不屈の意志を持っている。激しいまでに忠実で、正直かつ公正。冷徹で、敵にまわしたら恐ろしい男。味方としては最高の男。

触れる前からほとんどわかっていたことだが、触れたことで疑念はすっかり消えた。ナンバー9が教えてくれたことがすべて、触れたとたんにマックのなかに見えた。一瞬のうちに、やはりこの人だ、と思った。昨日聞いた音楽とまったく同じコードの音楽を耳にするのと同じようなものだ。マックが色だとすれば、まったく同じ色合いが見えただろう。

だが、彼のなかには暴力性もあり、キャサリンはふたたび彼を探しにきた自分の正気を疑った。たしかに、なにかに突き動かされてはいた。それでも、なんとか自分を止めることはできたはずだ。たとえば、家に閉じこもって鍵をかけ、鍵を窓から放り捨てる。空港へ行き、すぐに出発する飛行機の片道切符を買い、外国へ逃げる。逮捕されるという手もある。

無駄よ。キャサリンはわずかに肩を落としたが、すぐに背筋を伸ばした。地上のなにをもってしても、自分を止めることはできなかったはずだ。車のなかで死にかけたし、たとえここがどこかわかっていたとしても、この静かな部屋を生きて出ることはないかもしれない。それでも、来ずにはいられなかった。いまでもあの強い衝動の名残が血管を駆けめぐっているのがわかる。

男の大きな両手がひらいた。なにかに手を伸ばそうとしているときの動きだ。右の太ももにとめた、大きな黒い銃を取ろうとしているのだろうか。

むかいに座っている男のなかに感じた暴力性は、とても生々しかった。キャサリンは、彼のなかで忠誠心がまばゆく輝いているのを知っているが、それが自分に向けられたものではないことも承知していた。彼の一挙一動を見逃さないようにしてはいるものの、もし彼が暴力を振るおうとすれば、腕力も敏捷性も劣る自分は、逃げることも抵抗することもできない。

あの大きな両手で一発殴られるだけで、頭がつぶれてしまうだろう。

「マックではないと言い張っても無駄よ」キャサリンは静かにいった。

「ああ！」彼の胸の奥から声があがり、大きな手が空を切って振りあげられた。キャサリンはいらだちの動作だと気づいたが、ほんの少し遅かった。

キャサリンは身をすくめ、腕をあげて頭を守った。そうするのをこらえきれず、止められなかった。心臓の拍動が大きくなり、どくどくと血液を押し出し、パニックが襲ってきた。とっさに攻撃をかわそうと、椅子の上で体を丸めて小さくなったが、しばらくして彼が宙を殴っただけだったことに気づいた。

彼はうなった。うなった、というしかない。分厚い胸板の奥深くから漏れたのは、いまいましげな低い声だった。

キャサリンはのろのろと体を起こし、なんとか息を吸って謝ろうとしたが、目のくらむような恐怖を味わったあとで、心臓はまだ早鐘を打っていた。

「おれはあんたを殴ったりしない。女に手はあげない」彼はひとことひとことをはっきりと発音した。言葉は彼の口から石ころのごとくこぼれ落ちた。ひとこと発するたびに痛みを感じているかのようだった。

キャサリンは一瞬にして理解した。彼に触れたときに、心の深いところに居座っていた感情をとらえていたのに、いまこの瞬間までそれを分析する余裕がなかったのか、それともただの直感なのか、よくわからない。だが、自分が彼のなかの隠れた不安に触れてしまったのはたしかだ。目に見えないが、確固として存在する一線を踏み越えてしまった。

それでも……彼の風貌はあまりにも恐い。その体格だけでも相手をひるませる。そこに傷跡のある顔、つぶれた鼻がのっているのだから、暗い裏道で出くわせば縮みあがってしまうに違いない。

たいていの人は意味もなく彼を恐れ、どういう男なのか知ろうともせずに尻込みするだろう。たしかに内側には暴力性を感じ取れたし――それは暗く渦巻いていた――実際に彼は人を殺(あや)めている。けれど、その暴力性は鉄のかすがいでしっかりと拘束されていた。彼は衝動のままにふるまう男ではない。弱者を痛めつけもしない。

「わかってるわ」キャサリンは背筋を伸ばし、そっといった。彼が少しだけ力を抜いたのが、見えたというよりも感じられた。「びっくりしてしまってごめんなさい。ついあんなふうになってしまったの。わたしがばかだったわ。あなたはいままでわたしに暴力を振るわなかったし……」テーブルを見おろし、この先をいうべきかどうか考えた。顔をあげ、彼の暗く険しい瞳を見つめた。「あなたに触れたときに感じたの、あなたは女や子どもに手をあげる人ではないって。とても強く感じた。だから、ほんとうはいいわけなんてできない」息を吐き、先ほど彼に触れた手をひらいた。「ごめんなさい」

彼に触れたときには、心のなかが簡単に読めた。ほかの人々は、虫のいい思いこみや偽善、身勝手な考えが層となって重なり、自己をまったく理解していない。だが、彼は自分というものを知りつくしていた。感情は清明で、暗いものですら純粋だった。異常なところはなかった。

キャサリンは期待した。ひたすらかすかな望みと祈りにすがった。子どものころからずっと苦労して抑えつけていたのに、ナンバー9に会ったことで復活し、不意に嚙みついてきた特殊能力は、キャサリン自身にとってもいまだに謎だった。

この力を信用してもいいのだろうか？

実際、キャサリンは〝ここ〟がどこかもまったくわからないまま閉じこめられている。目の前にいる男の捕虜だ。彼のほかにも人がいるのは間違いない。きっと彼の仲間だ。キャサリンを救出にくる者はいない。キャサリンがここにいることは、だれも知らない。いま手元に故障していない携帯電話があり、助けを呼ぶことができたとしても、ここがどこか説明できない。

捕虜となったいま、みずからの忌まわしい能力を頼りに、彼に危害をくわえられることはないと信じるしかない。殺されることはない、と。

彼は暗い瞳をキャサリンに据えて一度うなずくと、やにわに立ちあがった。

「来い」ドアのほうへ歩いていく。

キャサリンはびっくりして立ちあがり、彼を追いかけた。すでにつぶれた鼻をドアにぶつけるのではないかと思ったとき、ドアがシュッとあいた。キャサリンは広い背中を追って部屋を出た。

　そして、またびっくりした。

　敷居をまたいだと同時に、昼の世界から夜の世界へ出てきたようだった。空気がひんやりとさわやかになり、かすかに酸素特有の匂いと森の香りがした。そこは二階分の高さのバルコニーで、だだっ広いアトリウムを見おろすことができた。キャサリンは手すりにつかまって身を乗り出した。

　その光景は現実離れしていて、キャサリンは自分がなにを見ているのか、なかなか呑みこめなかった。巨大なドーム天井では無数の光がまたたき、星をちりばめたようだった。キャサリンはつかのま、その光が等間隔に並んでいる人工物であることに気づかなかった。ドーム天井は透明でガラス張りに見えたが、これだけ広い面積を覆い、しかも冷気を遮断できるガラスなど、キャサリンの知るかぎりあるはずがなかった。

　二階下のフロアには、みずみずしい木立のなかに十字路が通っていて、木々の枝を飾る無数の小さな電球と、一・五メートルおきに配置した背の低い円筒形のライトに、明かりがともっている。

　まるでおとぎの国だ。

　人がふたり通路を歩いているのを除けば、アトリウムには――ショッピングモールの駐車場並みに広いのに――だれもいなかった。もっとも、いまは午前零時をまわっているはずだ。

アトリウムで、ひとりの男が箱をのせた台車を押していた。男はふと顔をあげ、二本の指をひたいにつけて敬礼すると、木立のなかに姿を消した。

「とても……とてもきれい」キャサリンは溜息をつき、さっとマックのほうを見た。

ここは美しいけれど、隠された秘密の場所だ。マックがこの先も隠れていたいからだ。ここは町でもある。ただ、外にひらかれた町ではなく、内側に閉じた町だ。人里離れた場所に隠された、謎めいた町。

ああ、記憶を消される。この秘密の町の記憶はＭＩＢで永遠に抹消される。キャサリンはそのことが残念だった。これほど興味深い場所はほかに知らなかった。

巨大なドーム天井に覆われ、地階には緑の公園。ぐるりと円を描くバルコニーの手すりには、蔓植物がからまっている。バルコニーに面してドアが並んでいるが、それらのドアの内側に人がいるのかどうかはわからなかった。いまのところ、三人いることはわかっている。けれど、いま目の前に広がっている風景は、念入りに設計され、手入れされ、まだ新しく見えた。

設計し、手入れをしている人間がいるということだ。

ふたたび人が通路を歩いてきた。今度は男と女だ。男が顔をあげてキャサリンに気づき、目をみはった。それからマックに手を振った。マックはまじめな顔でうなずいた。男と女は肩を寄せあい、なにかを熱心に話しあいながら歩み去った。

ここはひとつの共同体なのだ。人が住み、働いている。人里離れたところに隠れた場所にあるこんな美しい町は、キャサリンの知っているどの町にも似ていない。またたく明かりをちりばめた、巨大な黒のドーム天井、したたるような緑、ニューヨークのグッゲンハイム美術館を彷彿（ほうふつ）とさせる円形のバルコニー。

「とてもきれい」キャサリンはふたたびつぶやいた。

意外にも、マックがそれに答えた。

「そうだろう」両手の関節が白くなるほど強く手すりを握りしめ、放した。「いつまでもきれいなまま残したい」射貫（いぬ）くような厳しい視線をキャサリンに向けた。

「ここはどこなの？　どういう場所なの？」キャサリンは両手を広げ、手のひらを上に向けた。降伏を示す世界共通のサインだ。わたしは危険ではありません。武器も持っていません。

「どのみち、わたしの記憶を消すんでしょう。ここがどこなのか教えてくれてもいいんじゃない？　ほかにも人がいたわ。とても手入れが行き届いていて、設計もすばらしい。下のスペースはまるで公園だわ。それに、あのたくさんのドア……。ここには人が住んでいる。働いている。食事を作っている。さっきいただいた食事は、あんなにおいしいものは食べたことがないといってもいいわ。捕虜ですらこんなに待遇がいいんですもの、住人も大切にされているんでしょうね」

「だれがうちの料理長か知ったら驚くぞ」

キャサリンは目を丸くした。マックがはじめて質問と脅し以外の言葉を口にした。つかのま、キャサリンはマックも驚いたような表情をしたように思った。なんの含みもない言葉を発したことに、彼自身もびっくりしたのだろうか。

そうだとしても、ここの記憶はいずれ消される。脳にショックを与えられ、記憶はフッと消える。凍るような車内に座って死を待っていたことを忘れる。黒いスキーマスクの男に車のウィンドウをノックされ、死ぬほど怯えたことも忘れる。でも、尋問を受けたことは……いまなら認めることができる。キャサリンはあのとき、マックに強く惹かれた。そして、いままで見たことのあるどの場所にも似ていない、このドームの下の広大な美しい空間にも。忘れてしまうのは残念だ。

なにもかもが想像をはるかに超えていた。すばらしい腕前の料理長の名前を聞いても、これほど驚くことはないだろう。「いってみて」

「名前は聞いたことがあるだろう。ステラ・カミングズ」

キャサリンはぽかんと口をあけた。「嘘！　ステラ・カミングズって、女優の？」

まさに思いもよらないことだった。ステラ・カミングズは子役から出発し、十五歳にしてオスカーを獲り、三十歳で二度目の受賞を果たした。だが、ストーカーに襲われたのを境に、ふっつりと姿を消した。それはまるで、地表が割れて彼女を呑みこんでしまったかのようだった。オンラインのタブロイド紙は、いまでも〝ステラ・カミングズはどこにいる？〟と書きたてている。

「まさか……」ばかげている。もうすぐ殺されるかもしれないのに。それなのに、ただの一ファンになっている。『危険な潮』の彼女は最高だったわ。もし彼女がここにいるのなら、会わせてもらえない？　映画の話はしたくないのだったら、タコスがすばらしかったって伝えたいの。ほんとうにおいしかったもの」

「行こう」マックはキャサリンの肘を取って歩きだした。キャサリンは不意をつかれ、マックの大きな歩幅に小走りでついていった。

「どこへ行くの？　ステラ・カミングズに会わせてくれるの？」

「いや」マックのあごがこわばった。「そのうちな。明日になったら会えるかもしれない。とりあえず、部屋に案内する」

マックはそれだけいうと固く口をつぐんでしまい、キャサリンがなにを訊いても答えてくれなかった。質問しても無意味で、そのうちキャサリンは彼についていくだけで息を切らしてしまった。

ふたりは尋問室の反対側までらせん状のバルコニーを歩き、一階下におりた。マックがドアの前に立ち、脇の壁のなにもないところに触れた。ボタンもパネルもない。だが、特定の場所をたたくと、ドアがシュッとあくらしい。

マックに手招きされ、キャサリンは胸を高鳴らせながらおずおずと敷居のほうへ足を踏み出した。いまのいままで、マックに対する印象は……まあ、心を許してくれたとは思えないけれど、ひどく敵視されているようにも思わなかった。この調子なら、彼の心の内に見えたことについて、じっくり話ができるのではないかと、手応えすら感じていた。

だが、勘違いだった。マックがキャサリンを入れようとしたのは独房だった。四方は壁で、窓はない。まったくの暗闇だ。

キャサリンはのろのろと部屋に入り、ちらりとドアのほうを振り返った。ドアノブはない。外に出られない。

独房。マックの険しい目が室内を点検したことも、この部屋が独房であることを裏付けていた。

キャサリンがここにいることを知っている者はこの地上にいないし、孤独な暮らしを送ってきたので、心配して探してくれる人もいない。たぶん、この部屋に閉じこめられたまま死んでいくのだ。手はかからない。死体が朽ち果てるまで放っておけばいいだけのことだ。だれも知らない、だれも心配しない。

女がひとり、鍵のかかった部屋に閉じこめられ、忘れ去られる。時間が経過する。ひとりぼっちでだんだん弱っていき、いずれ暗闇に呑まれて死に至る。

喉が詰まった。胸が動かない——動かせない。

マックが背後に近づいてきた。大きな体がほとんど触れそうになった。後ろから大きな空気の塊が迫ってきて、キャサリンは部屋の奥へ押され、よろめいた。ドアから離され、廊下の明かりから離されていく。

キャサリンはあえいだ。一度、二度。耐えられない、と思った。方策は尽きてしまった。疲れ果てて怯え、頭のなかでガンガンと恐怖の音がする。黒い波がどんどん高くなり、押し寄せてくる。もうすぐ溺れそうだ。

よろよろともう一歩前に進み、振り返った。マックがどんな表情をしているのか、首を伸ばして目をこらす。戸口から差しこんでくる逆光のせいで、彼の顔はほとんど見えなかった。

確かめなければならない、これだけは。わたしはここに閉じこめられたまま死んでいくの？

「あ……あなたに触れてもいい？」あえぎながら尋ねた。

彼がびくりとのけぞった瞬間、明かりに照らされ、かろうじてしかめっつらが見えた。キャサリンは返事を待たずに手を伸ばし、マックの手を握りしめた。

熱い。最初に感じたのは熱さだった。大きな手は、ラジエーター並みに熱かった。キャサリンの手は冷えきっていたので、彼の熱はたちまち肌の奥深くへ浸透した。

そして……。「ああ！」

キャサリンはマックの手を放した。とたんに、もっとつながっていたい、もっと熱さを感じていたいと思った。

だが、自分を信頼せず、脅威だと見なしている男にすがりついてもしかたがない。

それでも、マックに殺意はなかった。そのことは、強くはっきりと伝わってきた。ここは死の独房ではなさそうだ。いつまで閉じこめられるのかはわからないが、死ぬまでずっというわけではないようだった。

希望的観測だろうか。

マックは黙って部屋の外へとあとずさった。ドアが閉まり、室内が明るくなった。ランプや天井のライトといった光源は見当たらない。ただとにかく明るくなった。

室内は広々として、居心地よくしつらえてあった。暗闇では邪悪な雰囲気を感じたが、明かりがつけば普通の部屋だった。よくあるホテルの客室よりは広く、ベッドはクイーンサイズで、二脚の肘掛け椅子とテーブル兼用のデスクを据えたくつろぐためのスペースもあった。ドアを隔ててバスルームがあり、ちらりと覗いてみると、とても感じがよかった。真っ白なタオルがきちんとたたんでうずたかく積んであり、石鹸（せっけん）や超音波振動歯ブラシもそろっている。

なるほど。ヒルトンホテル並みの独房ね。だったら耐えられる。

驚いたことに、今回の探索で夜明かししなければならなくなったときのために持ってきた小さな鞄（かばん）も運びこまれていた。化粧ポーチとパジャマとスリッパが入っている。

シャワーを浴びるとさっぱりして人心地がついた。丸二日間、路上をさまよっていたのだ。這(は)うようにベッドにもぐりこみ、天井を眺めた。

どこもかしこも痛かった。体も頭も心も。さびしさが波となって襲ってきた。マックに触れてみて、彼は危険ではない、恐れるべき相手ではないとわかった。

けれど……ほんとうにそうだろうか？　信じてもいいのだろうか？　あの力はまったくあてにならない。力を全力で押しのけたりせずに、もっと磨くべきだったのかもしれない。不格好で醜い双子のきょうだいのように、心の隅に追いやるのではなく。

キャサリンの特殊能力がはずれたためしはないが、断片しかわからないことのほうが多い。感情のトップノート、つまりその一瞬の感情を読み取ることはできても、無意識下にある重要な感情は完全に見逃している。他人の真の姿を掘りさげるのが怖いからだ。だから、もっとも強い感情の下に隠れた色調や陰影を見わけられず、しばしば他人を誤解してしまう。

マックはキャサリンを殺そうと考えてはいないかもしれないが、ことさら生かしておくつもりもないのかもしれない。でも……でも、彼の心には……なにかがあった。なにか、とらえどころのないものが。優しく触れる指のような、ふわりとした羽根のようななにかが。

守ってやる、といわれているような感じがした。

その感じは本物だろうか？

おそらく違う。

彼がキャサリンを気にかけるわけがない。いままでつきあった男たちはひとり残らずキャサリンを薄気味悪い女だと思っていた。だから、体の関係は……うまくいったことがない。疲れた。ストレスに満ちた一日を過ごしたからというだけではない。自分であることに疲れたのだ。自分のなかにある制御不能ななにかに振りまわされ、知るべきではなかったことを知ったせいで。

疲れた……。

不意に明かりが消え、キャサリンは夢を見ることのない深い眠りに落ちた。

一月七日

「飢え死にするまで閉じこめておくべきだろうか」朝が来て、マックはむっつりといった。

ニックとジョンはまったく聞いていなかった。鷹のピンバッジにすっかり気を取られている。ジョンはじっくりとバッジを眺め、ニックに渡した。

ジョンは白い歯をちらりと覗かせて目をあげた。「なにいってる。どうせステラに朝食を運ばせたんだろう」

マックは歯を食いしばった。図星だった。

いまごろマックの捕虜は朝食史上最高の朝食という鞭(むち)で打たれ、責められているはずだ。

ニックが鷹のバッジから目もあげずにいった。「もったいない。殺すのは。まだなにもわかってないじゃないか」

「おやおや」ジョンは首をひねってニックを見つめた。「ニックが長い文章をしゃべったぞ。それも一気にな。新記録じゃないか、マック？」

マックはジョンとつかのま目を合わせた。ニックはゴースト・オプスのメンバーになってわずか一週間後にあの最悪のできごとに巻きこまれた。ルシウスがニックを六人目のメンバーとして連れてきたのは——くそっ、ルシウスを思い出すと、また胸がぎゅっと痛くなる——ランディ・ヒギンズが高高度降下低高度開傘(HALO)で事故死したあとのことだった。地上から三キロメートル上空でパラシュートがひらかず、どうしようもなかった。

ニックは静かにチームに溶けこみ、命令されたことを手際よくこなしたが、言葉は一度にひとことふたこと発するだけだった。ゴースト・オプスのメンバーは個人的な話をしてはならず、語ろうともしないが、どんな人生を送ってきたのかはなんとなくにじみ出るものだ。マイク・ペルトンの南部訛り、カリフォルニアのサーファーらしい、ジョンののんびりとしたしゃべり方。ロルフ・ランドキストはスキー愛好家で、ロッキーの山々を知りつくしていた。

だが、ニックは違う。過去をいっさい匂わせず、どこかの研究所で卵から孵(かえ)ったのだとしてもおかしくなかった。

「黙れ、ジョン」ニックが突然いった。彼らしくない反応に、ジョンは目をみはり、口をつぐんだ。

ニックは鷹のバッジを隅から隅まで細かく観察していた。ようやくそれをテーブルに置き、顔をあげてまずジョンと目を合わせ、それからマックを見やった。

「本物だ。彼のものだ」

マックはうなずいた。自身もそう考えていた。

「そうか。で、どうする？」しばらくして、ジョンが沈黙を破った。任務を離れているときは、黙っていることが苦手なのだ。

ニックが顔をしかめた。彼の日焼けした顔になんらかの表情が浮かぶのは、長い言葉を発するよりもめずらしい。

彼はバッジを手のひらの上でひっくり返した。「つまり……もしこれが本物だったら……ルシウスは？　あの女にこれを渡したのはほんとうにルシウスなのか？　カーポヴェルデかバリの豪邸でのんびりくつろいでるんじゃなくて、パロアルトの研究所でひどい目にあってるってことか？　そんなことがありうるのか？　おれはおまえらほどルシウスのことは知らない。時間がなかったからな。だから、よくわからないが……」なんと、ニックがしゃべりつづけている。いくつもの文を。「おれたちは考え違いをしていたんじゃないのか？」

「あのときのことか？」マックは鋭く訊き返した。

ニックはうなずいた。

マックとジョンは目配せした。ジョンもマックと同じくらい傷ついている。マックと同様に、彼もルシウスを父親同然に思っていたので、裏切られたことにショックを受けていた。ニックは冷静だった。くそみたいな世界でまたくそみたいなできごとにあっただけだ、と。

マックとジョンは、そんな彼に感心したのだが。

「マック」ジョンが尋ねた。「おまえはどう思う――」

マックはとっさにかぶりを振った。わからない。裏切られただけでもつらい。それなのに、ルシウスも裏切られた側で、いまこのときも命の危険にさらされているかもしれないと思うと……。

「あの女しだいだ」落ち着いて考えることができているのは、ニックだけのようだ。マックに向き直る。「あれだけの美人だし、おまえがもっとじっくり尋問すればいい」マックが驚いたことに、ニックはにやりと笑った。その笑みはすぐに消え、いつもの石のような無表情に戻った。だが、たしかに笑ったのだ。

ジョンが飛びついた。「そりゃいい。尋問しろ。あちこちつっついてみろよ」眉をひょいと動かす。「より直接的に調べろ、意味はわかるな」

「ばか野郎」マックはぶっきらぼうに返した。だが、彼女に手を触れるところを想像してしまい、胸にパンチを食らったような気分だった。あのつややかな髪、シルバーグレーの瞳、無防備な表情が、たちまち頭のなかにぱっと広がり、体のすみずみでなにかが目を覚ました。とくに、下半身のあたりで。股間のものがふくらみはじめ、マックは意志の力で抑えた。

なんてこった。いつも冷静で、いますべきことに集中するこの自分が。セックスには、それ専用の狭く閉じた空間というものがある。普通はバーからベッドまで、数時間で終わる。そして、いつもの自分に戻る。

キャサリン・ヤングに、頭のなかを引っかきまわされている。認めたくないが、マックは一晩じゅう彼女のことを考えていた。戦略を練るためではなく、まったくべつの意味で。証言をあらゆる面から検討して矛盾点を探す。べつの人間が相手なら、そうしていたはずだ。

ところが、ゆうべはずっと、大きく目を見ひらいて天井を眺め、彼女に触れられた瞬間に全身を駆けめぐった熱さを反芻(はんすう)していた。ドラッグはやったことがない。マックは、ドラッグで現実から逃避している人間たちのそばで子ども時代を過ごした。三十四歳になったいま、あの連中のほとんどはもう死んだことがわかっているし、死んでいるほうがましだと思う。だから、ドラッグに魅力を感じたことはない。死にたくない、生きたいと強く思っている。ずっと前からそうだった。

ただ、ある少年からヘロインの快感について聞いたことがある。その少年は、ヘロインほしさに夜ごと街角に立ち、一日のうち二十三時間はそんな自分を憎んでいた。だが、残りの一時間ヘロインをキメられるなら、その価値はあるという。痛い思いをし、辱められるだけの価値はある、と。ただの肉の塊のように扱われてもいい。毎晩殴られ、なぶられてもかまわない。ヘロインが体に入ってきた瞬間に、いやなことはすべて消え、天国が実在するのならこんな感じだろうなという気分になるのだと、少年はいった。

キャサリン・ヤング博士に触れられたときに起こったことを説明するとすれば、その少年の話がぴったりあてはまる。快感。一度も味わったことのない快感。優しい手で心をそっとなでられたような。天使に脳味噌を侵略されたような。

マックはあざ笑いそうになった。天使だと。この世にもあの世にも天使などいない。天使は実在しないし、心をなでられた体験もない。そもそもおれには心などない。

それにしても、いったいあれはなんだったのだろう。なにかが起きた。なにかものすごい、気味の悪いことが。

彼女は現実とは思えないことをやってのけた。どうすればあんなまねができるんだ？　マジシャンが観客席からひとりをステージにあげ、好きな数字を思い浮かべるように指示し、その数字を書いてみせるようなことが。マジックなどただのこけおどしで、観客もだまされたくて参加しているのだと思っていたのだが。

しかし、キャサリン・ヤングがいったことは恐ろしいまでに事実だった。真の自分を読まれた。蝶の標本のように、ぐさりと釘付けにされた。

マックは他人に理解され、共感されることに慣れていない。服従されることには慣れている。ゴースト・オプスのメンバーたちはマックのことを理解しようとはしなかったし、マックとしてもそのほうがありがたかった。唯一の例外がルシウスで、内面をほんの少し覗かれたが、やはりなんとなくやりにくかった。

追放された身となったいまでも、ニックやジョンを含め、この一年で築きあげてきた小さなコミューンの住人たちは、マックのことをごく小さな隙間もない鎧(よろい)をまとった強く冷徹な指導者だと思っている。彼らが頼りにしているのは、大きくて固い、つやつやした鎧なのだ。だから、こんなふうに理解されるのは……恐ろしい。彼女に触れられた、あの炸裂(さくれつ)するような一瞬に心地よささえ感じたのが、もっと恐ろしい。彼女がなにをしているのかわかったのは、そのあとのことだ。

あの体験はヘロインの注射にも似ていた。そして、依存者と同様に、マックもあの感覚をもう一度味わいたくてたまらなかった。夜のあいだ、ずっと考えていた——キャサリン・ヤングのことを。あの優しい感触、触れられたとたんに全身の血管に広がった温もり。

彼女は……マックに触れているあいだ、輝いていた。この世のものではない生き物のようだった。体のなかに一千ワットの電球があり、光と熱を放っているように見えた。あの瞬間の彼女は、ありえないほど美しかった、世界一美しかった。よその惑星から来た魔女だった。地球上に、あれほど繊細な美しさをたたえた女はいない。

でも、いつまでもそうではなかった。手を離したとたん、彼女のなかのなにかが壊れてしまった。白い肌は輝きを失い、灰色になった。美しい目の下には隈ができていた。鼻の頭もつまんだようになり、色味が失せた。

眠れなかった理由は、そこにもあった。謎の惑星から来た輝く妖精の王女は美しかったが、無力でか弱い女が自分に魔法の粉を振りかけた報いを受けたのだと思うと、マックの胸はつぶれそうに痛んだ。

彼女を抱きしめてしまわないように、拳を握ってこらえなければならなかった。この自分が、みずからの手によって敵が死ぬのをまばたきせずに見ていることのできる冷徹な男、マック・マッケンローが、敵かもしれない相手を抱きしめたくなるとは。なぜかマックたちの隠れ場所を知っていた怪しい女を。マックのコミューンをぶち壊すかもしれない女を。

「わかった」マックは兵士の仮面をつけ、冷静な声でいった。「彼女からもっとなにか聞き出せないかやってみる」

ニックが短くうなずき、ふたたび鷹のバッジを手に取った。

ジョンがにやりと笑い、キスの音をたてた。

マックはジョンに中指を立ててみせ、部屋を出た。

6

サンフランシスコ
アーカ製薬本社

翌朝、リーのこめかみの血管がずきずきと疼きはじめた。彼はミロン研究所の勤務表を見ていた。キャサリン・ヤング博士が、昨日につづいて今日も出勤していない。

リーは、パロアルトのミロン研究所でSL－58の開発に携わった三名の研究者に、アフリカからの映像を送っておいた。むろん、全貌を明かしたわけではない。三名が知っているのは、普段の仕事の枠にはおさまらない、軍事機密に関わる研究をしているということだけだ。自分の年俸が普通の研究者より十万ドル多いことも知らされている。リーがまたべつの計画を立てていることは、まったく知らない。もちろん、知らなくていい。

人民解放軍を史上最強の生きた兵器にする薬を完成させたあかつきには、本国へ帰還する前に、自分の車に黒焦げの死体をのせ、谷底に落としておくつもりだ。三名の科学者の裏切り行為をほのめかすための工作だ。

目標達成まであと少しなのに、なんとじれったい！　オリオンの試験が失敗したせいで、数カ月は先のことになってしまった。新しい人生が手の届かないところで躍っている。

右側のモニターに映っている鍵のホログラムをタップした。それはたちまち、もやもやとベアリングの銃弾頭に形を変えた。

「はい」

「キャサリン・ヤング博士が今朝も出勤していない。半径百五十キロ以内の病院と警察に問い合わせてくれ。自宅を捜索して、わざと探した痕跡を残せ。一時間以内に結果を報告しろ」

「承知しました」

リーは歯を食いしばり、つやつやしたチークのデスクを指で小刻みにたたきながら考えた。ヤングはどうしたのだろう？　暴漢に襲われたか、交通事故にあったか。いまごろ遺体安置所に保管されているのか？　そうだとすれば残念だ。彼女はｆＭＲＩの画像を読み取る能力にかけてはずば抜けていて、鋭い洞察力で人間の脳におけるＳＬの作用についてだれよりも理解しているようだった。ＳＬを微調整できる人間がいるとすれば、ヤング博士しかいない。

彼女はリーが思いつくなかで最高の分析者だ。ｆＭＲＩの画像を見ただけで患者が朝食になにを食べたのかわかるのではないかと思うことすらある。彼女の手にかかれば、それぞれの画像は多くのデータをもたらしてくれる。それによって、研究所はいままでにない詳細な脳のマップを作成しているところだった。

なぜヤング博士は出勤しないのだ？　仕事第一で、決して怠けたりしない女が。親しい同僚はいないようだし、会社の警備部門による身辺調査では、友人も少ないとのことだった。いや、はっきりいえば皆無だ。

彼女は仕事と結婚し、早朝から出社し、遅くまで仕事をしていた。政治にはまったく興味がなさそうで、自分が勤めている企業に特別な関心を抱いている様子すらなかった。うむ。いまごろＦＢＩに会社の秘密をぶちまけているとは考えられない。彼女になにかが起きたのだ。男とどこかにしけこんで、いまも一緒にいる可能性は？　なさそうだ。友人がいないだけではなく、性生活もないようだった。

そこもまた長所だったのだが。

やはり、社内のトップ研究者の車には追跡装置をつけるべきだった。ヤングが出社してきたらすぐに、車が止まっているときでも発信を中断しない電波送受信機を取りつけさせなければならない。それよりも、ベアリングを彼女の寝室に侵入させ、麻酔薬を嗅がせて極小の放射性同位体を注射すべきか。そうすれば、本人に知られずにいつも居場所を把握できる。

SL―59が完成し、臨床試験で効能が証明されて人民解放軍へ送られたら、ヤング博士は処分されることになる。人民解放軍の兵士たちになにが起きたのかわかるのは、クランシー・フリンとキャサリン・ヤングだけだ。ふたりの口を封じなければならない。軍人あがりのやかまし屋と平凡な女の命など、計画の重要さにくらべればなんでもない。

キャサリンは興味津々で肘をついて身を乗り出した。「ねえ、ステラ。ほんとうのことを教えてね。ゲイリー・ホプキンズのキスは上手だった?」

ああ、あの場面。『ザ・ハンター』のポスターで使われた、世界一有名なキスシーン。敵によって引き離されようとした瞬間のステラとゲイリーが、唇の一点だけでつながっているシーンだ。

完璧なブルーベリーパンケーキと完璧な白身だけのチーズオムレツがのっていた皿の脇に、完璧なコーヒーの入ったカップを置いた。そばのボウルには、完璧なイチゴジャムを落とした完璧なホームメイドのヨーグルトが、さっきまで入っていた。

記憶にあるかぎり、一度の食事でこんなに食べられたのはほんとうに久しぶりだった。ひと口ひと口がこのうえなくおいしく、はしたない音をたててボウルからヨーグルトをこそげ取って口に入れた。

ほんとうに、フランスで食べた朝食を含めても、人生最高の朝食だった。けれど、満腹になると、今度はむかいに座っている女に対する興味にとらわれてしまった。

映画のギャラが一本二千万ドルの世界的な有名女優で、その顔は幾多のゴシップ誌の表紙を飾り、人前から姿を消すまではずっとセレブリティだったステラ・カミングズ。

彼女はいつもファッションモデル並みにやせた体に最新流行の服をまとい、まばゆいほどに美しかった。一般人にとっては雲の上の存在だった。レッドカーペットの写真やタブロイド紙のスナップ写真の彼女は、無愛想で魅力的だった。二十一世紀のグレタ・ガルボ。ただ、ずっと細身だけれど。

いまキャサリンの前に座っているステラは、もはや美しくはないが、よく笑う健康そうな女だった。

その顔は残酷にも斬られ、名医の手で丁寧に縫いあわされたが、かつての美しさはどうしても失われてしまった。だがキャサリンは、ステラがおいしそうな香りの料理をのせたトレイを抱えて現れた十秒後には、顔の傷跡のことなど忘れていた。

ステラは片頬をゆがめてほほえみ、ぐるりと目を天井に向けた。「あの人、ゲイなのよ」

キャサリンは目を丸くした。「ゲイリー・ホプキンズが?」

「間違いないわ。ローレンス・ロームも。あのふたり、つきあってたのよ」

「まあ」キャサリンは椅子の背にもたれた。ゲイリー・ホプキンズも、彼ほどではないにせよローレンス・ロームも、マッチョの典型だ。筋骨隆々の怒れる男。『極悪(デッドリー・エヴィル)』のゲイリーは、勇ましく大量の武器を使いこなす、たったひとりで地球を救う男の役だった。「そうなんだ。まあ、ハンサムすぎるかもね」

部屋のドアがシュッとあき、ふたりは振り向いた。

「ハンサムといえばこの人ね」入ってきたマックに、ステラがいった。

マックにぎろりとにらみつけられたが、ステラはにっこりとほほえみ返した。

キャサリンは身動きできなかった。マックの姿が戸口に現れたとたん、全身が麻痺（まひ）したようになり、体のなかから息が抜けて、手のひらが汗ばんできた。筋肉は動かないが、心のなかでは自分でも理解できず、制御できない感情が激しく沸きたっていた。

マックに魅入られていた。

引き締まった筋肉質の長身、広い肩、人の首を簡単に折り、戦車も修理できそうな、大きく有能な両手でできあがった、究極の男だ。彼にくらべれば、ゲイリー・ホプキンズなど愛玩犬に見える。

彼には怖さもある。彼に触れたときには、殺されることはなさそうだと思えた。いまのところは。だが、あの力はむらがあり、不完全であてにならない。それに、彼のなかには暴力性も潜んでいる。外科医がメスを使うのと同じで、彼は暴力を道具として扱う。

でも、自分は大きな勘違いをしているのかもしれない。傷だらけで平板だが、人を引きつける力のある顔は、石のように無表情だ。大きな体のどこを見ても危険で、その危険がこちらに向けられないという保証はない。

それでも、キャサリンは彼に惹かれていた。ゆうべは疲れ果て、強迫的ともいえる恐怖にがっちりと締めつけられ、ひどく怯えていた。ところがいま、休養して頭がすっきりすると、不意にマックの姿を目にしたとたんに心臓が跳ねあがった。半分は不安のせい、もう半分は強い魅力を感じたせいだが、その魅力とは昔ながらの性的なものだった。

彼はわたしをその気にさせた。

そんなことはめったにないので、キャサリンは、自分に性的な欲望があることすら忘れていた。だれかと肌を重ねるということは、茨(いばら)の森に分け入るのにも似た問題に満ちているので、ほとんどあきらめていたのだ。

だが、体はあきらめていなかったらしい。ほしいものが現れようものなら飛びかかろうと静かに待ち伏せしていたところに、マックと出会ってしまったというべきか。キャサリンは身震いした。既婚の歯科医だの銀行員だのにひと目惚れするよりたちが悪い。相手が危険すぎる。たったいま入ってきて、険しい目で室内をさっと見まわし、自然の脅威のように立ちはだかっている男は、あまりにも恐ろしい。

マックの経歴は知らないが、見るからに兵士の雰囲気だ。りりしい制服に身を包み、ぴかぴか光る剣を差し、気をつけや敬礼を格好よくこなすお飾りの兵士ではない。特殊部隊にいるようなタイプだ。夜陰に紛れて行動し、敬礼よりも人の首を折るのが得意で、だれにも気づかれずに音もなく立ち去るたぐいの。

彼には不安をかきたてられる。そのことは、昨日からはっきりしていた。彼はキャサリンを不安にし、話をしても信じようとせず、だれかにスパイとして送りこまれたのではないかと、なかば疑っている。

激しいまでに体が反応したのがこの男だなんて——自分を信頼してくれない、危険な匂いのする大男だなんて——欲望とはひどいいたずらをするものだ。

そのうえ、容赦ない。そこが怖いのだ。たまたま出会ったハンサムな男に惹かれるような、わかりやすいひと目惚れではない。そもそも、マックはハンサムという言葉がまったくあてはまらない男だ。

傷跡のある顔と険しい目をしたこの大男に、キャサリンは反応していた。ずっと彼を、彼だけを待ち構えていたかのように。

頭は体にあきらめなさいと指示しているけれど、効果はない。

肋骨(ろっこつ)が折れそうなほど、胸の鼓動が激しい。キャサリンはあえて動かず、声も出さなかった。彼が戸口に現れたとたんに、震えが止まらなくなったのを知られてしまうからだ。

ああ。

脚のあいだが熱くなり、キャサリンはほとんど経験のないオーガズムが訪れたときのように、下腹がぎゅっと縮むのを感じて呆然とした。胸が苦しくなり、乳房は腫れぼったく、重みを増したような気がした。なによりもショックだったのが、マックが大きな手を差し出しさえすれば、その手に向かってまっすぐ走りだしてしまいそうな、弱く愚かな気持ちになっていることだった。

それがいちばん怖かった。彼が受け止めてくれるわけがないのに、身を投げ出すわけにはいかない。

受け止めてくれるどころか、撃たれるかもしれないのに。

マックは朝食のすんだ跡を眺め、キャサリンとステラを真顔で見据えた。「もう終わったのか？」と、ステラに尋ねる。

「ええ、大丈夫よ、マック。ありがとう」ステラは首をかしげてマックを見つめた。「お行儀のいい男の人に会うのはいつだって気持ちがいいものね」

マックがきつく歯を食いしばったので、こめかみも動いた。顎関節をあんなに酷使しては奥歯が欠けてしまう、とキャサリンは思った。

石のような無表情には、なんの感情もあらわれていなかった。キャサリンは、不機嫌そうなマックにまったくひるむ様子がないステラに感心した。

「ステラ」マックがいらだたしげにいった。

「マック……」ステラはマックの口調をまねて返した。キャサリンには、熊をからかっているも同然に見えたが、ステラはマックと同じくらい不機嫌な顔をしていて、少しも怖がっていない。

これを膠着状態というのだろうか。キャサリンは、男と女の意地がぶつかるのが目に見えるような気がした。意外にも、勝ったのはステラだった。

ステラはコーヒーポットを指さした。「コーヒーはどう？　あと一杯分はあるわよ」

マックはためらったが、ステラはさっさとキャビネットのほうへ歩いていき、カップを取り出した。キャサリンが驚いたことに、キャビネットの内側にはお茶の道具一式だけではなく、小さなシンクと電子レンジまで備わっていた。知っていれば、ゆうべ自分でお茶を淹れたのに。

ステラはカップにコーヒーを注いでマックに渡した。「どうぞ、ブラックだったわね。あなたのハートと同じ」

マックはテーブルにカップを置いた。勢いがよすぎて、縁からコーヒーが少しこぼれた。

「いいかげんにしろ、ステラ――」

「いいえ、黙らないわよ、マック。あなたはわかってないわ、彼女はね……」ステラは流れるようなしぐさでキャサリンを指し示した。キャサリンは、この人は世界的な大女優だったのだと、あらためて思い知った。「彼女はゆうべ、自分が捕虜になったと思ってたのよ」

キャサリンは思わず声をあげそうになり、あわてて我慢したせいで喉が詰まった。その場から消えてしまいたくなり、身をすくめた。ステラがキャサリンのほうを向いた。「そうでしょう?」と問いただす。

マックは無表情のまま、険しい目でキャサリンを見た。どうしよう。キャサリンは声も出ず、とにかくうなずいた。まさか捕虜にされたのではないとは、思ってもいなかった。「そう、あなたは捕虜なんかじゃないわ」ステラがいった。「あなたにたった一秒でもそんなふうに思わせたなんて、マックはどういうつもりかしら。このコミューンは牢獄じゃないのよ」

スクリーンに映っていたときのように、ステラの目は燃えていた。大きくて、ほとんど透明に見えるほど淡いブルー。あいかわらず美しく表情豊かな瞳。刃物の傷跡が、右の眉からかろうじて目をはずれ、くっきりとした頬骨まで走っているけれど。彼女の瞳はスクリーンでも輝いていたが、現実の世界ではさらに力強かった。「捕虜じゃないでしょう、マック? 動物みたいに閉じこめられているわけじゃないって、あなたの口からいってあげなさいよ。もしこの部屋のドアに鍵をかけたりしたら、あなたの分の食事は作らないわよ。そうね、一生作らない。今日から自分で作ることね」

無愛想な顔が、ちくりと針で刺されたかのように、一瞬しかめっつらになった。キャサリンには彼の気持ちがよくわかった。ステラの料理を一度でも味わったら、二度と食事を作ってやらないという言葉は、たしかに脅しになる。

「あんたは閉じこめられているわけじゃない」無理やりいわされている感じがよく出ていた。

いかにも不本意そうだ。

キャサリンは身震いした。ゆうべは鍵のかかった部屋に閉じこめられていたのではなかったのだ。ひとり体を丸めて、この部屋を出られるのだろうかと考えていたあのみじめな時間は……無意味だったの？

マックをまじまじと見ると、彼も見つめ返してきた。

「もう、なにやってるのよ」ステラはいい、椅子の脚に絡めていた長い脚を伸ばして立ちあがった。つかつかとドアへ歩いていき、右脇の壁の一点を手のひらでたたいた。「ほんの少しだけくぼんでいる場所があるの。そこを押せば、ドアはひらく。二度たたけば鍵がかかる。やってみて」

キャサリンはマックから目を離さず、ドアへ向かった。ステラがキャサリンの手を取り、壁を押させた。一見しただけではわからないが、指の下がくぼんでいるのは明らかだった。円形のかすかなへこみがある。そこを押すと、ドアがシュッとひらき、みずみずしい植物の香りが部屋を満たした。

「ね？　捕虜じゃないでしょう」ステラはキャサリンより背が高く、頭越しにマックを見た。「捕虜じゃないってだけではなくて、彼女は来るべくしてここへ来たんだと思うわ。わたしたちの仲間よ」

キャサリンは、ステラがなにをいっているのかわからなかったが、マックにはわかったようだ。ふたたび顔をしかめ、かぶりを振った。ステラは溜息をついた。「だめねえ、マック。お客さまを案内してあげて」

「わかったよ」それ以上力をこめて歯を食いしばれば、マックの頬はひび割れそうだった。

ステラはキャサリンに向き直った。「じゃあまた、お昼にね。トレビスのリゾットと、洋梨のタルトを作るの。自画自賛しちゃうけど、わたしのリゾットはすごくおいしいのよ。あなたも気に入るわ」

「ええ、間違いなく。ちなみに、リゾットは大好物よ」キャサリンは熱心にいった。「楽しみにしてる」出ていくステラの後ろ姿を、かすかな不安とともに見送った。ステラがいてくれるうちは、室内の空気も……普通だった。三人でしゃべっているうちは。

ステラがいなくなり、キャサリンは無愛想な顔をした山のような男とふたりきりで残された。その男はキャサリンのことを嫌っているのに、キャサリンはまともにものを考えられないくらい欲望にとらわれている。

ああ、なんて悲惨な組みあわせ。最悪だ。

キャサリンがこの奇妙な建物に入れてもらえたのは、彼が許可してくれたからにほかならない。ゆうべはドアが施錠されていなかったのかもしれないが、それでもキャサリンは部屋を出てあたりをうろつきまわったりはしなかったはずだ。建物の出口を見つけたとしても、ここは町から遠く離れた山のなかだ。逃げていれば、凍死していただろう。

だから、事実上は囚（とら）われの身であることに変わりはない。ただし、食事は充分すぎるほど与えられているけれど。

マックはキャサリンをじっと見つめているが、なにを考えているのかはまったくわからない。よい考えではなさそうだが。

「どうやらおれはあんたを案内しなければならないらしい」彼の声は低く、遠い雷鳴のようだった。「行こう」彼は一歩あとずさり、大きな手のひらを広げた。

しかたがない。

ウサギ穴に落ちたも同然だ。キャサリンはドアの外へ出て、広い廊下を突っ切り、バルコニーの手すりにもたれた。

ああ。不思議の国へまっさかさまに落ちていくウサギ穴だわ。キャサリンは手すりをしっかり握り、眼下を眺めた。

ゆうべはあまりにも疲れていたうえに、怯えてもいたので、すみずみまで見ていなかったが、こうして朝の明るい日差しの下で眺めると……ここは都市だ。世界から隔絶された地下都市が、キャサリンの前に広がっていた。したたる緑の合間に建物があり、人々が煉瓦（れんが）や石を敷き詰めた道をきびきびと歩いている。落ち葉を掃く者、ドアをあけている者、テーブルを二台運び出す者……カフェだ！　そのとおり、男女がテーブルにつくと、ウエイターが注文を取りにきた。

そのほかにも、人々が真下の広場を行き交っている。小道を歩いていく者、広場を突っ切る者、さまざまだ。だれもがマックのほうを見あげ、手を振る。ふたり組の男が、わざとらしく敬礼した。

キャサリンは振り向き、マックがうなずき返すのを見て、やはりここはひとつの共同体で、マックは王なのだと思った。王でなければ、リーダーだ。

これほどの強面なのに、だれもマックを怖がっていなかった。敬礼も手を振るしぐさも、親しみがこもっていて、くだけた感じがした。

眼下の広場にどんどん人が出てくる。仕事をしている者もいた——小道をほうきで掃いたり、あちこちに荷物を運んだりしている。

頭上の空は明るいブルーだった。ゆうべ見ていなければ、そこに巨大なドーム天井があるとは思わなかっただろう。屋根のない露天だと思いこんだに違いない。いまでもまだ、天井がまったく曇りのない透明であることしかわからない。

「ここはどこなの？　ここはなに？　都市だとしても、こんなところがあるなんて聞いたことがないわ。山の頂上を削って造った都市なんて。いいえ、山の頂上の地面の下にあるというべきかしら」

マックの視線は鋭かった。キャサリンは肩をすくめた。「だって、坂をのぼってきたわ。わたしが知っているのはそれだけよ。こんなところがあるのに、いままで知らなかったのが驚きだわ」

「驚くことじゃない。ここはおれたちが一から造った。地図に載っていないし、道路網からもはずれている」

キャサリンは目をみはった。「道路網からもはずれている？　つまり、ここはだれにも知られていないってこと？　でも……」頭がくらくらした。「現代的な都市にはインフラが不可欠だわ。送電線、水道、インターネット……」

「完全に自給自足だ」マックの顔は無表情のままだが、かすかな誇りが見て取れた。「電力もここで発電している」彼が目をあげた。キャサリンは驚いて天井を見あげた。「あの天井か？　透明に見えるが、じつはそうじゃない。あれはグラフェンというシートだ。地球上でもっとも丈夫な素材のひとつだが、厚さは原子一個分しかない。天井には、極小のソーラーパネルが埋めこんである。電力は充分足りている。水もたっぷりある。インターネットも自前でつなげたし、食料もここで生産している」

「コミューン全体が、なにがなんでも普通の社会と距離を置きたがっているみたい。どんな人たちの集まりなの？」

マックは広大なアトリウムを見おろしていた。あごが何度か動いた。文字どおり、言葉を噛み砕いているように見えた。三人連れが眼下の芝地を歩いてきて、顔をあげて手を振った。マックはそっけなくうなずいた。

「マック」キャサリンはためらったが、彼の前腕にそっと触れた。フリースのシャツに覆われている。キャサリンに感じられたのは、腕のたくましさと温もりだけだった。全身に震えが走った。

マックがはっと振り向き、キャサリンは熱いストーブにさわってしまったかのように手を引っこめた。つい彼に触れてしまったのを後悔した。心を〝読まれたがる〟人間などいない。覚えておかなければならないことだ。

「ごめんなさい」キャサリンはささやいた。

マックは肩をすくめた。関節が白くなるほどきつく手すりを握りしめ、自分の王国を見おろしている。

理由はわからないが、キャサリンはこの場所のことを知りたくてたまらなかった。いままで噂(うわさ)すら聞いたことがない、想像の範疇(はんちゅう)をはるかに超えるこの場所を、いまこうして眺め渡している。外の世界とも時間とも隔絶した場所を。

「なぜ社会から離れていたいの？　それとも離れていなければならない理由があるの？」声が低くなったのは、喉が詰まっていたからだ。言葉を発するだけで苦しかったが、知りたいという気持ちを我慢できなかった。

マックはしばらく広場を見おろしていた。またひとり、顔をあげて手を振った。小道を人々がせわしなく行き来している。カップルは少ない。子どもはひとりもいない。

マックは黙っているが、あごが何度も動くので、言葉が口から出かかっているようだ。

キャサリンはごくりと唾を呑みこんだ。「ねえ、マック、いずれわたしの記憶を消すつもりなんでしょう。なにを聞いても、わたしは忘れてしまって、二度と思い出さない。わたしは神経学者だから断言できるわ、レーテーを投与されたら、記憶は物理的に失われるの。数百万のニューロンとともにね。だから、わたしにはなにも暴露などできない。ずっと」

マックが自分のほうを向いていないのをいいことに、キャサリンはまじまじと彼を見つめた。マック・マッケンローのことも忘れてしまうのだ。男にこんなふうに惹かれたことは一度もなかったし、これからもないだろう。体がかっと熱くなったことも、それに気づいて、恐怖と欲望に身を震わせたことも、永遠に忘れてしまう。

「マック」もう一度、試みた。「ステラは、あなたがわたしに話すのを望んでいたようだったわ。わたしも仲間だとかいっていた。このコミューンの仲間ということでしょう」

マックはどこか痛みを抱えているかのように目をつぶり、深く息を吸った。あら。痛いところを突いてしまったかしら。

もちろん、そうだ。

キャサリンは、どこにいてもなじめなかった。決まってよそ者扱いされた。生まれ育ったマサチューセッツの小さな町でも、大学でも大学院でも、シカゴの最初の勤め先でも。ミロンに転職したころには、なじもうと努力することもやめていた。出勤し、ひたすら仕事をして、帰宅するだけの毎日だった。どこかのグループに入ろうとすれば、失敗するのは目に見えていた。

変だよな。変よね。あの人、変。

もういいわ。キャサリンは頭のなかでその言葉を組み立てたが、口から発する前に、マックが体ごとこちらを向いて正面から見つめてきた。情けないことに、真剣なまなざしで見つめられただけで、膝から力が抜けた。ことさら意図して脚を突っ張らなければ、まっすぐ立っていられなかった。

なんということだろう。自分の体が思いどおりにならない。しっかりしなければならない場面で力が入らない。そのとき、マックがその大きな手で下の空間を指し示した。初老の男がそれに気づき、マックが自分に向かって手を振ったのだと思ったのか、にこやかに手を振り返した。

「ここはもともと銀山だった。一九五〇年代に銀を掘りつくされて廃坑になった。おれがなぜそのことを知っているかというと、近くの盆地で養家を転々として育ったからだ。世話になった家はどこも子どもなんかほったらかしだった。大事なのは銀行の残高で、州がちゃんと養育費を払ってくれるかどうか、そっちばかり気にしていた。十四のとき、廃品置き場でバイクを見つけた。こう見えて結構器用でね。部品を集めて修理した。そのバイクで四年間、軍隊に入るまであちこち放浪した。そのときに、この場所を見つけた。で、隠れ処が必要になって、みんなをここに連れてきた」

隠れ処が必要になった？　キャサリンの予想外の答えだった。考えてみれば、うなずける。たしかにここは隠れ処だ。有名なブッチ・キャシディとサンダンス・キッドの『壁の穴』のような。発見できれば、たどりつければ、絶対に安全な場所。

キャサリンはあたりを見まわし、まだこちらをじっと見つめている男に目を戻した。「そして、ちょっとした工事をしたってわけね」ちょっとした工事どころか、目の前に広がっているのは、廃坑などではない。最先端の技術を駆使した町だ。

「ああ」引き締まった唇の片端があがった。キャサリンは、それが微笑だとすぐにはわからなかった。彼の顔にとって、もっともなじみのない、難しい表情に見えた。それでも――ほんのかすかな笑みであっても、素敵だった。「必要に駆られてね」

マックはふと言葉を切り、首をかしげて耳元を軽くたたいた。

「ああ」いきなりいった。「了解。いますぐ行く」そういうと、また真顔でキャサリンの肘を取り、歩きだした。

ほほえみの時間は終わったらしい。なにがあったのかわからないが、キャサリンに関係のあることのようだ。キャサリンはマックの顔を見あげ、手がかりを探した。その顔はそっけなく無表情だった。いくら見ても、なにもわからない。

キャサリンは小走りでついていった。自分は運命のときに向かっているのだろうかと思いながら。そうだとすれば、みずから死に急いでいるようなものだ。

廊下をしばらく進むと、ガラス張りのエレベーターがあった。音もたてず飛ぶように速く降下し、アトリウムの階で止まった。

キャサリンは、一本の通路に入ったマックを追いかけた。まるで森のなかへ入っていくようだった。上から見たよりも緑が濃く、鬱蒼（うっそう）と茂った木の葉の天蓋は、アマゾンの流域ならめずらしくはないかもしれない。空気は涼しく、信じられないほどさわやかな香りがした。ハイテクな洞窟のなかではなく、戸外にいるようだ。

よくある公園はビルの谷間に造られたこぎれいな空間だが、ここはそういうものとはまったく違った。装飾的ではなく、自然だった。食べものを収穫するための場所であり、美しさは副次的なものだ。あちこちに、小規模な畑を見ることができた。直径が三十センチほどもあるカボチャがオレンジ色に熟している。アーティチョークの小さな畑もある。かぐわしい香りのするオレンジの木立を通り抜けたが、あっというまのことで、キャサリンにはその香りを楽しむ余裕もなかった。

すれちがう人々はみんなマックに挨拶をし、彼に引っぱられているキャサリンに好奇の目を向けた。だが、その視線に敵意はなかった。ただ、めずらしがっているのだ。腰に道具ベルトをつけた作業着姿の男がマックを呼び止めようとしたが、マックは人差し指をまわし——あとで、の意味だ——足早に歩きつづけた。

脇の通路に入ると、マックは白いドアへ向かって走りだした。キャサリンが待ってと声をあげようとしたとき、ドアがあいた。あわててマックを追い、敷居をまたいだとほぼ同時に、ドアが閉まった。

7

サンフランシスコ
アーカ製薬本社

「やはりいません、ボス」ベアリングがキャサリン・ヤングの自宅から報告してきた。彼女の家は、ユニバーシティ・ドライブからほど近い、つつましい一軒家だった。

「動画を」リーが応じると、目の前にホログラムが現れた。家の外側も飾り気がない。近辺の不動産価格はばか高く、若い研究者にはこの程度の家を借りるのが精いっぱいだった。

「なかに入れ」

ベアリングは玄関の鍵をこじあけ、なかに入った。

おもしろい。

外側は地味な家だが、内側は宝石だった。

じつにおもしろい。

リーはずっと、キャサリン・ヤングは研究者としては優秀だが、そのほかに取り柄はないとみなしていた。当然のことながら、奇妙な収入や支出がないかどうか、社員の経済状況はセキュリティ部門に調べさせることにしている。いままでヤングの金の出し入れが怪しまれたことはなかった。収入はミロンの給料だけで、毎月一割を貯金し、４０１ｋ（年金の掛金を個人で積みたて、自己責任で運用していく私的年金制度）の限度額を積み立て、残りはごく普通のものを購入していた。

ヤングは社員のなかでもっとも才能があり、もっともおもしろみに欠けている。ボーイフレンドはいない、友人もごくわずか、不道徳な行いもしない。

インテリアに凝るのが唯一の悪癖といってもよさそうだ。室内は美しく飾ってあった。リーは感心すると同時に、少しばかり胸騒ぎがした。彼女のなかに芸術家気質が潜んでいたとは意外だ。本人同様、家のなかが殺風景だったら、リーもさほど気にしなかったかもしれない。彼女は一見、平凡だ。

ところが、家のなかがこれほど美しく飾りつけられていると、じつは彼女自身もリーには見せない一面を持っていたのではないかと不安になる。

「おもしろいものがありました」ベアリングとその他二名が各部屋を捜索したが、それまではなにも見つかっていなかった。いま、三人は寝室にいた。ベアリングがベッドの脇に立っている。肩に担いだ小さな高画質のビデオが、彼の見ているものをそのまま映していた。

ヤングはエメラルドグリーンの羽毛布団をベッドにかけていた。ベッドの端のあたりが、小さめのスーツケースほどの四角形にへこんでいる。その横に、きちんとたたんだ衣類が重ねてあった。スーツケースに入りきらなかったのだ。

ヤングは旅行の準備をしていた。

リーの頭のなかで、数種類のシナリオが浮かんだ。セキュリティの厳しい研究所からなんらかの情報が盗まれたとは思えなかった。研究員は一切のデータを持ち帰ることを禁止されている。だからといって、キャサリン・ヤングがデータをこっそり持ち出す手段を思いついた可能性がないわけではない。ここにきて、セキュリティの見直しなどという、うんざりするような作業を迫られるとは。仕事の流れを邪魔し、計画を遅らせかねないではないか。最高の研究員が消えただけではすまず、ライバル企業か合衆国政府かイランに機密が渡りかねない。

もちろん、キャサリン・ヤングは解雇だが、まず本人を見つけなければならない。

「家のなかをすみずみまで調べろ。どこへ行ったのか、手がかりを見つけることを期待しているぞ。いいな？」

ベアリングはうなずいた。「了解。家捜しした痕跡は残してもいいんですか？」

プロジェクトが非常に難しい局面にあるのに、ヤングにどれだけ迷惑をかけられたことか。

「必要であれば遠慮は無用だ」

「了解」ベアリングはベッドに背を向けた。

モリソンがノートパソコンを調べていた。おそらくキッチンとおぼしき場所を荒らす音が、リーにも聞こえた。ベアリングが寝室のやわらかいものを片っ端からナイフで切り裂いていった。クッション、枕、羽毛布団、マットレス。それから、ドレッサーの抽斗(ひきだし)をひっくり返しはじめた。

家具はアメリカ人がシェーカー・スタイルと呼ぶたぐいのもので、ラインが美しい。リーはシンプルな美をよしとする男だ。傷つけるのは残念だが、家具のなかに大事なものが隠してあるのなら、ベアリングが見つけるだろう。

もうしばらく、リーは耳を澄ませて部下の様子を見守った。「彼女の居場所がわかるまでは戻ってくるな」ベアリングに命じ、ボタンを押した。

ホログラムが消えた。

ブルー山

8

「報告しろ」マックはぴたりと足を止めて命令した。キャサリンもあわてて彼の後ろで立ち止まり、あえいだ。両手を膝について体を丸めたかったが、我慢した。マックは息切れなどしていない。腹の底から出てくるような低い声は、いかにも不機嫌そうだった。「走って彼女を連れてこなければならないほどの緊急事態とはなんだ?」キャサリンのほうを親指で指し示した。

先端技術の楽園とでもいうべき部屋のなかには、男がふたりいた。ずらりと並ぶモニターのほとんどは、大変高価なホログラム型だった。全部で五十台はあるだろうか。ミロンも設備には金をかけていたが、キャサリンはこれほど最先端のパソコンとモニターがそろっているのを見たことがなかった。ほかにもさまざまな機器があり、なかにはキャサリンが知らないものもあった。この部屋にある機器だけで、百万ドルはかかったに違いない。

ふたりの男は、世界一高級なオフィスチェアのブランド、エルゴノの透明な椅子に座っていた。キャサリンは一脚購入したいと会社に申請したが、却下された。自分で買おうかと考えもしたが、車より高価なのだ。

エルゴノの椅子は、座る人の体に合わせて形を変える透明な素材でできていて、支えが必要な場所を正しく適切に支えるよう設計されている。

ふたりは空中に座っているように見えたが、どちらもふわふわ浮かんでいる感じではなかった。ひとりは肌の色が浅黒く、もうひとりはブロンドだ。ふたりともたくましく、隙のない厳しい顔をしている。ブロンドのほうがモニターを操作しているが、難曲を演奏するキーボード奏者のように絶え間なく指を動かして次々と画像を変えるので、キャサリンにはなにが映っているのかほとんどわからなかった。

同じものが映っているようだが……消えてしまう。

ふたりが振り向いたが、やはり石のような顔だった。まったくの無表情だ。

肌が浅黒いほうがエルゴノから立ちあがった。そして、椅子のほうへ手を振った。「どうぞ、ヤング博士」

キャサリンはびっくりして彼の顔を見あげた。マックほどの大男ではないが、それでもキャサリンよりかなり背が高い。「わたしを座らせてどうしようというの、ミスター……」

「ニックだ」低い声だった。そして、そっけない。「座ってくれ。見せたいものがある」

わたしに？　キャサリンは椅子に腰をおろし、あまりの座り心地のよさにうめきそうになった。どう見ても空中に座っているようで、つい体の下を見おろしたくなる。酔ってしまってエルゴノに座れない人もいるくらいだ。

「呼ばれたから来たんだ」マックがいった。「彼女もいる。さっさと話してくれないか」

「ボット（インターネット上で、データ検索などで人間の補助をするソフトウェア・エージェント）を設定したんだ、ボス」ブロンドの男がいった。一見、人殺しのサーファーのようだ。日に焼けた髪、黄色のオウムと黄緑の椰子(やし)の木をプリントした派手なアロハシャツに、肩のホルスター。「おれの主義でね。パロアルト・サンセット・レーン二十七番地でおもしろそうなことが起きたら知らせてくれる。ゆうべ作った」

キャサリンは息を呑んだ。「わたしの家よ！」

「そうだ」マックはサーファーにうなずいた。「それで？」

「やれやれ、こちらのヤング博士はセキュリティの重要性をおわかりじゃないらしい」サーファーはとがめるようにキャサリンを見た。青緑の目が険しい。「防犯カメラがない、一台も。それに、鍵もおもちゃ同然だ」

批判される筋合いはないわ！　キャサリンは憤慨して大きく息を吸った。「最初にいっておくけど、あの家はわたしのものじゃなくて、借りてるの。だから、防犯カメラをつけるのはお金の無駄。それから、鍵はちゃんとしてるわ！　引っ越してきたときに交換してもらったんだから。ちなみに、いちばん高いものよ」

サーファー男はマックを見やった。「ストー社の鍵だ」

マックは喉の奥からあきれたような声を漏らした。

サーファー男がつづけた。「こちらの善良な博士は同僚を信頼しているが、近所の住人がそうじゃないことは幸いだった。通りのむかいにある家と、裏の家の両方には防犯カメラがあった。二軒のシステムの設定をちょいといじらせてもらって、正面と裏から家を監視できるようにした。それから、二十七番地でなにか動くものがあれば、信号を送るようにしておいた。すると案の定だ。これが十分前に記録した映像」彼が指をパチンと鳴らすと、キャサリンの前にホログラムが現れた。

キャサリンが鋭く息を吸いこむ音が室内に響いた。映像は無音だが鮮明だった。

背はさほど高くないが、肩幅が広く、頭の禿(は)げあがった黒ずくめの男が、ほかにふたりの男を引き連れて、キャサリンの家の玄関へ歩いていく。男はブザーを一度、二度と押し、じっと待っている。

「知ってるやつらか？」マックが背後から静かな声で尋ねた。

「ブザーを鳴らしたのは、キャル・ベアリング。ミロンの警備主任よ。ほかのふたりも見覚えがあるけれど、名前は知らないわ」

ベアリングはセキュリティ上やむをえないという口実で、研究者が普通の生活を送れなくなるほどあれこれ指示してきた。固定電話の会話はすべて記録されるので、あたりさわりのない不自然な会話しかできなかった。研究所に出入りするときも、厳しい手続きを踏まなければならず、就業時間内に建物を出ることも許されていない。

キャサリンはボストンで働いたこともあった。パロアルトにくらべて気候は厳しいが、会社の敷地内にある公園で気分転換に散歩をしたり、休憩したりすることができた。ミロンでは、ときどき囚人のような気分になったものだった。

ベアリング本人も、冗談の通じない男だった。

彼は左右を確認し、両手を腰の高さにおろしてなにかしていたが……玄関のドアがあいた。よく見ていなければ、鍵であけたように見えた。

三人の男たちは堂々と家に入っていった。

「ちょっと！」キャサリンは手を伸ばしたが、その手はホログラムのなかを通り過ぎた。ホログラムがあまりにも鮮明なので、一瞬、遠くのものを見ていることを忘れてしまった。

ここがどこなのかわからないので、自宅がどのくらい遠くにあるのかもわからない。

「いちばん高い鍵もこんなもんだ」ニックがいい、ブロンドの男も舌を鳴らしてかぶりを振った。キャサリンの不用心さにあきれているのは明らかだ。

「これが十分前」ブロンドの男がいった。「さて、なかでいったいなにをしているのか知りたい」

「わたしも知りたいわ」キャサリンは声をとがらせた。「でもあいにく、家の外を偏執的なまでに防犯カメラで固めていないってことは、家のなかにもカメラはないってことよ」

サーファー男は首をかしげた。「へえ、そうなんだ。メールアドレスは?」

キャサリンは彼に目をやった。「え?」

「eメールだよ」彼はいらいらと繰り返した。「ちょっとした技があるんだ。でも、会社のアドレスじゃ使えない。プライベートのアドレスじゃないとだめなんだ」

「C・ドット・ヤング・アット・gメール・ドット・コム」

「デスクトップか、ノートパソコンか?」

「どっちも使ってる。書斎にあるのはデスクトップで、寝室のはノートパソコン。会社で使ってるノートパソコンを持ち帰ることは禁止されているの。セキュリティ上の理由でね」

ベアリングがそんなルールを徹底させる一方で、勝手に家に入っていったのを思うと、ほんとうに腹が立った。

「よし」ブロンドの男はものすごい速さでキーボードをたたいている。「家のなかで連中がなにをしているのか知っておくべきだ。だから、ちょっと魔法をかけて、パソコンを起動させる……ほら!」勝ち誇った声で締めくくった。

まさに魔法だった。二種類のホログラムが横並びに浮かびあがった。ひとつは寝室のノートパソコンを置いてあるテーブルから、もうひとつは書斎のデスクトップのモニターから撮映している映像だった。うろうろしている男たちが、はっきりと映っている。

サーファー男はどんな手を使ったのか、キャサリンのパソコンのモニターは起動させず、ウェブカメラだけを起動させた。ハッキングの腕前は一流だ。

だが、音はなかった。男たちはまったく音をたてずに家捜しをつづけた。

いや。「あった！」映っていないところで声があがった。

『あった！　あった！』ほかのふたりが応じた。

寝室にいる男が、ベッドの羽毛布団を見おろして、指でなにかをなぞっていた。

「なにをしているのかしら」キャサリンはつぶやいた。

「へこみができている。やつは、へこみの端をなぞっているんだ」マックが背後から静かにいった。

キャサリンはくるりと振り向き、呆然とマックの顔を見あげた。自分にわかる領域を大きくはずれる事態に、ほんとうにウサギ穴に落ちてしまったような気分だった。

ベッドに置いてきた衣類をベアリングがいじるのを見て、こみあげる吐き気とともに悟った。「彼は……」ごくりと唾を呑みこむ。「彼は、わたしが旅行の用意をしたと気づいたんだわ」

「大当たり」

ベアリングが宙を見つめて首をかしげた。キャサリンは、なにをしているのだろうと思ったが、やがてイヤーピースの指示を聞いていることがわかった。『了解、ボス』彼はいい、大きな黒いナイフを取り出した。彼がそんなものを持っているとは、キャサリンはそれまで知らなかった。

「ボス？」ニックがキャサリンのほうを向いた。「ボスとはだれだ？　だれのことをいっているんだ？」

あのナイフでなにをするつもり？

「え？　ああ、うちの会社のCEOかしら。ジェイムズ・ロングマン。でも、いまは香港に出張してるはずよ。だれに報告しているのかしら」

ベアリングはナイフの柄をつかみ、刃先を下に向けた。頭の上に振りあげ、少し屈むと、枕を切り裂いた。予期せぬ動きに、キャサリンはまばたきし、ただ見ているのが精いっぱいだった。

「だれに報告していたにせよ、そいつはくそ野郎だな」ブロンド男が怒りをこめていった。

「ベアリングは、きみの家を荒らすように命令されたんだ」

そのとおりだろう。おののくキャサリンの目の前で、ベアリングたちは手際よく家を破壊していった。手早いうえに徹底していた。黒いナイフが、寝室にあるやわらかいものをことごとく切り裂いていくのを、キャサリンは見ていた。書斎にはテーブルと椅子しかないので、いまのところ無傷だが、キッチンのほうから食器の割れる音や木の折れる音が聞こえてきた。

ほどなく、木の折れる音は寝室からも聞こえるようになった。ベアリングがシェーカー・

スタイルのチェストの抽斗を順番に抜き出し、中身を床にぶちまけた。抽斗を全部出してしまうと、チェストを傾けた。

キャサリンはあえいだ。ナイフが上下し、美しかったチェストはまたたくまにばらばらになった。

ベアリングはしゃがみ、チェストに入っていたものをてきぱきとあらためていく。それから、立ちあがってクローゼットへ向かった。扉に隠れて姿は見えなかったが、布の裂ける音がして、破れた生地が宙を舞った。

キャサリンはたいして服を持っていない。倹約家で、着飾ることをしない。十五分ほど震えながら見ているうちに、手持ちの服もバッグもすべて切り裂かれ、壊され、ぼろぼろになった。

「なぜこんなことをするの?」からからになった口から、ようやく言葉を絞り出した。

「なにかを探しているんだ」ニックがいった。

キャサリンはさっと振り返った。「なにかを探してる? なにを探してるの? わたしがあの人たちのほしがるものを持ってるってこと? たいして価値のあるものはないわよ。あんな焦土作戦が必要なものがないことはたしかよ」

「インテルを探してるんだ」マックが背後からいった。

ニックとブロンドの男が重苦しい顔でうなずいた。

インテル——〝情報〟という意味の軍事用語だ。キャサリンは、ナンバー9とマックたちが元軍人ではないかとひそかに思っていたのだが、その推測が当たっていたことが裏付けられた。

「なんの情報?」口の感覚がなくなっていた。正確に発音することが難しかった。「わたしの家に、そんな大事な情報なんてないわ」

「彼らはそう思っていないらしい」ブロンドの男がキャサリンを値踏みするように見た。「明らかに、きみの家に大事なものがあると考えている。彼らのほしいもの。必要としているもの。だが……結局は見つからなかったようだ」

常軌を逸した破壊行為は終わりに近づいていた。違う、とキャサリンは思った。常軌を逸した、という形容はふさわしくない。感情が介在するように聞こえる。彼らの行動は冷静で、計算しつくされていた。

あれは宣戦布告だった。

ベアリングとふたりの男は破壊をやめ、めちゃくちゃになった寝室で頭を寄せあってなにかを相談しはじめた。パソコンのマイクは声を拾えなかったが、三人のボディランゲージは雄弁だった。探しているものが見つからなかったようだ。

ベアリングがノートパソコンを閉じ、彼の姿が見えなくなった。書斎のデスクトップのすぐそばで、男がなにかをいじっていたが、やがてここの映像も途切れた。デスクトップには小さな外付けのハードディスクを接続してあり、簡単に取りはずすことができる。

三人はそろって寝室から居間へ移動し、玄関へ向かっていく。

ブロンドの男がパチンと指を鳴らすと、数秒後にむかいのフレデリクソン家の鴨居(かもい)に設置された防犯カメラが作動し、ベアリングたちが黒いジープ・コンパスに急いで乗りこみ、走り去るところが映し出された。ベアリングがノートパソコンを抱えているのがわかったが、間違いなくハードディスクも持ち出したのだろう。

せいぜい調べればいいわ。キャサリンは、毎晩ハードディスクの中身を消去し、必要なファイルはすべてみずから暗号化してクラウドに保存し、パスワードがなければひらけないようにしている。

マックに座っている回転椅子をいきなりぐるりとまわされ、キャサリンはつかのま頭がくらくらした。まさに、自分の人生がこうだ。宙ぶらりんで、支えてくれるものもない。

「あんたの見解はどうだ、博士？」

キャサリンは懸命に考えた。

ほんの短い時間に、すべてが変わってしまった。過飽和溶液が一気に結晶化するように。

この部屋にいる三人の屈強な男たちが、たったいま仲間となり、味方となってくれた。いや、そうだといいのだけれど。追われているのなら、ここにいたほうがいい。ほかに行くところもない。ベアリングたちが探しているのなら、見つかるのは時間の問題だから。姿を消そうにも、どちらへ足を踏み出せばいいのかすらわからない。

こつこつと気に入ったものを集め、住み心地よくととのえた家を容赦なく破壊されたことは、覚醒剤常用者がつるはしを持って家に入ってくるよりもはるかに怖かった。

それに――不意に思いついたのだが――ベアリングの背後には、世界有数の有力企業がついているはずだ。ミロンは世界的な大企業であるアーカ製薬の傘下に入っている。なかでも、アーカの研究部門の長、チャールズ・リー博士が、しばしばミロンを訪れていた。

「わたしの見解？」キャサリンはいったん両肩をぐっとあげ、力を抜いた。そうしたのは、筋肉をほぐすためにほかならない。不安で体がしびれているような気がしていた。車のヘッドライトに突然照らされ、迫ってくるトラックからは逃げられないと悟った動物が、こんな気持ちになるのではないだろうか。筋肉が凝り固まり、いうことを聞いてくれない。体を丸めて縮こまり、外の世界のことなどすべて忘れてしまいたかったけれど、必死に我慢した。「わからない。なにも。あの人たちがなにを探していたのか、見当もつかない。ただ、それは見つからなかったのよね。ということは――」

「また探しにくるということだ。今度はさらに容赦なくやる。できれば、あいつから、じかに答えを聞こうとするだろう。やはり容赦なく。彼らに良心はない」マックの声は厳しかった。

キャサリンは、ベアリングの冷酷な顔を思い出して身震いした。「ええ、容赦なくやるでしょうね。それに、良心もないわ」

「おれたちにはあるぜ」ブロンドの男が親指で自分の胸板を指し、ニックを指した。「そっちの大男も、見てくれは怖いけどな」

マックが目だけでぎろりとブロンド男を見やった。見た目はとても怖い男だ。キャサリンは、ほんとうに彼の心を正しく読み取れたのだろうかと思った。ほかのふたりがどんな男たちなのかはわからない。動物的な勘を頼りにするしかない。都市部に住み、それなりに異性を惹きつける女たちはみな、無意識のうちに早期警戒システムともいうべきものを発達させる。そのシステムは、いまのところ警報を発していない。

「それに、おれたちは役に立つ」ブロンド男がつづけた。「だって、あの有名な本のタイトルみたいな状況だろ。〝汝再び故郷に帰れず〟ってね」

肌の浅黒い、物静かな男のほうが――ニックという男のほうが率直だった。「早く以前の生活に戻りたいのなら、連中の目的がなんなのか、突き止めないと」

「ここにいれば安全だ」マックが静かにいった。「あんたがどうしてここを目指してきたのか、納得できる答えはまだないが、ここが見つかりにくいのはたしかだ。それに知ってのとおり、半径十キロ以内に侵入してきた車はただちに故障させるし、通信システムも破壊する」

キャサリンは話についていくのに苦労していた。両手がひどく震えだしたので、膝のあいだに挟んだ。三人の男たちのだれも興奮した様子はないが、危険な気配がびんびんと伝わってくる。キャサリンに対して危険かどうかはともかく、三人には軍人や警察官特有のすごみがある。それだけではない。猛々しく、人を寄せつけない。

進退窮まるとは、まさにこういうことをいうのだろう。おそらくマックたちは、キャサリンに悪意はないと考えている。そうでなければ、ＭＩＢを注射して、ペットをジャングルに放すようにどこかへ放置するはずだ。わたしは過去三日間の記憶をなくし、キャル・ベアリングたちに追われていることもすっかり忘れて目覚めることになる。

とはいえ、記憶を消さないでと頼めば、やはりスパイではないかと疑われてしまう。ああ。どこかのホテルの部屋で目覚めたときには記憶を失っていて、自衛するすべもないと想像したら……。

悪寒がして、キャサリンは身震いし、背中を丸めた。息が詰まった。肺は痙攣するように、ぜいぜいと空気を吸ってばかりいる。目の前で黒い斑点が躍りはじめた。

大きな手がキャサリンの首筋をそっとつかみ、膝に顔がつくまで押した。

「息を吐いて」上のほうから、低い声がした。天井のあたりから聞こえてくる。首筋を押さえる手に、少しだけ力がくわわった。「息を吐くんだ」ふたたび声が命令した。

キャサリンはいわれたとおりにした。まず、大きく息を吐き、吸った。胸のあたりが軽くなり、胸郭から飛び出さんばかりに拍動していた心臓が、少し落ち着き、トクトクと一定のビートを刻みはじめた。

「大丈夫か？」マックが尋ねた。

「大丈夫よ」キャサリンはあえぎ、とたんに自分を恥じた。それまでずっと他人の前では感情を隠しつづけてきたのに、三人の前で、あからさまにパニック状態に陥ってしまった。情けないことに、恐怖をあらわにしてしまった。こらえきれなかった。自制心が——長年磨きをかけてきた鉄の自制心が、役に立たなかった。いつのまにか消えていたのだ。

どっしりした大きな手に軽く首筋を握られたが、痛くはなかった。その手が首筋から離れ、どういうわけか、キャサリンはさびしくなった。そして、はじめて気づいた。マックが首に触れているあいだ、彼の心を読めたはずなのに、なにも読み取れていない。まったく読み取れなかった。彼がいまどんな気持ちでいるのか、さっぱりわからない。わかっているのは、マックの手が自分を落ち着かせてくれたということだけだ。

ドアがあき、男が足早に入ってきた。髪の薄いやせた男で、顔色が悪く、目を見ひらいている。「マック！　パットとサルヴァトーレがいない。診療所でいますぐ診てほしいやつがいるのに！　パットたちがどこにいるのか知らないか？」

三人が立ちあがった。マックは眉をひそめている。「シルバースプリングズに行ったんだが」

顔色の悪い男は、ウエハース状のプラスチックの板を掲げた。「パットもサルヴァトーレも電話に出ない。おかしいじゃないか」

「まずいな」ブロンドの男が日に焼けた髪を手でかきあげた。「パットはまだ発売されていない撮影機器のことで、交渉にいくといっていた。彼女は……」ちらりとキャサリンを横目で見やり、口をつぐんだ。キャサリンの前でいうべきでないと判断したらしい。

顔色の悪い男のひたいに、じっとりと汗がにじんでいた。「ふたり同時に出かけちゃいけないはずだろう。いったいどうして電話に出ないんだ?」

キャサリンは、すぐそばにいるマックの顔を見あげた。マックはキャサリンを一瞥して、ブロンド男のようにためらわずに答えた。キャサリンを信頼しているということだろうか。どちらにせよ、記憶を消されれば、このことは忘れてしまう。

「パットとサルヴァトーレからは、その最新機材はシールド処理した倉庫に保管されていると聞いている。販売元が、機器に放射線同位体をつけているらしい。だから、電話も通じないかもしれない」マックはいい、大きな黒い腕時計を見て眉をひそめた。頭上の光はまぶしいくらいだが、腕時計は光を反射していない。「もう帰っているはずの時刻だが」

「なんてこった」顔色の悪い男が唇を引き結んだ。室内は涼しいのに、いまでは玉の汗が顔を伝っている。「どうすりゃいいんだ?」

マックは怖い顔で男を見た。「おれは衛生兵のトレーニングを受けている。あんたも知ってるはずだ、サム。けが人がいるのか?」

「そりゃ知ってるよ、マック」サムはいった。「だが、いくらあんたでも無理だと思う。ブリジットが産気づいたんだよ。いまにも生まれそうなんだ。あんた、なんとかできるのか？」

キャサリンの置かれた状況は、少しも笑えるところなどなかった。敵かもしれない男たちに囚われている一方で、間違いなく敵である男たちが自宅を荒らし、自分を探している。

それなのに、キャサリンはマックの顔つきを見て、一瞬大笑いしそうになった。

銃弾にも骨折にも平然と立ち向かうべく訓練を受けている彼が、出産にはひどくうろたえているとは。

子どもが生まれる？

くそっ、くそっ。

ブリジットは、コミューンの修理屋、ボビー・〝レッド〟・ギブソンの妻だ。レッドは月へ航行中の宇宙船も修理できる。彼がコミューンの維持管理を担い、ブリジットはステラの調理補助として働いている。

ブリジットは、西海岸の裕福な家庭の子守係の仕事があると誘われてアイルランドから渡ってきたのだが、実際には年季奉公人とたいして変わらない扱いを受けていた。そのうえ、その家の主人に目をつけられた。

だが、彼女は屋敷の修理工のレッドと愛しあっていた。あるとき、主人に暴行されそうになり、悲鳴をあげて抵抗すると、レッドが現れ、主人の口元を殴りつけた。主人はマフィアとつながりがあった。そんなわけで、レッドとブリジットは着の身着のままで逃げてきたのだった。

ふたりは、ほかの住人たちと似たような経緯を経てヘイヴンへたどりついた。犬笛が犬にだけ聞こえるようなものだ。夫婦はコミューンの頼みの綱であり、だれもがヘイヴンではじめて生まれる赤ん坊となるふたりの子を楽しみに待っていた。

そう、ブリジットだけではなく、住人みんなが待っているのだ。

ヘイヴンの住人は、程度の差こそあれ、社会に居場所がなくなったはぐれ者ばかりだ。故郷から逃げてきた人間たちだ。ここで自分たちの国を造りあげ、いま最初の子どもが生まれようとしている。そのことは、ニックすらほほえませた。ときどきは。

だが、みんなが心待ちにしているその赤ん坊は、本来なら一カ月後に生まれる予定だった。しかもいま、診療所を運営している看護師がふたりともいない。

サムとニックとジョンが、マックを見つめていた。いまいましいことに、ここのリーダーはマックだ。だから、マックを見ているのだ、当然ではないか？　でも……なんてこった。

子どもが生まれる。

マックは、たいていの緊急事態には対処できる。衛生兵の訓練は徹底していた。外傷を治療するのは得意で、実戦での経験も積んでいる。傷口を止血し、点滴の針を刺し、折れた骨に副え木を当てることはできる。だが、早産は？　経験がない。

記憶にあるかぎり生まれてはじめて、マックはなにをすべきか決めかね、立ちつくしていた。早産でなければ、パットが帰ってくるのを待つように指示するだろうが、赤ん坊が待てないことくらいはマックにもわかる。彼らはこちらの都合になど合わせてくれない。一カ月早い——それはどのくらい深刻な事態なのだろう？　保育器が必要なのだろうか。そんなものはない。

では、どうすればいいのだろう？　なにひとつわからないが、しくじるわけにはいかない。みんなと同じくらい、マックも子どもの誕生を楽しみにしていたのだ。赤ん坊か母親のどちらか一方でも死なせるようなことになったら、自分を許せないだろう。

「手伝うわ」穏やかな声のほうへ、だれもが振り返った。キャサリンが両手を握りあわせていた。「わたしは研究者で、医師ではないけれど、医学の学位は持っているし、三カ月間、産科で研修も受けたわ。手伝わせて」

「だめだ」なんてこった。この女が何者かもわからないのに。どうしてここを目指してきたのかも謎のままだ。そんな女を診療所に行かせ、さらに秘密をさらすことはできない。

それに、彼女の持っているあの奇妙な力のこともある。彼女の美しさはまずい。とにかく、マックにとっては不都合だ。彼女のなにもかもがマックを不安にさせ、緊張させる。絶対に、だめだ——。

「完璧だ」サムがいきなり声をあげた。そして、キャサリンの手をひっつかみ、走りだした。

9

科学技術部特別プロジェクト部門（北京）からのｅメール

ＳＬ作戦の件について

リー博士

今回の実験結果はじつに残念だ。中華人民共和国は、イリジウム鉱山の権利についてブルンジ政府と交渉を重ねてきた。イリジウムの鉱脈が集中している地域では、反政府軍の活動が活発化している。われわれとしては、ＳＬ作戦を一刻も早く実施することを望む。ＳＬ－58の失敗は、最低でも六カ月、作戦の実施が遅れることを意味している。

ちなみに、科学技術部のファン・ウー博士が、ハルピンの刑務所でおこなわれた実験によって人間を無力化すると証明された音波兵器を含め、大規模な兵器開発の資金を要求し、受理された。また、党の中枢部の決定で、軍は兵士の能力を増幅するきみのプロジェクトか、兵器を拡充するウー博士のプロジェクトか、どちらか一方を採用することになった。期日は半年後だ。それ以降は、結果の如何にかかわらず、きみの研究に対する軍の援助は打ち切られることになる。

わたしと科学技術部を失望させないように。中華人民共和国は、運命へ向けてとどまることなく前進している。

科学技術部　部長　チャン・ウェイ

チャオ・ユーからのeメール

部長は大変お怒りだ。早くなんとかしてくれ。

リーは長いあいだモニターを眺め、どうにか文章の意味を理解した。理解したが、呑みこめてはいなかった。子どものころから感情に振りまわされないよう躾けられているが、胸の奥でうごめくものがあった。不毛だからと抑えこむことが難しいものが。

憤り。

憤りは不毛だが、リーが自分と世界の狭間に築きあげた障壁のこちら側で感じているものはそれだ。

音波だと。

リーは屈辱と怒りが全身をどくどくとめぐっているのを感じながら、まっすぐ前をにらんでいた。音波などおもちゃだ。一九三〇年代のＳＦコミック御用達（ごようたし）の兵器ではないか。くだらない模倣だ。一度か二度、敵に使用すれば、遮断する方法をたやすく考案され、人民解放軍はまた無防備な状態に逆戻りだ。

科学技術部の部長ともあろう者が、それを理解できないとは考えにくい。子どもでもわかることだ。そう、人民解放軍の戦力に梃（てこ）入れする唯一の方法は、兵士ひとりひとりの能力を十倍にすることなのだ。

兵器（ハードウエア）の開発など無駄だ。技術（ソフトウエア）を磨くのも意味がない。人間（ミートウエア）を強化すればいい。

リーは一時間以上じっと座ったまま、この不当な仕打ちについて考えていた。

自分はすべてをかけて——キャリアをかけて、いや、人生そのものをかけて、祖国のために最終兵器を開発している。それなのに、ただの従僕扱いだ。この先一千年にわたって中国を世界の支配者にするこの自分が、こんな扱いを受けるのか？

チャン・ウェイは、今日のことを後悔することになるだろう。かならず後悔させてやる。

とりあえず、ルシウス・ウォードを被験者に新たな実験を実施しなければならない。最後にウォードの脳を摘出し、分子レベルまで分析する。そこから多くの情報が得られるだろう。

そう考えると、少し胸のつかえがおりた。ウォードはほかの被験者たちの十倍はガードが堅いが、彼の実験からは、本人の抵抗にもかかわらず、驚くべきデータが取れている。

リーは、自分がウォードをまだ殺処分していないのは、優秀な科学者ならではの公正な性格のあらわれだと考えていた。自分は科学者であり、復讐のために科学の進歩を犠牲にする凡人ではない。

だが――摘出されたウォード大佐の脳は、脈打つ心臓より役に立つ。

その日が楽しみだ。

ブルー山

「はい、いきんで。もうちょっとよ」キャサリンは努めて低く穏やかな声でいったが、興奮が全身を駆けめぐっていた。もうすぐ生まれる！　ときにはひやりとする瞬間もあったが、命がけの四時間がたち、ついに赤ん坊が生まれる。

診療所に到着し、怯えている未来の父親と母親に会い、キャサリンは狼狽と恐怖と興奮を一度に味わった。

かなりの出血があったが、なんとか止めることはできた。いまのところ順調で、安産といってもいいだろう。夫婦は、赤ん坊を取りあげてくれると信じていた看護師たちがいなくなったために、すっかり怖じ気づいていた。なにしろ、出産を介助しているのは、彼らのリーダーが信用していない人間なのだ。

そのことは、マックのボディランゲージにあらわれていた。彼はキャサリンをじっと監視し、手を伸ばせば届く場所を離れなかった。だが、彼はその巨体にもかかわらず、邪魔にはならなかった。ただ……そこにいただけだ。大きな番犬のように。

とはいえ、たいていの男とは違い、原形質の塊のようにぼんやり突っ立っているわけでもなかった。そこはキャサリンも感心した。それどころか、彼は名前を知っている器具を手渡すなど、キャサリンの動きを妨げないよう配慮しつつ、そばで手伝っていた。

産婦は——ブリジットといった——キャサリンが呼ばれる二時間前から陣痛がはじまっていたというが、子宮口はほとんどひらいていなかった。キャサリンが診療所に入った時点では、まだ落ち着いていて、二十分おきに痛みが来ていた。だが、まもなく痛みは強まり、間隔も狭まってきた。三時間かかって子宮口が七センチひらくころから、ブリジットは夫の手につかまり、荒い息をして耐えていた。

キャサリンは、できるだけ静かに、安心感を与える動きをすべく留意した。難しくはなかった。体のどこか奥のほうから、医学生時代もインターンシップのころも感じたことのない大きな自信が湧きあがってきた。医学部ではなにごとも教育課程としてすべき課題が決まっていたし、インターンシップでやることといえば、ほとんど観察だ。いましていることは授業でも観察でもなく、本物のお産なのだ。

ブリジットに必要とされている。

　キャサリンは診療所に着いてなにをするよりも先に、ブリジットの手を握り、助けにきたと伝えた。とたんに、ブリジットの感情の大波に呑みこまれたが、生まれてはじめてそれがつらくなかった。キャサリンの手を握っているブリジットは怯えて興奮してはいるものの、子どもとその父親への愛情でいっぱいだった。

　丸めた有刺鉄線のようにキャサリンを傷つける暗い渦も、隠れた憎悪も攻撃性も、そこにはなかった。キャサリンを痛めつけ、ひるませるものはなにもなく、そこにあるあざやかな色彩は、ブリジットの愛情と不安の色であり、夫のレッドからの妻とまだ見ぬ子への思いを映したものだった。そしてその中心に、生まれ出ようともがいている赤ん坊のまばゆい輝きがあった。

「もう少しよ、ブリジット」キャサリンはささやいた。ブリジットが汗で濡(ぬ)れた前髪を息で吹き飛ばした。キャサリンはちらりとマックを見やった。すぐに冷たい水に浸して絞ったスポンジを渡されたレッドが、妻の顔と首の汗をぬぐいはじめた。「もうちょっとだから」

　いよいよだ。子宮口がほぼ全開した。キャサリンは両手の下に、ブリジットよりも大きな力が集まるのを感じた。その力は、ひとりの小柄な女と、そのなかにいる小さくもまばゆい光の源を通して、大地とつながっていた。

　力はらせん状に回転し、脈打っている。

胎児の心拍モニターは、小さな心臓がしっかりと鼓動していることを示していた。キャサリンがスピーカーのスイッチを入れると、ほら聞こえる——一分間に百四十回という正常な心音が。外の世界に生まれ出るよろこびに高鳴っているかのようだ。

ブリジットの夫のレッドは、妻に侮辱されても当たり散らされても、死ぬまで二度とセックスはしないといわれても、彼女の手を放さなかった。一度たりとも。まばたきひとつせず、妻の手を強く握り、呼吸を合わせた。

ブリジットに触れると……ああ。

キャサリンはブリジットの感情に押し流されそうになった。よろこび。痛み。愛情。興奮。不安。だが、そのなかでもっとも強いのは愛情だった。生まれてくる子どもへの愛情と、ブリジットがしがみついている命綱のような手の持ち主であり、口任せに出てくる屈辱的な言葉を受け止めている男への愛情だ。

そして、その背後に……かすかなこだまのような音があった。べつの感情だ。ほとんど……べつの人格の。ふわりと宙に浮かんでいる天使か、光と温もりを放っている太陽か。揺るぎなく、確実ななにか。

突然、ブリジットの腹が波打ち、彼女は歯を食いしばってうめいた。レッドの手を、関節が白くなるほどきつく握りしめた。

ブリジットの脚のあいだに、濃い赤褐色の髪が見えた。赤ん坊だ！　頭から雑念が消し飛び、キャサリンは新しい命を世界に迎え入れることに集中した。やるべきことは心得ていた。産科の指導医は厳しく、なにひとつ漏れのないように教えてくれた。だがいま、出産の科学的な知識よりも、この役目のために生まれついたかのような不思議な力が、キャサリンを導いていた。キャサリンの両手と心臓と声を落ち着かせていた。地球と通じている深遠な意識の壺に、キャサリン自身がつながっているような感覚だった。

両手がみずからの意志を持ち、すばやく的確に動いていた。ブリジットの呼吸は速くなり、子宮の収縮の間隔がどんどん詰まっていく。ブリジットは集中して顔をひどくゆがめていた。レッドは彼女から決して目をそらさない。ブリジットの全身は、自分のなかを苦労しながら進んでいく力強いものにとらわれ、懸命に動いている。

「ほんとうにがんばってるわね、ブリジット。その調子よ、赤ちゃんの頭が見えてるわ。あと何度かいきんだら終わり。愛するかわいい赤ちゃんに会えるのよ。そう、呼吸に集中してね。上手よ、あなたはとても勇敢、そう上手……」キャサリンはほとんど意識せずにつぶやいていたが、ブリジットに声をかけ、腹や太ももに触れると、彼女の不安がやわらいでいくことはわかった。キャサリンのひとことひとことが、不安や痛みをさっと払っているかのようだった。

言葉の効力と、自身の存在がもたらす効力を実感できた。自分がここにいることで、ブリジットが安心していることも感じ取れた。

診療所の設備は申し分なかった。自分の役目をわかっていて、豊富な資金のある人物が、必要なものをすべて買いそろえたのだろう。心臓や脳の手術が必要ならよその病院へ行かなければならないが、そうでなければここでことたりる。会陰切開に使う鋏（はさみ）も、もちろんあった。

キャサリンはブリジットを楽にするために、ごく小さく切開した。赤ん坊が生まれたあとに使う皮膚貼付剤〝ダーマ・グルー〟もあるので、感染症の恐れがある縫合をせずにすむ。この貼付剤を常備しているごく少数の病院で何人もの命が助かっている。ここは、はぐれ者たちの小さな診療所なのに、備品はなんでもそろっているのだろうか。

ブリジットは真っ赤な顔で呼吸をととのえようとし、また子宮の収縮に顔をゆがめた。

「あと……どれ……くらい」痛みの合間にあえいだ。

キャサリンはほほえみかけた。「もうすぐよ。あとちょっとだってわかるでしょう？」

レッドが答えた。「わからないよ。ポンと生まれるかと思ってたんだ」

また大きな収縮が来た。ブリジットが歯ぎしりする音が聞こえた。さらに頭が出てきた。もう少しで生まれる。

室内の温度は、診療所なので当然涼しいが、キャサリンは汗をかいていた。袖でひたいの汗をぬぐいたいが、うまくいかない。そのとき、さっとハンカチが現れ、汗を拭いてくれた。

キャサリンが驚いて顔をあげると、マックがいた。いつものように、いかめしい顔つきをしている。だが、行動には思いやりが感じられた。

「ありがとう」小声で礼をいった。マックはうなずき、一歩さがった。やはり、邪魔にならないところに控えている。

ブリジットが抑えた悲鳴を漏らし、キャサリンは母体から出てこようとしている新しい命に集中した。血と汗と涙の数分間ののち、奇跡が起き、明るい赤毛の小さな女の子が、待ち受けていたキャサリンの腕のなかにすべり落ちてきて、産声をあげた。

世界が止まった。ほんとうに止まったのだ。

キャサリンは、目をぎゅっとつぶって口をあけている小さな赤い顔を見おろした。にわかに全身が光で満ちるのを感じた。混じりけのない金色の光が体のすみずみまで広がっていく。この小さな女の子は希望であり、よろこびであり、無垢なのだ。暗闇のなかの光、悲しみのなかのよろこび、絶望のなかの希望。

小さな赤ん坊を抱いているときに湧きあがった気持ちは、それまで味わったことのないものだった。

地球と、太陽と、地上に生きた人類ひとりひとりと、自分はつながっている。みんなの希望と夢は――人類の可能性は――この小さな生き物のなかにある。

「ようこそ」キャサリンは倒れそうなほどのめまいをこらえてささやいた。頰が濡れ、視界がぼやけていたが、自分が泣いていることに気づいたのは、ふたたびハンカチが現れてからだった。

　そのハンカチの持ち主がだれなのか、顔を拭いてくれているのはだれなのか、キャサリンはいっさい考えていなかった。ここが隔絶された場所であることも忘れていた。あと数日は――あと数時間は、生きていられるかもしれない。背後にいる男はあらゆる意味で強い。身体的にも、精神的にも。武器を携えた危険な男だ。だが、キャサリンはいま、そのことをちらりとも思い出さなかった。この世の善と真実の象徴が腕のなかにいるのだから。

　レッドが身を屈めてブリジットにキスをした。そのささやかな行為に、キャサリンはわれに返った。

「どっちだった？」半分目を閉じたブリジットが尋ねた。疲れきっているはずだが、夢見るような笑みを浮かべている。

「女の子よ。健康でとってもかわいい、赤毛の女の子。アプガースケールは十点。十点満点で十五点つけてもいいくらい」キャサリンはうれしくてたまらず、声をあげて笑った。「名前はなんにするの？」

「マック」ブリジットとレッドがそろって答えた。キャサリンの後ろにいる男が、喉が詰まったような音をたてた。

「マック」キャサリンは控えめに咳払いした。「それは、ええと、独創的な名前ね。女の子の名前としては」

ブリジットがレッドの目を見つめながら話した。「頭が三つある火星人だったとしても、マックよ。あたしたちの命の恩人だもの。だから、あたしたちの赤ちゃんの名前はマック以外に考えられない」疲れた顔を、ふっと暗いものがよぎった。「公式に認められることはないけれどね」

ああ。それはつまり――彼らは逃亡者だということだ。この秘密の場所に隠された秘密のひとつ。けれど、いまそのことは重要ではない。重要なのは、キャサリンの腕のなかにいる小さな生き物だ。

母と子の感情はふたりに触れるまでもなく理解できた。ふたりのあいだを寄せては返す愛情の波は、ほとんど目に見えるほどだった。

キャサリンは静かに胎盤を片付け、分娩台(ぶんべんだい)のまわりを掃除しはじめた。

「彼女に――マックに、お乳をあげてみて」キャサリンはそっと声をかけた。赤ん坊は待てても、ブリジットは待たせないほうがいい。はっきりとした事情はわからない。ただ、夫妻は子どもを待ち望んでいたが、育てるのが困難な、ひょっとしたら危険な状況にあるらしいということはたしかだ。子どもに乳を与えれば、ブリジットも犠牲を払った価値はあったと思えるかもしれない。肌と肌の触れあい――それに勝るものはない。「赤ちゃんは生まれたらなるべく早くお乳を飲んだほうがいいの」

キャサリンは手を伸ばし、小さなマックの頭をブリジットの胸元へ近づけた。産科の研修期間に、新生児が母親の腹から胸へ這っていき、自力で乳首を見つけると、安心したように小さく溜息をついて吸いつくのだと、看護師から聞いたことがあった。

赤ん坊は薔薇(ばら)の花びらのような口をあけ、母親の乳首に吸いついた。子猫のように母親の乳房を両手で押さえ、満足そうに乳を飲む。母親の手は、赤ん坊の頭の後ろをそっと支えていた。

小さなマックは、知らなければならないことをもうすでに知っているのだ。

彼女は愛されている。

母親のまなざしと、優しく触れる父親の手に、愛情がこもっていた。キャサリンは、小さな家族がたがいの愛情に守られて身を寄せあうのを見ていた。愛情が本物であり、一生つづくものであることが、触れあう手つきに見て取れた。そして、小さなマックは——奇跡そのものだった。

どんな窮地にあるにせよ、この家族なら一緒に立ち向かっていける。

家族の愛情は間接的に伝わってきたものだったが、それでもキャサリンは圧倒されていた。ふたりの人間が一体となって感じるほどのつながりに遭遇したのは、このときがはじめてだった。そしていま、三人目——小さいけれど、とても力強い輝きを放っている——が輪にくわわったのだ。

怒濤(どとう)のような感情がキャサリンのなかに流れこんできた。

耐えられない。

キャサリンは身も心も困憊していた。

子どものころからずっと、他人とのあいだに防壁を築いて自分を守ってきた。ところが、ベッドの上にいるこの三人が――父と母と子が、その防壁を崩し、熱風のような感情でキャサリンを呑みこもうとしている。キャサリンには、自衛するすべがない。

周囲の音が小さくなっていく。視界がぼやけ、部屋がにじんで見えた。そのとき、たくましい手に腕をつかまれた。体温が感じ取れるほど、マックがすぐ後ろにいた。深呼吸すれば、背中が触れる。彼は背後から壁のようにキャサリンを支えていた。

鋭いノックの音につづき、ステラがワゴンを押して入ってきた。

「さあ、パーティの時間よ！　ここでお祝いしましょ！」

ステラの後ろに、サーファー男と肌の浅黒い男、ニックがいた。さらにふたりの後ろから十人、いや十五人、二十人が笑顔でぺちゃくちゃとしゃべりながら、診療所になだれこんでくる。音、音、音、そして色、色、声、声。

ポンとコルクがはじける音がして、サーファー男がワゴンに並んでいるフルートグラスにシャンパンを注ぎ分けた。注いでも注いでも、新しいボトルが永遠に出てくるようだった。注いだ端からグラスは持っていかれ、空いた場所はおかわりを求めるグラスで埋まった。

サーファー男は空のボトルを掲げ、次のボトルをつかんでラベルを確かめ、満足そうにうなずいてコルクを抜いた。「なかなかうまい」とつぶやく。

彼は笑顔でキャサリンにフルートグラスを突き出した。「さっきは自己紹介を忘れてた。ジョンだ」やわらかく細長いものが反対側の手に突っこまれた。「煙草だよ」ジョンはにっこりした。それから、振り返ってマックにもグラスを渡した。

キャサリンは煙草を置き、シャンパンを口に含んだ。たしかにおいしい。ブリジットは授乳をしながらフルートグラスを掲げ、レッドもそうした。

「さて、みんな、ちょっと静かにして」話し声が少し小さくなった。ステラがグラスを掲げた。頭上の明るいライトが、彼女の頬の傷と、その下に隠された美しさを照らし出している。

「新しい仲間に乾杯しましょう。いちばん新しい仲間……次も控えてるけどね」

部屋の反対側に向かって、眉をひょいと動かしてみせた。

かわいらしいブルネットの女性がシャンパンにむせ、真っ赤になった。憤慨した様子で、隣にいる背の高いやせた男を見あげた。「しゃべったのね！」

男はぎょっとして頭を引いた。「おれじゃないよ！　ほんとだって！」

「女の勘をあなどっちゃだめよ」ステラが涼しい顔でいった。「というわけで。乾杯しましょう」彼女の声音が少し変わり、室内がにわかに静まり返った。キャサリンは、ステラの力とカリスマ性を感じ取った。磁石が砂鉄を吸い寄せるように、彼女は人々の視線を集める。

「わたしたちのいちばん新しい仲間に。もうひとりのマックに。彼女が愛されて強い人になりますように。健康と仲間に恵まれますように。マックに乾杯！」

「マックに乾杯！」その場の全員が繰り返し、掲げられたクリスタルのグラスが、頭上の明かりを受けてきらめいた。

キャサリンはちらりとマックの顔を見あげて、凍りついた。彼はステラではなく、キャサリンを見ていた。目が合っても、そらそうともしなかった。その視線は、キャサリンを魅了するものではなかったが、敵意がこもっているわけでもなかった。そこにあるのは……キャサリンにはわからないものだった。手を伸ばして彼に触れたい、彼がなにを考えているのか知りたいという思いは強く、両手を握りしめて我慢しなければならなかった。

そして……そう。とにかく、マックのたくましい体に触れたかった。あらがいがたい誘惑だった。彼は人間の肌よりもっと固い物質でできている。たとえば鋼のような。ただし、温かい。その下には、揺るぎない強さがある。

他の人には、脆さを感じることのほうが多いのだが。

たしかに、人は夢や希望を持っている。けれど、同時に不安や怯えも抱えている。そのため、恐怖に身をすくめ、気力をくじかれ、弱気になる。指のあいだからすり抜けていく愛情や、嘘や欺瞞といった人生によくあるささやかな過ち——たいていの場合、そういうものを指先に感じる。

しかし、マックは例外だった。彼は生まれながらに強く、花崗岩並みに固い意志を持っている。筋肉の鎧に隙間はなく、弱点もない。彼のなかには、裏切られたという強い恨みと怒りのほかに、岩のようななにかもある。彼のような人に会ったことはない。彼に触れたいと思ったあの衝動に、もう少しで屈してしまうところだった。

背が高く華奢で、血色の悪い女と、背が低くがっしりした体つきで黒い髪の男が、おずおずと部屋に入ってきた。

「ふたりとも、いいところを逃したな！」ジョンが声をかけた。だれもが口々に、ふたりがなにを逃したのか説明しはじめた。ふたりは看護師のパットとサルヴァトーレだった。ふたりは今日のできごとを聞くと、ブリジットにグラスを掲げてみせ、ブリジットもそれに応えた。

「キャサリン」

名前を呼ばれたことに驚き、キャサリンはくるりと振り返った。ステラがグラスを掲げ、こちらをじっと見ている。

「聞いて、みんな。もう一度、大事な乾杯をしたいの。キャサリンよ。わたしたちのいちばん新しい仲間がこの世界に出てくるのを手伝ってくれた人。でも……」ステラはマックとニックとジョンを順番ににらみつけた。「でも、わたしたちは彼女をちゃんと歓迎してなかったわ」言葉を切り、その場のひとりひとりにゆっくりと視線を走らせた。「ここには仲間がいる。わたしたちは、ぽつりぽつりとここへ集まってきた。なぜここに来たのか……それは、わたしたちにとって外の世界があまりにも危険な場所に変わったから。わたしたちはここで隠れ処と安全を手に入れた。マックとニックとジョン——これ以上の守護神は望めないでしょう？　そして、おたがいに出会った。今夜は、わたしたちのささやかなコミューンに、新しいメンバーをふたり迎えたわ。小さな赤ちゃんのマックと、わたしたちと同じ道をたどってここへ来たキャサリン。強い心で、ここへ来てくれた。だから……キャサリンに乾杯！」

「キャサリンに乾杯！」室内に歓声が響いた。何人かが拍手をしはじめ、ほかの人々も次々にくわわった。最後には、ものすごい音量になった。

ベッドを見やると、小さなマックはこの騒ぎのなかですやすやと眠っていた。赤ん坊とは、危険な騒音と、そうでない騒音を聞きわけるレーダーを備えているのかもしれない。いまのうるささは、間違いなくよいものだ。よろこんでいる人々の歓声であり、乾杯するグラスの音だ。

わたしに乾杯してくれているんだわ！

めくるめくような感覚だった。それまで、だれかが自分のために乾杯してくれたことなどなかった。たくさんの笑顔の中心にいたことなどなかった。みんなの笑顔がわたしに向けられている！

だれかがキャサリンにシャンパンをこぼして笑った。「飲もう！」だれかが叫び、みんながグラスを空けた。キャサリンもそうした。シャンパンは美味で、頭がふわふわと軽くなった。さわやかで清らかで、きっと瓶詰めの月光はこんな味だ。たちまち頭がぼうっとしてきたから、アルコール度数は四十五パーセントはあるはず。

ジョンはいまやソムリエロボットと化していた。ボトルを手に歩きまわり、絶えず人々のグラスを満たしている。一本が空になると、すぐさまコルクをポンと抜く音がして、新しいボトルが現れた。

音と笑い声が急に大きくなった。

だれかの腕が当たり、キャサリンはよろめいた。倒れる、と思った瞬間、マックがつかまえてくれた。大きな手でキャサリンの上腕をつかんで引っぱりあげ、もう片方の手を背中のくぼみに当てて引き寄せる。キャサリンは——マックに抱きしめられる形になった。

仰ぎ見ると、角張ったあごと無精ひげ、半分まぶたのおりた目が見えた。下から見あげると、火傷の跡が波形に盛りあがり、小さな影を落としていた。反対側の頬にあるナイフの切り傷はケロイド状で、未開の地の部族が顔につける傷を思わせた。

ふたりの目が合った。室内の喧噪が聞こえなくなった。マックの瞳は濃い茶色で、それより薄い茶色の細かい線が入っている。暗く、感情をあらわさず、相手の心をつかんで放さない瞳。

キャサリンを助け起こすのは不本意だったのだろうか？　ほんとうのところはわからない。

彼の心は読めない。間違いなく伝わってきたのは、強さと力だけだった。

でも、ひとつだけたしかなことがあった。マックはキャサリンを放す気はなさそうだ。黒いスウェットシャツを通して、胸板を形作る筋肉のひとつひとつが感じ取れるほど、彼はキャサリンをきつく抱きしめていた。なんてたくましいのだろう。これほどの力の持ち主であるということは、どんな感じがするのだろう？

「お疲れさま！」初老の男が笑いながら背後からキャサリンを抱きしめ、さらにぎゅうぎゅうとマックに押しつけた。「ヘイヴンへようこそ！」

左側からもだれかに抱きしめられた。男か女かもわからない。今度は右からも抱きついてきた。そちらは体つきがやわらかくラベンダーの匂いがするので、女だとわかった。

またひとり、抱擁している集団にくわわろうとしてシャンパンを床にこぼした。笑い声をあげている男や女がキャサリンの肩をつかむ。彼らの後ろからさらに浮かれた人々が集まってきて、やがてキャサリンを中心に、フジツボにも似た人間の塊ができあがった。

キャサリンは頭がくらくらしてきた。もともと、ごく軽い閉所恐怖症なのだが、人間の壁とマックの固い胸板にぴったり挟まれているせいでめまいがしているわけではなかった。閉所恐怖症のパニックは、いつもかすかな恐怖からはじまる。

いまは、恐怖は少しも感じなかった。恐れるものはない、自分を脅かすものもない。うれしいできごとを祝って、よろこんでいる人たちがいるだけだ。

けれど……彼らはみんな、自分がいちばんたくさんキャサリンにさわるのだといわんばかりに群がってくる。それは好意からの行動とはいえ、彼らの感情がどくどくと脈打ちながらキャサリンの周囲に漂っていた。

キャサリンは、同時にふたりの人間からさわられたことはほとんどなかった。それがいま、同時に二十人以上が押しあいへしあいしてキャサリンを抱きしめ、頬にキスしようとし、笑っている。なかには笑いすぎて涙をぬぐっている者もいた。

苦しみ、不安、悲しみ。

大きなよろこびと、仲間意識。

だれかがキャサリンの首筋に触れた――彼は逃亡者だ。命がけでどこかから逃げてきて、いまだに怯えている。べつのだれかは……マフィアにつかまった姪を探し出すと固く決意している。悲しみ、心配、そしてほとばしるような愛情の対象は……マックだ！　赤ん坊ではなく、大人のマック。

人々の感情がたがいに食いつきあっていた。ひとりひとりに過去がある。それも、快い感情を伴う過去とはかぎらず、悪いほうに感情を高ぶらせる過去もある。いまこのとき、この場所にいられることをよろこんでいても、外の世界に知らず知らずつぶされかけている……。

その脅威は、キャサリンの胸を荒縄のように締めつけ、暗い火で焼いた。彼らの好意に嘘偽りはないが、安全を与えてくれるのはリーダー格の三人なのだ。伏流のような恐怖と不安を感じた。マックに抱きしめられている部分はよくない感情をはねのけたが、ほかの人々に触れている部分がどんどん吸いこんでいく。キャサリンはスポンジのように黒い波を吸収するが、その波はどんどん高くなっていき……。

　膝がくずおれた。


　まずい。

　マックの腕のなかで、キャサリンが倒れた。マックは腕に力をこめ、群がってくる人々のひとりひとりと目を合わせた。彼らが祝ってくれているのはわかっている。それも、赤ん坊の誕生を祝っているのではない。

　マックと名付けられた赤ん坊。まったく、どういうつもりだ？　小さな女の子をマックと呼びかけるなど、勘弁してほしい。ブリジットとレッドを説得しなければならない。

「よし、みんな、聞いてくれ」

　マックは腹の底から声を出した。命令のしかたは心得ている。二秒で室内が静まり返った。人々は少しずつあとずさり、キャサリンがふらついていることに気づいた。

「マックの誕生を祝いたい気持ちはわかる」マックは、赤ん坊を抱いているブリジットと、その隣にいるレッドをまっすぐ見やった。「レッドにブリジット——名前は考え直してくれ」有無をいわせない厳しい口調でいったが、ブリジットは眠そうにほほえんだだけだった。

「それから、助けてくれたキャサリンにみんなが感謝しているのもわかる。だが、みんなの勢いに、彼女は圧倒されてしまったようだ」

それはそうだろう。雪嵐のなかで危うく凍死しかけ、厳しい軍事訓練を受けた本物の兵士に尋問され、自宅が荒らされるのを目の当たりにし、赤ん坊を取りあげた……。だれだって疲れるだろうが、キャサリン・ヤングのように見るからにか弱そうな女はなおさらだ。

キャサリンがもぞもぞと動いた。「いいえ」弱々しくほほえむ。「大丈夫よ——」

「黙れ」マックはつっけんどんにいった。彼女がいまにも倒れそうなことはわかった。力が入らず、必死に立っていようとしているのが感じ取れた。彼女は震えている。

ああ、面倒くさい。マックはキャサリンを抱きあげた。

そのまま出口のほうへ向こうとしたとき、ステラに肩を押さえられた。心配そうに眉をひそめている顔つきが、ナイフが残した頰の傷のせいで、ますます強調されている。「あなたのお部屋に連れていってあげて。あっちのほうがくつろげるわ。あとでお茶を運ぶから」

マックはうなずき、診療所を出た。

「自分で歩けるわ」キャサリンは抗議した。

たしかに、歩けるだろう。だが、いまいましいことに抱き心地がよすぎる。

マックの住居は広く——かなり大きなアパートメントだ——二階下にあった。マックはドアの前で一秒間止まった。鍵は生体認証式で、マックの体形で認証するよう設定してある。

ニックとジョンでもロックが解除される。だが、キャサリンを抱いたままでは認識しないので、壁のなかに設置されたキーパッドで暗証番号を打ちこんだ。

これからもキャサリン・ヤングを抱いてドアをあけることがあるかもしれないから設定を変えようか、と自分でもぎょっとするような思いが浮かび、あわてて頭から消した。

どこからそんなことを思いついたのだろう？

玄関からなかに入り、寝室へ行った。屈んで上掛けをめくり、キャサリンを横たえる。すぐさま、彼女の温もりとささやかな重みが恋しくなった。マックはキャサリンから完全に離れてしまうのがいやで、しばらくそのまま触れていた。

未知の領域だ。

マックの体は、マックが指示したとおりに動く。それ以上でも、それ以下でもない。腕が従おうとしないせいで、女のそばにぐずぐずしていると気づいたことも、ジーンズの中身が固くなっていることも、マックにとっては衝撃だった。

くそっ。

しっかりしろ。

自制心を総動員しなければ、体を起こしてキャサリンから離れることができなかった。それが、怖かった。

マックがブーツのファスナーをおろして脱いでいると、キャサリンが半分目をあけた。

「なにをしているの？」小さな声だった。グレーの瞳がまばゆすぎて、マックは彼女のまぶたが半分閉じていてよかったと思った。あの瞳には奇妙な力がある。目をそらすことができなくなる。

「楽にしてやる。死ぬほど疲れているんだろう。赤ん坊を取りあげたんだからな」大きなベッドのなかのキャサリンはひどく心細そうに見えたので、マックは彼女の手を取った。「もう大丈夫だ。安心しろ。おれがついている」

ゆうべは彼女が政府のスパイではないかと疑い、銃とナイフで武装して厳しく尋問したくせに、安心しろとはよくいえたものだ。なんと愚かないいぐさだろう。

だが、意外にもキャサリンはかすかに口角をあげて目を閉じた。「安心したわ」とつぶやく。すっかり頼りきった様子でマックの手を握り返すと、仰向け（あおむ）けになり、明かりが消えるように眠りに落ちた。

マックは空いているほうの手で上掛けをかけ、肩のあたりを平らにととのえた。かたわらに腰をおろしたかった。脚を伸ばして椅子をたぐり寄せる。なぜなら、やはり彼女の手を放したくなかったからだ。

椅子に座り、両手で彼女の手を包んで顔を見おろした。キャサリン・ヤングという暗号を読み解きたかった。

目の前に横たわっているキャサリンは、見るからに壊れやすそうだった。顔が青ざめ、ストレスで鼻の頭がつままれたようにつぶれ、眠っていても顔をしかめている。ほかの部分も脆そうだった——骨格が華奢で、ほっそりしている。

キャサリン・ヤングはかわいそうなほど繊細で、はかなげに見えた。手荒に扱えばぽきりと折れそうなのに、マックは手荒に扱ってしまった。それでも彼女は折れなかった。

動機がなんであれ、正常とはいえない人間からのわずかな情報を頼りにここまでやってくるには、特大サイズの根性が必要だ。

その正常とはいえない人間がルシウスかもしれないという事実は、あえて頭から払いのけた。考えるのがつらかった。そのことは、あとでニックとジョンと話しあわなければならない。

だれに送りこまれたにせよ、キャサリンはほんの少しの手がかりだけを与えられただけで、マックを見つけた。だれも見つけられなかったのに。尋問にも耐えた。話は一貫していて、自己主張は強くないが、怖じ気づいてはいなかった。

それに、ブリジットの赤ん坊を取りあげるさまときたら。まったくすごい。優しくブリジットを励まし、完璧な仕事ぶりだった。自分が介助をするはめになっていたらと思うと、マックは身震いした。大量の出血や骨折、銃創なら、どう対処すればいいのかわかる。だが、出産の介助には、マックの持っていない技術が必要だったし、その技術はこれからも身につけられないだろう。キャサリンは、臨床経験はないといったが、立派に医師の役目を果たし、元気な赤ん坊をこの世界に連れてきた。

おれたちの世界に。ヘイヴンではじめての赤ん坊を、いちばん新しいメンバーが取りあげた。

キャサリンはもう仲間だ。それは隠しようがなく、目をそむけるわけにもいかない。純然たる事実なのだから。

ヘイヴンの住人たちは、ときにはひとりで、ときには二、三人のグループで、ぽつりぽつりと集まってきた。住人たちはマックを認め、たがいを認め、今度はキャサリンを認めた。

では、キャサリンをどうすればいいのだろう？

マックはキャサリンの手を握ったまま、彼女を眺めた。キャサリンがベッドで寝返りを打ち、いまは横顔が見える。頭と片方の手を除けば、全身が上掛けに隠れている。それでも美しい。その美しさに気づかないふりをしていたが、体はマックをあざわらい、目の覚めるような美人に対して健康な男ならだれでもする反応をしていた。

いつもなら、こんなことはたいした問題ではなく、自制できる。心拍も反射も思考も、股間のものすらコントロールできる。ＳＥＡＬの訓練でたたきこまれたからでもあるが、それ以前から、マックは自制心を身につけていた。自分を律することができなければ、あんな子ども時代を生き抜けもしなかったはずだ。

それに、美しい女に興奮しても無駄だということは、早いうちに思い知った。醜く生まれ、醜い男に育ったうえに、くそ野郎にナイフで切られ、アーカ製薬の業火で溶かされたせいで、容貌はますますひどくなった。美しい女の目を見ることはめったにない。なぜなら、攻撃と受け取られかねないからだ。もうずいぶん前から、きれいな女がほしくなっても、その望みがかなうことはないのだから、我慢することにしていた。

尋問室では勃起したが、彼女がひどく怯えていたので、その気も萎えた。たしかに自分は恐ろしい外見をしていて、敵をひるませるには好都合だが、女を怖がらせてしまうことを思うと、このうえなく気分が悪くなる。それに、あのときはニックとジョンも見ていた。だから、あきらめることができた。

だが、いまは自制するのが難しかった。キャサリン・ヤングは、不思議な力でマックの領域に入りこんできた。彼女はこの寄せ集めの町に受け入れられ、マック自身も、彼女を守るのが自分の責任だということを受け入れている。不本意だが、しかたがない。彼女はもうこちら側の人間だ。

キャサリンは眠っているので、マックが熱のこもった目で見つめていても気づくことはない。そう、夢想しても大丈夫だ。

マックは椅子の上でもぞもぞと体を動かした。股間にずっしりと重いものがのしかかっているような感じだった。ずいぶん長いあいだ、女を抱いていない。SEALに在籍していたころは、女に困ったことはなかった。マックは醜いとはいえ、SEAL隊員に寄ってくる女はいくらでもいた。そういう女たちにとっては、ＳＥＡＬ隊員と寝たということが、なにはともあれ自慢になるのだ。

いまでも覚えているのだが、コロナードのＳＥＡＬグルーピーの女に、石膏で男性器の型をとってもいいかと頼まれたことがあった。その女は、まずは毛を剃らせてくれといった。女はすでに十二本のトロフィーを獲得し、本棚に並べて飾っていた。氏名と日付と、ファックした回数を書き添えてあった。

やれやれ。

ゴースト・オプスでは、だれもが自分の息子をおとなしくさせていた。普通の男たちが無料のビールをがぶ飲みするように女を漁っていたジョンでさえ、そうだった。

隊の鉄則は、人目につかない、追跡されない、秘密の存在であることだった。彼らは存在しない人間であり、クレジットカードを持たず、賃貸住宅に住まず、住宅ローンを借りず、公共料金の支払いもなく、一般の電話会社が供給する携帯電話、車の登録証、運転免許証も持たなかった。なにひとつない。いきおい、性生活もない。相手の女となにかしら話をしなければならないからだ。女は好奇心が旺盛で、一夜の関係が気に入れば、つきまとうようになり、やがてはジョー・スミスという男など実在しないと気づくことになる。

だから、ゴースト・オプスは基本的に性生活ゼロゾーンだった。もちろん、設立されたその日から、男七名が属するこのチームは、ほとんど絶え間なく任務についていた。休日を過ごすのは自宅ではなく——自宅などないからだが——町や道路から百五十キロ以上離れた僻地の宿舎だった。メンバーたちは、その宿舎を〝フォート・ダンプ〟、つまりごみ捨て場と呼んでいた。セックスどころか、死を覚悟でそんな場所に来て耐えられる女など、いるはずもなかった。

そして、アーカ製薬の災禍のあとは——命がけで逃げて隠れなければならない生活では、女の温もりなどなかなか手に入るものではない。

マックはキャサリンの手を握り、顔を眺めたまま、ズボンのなかで固くなっているものを萎えさせるべく、最後に女を抱いたときのことを思い出そうとした。

思い出せなかった。

時間の霧のなかでぼやけてしまっただけかもしれないし、そうではないかもしれない。キャサリンを見つめながらほかの女のことを思い出すのは、ひどく難しかった。ほかの女をほしくなることなど、もうないのかもしれない。なぜなら、目の前で、マックのベッドで、マックに手を握られて眠っているのが、世界でだれよりもほしい女だからだ。

ほかの女はひとり残らず頭からすべり落ちていき、二度と戻ってくることはなさそうだった。

キャサリンの目がまぶたの下で、なにかを読んでいるかのように動いていた。彼女の手がマックの手を握り、目がひらいた。

マックは手を動かし、親指を彼女の手首に当てた。

「やあ」マックは静かな声でいった。「よく眠っていたな。疲れていたんだ。休めるように、ここへ連れてきた」

キャサリンは眉根を寄せ、ゆっくりと室内に視線をめぐらせ、最後にマックを見た。「ここはあなたのお部屋？」

宿舎というほうが正しいが、マックはうなずいた。「ああ」彼女の手を握っていないほうの手をあげた。「でも、心配するな。おれはなにもしない。あんたに危害はくわえない」唇がゆがんだ。「そうしたいわけじゃないが、あんたの髪にでも触れようものなら、たちまちここの住人がひとり残らずおれを殴りにくる」

キャサリンはじっとマックの言葉に耳を傾け、そのあいだも手を握っていた。奇妙なことに、彼女はマックの手を放そうとせず、それどころか強く握りしめている。触れあっている肌が熱く、輝きを放っているように思われた。

くそっ、手を握っただけで熱くなるとは、ほんとうになんとかしなければならない。

キャサリンは探るようにマックの顔を見つめるばかりで、なにもいわなかった。

なんだか気詰まりだ――ひどく居心地が悪いわけではないが。女に顔をじろじろ見られたことはない。美人に見つめられたことがないのはたしかだ。普通の人はマックの顔を一瞥し、たいてい肩の後ろあたりに焦点を合わせる。マックの顔を正面から見るのは、ヘイヴンの仲間たちだけだ。

キャサリン・ヤングもそうなのか。

彼女は長いあいだマックを見つめていたが、ようやく小さな声を発した。「あなたに危害をくわえられるとは思っていないわ。少しも心配していない」口をつぐみ、唇を嚙む。

「なにかいいたいことがあるのか？　いってみろ」

手のなかでキャサリンの手が動いた。温かくやわらかで……肌が触れあっているところから、なにかが広がっていく。

「気を悪くするわ」

マックが気を悪くすることなら、山ほどある。だからといって、耳を貸さないわけではない。戦地では向かってくるものを直視し、よけられるものはよけ、よけられないものは真っ向から立ち向かわなければならない。

「おれは大人だぞ」マックはいった。

キャサリンはほほえんだ。目が覚めてから最初の笑顔だった。優しく、悲しげな笑み。幸せそうではなく、痛みしか感じられない。

「わかってるわ、マック。あなたのことはわかってる。裏も表も。あなたは信じないかもしれないけど。あなたは戦地では危険な戦士だけれど、普通の人を傷つけたりしない。そんなことができる人じゃないもの」

マックがびくりと手を動かすと、キャサリンの手に力がこもった。信じられない。マックの手はキャサリンの手の二倍は大きい。握力は特殊部隊の隊員らしく、握力計では九十キロだったが、もっとある。それなのに、彼女の手から手を引き抜くことができない。

キャサリンの目がマックの目を探っている。「わたしたちはつながっているわ、マック。あなたはいやがるかもしれないけれど。でも、感じるでしょう」

マックはかぶりを振ったが、嘘をついていることは自覚していた。静電気にも似たなにかが、ちくちくする熱さが、手のひらから腕へ伝わり、そして……。

「おれに薬を盛ったのか？」マックは口走った。

キャサリンは意外そうに笑った。「まさか、いいえ」

薬物しか考えられないではないか。この感覚は、体内を駆けめぐるこの熱さは、薬物以外に説明がつかない。それに、キャサリンが……内側から光を放っている。ついさっきまで、顔色が悪くやつれて見えたのに、いまではほのかに頬を上気させて輝いている。彼女のなかに電球があるかのように。

いったいどういうことだ？

携帯電話がふたつの音を小さく奏でた。メールを着信したのだ。携帯電話は白い光線を放ち、暗い壁に文字を映し出した。

ドアの外。ステラ

邪魔されたことをありがたく思いながら、手を引いて立ちあがった。くそっ、膝に力が入らない。キャサリンはなにをしたんだ？

「どうしたの？」キャサリンが体を起こした拍子に、上掛けがウエストまで落ちた。マックはすべてを敏感に意識していた。シーツがすべる音、彼女の背中に当てた枕を髪がなでる音、手を離したときの残念そうな溜息。

信じられないことに、マックも……悲しみを感じていた。温かく、自分を受け入れてくれる場所から無理やり引き離され、冷たい現実に放りこまれたような気分だった。手が冷たい。自分自身を含めて、なにもかもが冷たく、よそよそしかった。

「ステラだ」マックは絶対に動かないように気をつけながら答えた。ベッドにいるキャサリンがしどけなく見え、ついその隣にもぐりこみたくなったからだ。だが、彼の妙な態度に、キャサリンの笑みは消えた。寒くもないのに、彼女は体が震えていた。

ヘイヴンは暑くもなく寒くもない。常時、摂氏二十三度を保っている。

「なんの用かしら？」

「たぶん、食事を運んでくれたんだ」マックはキャサリンに背中を向け、ドアへ向かった。たったそれだけのことが、ひどく大変だった。なんだ、これは？　まるで泥のなかを歩いているみたいだ。彼女から一歩離れるごとに足が重くなり、力を振り絞らなければドアにたどりつけなかった。壁に触れるという指示が手に届くまで丸二秒間かかり、ようやく触れたときには、手が震えていた。

くそっ。

手が震えたことなど一度もなかった。一キロ先の標的を射殺したこともある。爆弾から信管を抜き取ったり、サソリの巣穴に手を突っこんだこともある。でも、手は震えなかった。一度たりとも。

それがいま、こんなに震えている。

ドアがひらくと、敷居のすぐ外にワゴンがあった。マックはワゴンを部屋のなかへ押し、まるで伸ばしたゴム紐(ひも)が手を離せば縮むように、あっというまにベッドのそばに戻った。

キャサリンはグレーの目を見ひらいてマックを眺め、なにかいいたいのをこらえているのか、ふっくらとした唇を軽く噛んでいた。

料理がのっているワゴンのほうへ身を乗り出し、匂いを嗅ぐ。唇をひらいて、声をあげた。

「わあ。ロンドンのフォートナム・アンド・メイソンより素敵」

マックにとってロンドンは、特殊空挺部隊(SAS)との合同訓練でヘレフォードへ行く途中に垣間(かいま)見た、古い建物と新しい建物が入り交じった場所という印象しかない。

「腹はすいてるか?」

たのだから。

それはそうだろう。小さな仲間が世界に出てくる手助けをして、昼食をとるひまもなかっ
「とても」

へイヴンは、人々がひもじい思いをしなければならない場所ではない。外の世界にはそんな場所がいくらでもある。ところが、マックがキャサリンの存在にひどくうろたえていたせいで、彼女のケアがおろそかになっていた。

きちんと食べさせてやらなければならないのに。

マックはそのことをすっかり忘れていたが、ありがたいことにステラが気をつけてくれた。へイヴンの厨房を手伝う者は何人もいるが、今回はステラみずから腕を振るってくれたようだ。キャサリンはホットサンドを気に入っているらしい。

「さて、ホットサンドの……」マックはこんがりと焼けたパンを持ちあげた。「中身はポークだ。ベジタリアンじゃないな？」

「ええ、違うわ」キャサリンは笑顔でうなずいた
マックは布に包まれたサンドイッチをキャサリンに渡した。指が軽く触れあったとたん、手がじわりと温かくなった。サンドイッチのせいだ、とマックは思ったが、ほんとうはそうではないことがわかっていた。

「何種類かあるぞ。全粒粉のパンにはツナ、白いパンにはローストビーフ――」

「バゲットよ」キャサリンがさえぎった。

「なんだって？」

「バゲット。フランスパン」

「へえ」マックはパンを持ちあげた。普通のロールパンにしか見えなかった。「そうか。オリーブ、マッシュルーム、チーズ、ローズマリー風味のローストポテト。それから……ラップサンドがある。ステラのラップサンドはうまいぞ。炭水化物はとりすぎるなと、いつもみんなにいってるくせにな。あんたが来たから、今日は特別なんだろう。山羊（やぎ）のチーズのサラダ、茄子（なす）のパルメザンチーズ焼き」もっと脂っこいものやパスタかなにか入っていないかと期待して、べつの容器の蓋をあけたが、がっかりした。「オレンジとフェンネルのサラダ。それから、ええと、リンゴと人参とパイナップルとナッツのサラダか。くそっ、ステラめ……サラダばかりじゃないか。でも、オムレツがあるぞ。ステラのオムレツは絶品だ。これはルッコラだかチコリだかが交ざってるけどな」またべつの容器のふたをあけた。「野菜だ」ふたを閉めた。

「見せて」キャサリンが蓋をあけ、匂いを嗅いだ。「バルサミコ風味の蒸し煮ね」

マックは興味がなかった。さらに容器のふたをあけていく。「デザートがどこかにあるはずだ。おっ、やった。クッキーだ。それとアイスクリーム」目をあげると、キャサリンが微笑を浮かべてこちらを見ていた。「さて、どれがほしい？」

彼女の笑みが大きくなった。「全部。馬一頭食べられそうなくらい、おなかがすいているもの。それにステラのお料理でしょう、あなたから奪い取って食べてしまうわよ」

マックはとくに笑いたい気分ではなかったが、気がつくと口角があがっていた。彼女の笑顔には、つりこまれずにはいられない。「それは困る。じゃあ、全種類、少しずつ食べてくれ。おかわりはたっぷりある」

キャサリンの皿にステラの料理を盛りつけながら、マックは上機嫌だった。美しい女が、満面の笑みを浮かべている。おれのベッドで、おれの部屋で。

いままでほとんどずっと、サバイバルと指導者としての毎日で、マックのベッドは空っぽだった。ここ一年は、強敵に備えて気がゆるむひまもなかった。合衆国政府が自分たちを探しているのだ。見つかったらどうなるか、マックは楽観してはいない。ゴースト・オプスを探している者たちがどこの機関に属しているにせよ、特別な命令を与えられているはずだ。発見と同時に射殺せよ、と。

マックたちは、軍法会議へ連行される途中で逃走した。政府も同じ間違いは二度と犯さないだろう。

仲間を守るために、マックはあらゆる手を尽くしてきた。もっとも、兵士ならだれでもあのマーフィーの法則とやらをいやというほど知っている。悪いことを思えば、悪いことが起こるのだ。だから、マックは絶えずトラブルに備えている。偏執的であることは兵士であることの証明だ。マックも偏執的になって当然であり、現にそうだ。

しかも、なぜか——ほんとうにわからないのだが——マックはヘイヴンの町長のような、王のような立場に選ばれた。住人は、技術的な問題や組織の問題、それに最近は——くそっ！——感情的な問題まで相談にくる。いまやマックには、住人を守ることのほかに、彼らを幸せにし、精神的に満たす責任があるのだ。

マックは聖職者ではない。それなのに、考えてみれば、このところ性生活はまさに聖職者並みだった。

だから、この美しく聡明な女がうまいものを食べているのを、ベッドに腰かけてのんびり見ていると……厳しい現実がつかのま途切れたようだった。

キャサリンはヘッドボードに背中をあずけ、大皿を膝に置いていた。ベッドサイドテーブルの背の高いグラスには、オレンジ色と緑色の飲みものが入っている。マックは自分のグラスを取った。「いったいこのくそまずそ——いや、これはなんだ？」

キャサリンがのけぞって笑い、長く白い喉があらわになった。ああ、きれいな首だ。マックは、きれいではない自分の首をかき、彼女の首をじっと見つめた。こういう首は触れるためにある。だが、彼女は美しすぎて触れられない。接触禁止だ。

「気を遣わなくていいわ、マック。わたしは大人だもの。あなたの疑問に答えると、これはキャロットジュースにミントを添えたものだと思うわ」グラスを取り、ゆっくりと口に含んだ。マックはジュースを飲みこむ彼女の喉の動きに見とれ、股間のものがさらに大きくなった。

きついジーンズと丈の長いスウェットシャツ――ヘイヴンでのユニフォームだ――を着ていてよかった。勃起したところでむなしいだけだ。いまこの瞬間を台無しにしたくない。こんなきれいな女が、おれみたいな男を相手にするわけがないじゃないか？

まるで美女と野獣だ。しかも、おそらくその野獣の首には懸賞金がかかっている。マックも、ニックとジョンも、間違いなく最重要指名手配のリストに載っているはずだ。マックをいぶし出した者は華々しく昇進するのだろう。

だから、キャサリンとどうこうすることはありえない。マックがその気になっていても、彼女はなっていない。マックとて、興奮した女がどんなふうになるのか、どんな態度を取るのか知っているが、彼女はあてはまらない。意味ありげにマックを見たり、股間をこっそり眺めたり、さりげなく膝の上のほうに触れたりしない。バーで引っかける女はみんなそういうことをする。性生活があったころに引っかけていた女たちはそうだった。

キャサリンはただひたすら……うれしそうだった。自宅をめちゃくちゃにされたのに。

「え？」

彼女がなにかいった。「ジュースは気に入ったかって訊いたの」呑みこみの悪い子どもに尋ねるように、辛抱強い口調だった。

マックはジュースを飲んだ。「正直にいえば、ビールのほうが好きだ。一本、持ってきてくれればよかったのにな」

キャサリンはほほえんだ。「ステラに頼めば、一本か二本、持ってきてくれるんじゃないかしら」

マックは二秒ほど迷った。そして……。「いや。やめておこう」またジュースを飲んだ。それが気に入ったからではなく、邪魔をしたくなかったからだ。なんの邪魔かはわからないが。

キャサリンはローストビーフのサンドイッチにかぶりつき、咀嚼し、呑みこんだ。「ほんとにおいしい。ステラはすごいわ。いつもこんなふうに料理してくれるの？」

正面からほほえみかけられ、マックはいつも笑わないのに、自然に笑みを返していた。室内に監視カメラがないのは幸いだった、ニックとジョンが見たら心臓発作を起こしていたかもしれない。口をあけて、歯を見せて笑っているマックを。しかめっつらではなく、雑談しているマックを。

「ああ。みんなステラの料理なしではやっていけなくなった。ほかのものは変な味がするようになったんだ」

「わかるわ」キャサリンはまたひと口食べて、サンドイッチを置いた。「でも……ステラはどうしてここへ？　なにがあったの？」

マックはためらった。ステラの話はコミューンのなかにとどめておき、外部に漏らすべきではない。

だが、キャサリンはもうよそ者ではなく、話を聞きたがっている。万一、彼女が仲間ではないとわかったら、ほんとうにレーテーを、それも三日間の記憶を消すほど大量に投与し、谷に捨てなければならない。

そう思うと、高揚した気分が少し萎えたが、それが現実だ。「彼女にストーカーがいたことは聞いたな？」

キャサリンはうなずいた。「ブログとかゴシップサイトに載ってたわ」

「だが、そのストーカーがもう何年も彼女につきまとっていたことは、どこにも書いていなかっただろう。薔薇の花束にカミソリの刃を仕込んだり、宝石箱に生きたサソリを入れたり、でかいタランチュラの脚にダイヤの指輪をはめて送ってきたり。そういうことが何度もあった。だが、彼女のスタッフは、ずっとそのことを隠していた。ステラに送られてきたものや電話はすべて、スタッフが中身を確かめていたんだ。人でなしどもは、ステラが怯えて仕事をやめたりすれば、自分たちの食い扶持(ぶち)がなくなると思って、ストーカーがいることを本人に教えていなかった」マックの手が拳に丸まった。いまでもこのことを考えると腹が立つ。「ステラはどこかのくそ野郎に狙われていることを、まったく知らなかった」マックは深く息を吸い、一気に吐き出した。「すまない」

「わたしも彼女の顔は見たもの、マック」キャサリンは静かにいった。「くそ野郎どころじゃないわ」

「で、エージェントがボディガードをつけた。だが、ステラはボディガードのことを付き人だと思っていた。ボディガードはステラの命を三度助けたが、そのことは絶対にいうなと指示されていた。当時、ステラは『ハイ・イン・ザ・スカイ』の撮影中で、オスカー候補になると噂されはじめたころだった。だから、彼女が降板したら困る連中ばかりだった」

キャサリンは小さな拳で膝をたたいた。「許せないわ」小声でいった。

ボディガードがもうこの世にいないことは幸いだといってもいいかもしれない。そうでなければ、マックはその男に会って、拳を介した話しあいをしたくなっていただろう。

「ああ。ある晩、撮影終了後のパーティのあと――ステラは打ちあげといっていたが――家政婦と運転手を帰らせて、ステラも午前二時ごろに休んだ。検死官の話では、ボディガードは午前三時前後に殺されたらしい。喉を切られていた。検死解剖の結果、ボディガードの血中アルコール濃度は〇・三パーセントだった。つまり、泥酔状態だったということだ。格好の餌食だな」

「ひどい」キャサリンはつぶやいた。

「そうだろう」マックは歯を食いしばった。「だから、くそ野郎は簡単にステラに近づけた。まさにやつの思いのままだ。ステラは全身を五十カ所近く切られた。とくに頬はすっぱりとやられた。全身の血液量の三分の一を失ったそうだ。だが奇跡的にも、ステラに蹴られた犯人が、血で足を滑らせてナイフの上に倒れた。ステラは九一一に通報して、救急隊がちゃんと仕事をした。ボディガードとは大違いだ」

「そのあと、姿を消したのね？」

「一年かけて六度の手術をして、ようやく傷が癒えはじめた。やった男はいったん勾留されたが、金持ちだったからすぐに釈放された。それで、ステラは真剣に隠れ場所を探しはじめたんだ。裁判では、犯人は精神障害と認定されて刑務所の精神科病棟に入った」

「でも、逃げたのよね」キャサリンは静かにつけたした。「思い出したわ」

「ステラは以前から料理が好きだったから、モントローズの食堂で、すぐできる料理を作る担当になった。ここから九十キロほど行ったところだ。ジョンがそこの料理を気に入って、ステラと親しくなった」

「ジョン？」キャサリンは眉根をわずかに寄せて首をかしげた。「ああ、わかった」疑問が晴れた顔になった。「サーファーね」

「そう、サーファーだ」マックはうなずいた。おもしろい。ジョンはいつも見くびられる。

「ジョンがステラが働く食堂にいたとき、彼女を襲った男が病棟から逃げたというニュース速報が流れた。ステラはなにも持てないくらい、ひどく震えだした。傷がようやく癒えたころだ。ステラは口もきけず、どうしたらいいかわからなくなっていた。それで、ジョンがここへ連れてきた。いまでは、ステラがいなければおれたちはやっていけない」

キャサリンは溜息をついた。「そう、ステラはここになじんでるわね」

たしかに。ステラは仲間だ。そのことに疑いはない。

「食べものはどうしてたの……その前は？」

「その前？」

「ステラが来る前。だれか料理していたの？」

マックは思い出しただけで顔をしかめてしまった。「最初は人数もたいしたことなかったからな。あのころにくらべれば……増えた」マックは注意深くキャサリンの様子をうかがったが、彼女はそれ以上なにも尋ねなかった。スパイだったらこの機に乗じて、ヘイヴンについてさりげなくもっと探ったはずだ。スパイでないとしても、よそ者は根掘り葉掘り訊くに決まっている。ここの住人が何者なのか。どんな人間なのか。

キャサリンは違う。ただ黙って聞いていた。「ということは、みんな料理ができるのね」

「いや。おれとニックがやっていた」マックは口角をさげた。「一度は暴動が起きかけたんだぞ。そうしたら、ステラが来て、みんな万々歳だ。ステラのおかげで命拾いした」

マックは目をぱちぱちとしばたたいた。

おれが冗談をいっている！　いつから冗談をいうようになったんだ？

キャサリンが思わず吹き出し、膝に置いてあった皿が傾いた。「おっと！」

ふたり同時に皿へ手を伸ばした。マックのほうが早く、キャサリンはマックの手首をつかむ形になった。

時間が止まった。マックの心臓も止まってしまったようだった。

沈黙、静止。笑い声もなくなった。

室内には、にわかに重苦しい静寂が垂れこめていた。キャサリンの笑みは消え、マックももはや笑いたい気分ではなくなっていた。笑えなかった。なにかとてつもないことが起きようとしている。見知らぬ外部の力がマックの体を支配しようとしていた。

キャサリンに触れられた手首がどんどん熱くなり、痛みをもたらさない炎となり、マックを内からも外からも焼いた。ふたりの体が内側から発光している。つかのま光に照らされているのかと思ったほど、それは強烈な明るさだった。彼女の指がマックの手首と溶けあう。いや、溶けあっているように感じる。はんだごてでくっつけて、二度と離すことはできなくなったかのようだ。彼女の指先から目に見えない蔓が伸び、マックをつなぎとめる。マックはぴくりとも手を動かすことができない。彼女から離れることを考えただけでもつらく、だから考えたくない。

彼女の体へ自分の血液がトクトクと流れこみ、彼女の一部が自分のなかへ入ってくる。彼女の鼓動が聞こえる。どういうことだ、鼓動を感じるとは。手を通して感じるのではなく、自分自身の心臓で感じる。彼女の心臓が自分の胸のなかで鼓動している。

光と熱がマックを満たし、頭のなかがざわつき、ふわふわと宙を漂っていきそうな感じがしてきた。風など吹いていないのに、体がゆらりと揺れる。ただ彼女の両手がマックに触れ、体のなかへ、奥深くへ入りこんでいく。

目の奥で爆発が起き、現実離れした光で室内をすみずみまで照らした。閃光(せんこう)だけで音のないスタン手榴弾(しゅりゅうだん)が爆発したらこんな感じだろう。ステージの上にいるように、あらゆるものがまばゆく輝いている。

さまざまな感情。強烈であざやかだ。不安と孤独と欲望。激しい欲望だが、マック自身の欲望とは味わいが違う。だれかほかの人間の欲望だ。ほかの人間の感情。マックは他者の頭のなかに入りこみ、欲望を感じている。だれかに対する熱い欲情を……。

マックは外側から自分を見ていた。他人の目を通して。彼女の目を通して。キャサリンの目を……。

……とても素敵……。

耳元でささやかれたわけでもないのに、とりとめのない思考がはっきりと意識のなかへ漂ってきた。電撃が走り、マックはわれに返った。

信じられない、おれのことだ！　マックはスタンガンを押しつけられたようにさっと手を引き、勢いあまって料理の皿をひっくり返して床に落としてしまった。

マックは落ちた皿には目もくれなかった。心拍が急激にあがり、いまさらながらアドレナリンが体内をめぐりはじめたことを、かろうじて意識していた。いったいなにが起きているのか知らないが、自分はぐずぐずしていてそれを止められなかった。危険な兆候はいっさいなかった。まさに青天の霹靂(へきれき)だった。

「ちくしょう!」両手が拳になった。女を殴ることはできない。そんな趣味はない。だが……身を屈め、キャサリンに触れないように、ぎりぎりまで顔を近づけた。

キャサリンは蒼白になっていた。グレーの目は大きく見ひらかれ、瞳孔がひらいている。身をすくめ、顔を引きつらせ、鼻の頭が緊張で真っ白になっていた。

「やっぱり薬を盛ったな?」マックはどなった。

キャサリンはまず唾を呑みこんだ。唇まで色を失っている。「いいえ」呆然としてささやいた。「いいえ、そんなことするわけがない。さっきからそういってる」

マックはシーツをつかみ、それを手袋代わりにしてキャサリンの両手を取った。ゴム手袋のほうがよかったのかもしれないが、この部屋にはない。シーツでなんとかなるだろう。完全に防御できなくても、心理的な防壁にはなるはずだ。体の奥に鈍い痛みを感じるくらい確実にわかっている。彼女に接触するとよくないことが起きる、と。

いや、いいことが起きるのか。

とにかく……なにかが起きる。どうにもあらがいがたいことが。

キャサリンの手のひらをすみずみまで注意深く観察した。なにかしかけがあるはずだ……

極小の注射針が皮膚に埋めこまれているとか、接触した瞬間に割れるカプセルとか、なにかが。

マックの手つきに遠慮はなかったが、キャサリンは抵抗しなかった。ひたすらマックに手のひらを調べさせた。きれいな手だった。ほっそりとして指が長く、やわらかい。そして、どんなに調べても、薬物を媒介するしかけは見つからなかった。

震えている彼女の手のひらから目をあげた。「おれに催眠術でもかけたのか？」

今度は彼女の声に力がこもった。「いいえ」

「だったら、いったいいまのはなんだったんだ。説明しろ！」怒りが噴き出し、彼女の両手を放り捨てて一歩さがった。「あんたにさわった瞬間に、意識がぶっ飛んだみたいだった。なんなんだ、あれは？」

キャサリンは背筋を伸ばすと、マックに攻撃されると思ったのか、ただの布きれが鎧代わりになるはずもないのだが、上掛けを首まで引っぱりあげた。

上掛けで身を守るとは大笑いだと思ったが、笑えなかった。暴力を振るうつもりなどないが、なんとしても彼女がなにをしたのか聞き出さなければ気がすまない。どんな手を使って、こっちの感覚を麻痺させたのか。

そして、彼女のような美しい女に求められていると、どんな手を使って勘違いさせたのか。想像もつかないような方法に違いない。

催眠術ならわかる。ほんの一秒ほどだが、外側から自分を眺めたというのは、いわゆる幽体離脱ではないのか。彼女に求められていると感じたのも、催眠状態にあったせいだ。あれは彼女ではなく、自分の欲望だった。一瞬耳をかすめたようなささやき声も、実際に声が聞こえたのではなく、かすかな思考の揺らぎだったのでは……。

とても素敵。

あのとき、キャサリンがそうささやいたように感じた。手口はわからないが、彼女はマックの頭に嘘を埋めこんだ。幻を見せた。キャサリン・ヤングがマックを素敵だと思うわけがないのだ。

マックは鉄の自制心の持ち主だが、いまはその自制心に糸一本でぶらさがっていた。なにかをたたきつぶしたい、部屋のむこうへ放り投げたい、破壊したい。この女がおれの頭に入りこんだんだ！

キャサリンは困難を乗り越えてここへたどりつき、マックを見つけた。ナンバー9と呼ばれている患者のばかげた話を伝えにきた。その話を、ニックもジョンも、そしてマック自身も半ば信じた。あのときから洗脳ははじまっていたのかもしれない。そして彼女は巧みにコミューンの住人たちに取り入った。スパイでなければなんだというんだ？　そもそも、彼女は敵に雇われていた人間じゃないか――アーカ製薬に。

アーカ製薬はいろいろと汚いことをしている。キャサリン・ヤングがなにかを持っていたとしても不思議ではない。現実をゆがめるような、新型の向精神薬とか。

マックはキャサリンを見おろした。自分の体格を利用して敵を威嚇するのは、よく使う手だ。女に対してはやったことがないが、前例がないからといってやってはいけないわけではない。身を屈め、左手の拳でベッドの端を押さえ、彼女の目をじっと見つめた。

彼女の瞳はライトの明かりを吸収するのではなく反射して、純粋な銀色に見えた。じっとマックの目を見返し、視線をそらした。メイクをしていなくても、彼女の目は美しかった。大きくて、濃いまつげに縁取られている。銀色の輝きはまぶしく……。

マックはぶるりとかぶりを振った。どんな薬か知らないが、よほど強力らしい。尋問相手の目の色にわれを忘れて見入ったことなど、いままで一度もなかったのだが。

「おれになにをした?」低くすごみのある声で尋ねた。意図してそうする必要はなかった。すべての細胞がぴりぴりしていた。

さらに身を乗り出し、右手の拳を彼女の腰の脇に、触れないように気をつけながら置いた。彼女はマックの体に閉じこめられる形になった。視界はマックでいっぱいのはずだ。怒った体重百キロの屈強な男に迫られ、彼女にはほかのなにも見えていない。

キャサリンはヘッドボードに背中を押しつけていた。首の動脈が激しく脈打っている。呼吸が浅い。

怯えている。そのほうがいい。彼女は、マックには太刀打ちできない武器を使うことができるのだから。スタンガンや機関銃と同じくらい確実に、マックを倒すことができる武器だ。

そのうえ、キャサリンは危険なメッセージを運んできた——ルシウスを救え、と。マックとニック、ジョンは、ヘイヴンを守る役目を担っている。三人が罠にかかって死んだら、ステラやブリジットやレッド、小さなマックを、だれが守るのだ？　ヘイヴンのみんなをだれが守る？

「よし。あと一度だけチャンスをやる。あんたが嘘をついていると感じたら、手錠をかけて診療所へ連れていって、一週間は眠りつづける量のレーテーを注射する。おれをあまり怒らせないほうがいい。モーテルの部屋で目を覚ましたいだろう。いちばん近い道路まで五キロある僻地の雪のなかで目覚めたくはないはずだ。わかったらうなずけ」

キャサリンのあごがこくりとさがり、またあがった。

「おれが本気でいってると思ったらうなずけ」

またキャサリンのあごがすばやく動いた。

「よし」おれが本気でいってると思ったほうが身のためだぞ。現に、こっちは真剣そのものなのだから。尋問も威嚇も得意だ。

だが、この尋問は、いままでに経験したものとはまったく違う。自分の存在が脅かされていると感じながら尋問するのは、はじめてだ。

危険にさらされているのは、命ではない。命が危うい状況には慣れているし、責任を果たすために死ぬ覚悟はできている。だが、いまは……いまは、少しも状況がつかめず、そのことが恐ろしくてたまらない。自分の全存在が、自分を自分たらしめているものが消滅し、体だけが無傷で残るのではないか。「もう一度、最初からやる。雪嵐のなかでおれに助けられた瞬間から、あんたは嘘をついていたな」

「いいえ」キャサリンはささやいた。「嘘はついていないわ」

ああ、どうしてこんなときでさえ、彼女は美しいのだろう？　怯えて青ざめているのに。マックは、美しい女の怯えた顔を見慣れていた。自分は恐ろしい風貌をしているし、それはいまにはじまったことではない。物心ついたころから、〝気安く近づくな〟というオーラを発していた。

女たちはものごとを見たいようにしか見ないから、魅力的な外見をしていないマックのことを危険な男だと見なす。それでも、マックが金持ちならまだましだったはずだ。金は見栄えのする容姿と同じくらいの威力を持っている。高価な服、高価な車、メンズエステで手入れをした体……そういうものが、女は大好きだ。

とはいえ、金があったとしても、マックの趣味は質素だ。だから、女はマックを見た目で判断した。ベッドで長もちしそうな男、と。どうせ、目を閉じれば顔は見えないのだ。

女たちはいつもそうしていた。

そして、いま目の前にいる女のような目でマックを見る女は、ひとりもいなかった。

彼女の不安は消えている。なぜかわからないが、疑いの余地はなかった。不安はない。恐怖もない。嫌悪もない。

瞳の表情がやわらいでいる。少し血色がよくなっている。

こんなことはさっさと片付けてやる。

「最初からもう一度説明しろ」マックは歯が砕けないのが不思議なくらい、強く歯を食いしばった。ヘイヴンには歯科医がいないが、そんなことはどうでもいい。ジョンが外からだまし取っている金があれば、住人はカリフォルニア屈指の名医の治療を受けられる。「もう一度、ここへ来ることになったいきさつを話せ。あの道路はもう使われていないし、障害物もある。それに雪が積もっていた。あの悪天候のなか、しかも夜にここまでのぼってくるのは正気の沙汰じゃない。なにか目的があったんだろう」

キャサリンは目を見ひらいた。「目的は話したわ。ナンバー9と呼ばれている患者が、どうしてもあなたと連絡を取りたいといった。ブルー山の上のほうに、あなたたちがいるという話だった。でも、わたしは何度か道を間違えてしまって、引き返す途中で雪嵐のなか立ち往生した。そのうち、車が故障してしまった。あとはあなたも知ってるとおりよ」

ちくしょう。ルシウスは、マックが少年時代にブルー山をうろついていたことを知っている。しかもマックはめずらしく酒に酔った折り、引退したらブルー山の廃坑を買って、ひとりで暮らすつもりだとルシウスに語ったこともあった。

マックは眉根を寄せ、キャサリンに顔を近づけた。この女は並みはずれた嘘つきなのかもしれない。だが、世界一の嘘つきでも、うっかり真実を漏らす。ごく小さな真実だが、マックも観察力には自信がある。かすかな兆候も見逃すつもりはなかった。

「あんたは博士だ。大きな研究機関でもトップレベルの仕事をしている。それなのに、すべてを捨てて、認知症とみずから診断した男の話を信じて、実在するのかどうかすらわからない人間を追いかけてきたというのか?」

キャサリンは銀色の瞳から小さな矢を電光石火のように散らし、マックの顔を探った。

「嘘じゃないわ」小さな声でいった。「わたしは真実を話しているの」

マックは口元を引き締めた。「いいや、嘘だ」

「嘘じゃない」キャサリンは深く息を吸い、強い決意を固めたような顔になった。ついに。ようやく真実を話す気になったのか。「ただ、ひとつだけ話していないことがある。ひとつだけ、嘘をついた」

よし。これではっきりする。彼女が白状するぞ。

マックは鼻の頭がぶつかるほど顔を寄せた。「吐け」

キャサリンはひるまなかった。「ナンバー9は、キーボードをたたいたわけじゃないわ。それに、口もきけない。ひとことも話せないの」

10

ヴァージニア州アレキサンドリア
オリオン・セキュリティ本部

クランシー・フリンは、仕事の依頼書の束をめくった。市場の先行きを確かめるささやかなキャンペーンの成果だ。信頼できるＳＬが手に入るようになったらどのくらい需要があるのか調べてみたのだが、なんとまあ、大評判ではないか。

これはとんでもなく儲(もう)かるぞ。

依頼書をぱらぱらとめくっていく。おもな顧客には、仕事にかける時間をこれまでの二分の一に、要員を三分の一に圧縮できるようになる可能性があると、控えめに伝えてあった。セキュリティ業界は供給過剰で、その傾向はますます強まるばかりだ。世界は危険に満ちているが、だからこそ軍人あがりの人間もどんどん増えていく。高度な訓練を受け、銃器の扱いに長けたタフな人材がありあまっている。セキュリティ会社が次々と立ちあがり、仕事を求めて競争が激化している。

だが、セキュリティには金がかかる。そして、フリンは顧客のことをよく知っている。企業はできるだけセキュリティに金をかけたくない。株主も、自分たちになんの見返りもないものに予算を使うことを快く思わない。セキュリティは投資ではないのだ。強欲な株主は、セキュリティは投資の必要条件であるのを理解できない。彼らがのほほんと座ったまま、自分の手は汚さずに金をごっそり持っていくことができるのは、セキュリティ会社のおかげなのに。

フリンは、セキュリティのコストを抑えることができる新技術を開発したという話を顧客に伝えた。ただし、相手を厳選した。その技術の内容には好奇心を抱かず、コストだけに注目する企業を選んだ。たいてい、セキュリティの現場というものは、会議室や企業の本社にいるスーツ族の目の届かない場所にあるものだ。

案の定、顧客の食いつきはよかった。

フリンは、死ぬまでに手に入るとは夢にも思っていなかった大金が転がりこんでくることをあらわすスプレッドシートをまじまじと見つめた。

カザフスタンのテンギス油田からアゼルバイジャンのバクーをつなぐパイプラインのセキュリティ、一年契約で七百万ドル。ブラジル人が所有するイラクの新しい油井のセキュリティ、一年契約で一千万ドル。イスラム過激派のテロで知られているインドネシアの島にある製材会社のセキュリティ、一年契約で五百万ドル。

ＳＬがきちんと効けば、それぞれの契約に最大で十名のチームを割り振ればいい。メンバーの年俸がひとり十万ドルで、合計三百万ドル。フリンの手元には、一千九百万ドルが残る。たった一年で。市場での価値を証明できれば、一年後にはその倍になる。

リーからは、もうすぐＳＬの製造法を確立するという連絡を受けている。ルシウス・ウォードの脳に、適切な用量を解明する鍵を見つけたらしい。ルシウス・ウォードの頭の中身がフリンの役に立ったのは、これがはじめてだ。

あのひとりよがりの偽善者め。

軍隊生活のほとんど最初から最後まで、フリンはウォードに足を引っぱられていた。フリンは国防総省内の派閥争いでうまく立ちまわっていたから、階級こそウォードより上だったが、ずる賢いウォードはいつもフリンを出し抜いた。英雄気取りのくそったれだった。やがて、ゴースト・オプスが設立された。くそったれのウォードは完全に軍の命令系統からはずれ、フリンの手の届かない存在になった。

ゴースト・オプスはいまいましいほど功績をあげ、ウォードは格をあげ、権力を握るようになった。そして、くそ野郎ならではの勘で、フリンとリーがなにをしているのか嗅ぎつけた。フリンは、ゴースト・オプスを出動させる唯一の方法である秘密コード下で、あのケンブリッジ研究所襲撃作戦を命じた。ホワイトハウスから発信されるコードだ――最高司令官その人から。ウォードは、大統領の命令を受けたと信じた。

危険なやり方ではあった。ウォードが疑念を持てば、命令が正しい系統で発されたものではなく、フリンがかかわっていることを探り当てただろう。ウォードがどこまでも執念深い男であることは、フリンもいやというほど知っている。

下手をすれば、フリンは恩給生活にさよならのキスをするはめになり、現在のように起業家として富を享受することもなかったかもしれない。偽の命令はフリンが発したものだったとウォードに暴かれていたら、いまごろ墓穴のなかで仰向けになっているか、コスタリカの僻村で、絶えず背後をうかがいながらマルガリータを飲む金を恵んでもらう毎日を送っていたはずだ。

ウォードはフリンとリーの思惑に気づきかけていたので、フリンは緊急の作戦を命令した。おかげで、フリンたちは一年間の時間を得た。一年のうちに、ＳＬの製造が軌道に乗り、大金が入るようになるはずだった。

リーのやつ。ぐずぐずしすぎだ。

金は日に日に出ていく。アフリカの大失敗のせいで、状況はどのくらい後退してしまったのだろう？

フリンはハッキングがほぼ不可能な暗号化通信でリーにメールを送った。匿名を保障されているドメイン名を使っている。

To: One@noname.com
From: Two@noname.com

もっと急いでくれ。顧客が待っている。きみはこれまでに一千万ドルを使い果たしているが、成果をなにも示していない。近々に進歩が見られないのなら、資金は引きあげて、ノヴァ製薬に鞍替(くらが)えする。ノヴァはスマートドラッグの開発をしていると聞いている。きみより頼りになるかもしれない。

Two

フリンは椅子の背にもたれ、冷笑を浮かべた。これで少しはリーもあわてるだろう。あのやせた尻に火がつけばいいのだが。アーカ製薬の研究予算だけでは、リーはなにもできない。フリンの金頼みなのだ。

身もだえするがいい。

フリンは人間科学に基づいて設計された一万ドルの高級オフィスチェアにゆったりともたれ、アルトゥーロ・フエンテの百ドルの葉巻の先を五百ドルのシガーカッターで切った。ロンドンで見つけ、二万ドルで購入したアンティークのダンヒルの純金ライターで火をつける。

そのライターは元国王のウィンザー公が所有していたもので、持っていると……権力者の気分になれる。それを握るたびに、自分はなんでもできると思える。このごろは、ほとんどんなことも我慢する必要はなくなった。軍人の恩給では不可能なことだ。

だから、リーにはさっさと仕事をしてもらわなければ困る。そうでなければ、リーが吸いついている乳首を切り離すだけだ。

ブルー山

マックは驚いて目を見ひらいた。彼がそう簡単に驚く男ではないことは、キャサリンもよくわかっていた。触れたときに彼の用心深さが感じ取れた。そうでなくても、ボディランゲージを見れば明らかだ。

彼は怖い顔でキャサリンを見た。「キーボードをたたかなかった？　ひとことも話せない？　だが、彼からおれの居場所を聞いたんじゃないのか？　それも嘘だったのか？」

キャサリンは彼の瞳を探った。深い茶色に、黄色の筋がある。

目を閉じたが、無駄だった。強い印象を残す顔は、まぶたの裏に焼きついている。力強い顔立ち、日差しにさらされた肌、何度も折れた鼻、決して笑わない引き締まった口元。顔の左側に肉の川が流れているように見える、でこぼこの傷跡。彼が耐えた苦痛の形見であるほかの傷跡。

顔を見ているのに、それ以上のものが見えていた。マックを息子のように愛したナンバー9の頭のなかに映ったものを通して見えたものだけではなく、自分自身の指先が、肌が教えてくれるものがあった。

マックのなかには暴力性もある。けれど、善良で誠実なところもたしかに存在している。死を恐れない無謀さも。自殺念慮はまったくないが、死より悲惨なものがいくらでもあると、彼は頭と心の両方で信じている。裏切り、反逆、残虐行為。それらを犯すのは死ぬよりみじめだと考え、犯すくらいなら死ぬほうを選ぶだろう。

彼はキャサリンにのしかかるようにして、体格で威嚇してきた。キャサリンにあの力がなければ、両手で彼の本質を感じ取ることができなければ、間違いなく怖がっていただろう。彼は危険と暴力の匂いがする。一粒の汗もかかずにキャサリンの首を折ることができる。楽しんでそうするのではないかと思わせるくらいだ。

だが、マックがそんなことをしないのはわかっている。骨の髄まで、全細胞の奥深くまでわかっている。

彼がキャサリンに向ける強い敵意は、不安の色をしていた。自分のことではなく、仲間を思って、彼が導き、守っている人々を思って不安になっているのだ。ブリジットはマックに対して激しいまでの忠誠心を抱いていた。彼に救われたからだ。まばゆい感謝の念と、宝石のような彩りに満ちた賞賛の念を、愛情の糸がつないでいた。それは愛にも似ていたが、レッドや娘に対する愛情とはまったくのべつものだった。

マックはヘイヴンの指導者であり、彼らのために戦う者であり、冷淡だった外界に対する防波堤なのだ。

彼が険しい目をし、低くぶっきらぼうな声で話し、のしかかるように迫ってくるのは、住人みんなの安否を危ぶんでいるからだ。

キャサリンは彼の本質を知っているからこそ、みずからも険しい目をしてぴしゃりといい返した。「やめなさい」

マックの目が燃えあがり、黒い眉のあいだに深い皺が寄った。永遠にしかめっつらなのかと感じるほど、その顔つきはすごみがあった。

「いまなんといった？」

「やめなさい」キャサリンは、彼を追い払うように手を振った。

ただでさえ、疲れてストレスがかかっているのに、頭を働かせるのは大変だ。マックがすぐ目の前にいると、思考がほとんど停止してしまう。

そしていうまでもなく、彼に惹かれてしまっている。たとえば、太陽のほうを向く性質を持っているひまわりのように。

ナンバー9のマックに対する愛情が乗り移ったのかもしれない。マックがどんな姿をしているのかを知り、体温を感じるほど近づき、清潔な匂いを嗅ぎ、彼に触れてしまったいま……あと一歩で崖っぷちから落ちそうだ。間接的ではなく、直接に彼を愛してしまうかもしれない。キャサリンは心のなかで、両腕をぶんぶん振りまわした。いまこの状況でマックを愛すれば、とんでもない惨事になりかねない。

それでも……。

彼はほんとうに素敵だ……。

ふたたび、先ほどと同じ思いが頭のなかにふわふわと浮かんだ。いつからマッチョに魅力を感じるようになったのだろう？　いままではなんとも思わなかったのに。キャサリンはもともと筋肉より知性に惹かれるタイプだった。つきあったことのある数少ない男たちはみんな、ひょろりとやせていて、幅の狭い肩に白衣を引っかけていた。

それなのにどういうわけか、夜明けの靄から姿を現したようなこの戦士に、キャサリンは心をとらわれてしまった。

……ほんとうに素敵……。

しっかりしなさい。キャサリンは厳しく自分を戒めた。わたしには使命があるじゃないの。マックは体を離してくれた。だが、ベッドに横たわっていては、著しく不利だ。キャサリンは立ちあがり、ゆっくりと足元を踏みしめて彼と対峙したが、そのとき住人たちの感情に呑みこまれた記憶がよみがえり、膝から力が抜けた。ごくりと唾を呑みこみ、ひそかにバランスを立て直そうとした。

大きな手がつかまえてくれた。

ああ、マックだ。険しい目でこちらを見おろしている。濃い茶色の瞳が、ベッドサイドテーブルのランプのやわらかな光を反射している。

マックはキャサリンの腕を放すと、いらだたしげに髪をかきあげた。「説明すべきことがたくさんあるはずだ。事情がわかるまでは、ここを出すわけにはいかない」

「座りましょう」キャサリンは弱々しくいった。脚に力が入らなかったが、なんとかそんなそぶりも見せずにテーブルへ歩いていった。もう少しで倒れてしまいそうだと思った瞬間、テーブルにたどりついた。

いまの弱った気分はあまりにもひどく、マックに触れたときに味わった、強い力が全身をめぐる感じとは正反対だった。彼は……なにかをキャサリンに注ぎこむ。なにか特別なものを。キャサリンの呪いを、キャサリンの特殊能力を通してなにかを与えてくれた人など、いままでひとりもいなかった。ただ感情が一方的にどっと流れこんできて、体のなかで渦巻き、氾濫を起こすだけだった。素敵なものを受け取ったと思えるようなことは、一度もなかった。

堅固な力がみなぎる感覚は信じられないほどすばらしかったけれど、彼に触れていないと消えてしまう。いまこそ力が必要なのに。

ふたりは敵対するように向かいあって座った。たしかに、ふたりは敵対している。

忘れてはだめ、キャサリン。どんなにこの人を気に入っても——不本意ながら、気に入っているけれど——彼はわたしの友人ではない。

キャサリンは両手の震えを止めるため、体の前できつく握りあわせた。

彼も同じしぐさをしたが、キャサリンとは違い、震えを止めるためではなかった。「よし」ぶっきらぼうにいった。「もういい加減、時間がたっている。ブリジットと子どもを助けてくれたことには感謝している……おれたちみんな」子どもの名前がいえず、口元をゆがめた。「だからといって、あんたが仲間だということにはならない。ここには無力な人間がいる。守りたい人々がいる。あんたは彼らに害をもたらすかもしれない。どのくらい危険なのかはわからない、だから気になる。ここにおれたちが住んでいることは、だれにも知られるはずがないのに、あんたは知っていた。どうして知ったのか、ほんとうのことを話せ。納得できる話でなければ、一週間分の記憶を消す。これは脅しじゃないぞ。そして、二度とここへ戻ってこられないような場所に放置する」

「脅しだなんて思っていないわ」キャサリンは小さな声でいった。嘘ではなかった。

マックはまばたきもせずにキャサリンを見つめていたが、やがて少し上体を引いた。「さあ、話してもらおう。とくに、そのナンバー9という患者が、どうやっておれのことをあんたに伝えたのか。話すことができない。キーボードもたたけない。だったら、どうやったんだ？」

恐ろしいことが起きる。キャサリンは精いっぱい頭を働かせようとした。普通の人には理解できないことを、普通の人が体験する領域の外側にあることを、どうにかして説明しなければならない。この手強（てごわ）い男に、自分は脅威ではないと説明しなければならない。ナンバー9を助けることに同意してもらわねばならない。

それなのに、いまは論理的な思考ができない。

キャサリンは生きるためにものごとを論理的に考えている。清明な知性と、集中する能力——それが取り柄だ。キャサリンは科学者であり、知性が武器だ。なのにいま、ひどい不発に陥っている。

テーブルのむこうにいるマックを見るだけで、頭のなかが混乱する。神経細胞が混乱しているのかもしれない。

このことを科学的に説明するのは可能なのだろうか。自分が何者なのか理解したくて神経学の道に進んだが、いまのところ科学では不可解なことばかりだ。

ただ、ひとつはっきりいえることだが、心を読み取る力は、相手に触れなければ働かない。手を離した瞬間に、相手は謎に満ちた存在に戻り、自分も自分のなかに引き戻される。一秒前までなにもかも読み取れた人間のことが、まったくわからなくなる。

一瞬にしてつながりが切れてしまう。

けれど……彼のことはいまだに感じ取れる。

なぜかわからないけれど、マックの心にまだ感応している。ああ、これからずっとそうなのだろうか。まだ彼とつながっている！

キャサリンはうろたえてマックを見やった。自分の目と、彼の目で同時に見ていた。ものが二重に見える複視に似ているが、もっと奇妙だ。

マックから距離を置くために目を閉じた。彼に背を向け、歩み去る自分をイメージする。効き目はあった。自分の後ろ姿が地平線で小さな点になるころ、キャサリンは目をあけ、ふたたび自分自身に戻ったのを感じた。ひとりに戻れた。

「わかったわ。話を前に戻さなければならないの。あなたに……あなたに、わたしのことを少し話すわ」

マックは黙ったまま、首を縦に振った。さあ、話せ。

「ええ。あの」キャサリンは唇を舐めた。彼が口元を見ている。キャサリンはすぐに舌を引っこめた。なぜなら——ああ！——体に熱いものが走ったからだ。熱く濃厚な感覚が、下腹にたまっていく。欲望だ。わたしの？　彼の？　彼と目を合わせる。「話し終えるまでは口を挟まないでほしいの」

暗い瞳でキャサリンをにらみつけたまま、ふたたびマックはうなずいた。

さあ、ついにこのときが来た。いままでだれにも話したことはなかったけれど。すべてをさらけ出さなければならない。自分のすべてを。自分がどんなに異常なのか。奇妙なのか。

この地球に住むほかの人々とはまったく違うことを。これまで知りあったただれもが、秘密を打ち明けてもいないのに、悲鳴をあげて逃げていった。マックは例外だとはいいきれない。でも——結局はここに戻ってきてしまう——これは使命なのだ。ほかに方法のない人間が、持てるかぎりの望みを託してくれたのだから、やるしかない。

ショータイムだ。

「あの……わたしは人と違うの。ほかの人たちとは違うところがあって」

「つづけろ」マックの声は低く、きっぱりとしていた。

ええ、つづけるわ。「あなたも気づいたでしょう、わたしは……わたしは、他人に触れたら、その人の気持ちを感じ取ることができるの」

「昨日、なんとなくそうじゃないかと思った」マックは用心深い目でキャサリンを見ている。

キャサリンは唇を嚙んでうなずいた。上機嫌ではないということを除けば、マックの表情からはなにも読み取れない。

「ある種の……ある種の才能といってもいい。でも、たいていの場合は禍のもとにしか思えないし、力が弱くなったり強くなったりもする。これがだれにでもある力じゃないと知ったのは、十二歳のときだったわ。幸い、両親はとても冷淡な人たちで、わたしに触れることはめったになかった。だから、思春期になってから発見したの。まさに〝発見〟したのよ」

両親は憎みあっていたから、幼かったキャサリンは、ふたりに触れるたびに憎悪の冷たい烈風にさらされた。子どもの例に漏れず、キャサリンもいやな気持ちのもとを動物的な勘で避けていた。

「知らないはずのことをしゃべってしまって、変な目で見られたことが何度もあったわ。そのうち、わたしが普通に知っていることは、ほかの人たちは知らないんだって気づいた」

変な目で見られた。そういういい方では、日常によくあることのように聞こえる。ほんとうは、みんなに気味悪がられていたのではなかったか？

昔のミュージカル・コメディ・ドラマ『グリー』のように、冷たい飲みものを顔にかけられたこともあった。テレビとは違って、おふざけではなかったが。高校生のとき、毎週末にスーパーマーケットでアルバイトをして稼いだお金で、はじめて自分の車を買ったのだが、ある日の放課後、その十年もののエコノモのタイヤがナイフで切り裂かれているのを見つけたこともある。

生徒たちは、廊下でキャサリンとすれちがうときはあからさまに避けた。みんなキャサリンの隣のロッカーを使いたがらなかった。

高校生というものは、皮一枚の下に生々しく激しい感情を抱いている。学校でいちばんの人気者だった女子生徒は、家庭では父親に虐待されていた。うわべは幸せそうで、ぴかぴか輝いていたが、その下は焼けつくような自殺願望の噴き出す暗闇だった。異性をセックスの対象としか考えられないラインバッカーの内側には、暗く苦しい衝動が詰まっていた。理系のオタク少年は、キャサリンがひるむほどの悪意をこめて、周囲の人間すべてを忌み嫌っていた。

穏やかに過ごすための唯一の方法は――だれにも話しかけないこと。そしてなにより、なにがあってもだれにも触れないことだった。

ハイスクールは、キャサリンにとって孤独な地獄だった。

「なにがわかるんだ？　なにを感じ取るんだ？」マックは、ほんとうは知りたくなさそうだった。そう尋ねれば巻きこまれる、狂気の沙汰にまっさかさまに飛びこんでしまうと危惧しているのかもしれない。「どんなインテル……情報をつかんだんだ？」

キャサリンは慎重に考えた。「他人の心を鮮明に読めるのかと訊いているのなら、それはできないと答えるわ」ただし、ナンバー9と出会ってからは違う。「ラジオの夕方のニュースを聞くみたいに、頭のなかに人の声がするわけではないの」マックがやや緊張を解いた。なにかを隠しているのだ。まあいい。だれにでも秘密はある。キャサリンにもある。「あなたの買い物リストになにが載っているかはわからないし、銀行口座の残高も、デートの相手もわからない。細かいことはわからないの。ただ……あなたが不安を感じているのか、楽しい気分なのか、悲しんでいるのか、それくらいはわかる」自殺したがっているのか、人を殺したがっているのか、妄想を抱いているのかもわかる。キャサリンは体が震えそうになるのをこらえた。

マックはじっと座ったまま考えていた。理解しなければならないことが多すぎる。キャサリンは受け止めるのに苦労している彼を見守った。マックは洞窟から明るい外の世界に出てきたばかりのように、しきりにまばたきしながら少し身を乗り出した。「それで、ナンバー9の話にどうつながるのか、早く説明してくれ」

「わかったわ。信じてくれるのね？」期待をこめて彼を見た。

「疑惑はいったん棚あげすることにした」マックは長い指でテーブルを小刻みにたたいた。キャサリンはその手を見つめた。大きくて力強い。肌は荒れている。大事に手入れされた手ではない。手の甲に長くて白い傷跡があり、台形に小さな傷がいくつも横切っている。縫合した跡だ。「すぐには理解できない話だからな」

キャサリンはうなずいた。そうね。

「それで……ナンバー9だが。ミロン研究所の」彼の表情は変わらなかった。厳しく、射貫くような目をしているが、なんの感情もあらわれていない。「いつからミロンに勤めているんだ？」

突然、キャサリンはいらだちを爆発させた。「もう！　いいかげんにして！　ここのコンピュータ・システムがすごいことは知ってるのよ、マック。そのことを忘れないで。賢い人なら——あなたたちは賢い人だと思うわ——あれだけのシステムがあればなんでも調べられるでしょう。ハイスクールの成績も、大学でなんの授業を取っていたのかも知ってるはずよ。

ミロンにどのくらい勤めてるかも、間違いなく知ってるわね」

口調がとげとげしくなるのもかまわずにまくしたてた。全身全霊をかけて話をしているのに、マックは真剣に向きあおうとしていない。

だが、マックは少しもひるまなかった。わずかに首をすくめただけだ。そのとおりだ、と。

「では、要点に入ろう。あんたはミロンでなにをしていたんだ？　なんの仕事をしていた？」

「認知症のプロジェクトよ。いったでしょう」

マックは少しだけ首をかしげた。「認知症の患者からなにを読み取っていたんだ？」

「ゴムの手袋をしていたから。研究者はみんなそうするわ」

マックはなにもいわず、キャサリンを見つめている。

「わかった」キャサリンは溜息をついた。「ときどき、手袋を脱いで触れたわ」

「そして、なにを読み取ったんだ？」

「暗闇」低い声で答えた。「絶望。ときには……虚無」

マックがわずかに身震いした。

「そう。怖い疾患だわ。わたしは認知症の治療に役立つことをしたかった」

「認知症の患者を担当するようになったのはいつからだ？」

「半年前。治療薬の試験をしているの。新しい薬ができて、みんな興奮していた。何度も繰り返して試験をしたわ。この薬によって、ダメージを受けた脳の領域をバイパスする新しいニューロン結合が作られることが確認された。コネクトーム、つまり神経回路の地図に関する最新の理論にもぴったり合致する。会社の幹部は、奇跡の薬ができたと信じた。チンパンジーに投与すると、問題解決能力が飛躍的に伸びたわ」キャサリンはチンパンジーの虐殺を思い出して言葉を切り、身震いした。「残念ながら、ある試験で重大な欠陥が見つかったの。試験を開始して一カ月ほどたって、実際にヒトに試す臨床試験の計画を立てていたときのことよ。プロトタイプを投与したチンパンジーが暴れだしたの。まさに暴動が起きた。まるまる一グループのチンパンジーを殺さなければならなかった。ひどく攻撃的になっていて、手がつけられなかったの。大惨事だったわ」

「先に進んでくれ」マックが口元を引き締めた。「ナンバー9にどうつながるんだ?」

ええ。よろこんで先に進むわ。よろこんでね。

しばらくのあいだ、チンパンジーの虐殺は研究所を覆う黒雲のようだった。

「患者は、六月三十日と十二月三十一日に入れ替えられるの。十二月三十一日に、二十名の新しい患者を受け入れた。わたしは一月二日から問診に取りかかった。患者ナンバー一番から二十番まで、ひとりひとりが重症の認知症を患っていた。わたしは全員のカルテに目を通して、評価をしたわ。データに不足があってはならないの。分子量を変えた薬に効果が見られた場合、基本的なデータに照らしあわせなければならない。だから、患者のカルテは完璧のはずだけど、最初から見直すの。普通やるようなミニ・メンタルステート試験はしないけど、ほかのあらゆる検査をしたわ。頭蓋内圧を調べる眼底検査、繊維束性収縮を調べる筋電図検査、バレー徴候の検査……いろいろよ。それから、血液の精密検査をして、ｆＭＲＩを撮る」

マックはとまどっているようには見えず、目もどんよりしていなかった。彼は衛生兵の訓練を受けている。医学用語になじみがあるのだろう。

「わたしはすぐに、ナンバー９が……変だと気づいた」

「どんなふうに変だったんだ？」

キャサリンは肩をすくめた。「それがわかったのは、ｆＭＲＩの画像が返ってきてから。認知症患者のｆＭＲＩ画像は、普通の人のそれとまったく違うパターンを示すの。まったく活動していない領域もあるわ。北朝鮮のコンピュータネットワーク普及図を見たことがある？　暴動が起きて朝鮮共和国ができる前の」

マックはうなずいた。

「認知症患者の脳はあんな感じよ。完全に真っ白な領域があるの。人間の脳には、銀河系の星の数より多くのシナプスがあるのにね。ところが、ナンバー９の画像は、ほかの患者たちとまったく違っていた。臨床的には、かなり進行した認知症の症状が見られた。でも、画像では……なんていうのかしら、あんな変わった画像は見たことがないわ。まるで……知的能力を人工的に削られているような感じだった。でも、脳内では認知機能が働いていたのよ。

こんなことは普通ではないわ」

「ナンバー9の外見的な特徴は？」マックの目が鋭く、険しくなった。耳だけで話を聞いているのではなく、全身で集中しているのだ。

「背が高かった」キャサリンは答えた。「寝たきりだけど。カルテでは身長一メートル九十五センチ、体重は六十五キロ。もともとは、たぶん百十キロくらいだったのが、やせたのね。かつては筋骨隆々としていたのだろうけど、骨と皮だけになってしまった。認知症が進行すると、しばしばそうなるわ。食欲がなくなって、食べものがなんのためにあるのかすら忘れてしまう。もしくは、食べものではないものを食べてしまう。なにもかも混乱してしまうの。素人っぽくいえば、ぼけちゃったってところ」

「彼の経歴に関する情報は知っていたのか？」

「いいえ」キャサリンはかぶりを振った。「いったでしょう、患者はみんな番号で呼ばれてたって。先入観を持たないように、医学的な情報を除いて、個人的な情報はすべて記録からはずされるの。でも……なんとなく、ナンバー9は軍人だったような気がする」

「経歴がわからないうえに、寝たきりだったんだろう。それなのに、どうしてそう思うんだ？」

「彼に触れたから」

「触れた……触れた？」

「そうよ。わたしは研究の対象にあの力を——呪われた力を——使ったりはしない。患者の心を読んだところで、裏付けがないんだもの。検査ができないし、非科学的だわ。誤った考えをもたらす可能性だってある。自分でも信頼していいのかどうかわからない」

「間違いを犯したことはあるか？」マックの声は静かだった。

「間違い？」

「ああ。読み間違ったことがあるのか？　幸せな人間だと感じた相手が、じつは自殺願望を抱いていたとか。恋愛をしているはずの男が、相手の女を刺したとか。読み取ったことが大間違いだったことはないのか？」

「ないわ」キャサリンはかぶりを振った。「わたしの知るかぎりではね」

じっと考えこんでいるマックを、キャサリンはひたすら見ていた。集中するのが難しい。彼がむかいに座っているせいで、ひどく……気が散る。彼に視界をふさがれ、室内の酸素を全部吸われ、頭のなかの空間を占領されている。

彼は磁石のように視線を引き寄せる。ほかの女はともかく、キャサリンの目を引きつける。

キャサリンは人生のほとんどを学校で過ごした。三年前に大学院を出て研究機関に入ったのだが、一見、大学の研究室と変わらないものの、機材はより高価でよいものばかりがそろっていた。

そして、学生のころも社会人になってからも、出会う男はべつの男のクローンだった。

異なるのは身長くらいなもので、学生のころ、そして仕事をするようになってからつきあった男は、ほぼ同類だった。科学者には、食事をするひまもない。そして、昔ながらの眼鏡をかけている。視力矯正手術では、一日じゅう電子顕微鏡のモニターをじっと見つめるような、目を酷使する作業に対処できるようにはならない。それに、彼らは虚栄心もないので、眼鏡をかけることに抵抗がない。眼鏡をかける人がほとんどいなくなった現在、眼鏡は〝わたしはオタクです〟という看板を顔にかけているようなものだ。

彼らの体に筋肉はついていなかった。体を鍛えるには、やる気と時間が必要だが、キャサリンがつきあった男たちは、そのどちらも持っていなかった。彼らは自分の頭のなかで生きていた。体は二の次なのだ。

それに、性欲もなかった。とにかく、キャサリンの感知するかぎりではそうだった。もっとも、キャサリンはそちらの専門家ではないけれど。

彼らと正反対なのが、いまむかいに座っている男だ。分厚い筋肉をまとった大男で、男性ホルモンとフェロモンがにじみ出ている。

彼のすべてが、キャサリンを魅了した。彼はある種のキメラのようだった。不意に現実世界に現れた、森に棲む伝説の獣を思わせた。いまこの瞬間にも消えるかもしれないし、キャサリンに飛びかかってくるかもしれない……なにをするのか、予測がつかない。

キャサリンの知っている男たちの目は、自然界の不思議を解き明かすのに没頭しているからだろうか、ぼんやりとして内向的な感じがした。目の前の男は、自然界の不思議を知りつくしているように見える。視線はまっすぐで鋭く、揺るがなかった。現実の世界に生きている男だ。そのうえ、体ときたら。ああ。あんな体を堂々と見せて歩くのは、違法にすべきではないだろうか。せめて、敏感な女たちには隠す程度の分別を彼が持っていてくれればいいのだけれど。

マックが少し上体を引き、大きな両手をテーブルにのせた。その手も信じられないほどの魅力を放っている。ごつごつとして、傷跡やまめがある。あの台形の白くて長い傷跡があるのは、右手の甲だ。

彼は微動だにしなかった。男であれ女であれ、彼ほどじっと動かずにいられる人間を、キャサリンはほかに知らない。彼は話を聞きながら、目だけ動かす。キャサリンは、獲物に飛びかかろうと伏せている大きな山猫の前にいるような気がしていた。

その獲物とは、キャサリンだ。

「ナンバー9はどうなったんだ?」それは要求ではなく、命令だった。

キャサリンは話すべきことを探してテーブルを見おろしたが、もちろんそこにはなめらかな木の板があるだけだった。もっとも、メモは必要ない。ナンバー9のことは、記憶に焼きついている。

「最初に会ったのは、さっきもいったように一月二日だった」そのときのことはよく覚えていた。大晦日(おおみそか)と元日は、ひとりで過ごした。人の声を聞けるので、仕事に行けてほっとした。「ナンバー9の体の状態はよくなかったわ。何度も手術を受けていたし、傷口はきれいに閉じていたけれど、同じ場所に何度も手術を受けていることはわかるのよ」思い出すと、悪寒がした。頭をいじられすぎた男を目の当たりにすると……どうにも落ち着かない気分になった。「彼は拘束されていたわ。わたしが病室に入ると、彼は目をつぶっていた。その日は朝から患者全員のファイルに目を通して、書類をチェックしたり、身体診察をしたりしていたの。さっきもいったとおり、基本的なデータを取るためよ。それで、患者の病室をまわっていたわけ。試験の準備ね。ナンバー9も、ほかの患者たちと同じで、反応がなかった。ところが、血圧を測っていたときに、急に目をあけてわたしの手首をつかんだの。ゴム手袋の上から。あれは……ショックだったわ」

はっきりと意識のあることがわかる目だった。落ちくぼんでいて、苦しそうだったが、人間らしく、生気がみなぎっていた。キャサリンは、かつては人間らしかったほかの患者たちが、いまは正気を失い、どんよりと濁った目をしていることに慣れていたので、ぎょっとした。

ナンバー9は少しも正気を失っていなかった。点滴につながれ、口をきくことができなかったが、意識はあった。それも、このうえなくはっきりとしていた。

「彼はわたしに話しかけてきた」キャサリンはあの電撃の瞬間を思い出し、かすれた声でいった。「罠にはまったといったわ。とんでもないことが起きてしまったと。大事な人々が困っている。そして……どうしてもなにかが必要だといったの。なにかをしてほしがっているのだけど、わたしにはよくわからなくて……」

　キャサリンはマックの目を正面から見た。黒い瞳がまばたきひとつせず、真剣に見つめ返してきた。「しばらくして、実際には彼がしゃべっているのではないと気づいたの。つまり、声を出しているわけではなかった。口も動いていなかったし。要するに……心のなかで話しかけていた、というか」両手が持ちあがって広がり、また力なくテーブルの上におりた。「テレパシーとか、超能力とか。とにかく、なにかの力よ。彼がどうやってわたしに話しかけてきたのかはわからない。あんなことはいままで一度もなかったから」

　マックは、その点については疑問を差し挟まなかった。「言葉を使って話しかけてきたのか？　あんたの……心のなかで？」

　キャサリンはきっぱりとかぶりを振った。「言葉になっているものもあったわ。なんともいえないの、ごちゃまぜだったから。でも、彼がいいたいことはわかった。ほとんどはイメージとしてね。雪のなかの建物。どなり声。物陰から武装した男たちが続々と出てきて、敵らしき相手を攻撃している。変な形をした銃。銃火。爆発が起きて、その熱さにたちまち溶けていく雪。蛍光色の縞模様のヘルメットをかぶった男たちが、どんどん倒れていく」

　マックの目がますます暗くなった。彼が感覚を研ぎ澄ませているのが、キャサリンにも感じ取れた。

「もう一度いうけれど、こんなことは一度もなかったの。これほど鮮明にイメージが見えたことはなかった。いつもは感情が伝わってくるだけ。でも、あのときは感情と同時にイメージが見えた。危険な感じがしたわ、ナイフで身を切られるようで。裏切られたという深い恨み。暗い感情に、息をすることもできなくなって。そして、そこにかぶさっているのが……」声が小さくなった。「そこにかぶさっているのが、あなたの顔だった」

マックは身動きひとつせず、なんの感情もおもてに出さなかったが、鞭で打たれたように驚いているのが、キャサリンにはわかった。「おれの顔？　ほんとうか？」

キャサリンはうなずき、ごくりと唾を呑みこんだ。ナンバー9に見せられた幻には、マックの顔の右半分が映っていた。真っ黒な煤汚(すすよご)れの下で、火傷を負った皮膚が真っ赤になっていた。悪夢そのもののひどい火傷だったが、いま残っているのは傷跡だけだ。「あなたの顔が見えた。苦悩と悲しみも感じた。あの人の――ナンバー9の」マックの目を見つめる。「心当たりがあるのね？　燃えている建物、銃撃戦、そのあとの大火事。裏切りも」

マックはのろのろとうなずいた。「わかったのはそれだけか？」

「あの日はね。普通の人なら知るはずのない、圧倒されるような感覚も知ったわ。このことは……秘密にしなければならないと思った」あのとき、いきなり見せつけられたものの強烈さに、気が遠くなってよろよろとあとずさったのを覚えている。丸裸にされたような気がして、心細くなったのを。自分こそ病んでいるのではないか、もしくはなんらかの発作の前触れではないかとまで考えた。「次の日は、わたしも覚悟をしていた。診察の一部始終が録画されていることは知っている。これは秘密にしなければならない——秘密にしなければ、だれかが死ぬことになるかもしれないという予感がとても強くて、取り乱してしまいそうだった。正真正銘の妄想症まであと一歩ってところだったけれど、あまりにもリアルだったから、とりあえずは受け入れたわ。わたしは研究室に戻って、ナンバー9とのやりとりを録画したビデオを見た。わたしたちの心のなかでなにが起きていたか、外側からはわからないことを確かめたかったの。一見、患者に腕をつかまれただけだわ。認知症が進行すると、運動機能が衰えるの。暴れるから鎮静剤を投与しなければならない人もいるわ。結局、映像には、怪しまれそうなものは映っていなかった」

マックは彫像のごとく動かなかった。「それで、どうなった?」

その日、キャサリンは業務を中断し、この隠された場所へ、いまこの瞬間へとつながる危険な一歩を踏み出した。「監視カメラに背中を向けて、右手の手袋をはずしてナンバー9の手に触れたの」落ち着いた声でいえた。

マックは理解し、唇を結び、口笛を吹くまねをした。「それはどちらもご法度だろう」

「ええ」キャサリンはいった。「違反したら、会社から蹴り出されて、永久追放を食らうほどのご法度」一瞬、目を閉じた。いま思い出しても、次に起きたことはものすごかった。

「クビになって、警備係を呼ばれて、私物を箱に詰めなきゃならないくらいのご法度じゃないのか？」

「そうよ。まさにそれ」

「あんたも大胆だな」

キャサリンはびっくりしてマックを見つめた。からかっているのだろうか？　厳しい顔つきを見れば、そうではないことがわかる。からかっているのではない。あれは、ふざけるという語彙を持たない顔だ。

「ええ、まあ、そうかも……」ほんとうに素敵な顔。数日前から、キャサリンの頭のなかにある顔だ。頭のなかにこびりついて離れない顔。すべてをかけて、その顔の持ち主を探し、やっと見つけた。任務完了だ。

ところが、実際に会ってから、彼の顔がますます頭から離れなくなってしまった。よけいなことは考えないの、キャサリン。

「前日よりもっと力強かった。わたしの頭のなかか、彼の頭のなかで、新しい神経回路が開通したかのようだったわ」キャサリンは肩をすくめた。「よくわからないんだけど。前日と同じで、とても鮮明なんだけれど……どこか弱まってもいた。なんとかしてわたしに伝えようと、死にものぐるいでもがいている感じがあったわ。カルテをチェックすると、普段より強い鎮静剤を投与されていた。あの目は……」思い出して、自身の目を閉じた。

「目がどうしたんだ？」

「痛ましいほど悲しげで、絶望していた」キャサリンはささやいた。ナンバー9の目がいまでも忘れられない。あの不幸そうな目を見ただけで、危険をかえりみずに行動する気になった。「ナンバー9は鎮静剤に全力であらがっていた。眠ってしまってもおかしくなかったのに、彼はひどく弱々しいとはいえ、意識を保っていた。奥のほうに……鉄のような固いものが隠れている気がした。あきらめない——あきらめてはいけないという思い。あきらめ方がわからないといったほうがいいかしら」

　マックが急にうなずいた。「わかる」

「でも、眠っているはずの彼が目を覚ましているのがカメラに映ってしまう。だから、わたしは彼の腕を握って目を閉じた。彼はわたしのいいたいことをわかってくれて、眠っているふりをしたわ。それから……」目を閉じ、無謀な行動へ大きく一歩を踏み出した瞬間を思い出した。「翌日の投薬をキャンセルするように、看護師に指示したの。次の朝、パソコンでナンバー9が眠っている映像を延々とループさせたものを作って、監視プログラムを停止させて、ループ画像を貼り付けておいてから、彼の病室へ行ったわ」

「ああ、それは聞いた」はじめて彼の口元に笑みらしきものがよぎった。「ジョンと同じくらいハッキングが得意なんだな。怖い怖い。で、どうなった？」

　次に起きたことの記憶は強烈すぎて、思い出すのがつらいほどだった。「彼と心を溶けあわせた」

マックが目を見ひらいた。「心を溶けあわせた？」

「ええ。そうとしかいいようがないの。ほんとうに、こんなことははじめてだった。もちろん、試してみたこともないけれど」背筋が寒くなった。「他人の頭のなかに入りこみたいなんて望んだことは一度だってない。でも、できてしまった。ウサギ穴からまったく新しい世界に落っこちてしまうように」

「そこでなにを見たんだ？　彼の……頭のなかで」

「あなたよ。大部分は」ずばりといった。「その前日にも見えたけれど、今回はもっと鮮明だった。あなたが中心にいたわ。いまみたいに黒ずくめの服装で。ただ、変わった上着を着ていて、黒い不透明な眼鏡をかけていた。ゴーグルね、あれは。蛍光色の模様がついたヘルメットをかぶっていることもあった。顔の半分に火傷を負って、鉄の壁にぐったりともたれていたわ。それから、出血を押して立ちあがった。ほかにもだれかがいたけれど、あなたほどはっきりとは見えなかった。ナンバー9は戦っているあなたをわたしに見せながら、なんとしてもあなたを見つけたいという強い思いをぶつけてきた。しまいには、あなたを見つけられなかったら死んだほうがましという気持ちになったわ」

思い、という言葉は正しくない。あれはそれ以上のものだった。衝動――暗い衝動だった。渇望といってもいい。息をせずにはいられないのと同様に、マックを――名前を聞いたこともなく、姿を見たこともなく、ナンバー9の頭のなかの、くすぶる焼け跡に存在していると しか思えない男を——見つけなければならないという衝動に駆られた。そうしなければ死ん でしまうと感じた。

「でも、あんたはおれを知らない」考えこんでいるような声だった。

「そうよ。わたしはあなたが何者なのか、まったく知らなかった」キャサリンは意に反して 身を乗り出していた。ただ彼に近づきたいというほかに理由はなかった。ナンバー9から伝 染した衝動にも似ているけれど、これは……純粋な引力だ。マックは天然の磁石であり、 キャサリンという衛星を引きつける大きな惑星なのだ。「あれがなんだったのか、うまく説 明できないの。彼は言葉で語りかけてきたわけではなくて、順番がばらばらのイメージを伝 えただけ。とにかく、わたしのなかに吹き荒れたのは、あなたの顔と……マックという名前 と、ブルー山だった」

マックの顔が引き締まり、目がすっと細くなった。

キャサリンは、疑惑の浅瀬へ乗りあげるのを覚悟し、溜息をついた。自分の頭でなければ、 自分がマックだったら、やはり信じなかっただろう。

「ええと、あなたが見つかりたくないと思っていた——いまもそう思っているのは、もっと もだわ。あなたを見つけるのが難しくて、危険を伴うということも見えた。ナンバー9の感 情やイメージから、そのことははっきりわかっていた。彼は、簡単にあなたが見つかるなんて思いこみをわたしに植えつけようとはしなかった。大変だと知っていたのよ。それでも、あなたを見つける方法を教えてくれた。あなたがブルー山のどこかにいると確信していた。わたしの頭のなかに見えたのは山道、舗装されていない道だったわ。いまが真冬だということは、彼にはわかっていなかったかもしれない。認知症の患者は時間や季節の感覚を失ってしまうし、そのうえ彼は、たぶん長いあいだ薬漬けにされている。カルテにはそんなことは書かれていなかったけれど。でもやっぱり、大雪という予報が出ているのに、あなたを探しに出発したのは、信じられないくらいばかげた行動だったと思う。とにかくいえるのは、心臓発作を起こしていたか頭が吹っ飛んでいたくらい、あなたを探したいという衝動が強かったということ」

キャサリンは大きく息を吐いた。はい。これで全部よ。

「全部見せてくれ」マックが出し抜けにいった。瞳が燃えている。

全部見せてくれ。キャサリンの息が止まった。

突然、彼のために服を脱ぐ自分が頭に浮かんだ。立ちあがり、セーターを脱ぎ、パンツと下着をおろし、ブラジャーのホックをはずす。いつもの暗闇がまばゆい炎に変わった瞳で、彼が見ている。

全部見せてくれ。唐突な幻だったが、キャサリンは自分をごまかすことができなかった。それはどこからともなく浮かんだのではなく、自分自身の奥深くにある砂鉄が、マックという磁石に一気にくっついたからこそ見えたのだ。

隠遁者(いんとんしゃ)であり、キャサリンを信頼していない男。彼の言葉を借りれば、いまこの瞬間にも、キャサリンの一週間分の記憶を消すかもしれない男。

この瞬間、彼の動きのひとつひとつに、キャサリンの下腹の奥深くはぎゅっと締めつけられている。

「いま、なんて？」

大きな拳がひらき、手のひらが上を向いた。その手がテーブルの中央に動く。

「全部見せてくれ」いらだちが声にあらわれていた。おかしな女のたわごとだと信じているのだ。「おれの心を読んでみろ。もう一度やってくれ。ただし、今度は感情じゃない。考えていることを読んでくれ」

不意に、その手があらがいがたい魅惑を放っているように見えてきた。大きくてがっしりとした手が、キャサリンを待っている。そんなふうに誘いを受けたことは、いままで一度もなかった。キャサリンの能力に——呪われた力に——少しでも気づいた者は、とたんに悲鳴をあげて逃げていった。でも、彼は違う。力を見たいという。キャサリンに触れたいという。

男の手を握ったことが、いまだかつてあっただろうか？　幾度かのデートとキスを経てベッドをともにした男がふたりほどいるが、手は握った？　たとえば、デートのあとに手をつないで帰ったりしたことがある？　うーん。

ない。

一度、頭の禿げかかった銀行員と映画を観ずに食事だけしたことがあるが、彼はキャサリンを家に送り届けるや、BMWのタイヤに火がつかんばかりの勢いで逃げていった。キャサリンがなにかの拍子に彼に触れてしまい、マッチョなウエイターに欲情しているのを感じ取り、うっかりそれを漏らしてしまったからだ。

そのため、銀行口座をほかの銀行のものに変えなければならなかった。

キャサリンは、信頼していない人に触れないようにしていたし、そもそもだれも信頼していなかった。だから、いまどうしようもなく彼と手を重ねたいのかもしれない。抑えきれない衝動を覚えるのかもしれない。彼の心を読みたいのではなく、ただ触れたいのだ。

「おれの心を読め」ふたたび、低くてじれったそうな声がぶっきらぼうにいった。「おれがなにを考えているのかいってみろ」

そうはいかないわ、とキャサリンはいいたかった。でも……力がどんなふうに働くのかはわからない。キャサリンの意志や欲望とはまったく関係なく働くのだ。

けれど、この生命力そのもののような男にあらがうことはできなかった。小さなテーブルのむこうから、強い磁力を発する手が伸びている。

キャサリンの手が勝手に伸びていった。

そんなことをしようとは思ってもいないし、望んでもいないのに、手を伸ばして彼の手に重ねていた。たちまち、キャサリンの手は温かくしっかりとした男らしい手に包まれた。

ああ。

とても心地よかった。彼はとても心地よい。手がちりちりし、温もりが腕をじんわりと駆けのぼっていく。熱い鋼の鞘に腕がおさまったような感じがした。

「どうだ?」マックが待ちきれないように尋ねた。「おれはいま、なにを考えているんだ?」

キャサリンは、頭からつま先まで暴れている感覚に呆然として、マックの手に隠れている自分の手を見おろした。マックの手はしっかりと締めつけてくるが、痛くはなかった。

「どうした?」マックがつかのま握力を強め、魔法が解けた。

城門ががらがらと音をたてて閉まり、砦(とりで)を守っている。暗く、絶対に破ることができない鉄壁のような自制心。

「わからない……」つぶやくようにいったとたん、不意にわかった。彼の考えていることが。いや、感じていることが。それは……あっ。

暗い鉄壁が崩れ落ちていく。ぽっかりと口をあけた溶鉱炉の前を歩いているように、壁の裂け目のむこうに燃えさかる欲望が見える。目もくらむほどの熱さがキャサリンの肌から体のなかへ入りこむ。

マックはなにかを否定するかのように、しかめっつらで首を横に振っているが、キャサリンの手を放そうとはしなかった。「なにがわかる?」いらいらと尋ねる。

キャサリンは何年もかけて、他人が目をつぶろうとする真実を不用意に口走らないよう、自分を律する練習を重ねてきたのに、やはりその自制心も崩れ、事実が口をついて出た。

「欲望」声がかすれた。「あなたはほしがっている。わたしを」

熱い欲望の海から波が押し寄せてくる。

静寂。ふたりとも、息を止めていた。ついにマックが口をひらいた。静かな部屋に、低い声が静かに響く。「あんたの気持ちは?」

真実が、泉から湧き出る水のようにあふれた。止めどなく。「わたしもほしい」ささやきを返す。「あなたが」

突然、マックが立ちあがり、椅子がひっくり返って壁にぶつかった。彼は椅子をほったらかし、キャサリンの手を握ったままテーブルをまわった。つないだ手を引っぱり、キャサリンをみずからの腕のなかへ引き寄せると、唇で唇をふさいだ。周囲の世界がぐるぐるとまわりはじめ、キャサリンはなにも考えられなくなった。

11

欲望。

そう、彼女はそれが欲望だといったが、そんなものではなかった。まったく違う世界のものだ。もっと大きく、底知れぬもの。マックの理解の及ばない領域にあるもの。

もちろん、欲望を覚えたことなら何度もある。どういうものかよく知っているし、自分がどうなるかもわかっている。決まった手順とパターンがあり、マックもすっかりそれになじみ、いつも従うのみだった。そんないつもの欲望とは違うものがあるとは、想像もしていなかった。

いつもなら、脚本どおり、なにも考えずに決まりきった手順をなぞればよかった。基本原則を知っていればよかった。

そこそこ見てくれがよく、くさくもなく、歯が全部そろっている女がいれば、後腐れのなさそうな相手かどうか確かめる。女の準備がととのえば、股間のものに立ちあがって待機するよう指令を出す。もちろん、それでうまくいく。いつもそうだった。あれこれ考える必要などなかった。感じることもなかった。

セックスは気晴らしであり、汗をかく運動だった。終わったあとは……なにもない。たしかに、マックは職業柄、用が終わればぐずぐずせずに立ち去る癖がついているし、ベッドで余韻に浸る趣味もない。愛情だの、特定の女だのを求めているのではなく、ベッドでひととき楽しみ、ストレスを解消できれば満足だった。それ以上でもそれ以下でもない。

それがセックスだった。

これは？　これはなにかべつのものだ。もっと強力で、もっと大きく、三十四年間の人生で、兆しすら見えなかったものだ。

マックはつかのま、キャサリンの美しい顔を見おろした。マックは、優秀な兵士の例に漏れず、目の前にあるものをすばやく見て取る。キスをする直前の一瞬、マックは彼女の美しさに驚嘆していた。

ダークブルーに縁取られたグレーの大きな瞳が、室内の光を集めて銀色に輝いている。なめらかな白い肌、高い頬骨からなだらかにつながる小さなあご、ふっくらとやわらかく、世界一の魅力をたたえた、わななく唇。

ちくしょう。

キャサリンの全身がひどく震えているのが、両手に、胸に伝わってくる。どうして震えているのだろう？　怖いのか？　おれを怖がっているのか？

違う。おれを求めているのだ。

マックはつややかでやわらかな濃い褐色の髪をつかみ、高飛びこみの選手のようにキャサリンのなかへ飛びこんだ。無我夢中だった。止めてくれるものはなく、どこまでも落ちていく。

いや。止めてくれるものならある。

服だ。マックの服と、キャサリンの服。

くそっ、いますぐ消えてなくなれ。ふたりの肌を隔てるものはなくならなければならない。いますぐ。

女の服を脱がせたことは何度もあるが、マックはいま、途方に暮れていた。彼女から唇を離したくないのに、どうすればいいんだ？　しかも、両手は女の温もりに浸りきっていて、やはり離れたがらない。

キャサリンの唇は……ああ、やわらかく温かく、まるで野の花の蜂蜜だ。体の前面全体で彼女を感じられるようにきつく抱きしめると、前は電撃が走るのに、背面は寒々しい外の世界に残されたままだ。

マックは一瞬、全身をくまなく彼女と触れあわせられる場所がないかと考えてしまった。

もちろん、物理の法則は冷酷で、そんな場所はない。それでも、マックはそういう場所を望まずにはいられなかった。

ほんの一秒、ほんの二マイクロメートル、唇が離れた。マックは深く息を吸うと、死にかけている男のようにキャサリンの唇をふたたび吸った。ほんとうに死にかけているのなら、彼女の唇が生き返らせてくれるはずだ。彼女の舌は、心臓が止まった男を生き返らせる電気ショックを思わせる。キャサリンの後頭部を支えていた手がすべり落ち、花びらのようにやわらかな肌に触れた。そのまま首筋に指を這わせながら、下唇に歯を立てる。彼女の震えを、舌のわななきを感じる。

信じられない。舌だけではない。下腹がわなないているのがわかる。彼女の入口から奥までが収縮しているのを感じたとたん、マックの股間のものもそれに応えるかのようにふくらんだ。

マックはキャサリンのなかに、頭のなかにいた。自分の興奮と彼女のそれの区別がつかない。いますぐ体も合わせなければ、おかしくなりそうだ。

「服を脱がないと」キスをしたままささやいた。

「ええ」キャサリンは答え、マックの唇を舐めた。

さらに股間が張りつめて彼女の下腹を押した。痛みを感じるまでに強く脈打ち、やはり狂おしいほど彼女と一緒になりたがっていた。

マックは敏捷に動くことに慣れている。

戦闘の現場ではぐずぐずしていれば死ぬしかない。だから、マックは機敏だ。いまも動きは正確ですばやい。何千回と繰り返したおかげで、彼自身より両手のほうがよく覚えている銃のメンテナンスをするときのようだ。

銃の分解も女の服を脱がせるのも似たようなものだ。ただ、マックはこんなふうにあせって手荒になったことはなかった。ただでさえ恐ろしい見てくれなのだから、少しは気を遣うべきなのだろうが——落ち着け——そんな余裕はない。欲望は激しく燃えさかっている。

早く、早く、早く。

キャサリンのセーター、ブラジャー、マックのスウェットシャツ、Tシャツ。ふたたびキスをしながら、ふたりして床に倒れこんだ。残りの服を脱がせるあいだも、一度も唇を離さなかった。マックは彼女の唇を通して呼吸し、生きていた。

マックも震えていた。どんな状況でも、決して震えたりしないマックが、ぶるぶると震えている。自分の体から抜け出したい。いや、彼女の体からというべきか。一瞬、自分の体ではなく彼女の体のなかにいるような気がして、意識が混乱した。

マックの体内で不意に花ひらいた新しい感覚を通して、キャサリンのほてった肌から彼女の欲しているものが読み取れた。キャサリンの全身が熱い光を放っているが、とりわけ胸元と脚のあいだがまばゆい金色に輝いていた。そこに触れてほしがっている。マックと肌を合わせたがっている。

けれど……まだ身につけているものがある。

マックは震える手でジーンズのファスナーをおろし、足首まで脱いだが、まず彼女を裸にするのが先決だと思った。これ以上、一秒たりとも触れずに我慢することはできない。

キャサリンのパンツのボタンに手を伸ばしたものの、はずすことができず、マックはそんな自分にあきれた。爆弾の信管を取り除くときですら手が震えないのに、なんというざまだ。ボタンひとつに手こずっている。一分かかってようやくプラスチックの小さな円盤を穴に通したものの、ファスナーの金具をなかなかつまむことができない。いったいどうしたんだ？　指がロボット並みに太く不器用になったかのように、いうことを聞いてくれない。

マックはいつだって自分の体を制御していた。とくに女を抱くときはそうだ。たいていの女は、マックが熟練していると暗黙のうちに理解してファックに応じる。女たちはだれひとり、ルックスや金やマック自身に惹かれてベッドに入るのを承知したわけではなかった。だから、マックはいつも自制し、とどこおりなくことをすませるようにしていた。その自制心を破った女はひとりもいなかった。

ところが、キャサリンは普通の女ではない。彼女は熱い魔法そのものだった。きっと魔女で、マックに呪文をかけたのだ。これはいままで体験したセックスとはまるでべつものだ。それどころか、どんな体験とも違う。彼女の頭と体を出たり入ったりしているような、この異常な体験は……。

あっ！　キャサリンのパンツが下着と一緒に足首まですべり落ち、ブーツのまわりにたまっている。彼女はぼんやりと発光していた。そうとしかいいようがない。すらりと伸びた長い脚、白くなめらかな肌。マックはその脚が自分の腰にきつく巻きつくのを思い浮かべ、危うく膝を折りそうになった。彼女の脚を見ていると、股間のものが不届きなまでにいきりたつので、マックは目を閉じた。

キャサリンが小さく溜息をついた。マックはほんの少し目をあけた。キャサリンはあの明るい銀色の瞳でマックを見つめていた。蒸気のように立ちのぼる欲望が、彼女には見えているのだろうか。見えているに決まっている。普通の女だって気づくだろう。キャサリンをきつく抱きしめると、固く勃起したものが彼女の下腹をこすった。サイキックでなくとも、マックがなにを欲しているのかわかるはずだ。

キャサリンは自分の体を見おろした。「足首にパンツを巻きつけたまま立っているのは間が抜けた感じがするわ。できれば……あなたが――」

「放したくない」マックはささやいた。頭のなかが熱い蒸気でいっぱいなので、それだけいうのがやっとだった。両手は動かなかった。

「だめよ」不意に、キャサリンがマックを押した。普段なら自分の半分しか体重のない女に押されてもびくともしないが、いまはバランスを崩し、少しよろめいた。その拍子に、両手をひらいて彼女を放してしまった。

キャサリンは優美に身を屈め、たちまち下半身につけているものをすべて脱ぎ、裸でマックの前に立った。

目もくらむ美しさだった。あまりにもキャサリンがまばゆすぎてマックは目を閉じたくなったが、なにひとつ見逃したくなかったので我慢した。クリームのような肌の細部まですべて眺めたかった。女らしいくびれ、華奢だが形のよい丸み。細いウエスト、すべすべした下腹、脚のあいだにある褐色の雲のような繁み。そこに透けて見える青白くふっくらとした割れ目。乳房は……ああ、すばらしい。ミルクのように白くやわらかそうで、乳首は淡いピンク色をしている。

左の乳房が鼓動と一緒に小さく震えていた。マックがじっと見つめているうちに、見られているせいか、彼女の乳首は赤みを増して固くとがった。にわかに彼女は頬を紅潮させ、きれいな乳房までさっと染まっていく。マックは自分の体も熱い波に包まれるのを感じた。

マックは動けず、なめらかで完璧な肌をまじまじと凝視していた。自分のものがキャサリンのほうへ伸びていく。そのとき、キャサリンが喉の奥で小さな声をあげ、マックの下半身を指した。

マックは視線をおろした。信じられないほど張りつめたものが、鼓動に合わせて振動しているうえに、黒いコンバットブーツの上にたまっているジーンズが、まるで足枷になっている。

これでは間抜けそのものだが、目をあげて彼女の熱っぽい瞳を見たとたん、どうでもよくなった。すぐさまブーツもソックスもジーンズも脱ぎ捨て、ふたたびキャサリンを抱きしめてよろこびのうめき声をあげた。体の前面が彼女とぴったり合わさり、映画撮影用の強力なクリーグ灯のように輝いている。

キス、キス、そしてまたキスをし、キャサリンの背中に手を這わせ、やわらかな肌となめらかに引き締まった筋肉の手ざわりに感激した。それからさらに、腰へと手をおろしていき……。

脚のあいだに添えた手を左右に動かした。キャサリンが従順に脚をひらいたと同時に、マックは指をすべりこませた。濡れている。きつく締まっているが、濡れている。これなら大丈夫だ。頭はぼうっとして、彼女のなかへ入りたくてたまらないが、傷つけたくはなかった。ほんの少し傷つけてもいけない。

荒っぽいのが好きな女もいるし、じつはマックも嫌いではない。腰をたたきつけるような、汗にまみれた激しいセックスは、いつもいい気晴らしだった。

けれど、キャサリンのほぼ全身に触れたいまならわかる――言葉ではなく、細胞が語りかけてくる――彼女は荒っぽいセックスが苦手だ、と。そして、あまり経験がないことも。たしかに彼女は準備ができているが、細心の注意を払わなければならない。

両手両足と同じように、キャサリンもマックの一部となっていた。

だが、いまはだめだ。あとでいくらでも優しくできるが、いまは彼女と一体になりたくて息もできないほどあせっている。荒っぽくならないよう懸命に我慢しているとはいえ、とても優しくはなれない。

片方の手で彼女の腰を持ちあげた。呼吸をするのと同じくらい自然に脚がひらき、マックの腰に巻きつく。そしてマックは彼女のなかにおさまっていた。なんということだろう、まるでコンセントに突っこんでしまったかのようだ。

全身の毛が逆立った。マックは息を止め、すべての感覚を内側に向け、キャサリン・ヤングにしっかりと打ちこんだ自分自身に集中させた。快感の強さに体が震え、脚から力が抜けていまにも折れそうになったが、その部分はますます大きくなっていく……。

マックは爆発した。前触れもなしに、ばらばらにはじけた。背骨が溶け、脳も内臓もほとんどすべて道連れに、キャサリンのなかへ流れこむ。

その感覚はいつまでもつづき、腰から下の筋肉がすべて張りつめ、勝手に動いた。きつく抱きしめている彼女から激しい鼓動が伝わり、自分の分身の脈打つリズムに合わせて腰がこわばる。どのくらい時間がたったのだろうか。やがてマックの頭のなかが真っ白になり、自分が自分でなくなったような気がしてきたとき、彼女からなにかが分離した。マックはふたりが触れあっている部分、とりわけ彼女の体の奥深くでつながっている一点に、全力で集中した。

最後のひと突きとともに、マックはキャサリンの肩にがっくりと顔をうずめた。汗の滴が一粒、二粒、すべすべした青白い背中に落ちるのが見えた。

マックは屈強だ。

五十キロを超える背嚢を背負い、一日に八十キロ行軍することができる。ベンチプレスで百八十キロをあげることができる。

それなのにいまは、彼女どころか自分の体重さえ支えきれなくなっていた。床に倒れこみそうになったとき、空っぽの頭のなかで警報が鳴り響いた。彼女を抱いたままでは、けがをさせてしまうかもしれない。倒れこむ際に体を丸めて衝撃をやわらげる訓練はさんざん積んでいるが、いま受け身を取る余裕はない。この場でバタンと倒れ伏し、腕のなかの華奢な女を押しつぶしてしまうのが落ちだ。

間違いなく、けがをさせてしまう。

想像しただけで恐ろしかった。至近距離から顔を撃たれるほうがよほどました。

マックは彼女を抱きしめてキスをしたまま、一歩ベッドのほうへ動き――二歩は無理だった――一緒に倒れた。

電撃めいたびりびりとしびれる感覚が強烈すぎて、マックは思わず唇を離した。ところが、すぐにその感覚が恋しくなり、彼女のふんわりとした髪に顔をうずめ、思いきり匂いを吸いこんだ。

残らず放出したあとも、まだ爆発の名残があった。熱い肌に締めつけられたものがひりひりと疼く。痛みと紙一重の快感だった。すべすべした細い体をつぶしてしまうのではないかと思ったが、肘をつく余力すらなく、そのまま横たわっていた。それに、せっかくのこの肌触りを手放すことなど……とんでもない。絶対にありえない。

マックは荒い息をしながらじっとしていた。永遠にも等しい時間、キャサリンのなかに自分自身をうずめ、ほっそりとした長い脚を太ももに巻きつけているうちに、すさまじいオーガズムの爆風はゆっくりと凪いでいったが、まぶたの裏にはあいかわらず斑点が見えていた。

少しずつ現実が戻ってくると、股間以外の感覚も回復しはじめた。

鼻がキャサリンの髪に埋もれていた。かすかにフルーツと春の香りがする髪は、ふんわりとして頬に温かかった。マックの胸板で押しつぶされた乳房は、信じられないほどやわらかく、呼吸するたびに小さく持ちあがる。シルクのような脚がマックを両脇から包みこんでいる。

そしてまた、大事なところに——自分のものに意識が向いた。ああ、二度とここから出られないかもしれない。キャサリンはとろりとした熱さできつくマックを締めつけている。

彼女は満足したのだろうか。わからない。マック自身は、ほとんど失神しそうな快楽に吹き飛ばされないようにするのが精いっぱいで、彼女のことを気にする余裕もなかった。

確かめるべきかもしれない。

「だいじょ……」空気しか出てこなかった。しゃべる力もないのか。咳払いし、もう一度試みた。「大丈夫か？」

キャサリンは少しのけぞり、マックに体をこすりつけた。とたんに、熱風がマックの体内を吹き抜けた。

彼女はマックの太ももに当てたつま先を丸めては広げ、背中を指で小刻みにたたいた。

「たぶん」とささやく。「いまも余韻が残ってる」

よし。ではもう一歩。「その……いったか？」マックは、ごく普通のことを尋ねるように、さりげない口調でいうつもりだったが、不安そうなうなり声になってしまった。

返事代わりに、彼女の脚のあいだがキュッと収縮し、マックのものが小さく跳ねた。

「んんん」

まだマックのものは固さを失っていなかったが、全身の血のめぐりがやや回復したようだ。マックは頭をもたげ、キャサリンを見おろした。彼女の横顔がカメオのように見えた。閉じた目、高い頬骨に伏したまつげ。ふっくらとした唇の両端は、ありがたいことに、わずかに上を向いている。つまり、だれが見てもほほえんでいるということだ。控えめにいっても、しかめっつらではない。

マックは深く息を吸い、キャサリンの乳房と下腹の肌触りを味わった。目を閉じ、またあける。「話をしたほうがいいと思うが、このままでいいか。抜くのがいやなんだ」

それが意志を持っているかのように、キャサリンのなかでしきりにうなずいた。また小さな収縮が返ってきた。賛意だろうか。まるで下半身で会話をしているようだ。

それはそれでかまわない。

「わかったわ」キャサリンがかすれた声でいった。「話をしましょう」

「すごかった」言葉は一気に出てきた。「どういうことかわからないが、色が見えた。セックスであって、それ以上のものだった。あんたの頭のなかにいるような気がしてきて、そのせいでおれの理性は吹っ飛んだ、それは間違いない。魔法かなにかを使ったんじゃないのか？　薬を注射したとか？　べつに怒ってない、ただ知りたいだけだ。ほんとうに本心からいうが、おれと同じくらい、そっちも満足していてくれたらと思う。ただ、おれは無我夢中で、そっちの気持ちを気にする余裕もなかった。だから、なにが起きたのか教えてくれないか」

キャサリンは目をあけ、マックのほうを見た。ああ、この銀色の瞳。マックはもはや、ほかのだれかの瞳の色など思い出せない。「わたしにもわからない」キャサリンはささやいた。「ただ、わたしにとってもまったく新しい体験だった」

ああ、よかった。マックは少しだけ抜いた――ほんの少しだけ。だが、それは冷酷な外の世界に出るのをいやがっているので、ふたたびもとに戻した。うう。きつい。とても。すごくきつい。

マックは唾を呑みこんだ。「バージンじゃないんだろう？」ぞっとした。「もしかして、そうなのか？」

小さな苦笑が返ってきた。「違うわ。安心して」小さな手があがり、マックの傷跡のある頬をなで、すぐにマットレスに落ちた。「あら。わたし、疲れてるのね」

教えてくれ。

「痛くなかったか？」

キャサリンはふっと息を吐いたが、それはマックが重いせいかもしれない。マックが紳士なら、体を起こし、前腕で自分の体重を支えるところだ。だが、紳士だといわれたことは一度もない。どちらにせよ、両腕が自分を支えてくれるとは思えなかった。キャサリンのなかに埋まっている部分を除けば、全身の腱を切られてしまったかのように、どの筋肉も動かなかった。

「痛がっているように見える？」

「大丈夫だといってくれ」マックは食いさがった。不意に、彼女がはっきりとそう答えてくれるのを聞かなければ、気がすまなくなった。「はっきりそういってほしいんだ。前戯をほとんど……いや、まったくしなかったし、とてもきついし」

さらにキャサリンの口角があがり、ほんとうに微笑らしくなった。唇は赤く腫れぼったくなり、アンジェリーナ・ジョリー並みにセクシーだ。それを見ていると、マックはますます固くなった。むくむくとふくらむそれを感じたのか、キャサリンは驚いたように目を丸くした。「ちょっと笑っただけなのに？」

「あんたが息をするだけでこうなる」マックはしわがれた声でいった。「試してみろ」

「なにを？」

「息をするのを」

美しい瞳が上を向いた。「マック、息ならいまもしてるわ」

「いやいや」なんて楽しいんだろう。ふざけた口調、親密な感じ。いや、親密なんだ、彼女の奥深くでつながっているのだから。だが、こんなふうにだれかと一体になった感覚を味わうのははじめてだ。「やってみてくれ。深呼吸するんだ。どうなるか試してみよう」

「わかったわ」おばかさん、といわんばかりの溜息、また上を向く目。そして、キャサリンは深く息を吸っていったん止め、吐き出した。そうすると胸がぴったりと合わさる。マックはさらに充血したものでキャサリンを突いた。キャサリンが目を見ひらいた。「まあ」

「これはなんだ？」マックは両手でキャサリンの頭を包み、屈んで鼻と鼻をこすりあわせた。「なんていえばいいのかわからない。セックスだと、あまりにも……陳腐だ」

キャサリンはぷっと吹き出した。「陳腐？　陳腐っていった？」

「いった。いまふたりでやったことには、ほかの名前を考えるべきだと思う。〝メックス〟とか〝シェックス〟とか。シェックスがいいな、セックスと魔力（ヘックス）を交ぜたやつだ。いまのが自然現象だとは、おれはまだ納得してないからな」

「どうかしら」キャサリンは首を動かし、小さな鼻に皺を寄せた。「たしかに、匂いは自然だけど」

たしかに。マックは獣のように汗をかき、キャサリンの脚のあいだは精液にまみれている。セックスの匂いが強すぎて、キャサリンの香りを消してしまいそうだった。突然、マックの脳裏に強烈なイメージが閃いた——自分の匂いが彼女に浸透し、細胞が溶けあい、永遠に自分が彼女の一部になるイメージが。

「違う違う、まったくべつものだ」ふたりのひたいをくっつけた。「言葉を考えよう。もう一度、最初からできるか？」

今度は、キャサリンが声をあげて笑った。マックの腹とぴったり合わさっている平らな腹の底から笑った。全身で笑う彼女は、あらがいがたいほどきれいだった。

マックは真顔に戻り、屈んでキャサリンにキスをし、舌を絡ませた。ますます勃起し、腰が動きだす。頭に銃口を突きつけられていても止められない。

「ああ」キャサリンはキスをしたままあえぎ、マックに合わせて腰を動かした。

マックはそろそろと両手をおろしていき、キャサリンの腰をつかんだ。荒っぽくならないよう気遣う程度の理性が残っていることがありがたかった。ただでさえ力が強いが、彼女には絶対に痛い思いをさせたくなかった。

ふたりはぴったりとリズムを合わせて動いた。マックの両手はキャサリンの腰に添えられ、彼女のかかとはマックの背中に重なっていた。最初はゆるゆると突く。キャサリンはきついが、マックが一滴残らず注ぎこんだおかげで、そこはなめらかに潤っていた。

そのうちの何割かはキャサリンの潤いかもしれない。ああ、そうだといいのだが。

キャサリンはマックの背中に爪を立てた。マックはペースをあげ、激しく突いた。ベッドが重たげにきしむ。音をたてているのはベッドだけではなかった。あらゆる角度で合わさる唇、乱れた呼吸、スピードと力強さを増してぶつかりあう腰……。

キャサリンが不意に動きを止め、全身をこわばらせると、目をつぶってのけぞった。口が小さなOの形になる。白い肌が淡い薔薇色に染まり、頬も赤みを増した。その瞬間のキャサリンは、マックの知るだれよりも美しく、この世のものとは思えないほどだった。

背中を弓なりにそらせてキャサリンは声をあげた。マックを締めつけている部分が、彼の鼓動と呼応しているかのように激しくわななく。突然、マックも達した。今度も前触れなく、ある一瞬を境に彼の体は爆発していた。

「きれいだ」マックはあえぎながらいった。ようやく口がきけるようになったとたん、その言葉が口からこぼれていた。お世辞などではなく、本心からいわずにいられない、伝えずにいられない言葉だった。

「さっきあなたにいわれたことをそのままお返しするわ」キャサリンがささやいた。「あなたこそ、わたしに薬を盛るかなにかしたでしょう」

たしかに、マックはなにかをした。それも、しつこく。キャサリンは見るからにくたびれている。もはやマックを抱く力も残っていないのか、両腕を力なく落としているが、脚のあいだだけはきつく締まっている。

マックはまだ勃起していた。信じられない。体力はあるが、これは体力とは関係ない。宇宙の力の源に飛びこんだようなものではないだろうか。いつまでもつづけられそうなのだ。とにかく、そんなふうに感じる。まだキャサリンのなかにいて、三回戦にも臨める。四回、五回でもいけそうだ。とはいえ、キャサリンは疲れている。やる気満々の彼自身と彼女を休ませることのどちらが大事かといえば、もちろん彼女を休ませることに決まっている。

マックは両手をベッドについて上体を持ちあげた。思っていたよりも大変だった。エネルギーを使い果たしたからというだけではなく、体がキャサリンからどうしても離れたがらなかったからだ。胸を乳房から離すのすらいやなのに、もっと下のほうでは、マック自身がわめいている。おまえ、気はたしかか？　ここから出たいと？　おかしいんじゃないか？

マックのなかでもより人間らしい部分が、獣の部分と闘っていた。マックのなかの獣は、またキャサリンにのしかかり、安堵(あんど)の溜息とともに首に鼻をこすりつけ、できればもう一度ことに及びたいと思っている。

そのとき、携帯電話が鳴った。メッセージをホログラムで映し出すと、光る文字が現れた。

ステラからだ。

ドアの外。

マックは苦笑した。自分のなかの人間らしい部分に、味方が現れたぞ。

とはいえ、キャサリンのなかから出るのはつらかった。外に出て、彼女の肌から離れると、寒々しい感じがした。立ちあがるのも、想像以上に難しかった。彼女の体は強力な磁石のようにマックを引きつける。意識して体の各部分に力をこめなければ、ベッドから出ることもできなかった。マックは溜息をつき、屈んでジーンズを拾った。

「どうしたの?」キャサリンが眠そうな声で尋ねた。

「きみもよろこびそうなことだ。起きてくれ」

キャサリンは目を閉じたままかぶりを振った。「無理。何者かがわたしの背骨を盗んだみたい。二度と起きあがれそうにないわ」

まあいい、すぐにいうことを聞くようになる。マックがドアをあけると、案の定、魔法のワゴンがそこにあった。ステラに感謝を。服を着て、下に食べるものを探しにいく気力など残っていない。それに、キャサリン以外の人間と会うのも話をするのも面倒だ。ステラは手間を省いてくれた。

いまこの瞬間、ほしいものはすべてこの部屋にある。

マックはワゴンを押して部屋に入り、身を乗り出して深く息を吸い、この世にいながらにして天国を味わえるような香りを堪能(たんのう)した。その香りはベッドにも届き、キャサリンの鼻がぴくぴくと動き、口元がほころんだ。

「起きてくれ」マックはいった。「ただし、目は閉じたままで」

今度こそ、キャサリンはにっこりと笑った。「驚かせようとしているのなら、もう匂いでわかってるわよ。いま何時か知らないけれど、朝食か昼食か夕食ね」

マックは皿にかぶせたカバーを持ちあげてなかを覗いた。やった。よだれが湧いてくる。

「夕食だ。ほら、座って」

「無理」キャサリンは溜息をついた。

「わかった」マックは屈んでキャサリンの脇の下に手を入れ、ひょいと抱きあげてヘッドボードにもたれさせた。「まだ目をあけるなよ」

キャサリンは目をつぶったまま首をかしげた。「あら、目はつぶってます」

さらに首が傾いた。

「眠っちゃだめだ」目をつぶったままほほえんだキャサリンを見て、マックは我慢できずに身を乗り出し、キスをした。

世界がはじけた。

すごい。色が見える。まばゆく光る破片が頭のなかを飛び交い、マックはキャサリンを感じた。彼女になった気がした。彼女が骨の髄まで浸っている満足感が、なめらかな蜂蜜のようにマックの体内をめぐった。キャサリンがこれほど満ち足りることはめったにないことがわかる、そして……。

マックはごくりと唾を呑みこんだ。

手に取れそうなほどはっきりと感じた。マックを中心にほとばしる愛情を。キャサリンの目を通して見たマックは、強く優しく、魅力をたたえていた。キャサリンはぐったりとヘッドボードにもたれて目を閉じ、両手は上掛けの上に力なく置いたままだ。温かな感情の蔓（つる）が伸びてきて、マックをしっかりとつかむ。それは……マックの体のなかをするすると進んでいき、内臓に絡みつく。やがて、マックは自分と彼女の境目がわからなくなった。

かぐわしい香りの漂う、日差しにあふれたジャングルのなかで迷ったような感じだった。蔓に搦（から）めとられて動けないが、少しもいやではない。

マックはしばらくそこに立ちつくし、キャサリンを見おろしていた。思いがけず自分のなかに、肌の内側に入りこんできた女を。美しく聡明で、どういうわけかマックを求めている女を。

マックの人生でこんなことははじめてだった。いままででもっとも親しくなったのはルシウスだったが、マックを彼に結びつけていた絆は、敬意と賞賛と服従の念だった。ニックとジョンは……仲間だから、マックはなにがあってもふたりを導き、守るつもりでいる。だが、アーカ製薬の火事までは、ふたりとはさほど親しくしていなかった。あの事件以降、三人はまとまり、たがいを守り、小さなコミューンを守ってきた。それでも、あのふたりに対して感じているのは、愛情というより忠誠心だ。

愛情、恋愛感情――マックの人生には関係のなかったものだ。社会の排水溝で溺れかけている孤児だったマックは、自力でどん底から這いあがった。救ってくれたのは海軍だった。生きる目的と進むべき道を与えてくれた。そして、ルシウスが誇りと敬意と責任を教えてくれた。だが、そのどちらもマックの心（ハート）には触れなかった。だから自分には心がないのではないかと思っていたが、いまはあると確信していた。

なぜなら、キャサリンを思って心臓（ハート）が鼓動しているから。

そして、キャサリンが心に触れてくれたから。いや、それだけではない。キャサリンは肌も骨も筋肉も突き抜けて、マックの心をじかにつかみ、強く握りしめた。ふたりの境目がどこかわからなくなるくらいきつく。

危険な興奮を誘う体験に、頭がぼうっとしてくる。

マックは怖い顔で体を起こした。この逆巻く感情が、なにかのドラッグか催眠術による幻覚か、いかれたマインドコントロールの産物であってほしいと、心底思った。でも、そうではないとわかっている。すべてが現実で、マックのなかにあったものだ。いちばん深い場所にあったものが、鍵がカチリとあくように、キャサリンに反応したのだ。

銃撃戦のほうがよほど楽だ。理性をねじ曲げ、人生を一変させるこの体験に、マックは怖じ気づいていた。

「あの」キャサリンがささやいた。「もう目をあけてもいい？」うれしそうに、大きく息を吸う。「おいしそうな匂い」

「まだだ」

マックはワゴンをベッドのそばへ近づけながら、取り皿なしでどうすればいいのだろうと考えたが、ワゴンの下の段に食器がのっていた。今度、外の世界に出たときには、ステラの気遣いに感謝して、なにか特別なものを持って帰ってやらなければならない。ワゴンの下の段には、折りたたみ式のトレイと皿、グラス、ナプキンとカトラリーがそろっていた。

マックはトレイを組み立ててキャサリンの膝に置こうとしたが、眉をひそめて手を止めた。裸の彼女の胸元を、腕に挟んだシーツがかろうじて隠している。

裸のキャサリンはきれいだし、彼女の胸を眺めながら食事をするよりいいことなど思い浮かばないが、熱々の料理で彼女が火傷する可能性を考えると、マックは心配になった。火傷の目もくらむほどの痛み、いつまでもつづく激痛は、マックがだれよりも知っている。キャサリンにあんな痛みを味わわせるなど、想像するのも耐えられない。

絶対にだめだ。

「両腕をあげてくれ」マックは抽斗から洗ってきちんとたたんだTシャツを取り出し、さっと広げてキャサリンの頭からかぶせた。「よし。このほうが落ち着くだろう。もう目をあけていいぞ」

キャサリンはすぐに目をあけ、マックと視線を合わせた。マックは下腹にパンチを食らった気分だった。心に巻きつくやわらかな蔓も、蜂蜜のようにとろとろと体内を流れる熱い光もない。これは欲望だ。強烈で岩のように固い欲望。穏やかな部分など少しもない。性急で、途方もなく大きい。痛みを感じさせない炎のように強力だ。

キャサリンはマックの欲望を感じ取った。マックには、自分から彼女へ伸びていく何本もの線が見えるような気がした。深くくっきりとしたつながり。燃えさかる溶鉱炉にも似た欲望が、恐ろしいまでに強く、マックから彼女へ、強く熱く伸びていく。

キャサリンは目を見ひらき、とっさに身をすくめてヘッドボードに背中をくっつけた。ああ、大きすぎて肩からすべり落ちそうなTシャツを着た彼女は、ぞっとするほど壊れやすそうに見えた。大きな目をマックに据え、混乱した感情の暗い渦に取り巻かれている。マックは、彼女には二回戦は無理だと実感し、嘆息した。違う、と顔をしかめる。三回戦だ。

心の奥では望んでいるのかもしれないが、さらに深い場所では怯えている。それがわかるのが、マックには怖かった。そんなふうに彼女の心を読めるのが。

キャサリンの手を持ちあげ、指の関節ひとつひとつにくちづけした。その手をひっくり返し、今度は手のひらにキスをする。彼女の手がマックのあごを包み、一本の指が火傷の跡をなでた。

いつもなら、そんなことをされると腹が立った。たとえセックスの最中でも、傷跡にさわられるのは好きではない。背中に大きな傷跡があるので、相手の両手を頭の上に押さえつけることもあった。太く深い傷跡――爆弾の破片にやられたものだ――はアーカ製薬で火傷するよりずっと前、中央アジアでできたものだが、どちらの傷跡も痛みと暴力の地図だ。マックが命がけでやってきたことが肌に書かれている。

明かりがなくても、女は好奇心を抱く。暗闇でも、指先で傷跡に触れることはできるし、マックは質問されるのが大嫌いだ――これはなんの傷、と。

あんたの知ったことか。そう返すのを我慢したことが何度もある。

いまはそんなふうに感じなかった。キャサリンはやわらかな指で、ひたいからあごの下まで溶けて波打つ左の頬全体をなでた。奇跡的にも、左目はまだ見えている。

彼女から伝わってくる気持ちがやわらいだ。恐怖ではなく、なにかべつのものだ。

「あなたの痛みを感じる」キャサリンがささやいた。

それはほんとうだった。マックにはわかる。彼女の全身が暗くなり、こわばっている。

マックは一秒たりとも耐えられなかった。彼女にあの痛みを感じてほしくない。どんな痛みも感じてほしくない、絶対に。

「やめろ」マックはキャサリンの手をつかんでささやき返した。彼女の手は温かく、ほんのり発光しているように見えた。いや、全身が発光している。「忘れてくれ」

キャサリンはマックの目を見据えたまま、かぶりを振った。「忘れられるわけがないわ。すぐそばに、あなたの肌のすぐ下にあるのよ。わたしにはわかる。決してなくならない。肉体的な痛みではなくて、べつの種類の痛みは」キャサリンの手がマックの喉から胸へ、心臓の上へとおりていく。マックの鼓動と呼応して、彼女の手の光が点滅していた。肌と肌が触れあい、溶けあっていく。「もっとひどい痛み。取り除いてあげられたらいいのに」

めったにないことに、マックはほほえんだ。笑うと火傷の傷が盛りあがり、引きつれる。痛くはないが、違和感がある。だから、めったに笑わなかった。どのみち、笑いたくなるようなことなどあまりない。昔からそうだった。

「取り除いてくれているよ」マックは低い声でいった。嘘ではなかった。キャサリンの手から広がる熱がマックの胸を満たし、煙のように渦巻く。ルシウスの裏切りも、祖国に命を捧げた自分たちが無法者のように逃亡生活を送り、反逆の罪を着せられたことも……遠いノイズになる。鋭い痛みが朝靄のように消えていく。

ほんの数分前まで感じていた、痛いほどとげとげしい欲望は静まり、彼女を求める純粋でたしかな気持ちが輝きはじめていた。性欲ではないとはいわない。けれど、それだけにおさまらない、もっと深くもっと必要ななにかでもある。マックの気持ちは、手を通して彼女に伝わった。

マックが深呼吸すると、胸板と一緒にキャサリンの手も上下した。

「きみがほしい。もう一度」言葉は優しいささやき声になって出てきた。数分前なら、切羽詰まって痛々しい口調になっていただろう。

キャサリンの手に顔を近づけた。その手を介して、彼女はマックの思いも、ふたりのあいだに優しさで縁取られた情熱が燦然と輝きながら流れていることも、すべてわかっているはずだ。

マックは無理に迫るつもりはなく、キャサリンのなかで寄せては返す感情の波を感じながら、ひたすら待った。彼女の表情を探らずとも、触れた手から気持ちが伝わってくるが、それでもじっと見つめた。

むしろ、キャサリンの顔から目をそらすことができなかった。彼女はとても美しい。だれかがマックの頭のなかに手を入れ、彼の考える美人のひな形を取り出し、それをもとにキャサリンを創りあげたのではないかと思うほどだ。彼女のすべてがすばらしかった。陶器のような白い肌、大きなグレーの瞳、甘美な唇、長くほっそりとした首。胸はマックのTシャツに覆われているが、やわらかく張りつめた手ざわりも、舌に感じた乳首の形も、しっかりと記憶に焼きついている……。

熱い光が閃いた。キャサリンから。彼女の胸のなかで色彩が渦巻いているのが見える。かすかな赤、オレンジ色。顔から肩にかけて、肌がさっと紅潮した。そして、毛布に隠れた脚のつけねは輝いている――それが熱い欲望の輝きであることは、見まがいようがない。

マックがTシャツを脱がせると、キャサリンは膝立ちになり、そっとキスをした。マックの心臓の上に当てた手が、肩から首へとすべっていく。

「わたしも」彼女はいった。

12

パロアルト
ミロン研究所

リーは、だれもその存在を知らない地下四階が気に入っている。

レベル4。

ミロン研究所の幹部すら、こんな場所があるのを知らない。

リーはフリンの資金で建設会社をひそかに買収し、建設会社はフリンの指示どおり、臨時の作業員を雇って地下四階を造らせ、封印させた。最新どころか、数年は先を行く技術を使っている。マグニチュード八クラスの地震にも、十トンの原子爆弾にも、シエラネバダ山脈を越えてくる津波にも耐えうる。専用の発電機があり、秘密のソーラーパネルから何本ものケーブルを引いてある。地中にもぐらせたフェライトロッド・アンテナで超長波を送受信し、北京と直接やりとりができる。万一、セキュリティを破られても、べつの連絡手段を用意してある。

リーはここ地下四階の王だ。ここを訪れるときは、ミロンの株式を過半数保有している企業の幹部としてであって、それ以上ではない。ミロンの社員のだれも、リーが秘密の研究室で仕事をしているのを知らない。

人目を盗んでこっそりと地下四階におりるのが、リーにとってはたまらない楽しみだった。秘密保持契約を結んだ助手が三名いるが、彼らは会社のためにトップシークレットの業務に携わっていると信じていて、ありもしない認知症治療薬の新発売に合わせて、ありもしないストック・オプションを付与されていた。実際には、研究室の鼠たちの金は、海中に沈んでインドの海岸地域に移転した元のモルジブ共和国の口座にある。

地下四階に出入りすることができるのは、この三名の研究者と、リー個人のセキュリティ・チームだけだった。

現在、ここではSL－59の試験がおこなわれている。鉄のスライドドアのなかには動物実験の部屋があり、そこでは動物試験法に違反する実験が急ピッチで進められていた。本来なら、いまだにSL－8の試験をおこなっているところだ。リーはカードキーをスワイプしてなかに入った。動物実験室は陰圧に保たれているので、背中にかすかな風を感じた。

実験室が陰圧処理されているのは、体内で薬の成分を運ぶ改造ウィルスを外部に漏らさないためだ。万一漏れたとしても、ほんの微量では感染力はないが、それでも予防措置を怠るわけにはいかない。

だだっ広い実験室に並んだ檻のなかで、死へ向かうさまざまな段階にいる動物たちには目もくれず、リーは奥へ歩いていった。当局に見つかったら、この研究施設はすぐさま閉鎖される。動物試験法のすべての条項に違反しているのだから。

だが、同意書にサインさえしてあれば、ヒトを対象とした臨床試験は完全に合法だ。多くの同意書が、認知症と診断される直前にサインされたものであっても、違法ではないのだ。

多くのアメリカ人が人間より動物を大事にしているように見えることに、リーはいまだに当惑している。動物実験は新薬の開発に不可欠なのだが。現に、動物実験のおかげで、兵士個人の能力を十倍に増幅する薬剤がわずか二年で完成しようとしている。

昨日は十頭のボノボにＳＬ－59を五ｃｃ投与した。これから数週間にわたって、変化を綿密に調べることになる。だが、リーはだれよりも早く観察し、詳細な分析がはじまる前に手応えを感じたかった。

実験室は広々としていて、北側ゲートまで百二十メートルも奥行きがあり、清潔なプレキシガラスの檻の列が並んでいる。列ごとに異なる実験を実施していて、リーはいつもすべての檻をチェックする。だが、今日はフリンに対して怒りを抱いているし、時間がないので、左右を一瞥することもなく奥へ直行した。奥にはボノボの檻がある。それぞれの檻の前にはタッチパッドがあり、個体データを確かめることができた。性別、遺伝的な情報、精密検査の結果、ＭＲＩとＣＡＴの画像データ、知能テストの結果、遠隔測定による脳波と心電図、ＳＬ－59の投与量――そのほかのデータもすべて確認できる。

透明な檻の前をどんどん通り過ぎ、タッチパッドを指でスワイプし、大きな異常がないかチェックした。二頭が瀕死状態だった。脳波が不規則で、心電図も波形の異常が見られるので、あとで調べなければならない。おそらく、心臓の異常が原因で死に至るのだろう。

四頭はデータに異常もなく、とくに変わりはないようだが、やや元気がない。

ところが、大柄なオスのナンバー8は立ちあがり、リーを怪しむように見た。ふむ。リーはタッチパッドをスワイプし、空中に浮かんだ光の文字を読み取った。データはまったく問題ない。だが、ナンバー8はリーを値踏みするかのように、思慮深そうな茶色の目でじっと見つめている。

おもしろい。

ボノボはおとなしく、攻撃的ではない動物だが、見慣れない獣が近づいてくると、心拍数がわずかに上昇する傾向が見られた。いま、ナンバー8の心拍は安定している。二本脚で立ち、まだ静かにリーを見ている。目だけを動かし、リーの顔を眺め、両手へ視線を移した。武器を持っていないか確かめているように見える。異常に知性が高くなっているとは考えられないか？

じつにおもしろい。

リーは前に進んだ。心電図が心拍数の上昇をとらえるひまもなく、ナンバー8はリーに飛びかかってきた。リーの顔の数センチ先でプレキシガラスに大きな獣の鼻が勢いよく衝突し、血が飛び散った。ガラスは非常に透明度が高いので、リーは思わず飛びすさったが、すぐに動きを止めた。飛び散った血が、いつまでも宙に漂っている。

ナンバー8は懲りずにガラスを何度も激しくたたき、リーに嚙みつこうとして鼻面をガラスにぶつけた。血まみれの歯が四方に飛んでいく。さらにリーをひっかこうとしたあげく、まず左手の尺骨を、次に右の上腕骨を折り、しまいには毛むくじゃらの腕から折れた骨が覗いた。なにをしてもガラスは割れないとわかったはずだが、それでも繰り返し攻撃をつづけた。

ボノボは類人猿のなかでも高い知性を持っている。リーは、ボノボが簡易な道具をこしらえたり、少数の言葉を理解して指示に従ったりするのを見てきた。普通の類人猿なら、壁を攻撃しても意味がないとわかるはずだが、ナンバー8はしつこくガラスにぶつかった。ガラスはもはや血と毛と唾で不透明になっていた。

ナンバー8は目でリーを追い、愚かにも攻撃を繰り返した。

このままでは壁にぶつかりつづけ、みずからの凶暴性により死んでしまう。

リーはタッチパッドをスワイプして音響システムのスイッチを入れた。音量を見て、少し目を見ひらく。ナンバー8の咆吼が広い部屋に響き渡り、ほかの動物たちが不安そうな動きを見せた。隣のナンバー9は、それまで麦藁を一本くわえてぼんやりと座っていたが、ふらふらと立ちあがると、ナンバー8のほうを見やった。麦藁は檻の床に落ち、放置された。ナンバー8は猛然とリーに襲いかかろうとしていたが、ついには頭を壁にたたきつけ、首の骨を折って息絶えた。リーは身動きひとつせず、ナンバー8が血まみれの壁に何度も衝突するのを見ていた。ナンバー8は猛然とリーに襲いかかろうとしていたが、ついには頭を壁にたたきつけ、首の骨を折って息絶えた。

ずるずると床に崩れたボノボの死体は、原形をとどめていなかった。体じゅうを骨折しているので、小石の詰まった毛むくじゃらのずだ袋にしか見えない。

ほかのボノボたちが不安そうに振り返り、プレキシガラスをひっかいて外に出ようとしたが、ナンバー8ほどの獰猛さは見せなかった。あの個体ほど暴れるボノボは、リーも見たことがない。あの凶暴性は人為的に作られた、かつてないものだ。SL－59によって増幅された凶暴性。

おもしろいのは、しばらくのあいだナンバー8は自分を抑えられていたことだ。そのあいだも、ナンバー8の辺縁系は攻撃しろとわめいていたはずなのだが。しかし、ナンバー8はすぐには攻撃をはじめなかった。おそらくとまどっていたのだろう。だが、結局は薬によって火がついた攻撃本能に屈してしまった。

その時間差が興味深い。制御不能の凶暴性に火をつける導火線があるのだ。その導火線を見つけ、修正すれば、ゴールは近い。

リーはめちゃくちゃになった死体をもうしばらく眺めたのち、タッチパッドをスワイプして記録機能を起動させた。

「毒物検査と血中ホルモン値を調べる。血液脳関門のＳＬ－59の正確な値を測定する。脳を解剖して神経連絡を分析する。どれひとつとして欠かすな」

もう一度スワイプして、記録機能を切った。

実験室を出ながら、おもしろかったな、と思った。

先が見えてきたぞ。はっきりと見えてきた。

ブルー山

わたしも。

そういってしまった。空腹で、おいしい匂いのする料理がすぐそばにあって、手を伸ばせばすぐに食べられるのに。いままでに体験したこともないほど強烈なセックスをして、まだ少しひりひりと痛み、ベッドの上で身動きするたびに、いつもは使っていない筋肉が痛むのに。

一日は休まなければ回復しないだろうと思っていたのに。

ああ、とんでもない思い違いだった。

キャサリンがマックの誘いに応じたのは、抵抗できなかったからだった。目の前で半裸の彼が限界まで勃起しているのに、あらがえるはずがないのだ。彼がその気になっているとわかるのは、鋼鉄のような棒がジーンズの前を押しあげているからというだけではなく、いつもは血色の悪い頬に赤みが差し、鼻孔がひらき、首の動脈が張りつめていることからもわかる。

もちろん、彼の手からも伝わってきた。彼の思いが熱い波となって肌に染み通り、流れこんでくる。

マックに触れただけで、鼓動を感じただけで、どんなに求めてくれているか、欲してくれているかを感じ、空っぽの井戸にみるみる水が満ちていくように、ふたたび気持ちが高まっていた。その気持ちは彼のものだろうか？　それともキャサリン自身のものだろうか？　もはや区別はつかないし、どちらでも同じことだ。いまではキャサリンのなかにあるのだから。キャサリンの一部になっているのだから。

「来て」キャサリンはささやいた。いや、頭のなかでそうつぶやいただけだったのかもしれない。どちらでもいい。マックはジーンズを脱ぎ、キャサリンにのしかかった。ずっしりと重かったが、キャサリンはその重みをうれしく思った。さらなる熱い波がふたりを洗う。

「急がないようにしよう」マックが耳元でささやき、キャサリンは吐息にくすぐられてぞくりと身を震わせた。彼が耳たぶを甘く噛んだ。全身の肌が粟立つ。

欲望が熱い波となって逆巻く新しい世界で、キャサリンはマックの肩にしがみついた。欲望の海に沈まないよう、つかまるものが必要だった。だから、彼の広い肩につかまった。つかまるのにちょうどいい男がいるとすれば、まさにマックがそうだ。どこをとっても頑丈であることがわかる。キャサリンを揺さぶり、欲望の海に放りこんだ張本人なのに、矛盾している。

「急ぐな」マックは繰り返したが、すでに彼の固くなったものがキャサリンの太ももをつついている。体がぴったり合わさると、今度は下腹にあたった。

「急ぐな」マックはうめき、キャサリンにキスをした。

マックの口も舌もゆっくりと動き、そのほかの部分は静止していた。しまいには、キャサリンのほうから動きだした。脚をひらいてマックの背中に巻きつけると、自然と彼の先端が入口に触れる。

マックがとても大きく感じ、キャサリンは二度もできたのだから大丈夫だと自分にいい聞かせなければならなかった。だが、マックはじっとしたまま、なかなか入ってこようとしない。キャサリンはにわかに空洞になった気がしてきた。脚のあいだが空虚だ。あるべきはずのものがない。空っぽの胃袋、空気のない肺のように。

それほど大切なことなのだ。マックを迎え入れたいというひりつくような渇望を覚えるのは、キャサリンの体がそのためにあるからだ。快楽が目的というより、とにかく必要なことだった。マックが脚のあいだに触れているのを感じると、下腹が強く締まり、太ももまでこわばった。

それなのに、マックは動かず、ひたすらキスを繰り返すばかりだ。

キャサリンはマックの背骨のつけねをかかとで押し、腰をあげた。マックが少し入ってきたが、そのままじっとしている。

「マック」キャサリンは溜息をついた。

その気がないから動かないわけではなさそうだ。マックは棍棒のように固い。背中もしとどに汗をかいている。

「前戯だ」マックは一瞬だけ唇を離してそういった。キャサリンは目をあけた。なにかを我慢しているようにゆがめた顔と、緊張で色を失い、白くなった鼻孔が見えた。「このままじゃいられない。よりによってきみが相手じゃ無理だ。そのきれいな胸なら、一時間でもキスしていられる。足にキスして、つま先を吸える。きみのつま先はとてもかわいい。そういわれたことはないか？」

「嘘でしょ？」キャサリンは笑った。「ないわ」

「男はみんなばかなんだな」

「そうかもね」

「それから、きみの手に触れるだけで一時間楽しめる。こんなにきれいな手は見たことがないから」

キャサリンは笑い声をあげた。マックが上にのっているせいで息を押し出され、ほとんど溜息のような声になってしまった。でも、いやではなかった。のしかかってくる彼の重みは、ほんとうに心地よい。

不思議なことが起きそうだが、たくましくどっしりとしたマックの存在がキャサリンをしっかりと押さえ、これが現実だと思い出させてくれる。魔法のようだけれど、現実でもある。彼の重み、キスをされたときにちくちくと刺す無精ひげ、ふたりの胸を密着させている汗、乳房をこする濃い胸毛、太ももの内側に当たるすねの毛。セックスと汗ばんだ男の自然な匂い。運動選手並みに強い心臓がゆっくりと着実に鼓動しているのが、乳房に伝わり、彼の背中にまわした両の手のひらでも感じられる……。

これは全部、現実だ。

そして、不思議なことが起きた。

マックと自分の鼓動が呼応しているのを感じた。まるでひとつの体のなかでふたつの心臓が拍動しているかのようだった。マックとぴったり肌を合わせているので、彼の気持ちがわかり、考えていることすらわかった。そのふたつは、まったくべつのことだ。マックの生い立ちはわからない。キャサリンの特殊能力でも読めない。けれど、彼がどんな人間かはわかる。そういう能力だから。

勇敢で、根は善良で、誠実な人。暴力性を秘めているのも知っているし、彼の強さを感じ、決してくじけない人だとわかる。

彼の気持ちは肌のすぐ内側にあった。熱い性欲、愛情の温もり、キャサリンを守りたい、危険な目にあわせたくないという鋼のように強い思い。

「でも、実際には」マックがささやき、少しだけ突いた。入口を押し広げられ、キャサリンはたまらず身をよじった。「実際には、これで脱線してしまう」

マックは少しずつ慎重に入ってきた。全身の筋肉を緊張させている。すっぽりと入ると動きを止め、つかのま息を継いだ。走っているときのように、心拍数がだんだん上昇していく。

キャサリンは自分のなかでマック自身が小さく脈打っているのを感じた。

「早く、マック」震えながらうめいた。「前戯はいらない」触れあうだけで充分だった。大きな体を抱きしめているだけでよかった。男らしく頑丈なこの体は、完全にキャサリンのものだ。

触れるたびにマックが自分のものになっていく。触れるたびに、キスをするたびに。マックが動きはじめた。肌を密着させ、高鳴る胸と胸を合わせ、素敵なダンスになった。やわらかな体とがっしりした体。今回はとろけそうに優しい。キャサリンの体は細部にいたるまでマックのものになった。

両手と両足で、丸められた広い背中をなでる。マックは細心の注意をこめ、抑制のきいた動きでなめらかにキャサリンを貫いた。キャサリンは広々とした海にぷかぷかと浮かび、温かな波に身をゆだねた。感覚がひとつひとつ麻痺していく。目を閉じ、なにも見えなくなる。ふたりの鼓動だけが聞こえていたが、それも聞こえなくなる。四肢がどこにあるのかわからなくなり、感じるのは自分という存在の中心と、そこを満たすマックのトン、トンというリズムだけ……。

内へ内へと収縮し、やがては太陽のように輝く白熱の小さな点となる。さらに明るさを増す。

マックが動きを止め、キャサリンは身をよじった。体のなかで太陽が爆発した。なすすべもなく、激しく点滅する熱い光が飛び散っていく。

「ああ」マックがうめいた。キャサリンは、ゆっくりと弛緩(しかん)した。マックの下で、彼が猛然と動きだすのを四肢に感じた。繰り返し腰を振るその勢いが強すぎて、痛いほどだ。だが、ほんとうに痛いわけではない。ほかの男だったら、そうはいかないだろう。乱暴に侵略されていると感じたかもしれない。だが、マックとは完璧に足並みがそろっている。

侵略などではない。マックの体は限界までキャサリンの体に近づこうとしている。可能なら、マック自身がキャサリンのなかに入りこみ、キャサリンも彼を歓迎しただろう。

だから、こんなふうにキャサリンのすべてを求め、あますところなく自分のものにしようとするのは、次善の策なのだ。

ついにマックが果て、枕に突っ伏したとき、キャサリンも彼と同じくらい、なにもかも搾り取られたような気分だった。

室内は静まり返り、ふたりの荒い息の音だけがしていた。マックの心臓は、たったいま百キロ走ってきたかのように激しく拍動している。キャサリンはマックの鼓動を感じた――自分の鼓動も。マックの鼓動は重たげでリズミカル、キャサリンは軽やかで速い。彼の下で目を閉じ、このうえなく親密な瞬間に浸り、ふたりの鼓動が同期し、ともにリズムを刻むのを聞いていた。

ふたりのすべてが一致した。キャサリンは強くなったような気がしたが、マックのエネルギーは弱まっているのがわかった。いまではキャサリンがマックのなかにいて、よろこびと驚嘆の念が奔流となって彼の全身をめぐっているのを感じた。同じものがキャサリンのなかでも渦を巻いている。

千回のオーガズムで両腕がゴムになってしまった。千回はおおげさかもしれないが、次々とたたみかけるように起こるので、いちいち数えていられなかった。不意に、両腕と両脚が勝手にきつくマックを抱きしめた。急にマックを抱きしめずにはいられなくなったかのようだが、ばかげている。マックは離れようとするそぶりすら見せていないのだから。それどころか、二度と離れないといわんばかりに、キャサリンの上ですっかり落ち着いている。

キャサリンのほうは、いまこの瞬間にしがみついていたかった。こんな貴重な瞬間は二度と来ないのではないかという気がする。驚きと不思議に満ちている。つかのまという言葉どおり、ほとんどはじまったと同時に終わってしまうのではないだろうか。この時間は長くはつづかない。つづくわけがない。いいものはこの世に残らない。現実は――。

マックが顔をあげ、にっこりと笑った。キャサリンは、はっとわれに返った。マックは満面の笑みを浮かべている。顔全体で笑っているが、肌の皺のひとつひとつが、彼の笑顔がめずらしいことを物語っていた。普段、彼の顔は重力に従い、怖いしかめっつらをしている。笑うと肌が引きつれ、傷跡が痛々しく見えた。

マックは笑顔でキャサリンを見おろしている。キャサリンはそこにあるものを見て、ごくりと唾を呑みこんだ。キャサリンには――このうえなくはっきりと――マックの気持ちが見えた。その気持ちが、彼にとっては新しいものであることも。そして――胸の奥の隠しようのない場所で――自分のためならマックは命も投げ出すだろうと感じた。

あの力が、呪いの力が、キャサリンはいま、生まれてはじめてだれかに愛されているのだと告げている。心から愛されている、と。

「ああ」マックがいった。「すごかった……」言葉が切れ、笑みがかき消えた。眉をひそめてキャサリンを見おろし、親指で彼女の涙をぬぐった。「どうした?」

マックははっとし、おろおろしはじめた。体を起こし、キャサリンのなかから出た。あとには空虚な寒さが残った。「痛かったか?」マックはあわてた。「大丈夫か?」

「ええ、大丈夫」キャサリンは恥じ入りつつ洟をすすった。いつのまにか、自分とマックと、ふたり分の感情に呑みこまれ、彼をうろたえさせてしまった。「ごめんなさい。ただの――」

おなかがグーッと鳴り、キャサリンは笑いながら手のひらのつけねで涙を拭いた。空腹で、笑いながら泣いて……めちゃくちゃだ。

マックは少し落ち着き、座ってキャサリンを探るように見た。キャサリンがほほえみ返すと、彼は目に見えて安堵した。「腹が減って涙が出たのなら、いますぐ解決できるぞ」上掛けの下から大きな足を突き出し、ワゴンをそっと押した。「冷めてしまったが、電子レンジがある。食べるか？」

キャサリンは、現実に引き戻されたのをありがたく思いながら起きあがった。またおなかが鳴り、くすくす笑うと、少し気持ちが穏やかになった。「ええ。馬一頭でも食べられそう」ついさっきまで感情が高ぶっていたが、こうして気分が落ち着き、胃袋と相談してみると、早く食事をしたかった。「生でもかまわないくらい。できれば、馬以外のものを食べたいけど」

「大丈夫、ステラは生の馬肉なんか食わせない」

「カルパッチョだわ」キャサリンは顔をほころばせた。ヘッドボードにもたれ、裸のマックが立ちあがって壁際の大きな電子レンジへ料理を運んでいくのを、じっくりと眺めた。筋肉質の広くて分厚い肩から引き締まったウエスト、くっきりとしたくぼみがある尻、がっしりとした長い太もも。筋肉のひとつひとつが浮かびあがっている。

マックは肩越しに、びっくりしたような顔をキャサリンへ向けた。「カルポ——なんだって？」

キャサリンは笑った。「カルパッチョ。生のお魚を薄くスライスしたものよ」

電子レンジは最新機種で、あっというまに料理を温めた。マックは早くも料理が山盛りのトレイをカートにのせて戻ってきた。

いまだに半分立ちあがっている股間のものが見え、後ろ姿と同じくらい素敵に見えた。

「どうしても生じゃなきゃいけないのか？」マックはトレイの脚を組み立て、キャサリンの膝にかぶせるように置いた。それから、身を屈めてキャサリンの唇にすばやくキスをする。

「さて、びっくりさせてやるから、覚悟して」

キャサリンは、どういう意味だろうと思いながら背筋を伸ばした。「ここに来てからびっくりすることばかりなんだけど」

「いやいや、いまから見せるものはほんとうにすごいぞ。ほら」マックがなにかに触れ、キャサリンは息を呑んだ。

魔法だ。

左右と正面の壁が三面とも……消えた。ふっと。まるで山肌に突き出た見晴らし台の上にいるかのように、壁があったところにはすばらしい夜の山の景色が広がっていた。真っ白に雪をかぶった樅の森の斜面が、月光に照らされている。ずっと下のほうの谷間に、小さな光がまたたいている。

いままでもずっと宙に浮いていて、窓ガラスが消えたのだろうか？　わからない。月光で銀色に光っている風景の細部まで、くっきりとあざやかだ。

マックが手を伸ばし、一本の指でそっとキャサリンのあごをあげた。キャサリンはそれまでぽかんと口をあけていたことに気づいていなかった。

「これは……これはなに？　わたしたち、外にいるの？」

マックは皿に食べものを盛り、キャサリンの前に置いた。「食べよう。何百万カロリーも燃焼したはずだ。きみのせいでおれは死にそうだぞ、キャサリン」

「まあ！」キャサリンはマックの脇腹を突き、指を捻挫しそうになった。彼の筋肉にくらべれば、岩のほうがまだやわらかい。「よくいうわ。これはなんなの？」

「ホログラムだ。建物の周囲に監視カメラをいくつも設置してある。ジョンが部屋の壁にカメラの映像を映して、景色を楽しめるようにしてくれた。たいした景色だろう。でも、窓のすぐ外がこうなってるわけじゃない」

「ほんとうにすごい仕掛けだけど、景色そのものもすごいわ。ちょっと待って」キャサリンは片方の手をあげ、シャントレルソースのカボチャのラビオリをほおばり、目を閉じて味わった。ああ。天国だ。すばらしいセックス、一瞬にして目の前に現れた雄大な景色、このうえなくおいしい料理。これでは感覚に過剰な負荷がかかる。「はい、いいわ」目をあけた。

「また景色を見る準備ができた」

キャサリンは三方の壁を見まわした。木立から雪の積もった小さな野原にウサギが出てきて、立ち止まって鼻をひくひくと動かした。満足したのか、ウサギは跳びはねていき、姿を消した……スクリーンから？

マックは裂いた豚肉のバゲットサンドをもぐもぐ食べながら、笑みを押し隠した。「しばらく見ていると、鹿が出てくるぞ。おれはコヨーテを見たことがある。それだけじゃない。見てろ」

彼がベッドサイドテーブルのなにかに触れると、突然、部屋じゅうに日差しがあふれ、キャサリンはまぶしさに手で目を覆った。

「なにこれ」キャサリンはあえいだ。少し景色が変わったが、山の峰や眼下の谷の形は変わらない。まばゆい太陽が山の上に顔を出し、景色を輝かせている。空は史上もっとも青い空で、地面にはところどころにしか雪が積もっていない。

「三日前の日の出だ」マックはいい、二個目のサンドイッチを取った。

キャサリンは目を丸くして見とれた。鷹が上昇気流に乗って、優雅に空高く舞いあがる。太陽は見えないバリアを越えて、ハリウッドのＣＧ映画に出てくるようなまぶしい光線が谷間に降り注いでいる。ただ、ＣＧではこれほど見事な景色は作れない。

「こんなにすごいものを作るお金がよくあるわね」少なくとも何百万ドルもの費用がかかる技術が、マックの部屋を照らしている。そのとき、キャサリンは自分がなにをいったのか気づき、あきれてぴしゃりと手で口をふさいだ。「ごめんなさい！」息が詰まった。「ほんとうにごめんなさい！　よけいなお世話よね」

マックは静かに手を伸ばしてキャサリンの手を口からはずし、関節にキスをした。「いいんだ、謝ることはない。ここはもうきみの住み処で、みんなきみの仲間だ。知りたいことはなんでも訊けばいい。で、こんなものを作る金をどこから調達するのかという質問に対する答えだが」闇をたたえた目が光った。「盗むのさ」

すばらしいラビオリが口へ運ばれる途中で止まった。「盗む？」

マックはうなずき、アイスクリームを挟んだウェハースを口に入れた。嚙んで呑みこむ。「ああ。まあ、もっぱらジョンがね。ジョンはカリフォルニアの売人を装って、コロンビアのカルデロン・ファミリーに半年ほど潜伏していたんだ。山ほど情報を持ち帰ってくれたおかげで、連中のシステムの奥深くに潜入することができる。ここで金が必要になったら、連中の口座からちょいといただく。たとえば先週は、マニュエルのために大量の種と肥料と、新しいフォークリフト、診療所の救急用カートを買った。次から次へと買わなければならないものが出てくるんだ。ジョンが巧みなハッキングで金を奪い、サンフランシスコのペーパー企業名義の口座に移す。いままで何人ものカルデロンの幹部が、ボスの金を使いこんだと濡れ衣を着せられて吊るされた。まさに、食肉用のフックでね。連中は子どもに売春をさせている。最低な連中のなかでも最低だ」

「ここはよくよく考えて運営されているのね、マック」

マックは真顔になり、キャサリンの目を見た。「ああ、そうだ。ここにはたくさんの人がいて、おれはその全員を守りたい。このコミューンの安全を守りたいんだ」

キャサリンも真顔になった。「でも、ナンバー9を助け出そうとすれば、ここの人たちを危険にさらすことになる、そう思ってるんでしょう。それはわかるわ」

「助け出そうとすればという言葉は正しくない」マックはいった。「やるならかならず助け出す。だが、順調にはいかないだろうし、彼がもう研究所にいない可能性もある、きみが彼の心を読み間違えた可能性だって否定できない。罠だということもある」深く息を吸い、広い胸がふくらんだ。「わかってる――ニックとジョンもな――きみがおれたちを罠に誘導するわけがないってことは。でも、わからないことがありすぎる」

キャサリンはマックの指にキスをし、その手をおろして握りしめた。彼の決意と警戒心を感じ――苦しんでいる上官を救いたい気持ちと、コミューンの仲間を守りたい気持ちがせめぎあっている――道義心と誇りと恐怖を感じた。マックがそんな複雑な気持ちを抱いているからこそ、キャサリンは彼を信じた。

「でも、なにか手立てを考えてくれるのね？」

「もちろんだ。まずは充分な準備をしてから取りかかる。手はじめにジョンがドローンを飛ばして、空撮した画像をニックが分析する。ミロンのコンピュータ・システムも、ジョンがきみに教えてもらった暗証番号を使ってチェックする。それから、新月の夜に現地までおりて、周辺の地形を徹底的に調べる。計画がしっかり固まったら、行動開始だ」

キャサリンは彼らと同行するつもりだったが、いまはそう宣言するのにふさわしいときではない。

伸びあがって彼の引き締まった唇の脇にキスをした。「あなたたちの成功に全財産賭けるわ」

13

一月八日

次の日の午後、マックは疲れているうえに腹を立てて自分の部屋に入った。期待していたわけではないが……彼女がいた。

忙しく、いらだちの募る長い一日だった。急いでミロン研究所の敷地や周辺を偵察しなければならないのに、二機のドローンが壊れてしまい、ジョンとニックがネヴァダのネリス空軍基地に忍びこみ、盗んでこなければならなかった。ふたりは偽のＩＤを携帯してユニフォーム姿で基地にてくてくと歩いて入り、二機のドローンを飛ばし、涼しい顔で基地から車で走り去った。

しかし、出発して帰ってくるまでに、きっちり十二時間もかかってしまった。

そのあいだ、マックはヘイヴンに閉じこめられ、〝市長または王〟的な仕事をしなければならなかった。デインからは水道管用にマイクロアロイ鋼のパイプ百五十キロメートル、パットとサルヴァトーレからは簡単な手術ができるロボット、マニュエルからは実験的に水耕栽培をする用地二百五十ヘクタールを要望され、それら全部を承諾した。その後、キャサリンを傷つけ(ファック・アップ)たらただじゃおかないというステラの説教をえんえん二時間聞かされた。

次々と面倒なことが起きる。なによりもいまはキャサリンのそばにいたいのだが。傷つけはしないが、ファックはするかもしれない。

今日一日、何度もキャサリンの姿を見かけたが、ユニコーン並みにつかまらなかった。デインと話をしながら厨房を出ると、朝から診療所に詰めていたキャサリンがちょうど出てきたのに、今度はパットとサルヴァトーレがマックを呼び止めた。なぜか、彼女は一日じゅう手が届かないところにいた。

ようやくマックに空き時間ができて食堂へ行くと、キャサリンはちょうどランチをとり終えたばかりだった。夕食はまだのはずだ。そのことは確認済みだ。

一時間のうち三度も厨房に顔を出したせいで、三度目にはステラにいわれてしまった……帰れ、と。

だから、帰ってきた。

むかむかしながら部屋に入り、インターコムでキャサリンを探せと捜査指令(BOLO)を出そうとしたとき、窓辺で外を眺めている彼女に気づいた。

うわっ。

マックは入口で足を止め、胸をさすり、キャサリンの後ろ姿を見た。ここは家（ホーム）だ。マックには、それまで家らしい家がなかった。独身士官専用の宿舎は、家ではない。だが、ここは家だ。キャサリンが待っていてくれるのだから。

キャサリンが振り返り、マックにほほえみかけた。それだけでマックの疲れもいらだちもむかつきも煙のごとく消え失せた。テーブルの上に夕食が準備されているのが視界の隅に映り、大きく安堵の息を吸うと、部屋の奥へ進んだ。赤外線センサーの働きでドアが閉まると、マックはほんとうに家に帰ってきた気分になった。一日の重責を肩からおろすことができ、元気が出てきた。

「おかえりなさい」キャサリンが静かにいった。

「ただいま」

キャサリンが笑った。ああ、彼女の笑い声が聞けるのがうれしい。マックは笑みを返し、頬が引きつれるのを感じた。笑うと違和感があるが、慣れなければならない。キャサリンの姿を目にすると、どうしても頬がゆるんでしまう……我慢するなど無理だ。

「一日じゅう、きみをつかまえたくてもつかまらなかった」マックはぼそぼそといった。

「そうみたいね」キャサリンは溜息をついた。「でも、忙しかったのよ。わたしが今日なにをしていたか聞きたい？　それともキスが先？」

まあ、そこまでいうのなら。マックは大股で何歩か歩き、キャサリンを腕に抱いた。たちまち、今日の不平不満は頭からすべり落ちた。キャサリンの唇は温かく歓迎してくれ、蜂蜜の味がした。ほんとうに蜂蜜なのかもしれない。腕のなかで彼女が動くと、とろりとした温かな液体がマックの血管を駆けめぐる。

最初に優しい温もりを味わえたのは幸いだったかもしれない。それはたちまちくすぶるような情熱となり、マックはキャサリンをきつく抱きしめて激しくキスをしながら、どうすれば彼女を裸にできるか考えていた。いますぐそうしたい。

キャサリンも同じことを考えていたらしく、マックのスウェットシャツをやみくもに引っぱり、頭から脱がせようとした。マックのほうがかなり背が高いので、キャサリンを放して身を屈め、彼女にそのいまいましいしろものを脱がせてもらった。マックがようやく上半身裸になったときには、キャサリンはすでにセーターを脱がされ、ブラジャーのホックもはずれ、ジーンズのファスナーもおりていた。

これでキスができる。ふたりは軽くついばむようにキスをした。

「わたし」キャサリンがマックのジーンズのファスナーをおろす。「お茶でもどうかなって思ってたんだけど」

マックはジーンズを手早く脱いだ。股間のものは赤くふくれあがり、早くも希望をこめて、水脈を探す占い棒よろしくキャサリンのほうを向いている。キャサリンにそれを強くこすりあげられ、マックは膝が折れそうになった。

「今日のことを話して」キャサリンがあえぎながらいった。「夕日を眺めながら。食事しながら」

「あとだ」マックはうなり、ふたりとも裸になった。

いつか、もっとゆっくりと余裕を持って楽しめるようになるのだろうか。

だが、今日は無理だ。

腕のなかのキャサリンは熱いシルクのようで、猫のようにゆっくりと体をこすりつけられ、マックの頭は熱い光でいっぱいになった。

その明るい黄色の光は強烈に輝き、まぶたを閉じていても目の前が明るかった。唇を少しだけ離し、目をあけてキャサリンのむこう側を見る。思わず、大きく息を呑んだ。

キャサリンも腕のなかで振り返り、同じく息を呑んだ。

魔法だ。魔法そのものだ。

夕日がちょうど山のむこうに沈むところだった。子どもが黄色いクレヨンと定規を使って描くような、はっきりとした黄金色の光の線が森に降り注ぎ、一帯を燦然と輝かせている。その輝きはずっと下の谷まで広がり、どの色彩もこのうえなくあざやかだった――樅や唐檜(とうひ)のダークグリーン、花崗岩の濃いグレー、雪のまばゆい白。この王国の外に広がっているのは、危険に満ちた世界ではなく、おとぎの国ではないだろうかと思わせた。

「きれい」キャサリンが溜息をついた。マックも心からそう思った。

ホログラムであれ、外出したときであれ、最後に外の世界を見て美しさに言葉を失ったのはいつだっただろうか。いつも考えていたのは、いざというときに攻撃にさらされるのはどこか、危険はないかどうかなど、ヘイヴンの警備に関することばかりだった。

周囲の自然の美しさに気づくのは新鮮な体験だ。それは、腕のなかにいる裸の女性のおかげだった。

マックは景色を見つめたまま、身を屈めてキャサリンの首筋にキスをし、耳のすぐ下をごく軽く嚙むと、彼女が身を震わせることを発見した。じつは、たったいま知ったわけではない。ゆうべ気づいたのだが、身も心も過剰に負荷がかかっていたので、ほとんど気にもとめなかった。けれど、じつは大事なことだった。いまここで、すみずみまで魅力をたたえたその体を探索しなければならないのだから。

耳のそばのその一点も、乳房に触れられると呼吸がだんだん速くなるさまも、絶頂に達したときにのけぞる姿も……ああ、これから学んで覚えなければならないことがたくさんある。

ふと、ここからが新しい生活のはじまりかもしれないと、マックは思った。夕方、部屋に帰ってきてすぐに、笑顔で迎えてくれるキャサリンを抱く。そして、一緒に夕日を眺めて夕食をとり、ともにベッドに入り、目覚める。

この部屋が家（ホーム）になる。

どんな将来が待っているかわからないが、ふたりでいつまでもここに隠れ住むことはできるのではないか。あと二、三日後には、キャサリンが勤めていた研究所に潜入し、ナンバー9がほんとうにルシウスなのか確かめることになる。

この一年間で、はじめてルシウスのことを考えて心臓がぎゅっとつかまれるような気がしなかった。

それは、腕のなかにいる彼女のおかげだ。

「きみはおれの脳味噌を吹っ飛ばして、ニューロンを全部つなぎ直した」キャサリンの耳元でささやき、彼女が身震いするのを感じた。

「そうなの？」キャサリンがあえぐ。

片方の手で乳房を包み、もう片方の手を平らな腹へすべらせる。

「そうだ。なぜなら、おれはこんなふうにいちゃつくだけでなく、将来を考えられるようになった」

「ああ！」マックはキャサリンの脚のあいだに手を添え、繁みのやわらかさを手のひらで受け、さらに手を伸ばした。そこは熱くやわらかく、濡れそぼっていた。

「いいぞ」二本の指でゆっくりと円を描くと、キャサリンはふたたび息を呑んだ。すかさず指を入れる。

「そう。毎日、夕方ここへ帰ってくると、きみが待っている。そしてふたりで……こうする」指を奥まで入れると、キャサリンに締めつけられた。すごい。マックはキャサリンの首筋に口をつけ、腱に沿って甘く歯を立てた。「効率の点から考えると、きみはここにいるときは裸でいるべきだと思う。ボタンだのファスナーだので時間を無駄にすることに、なんの意味がある？　とりあえず、きみが裸でいてくれればいい。おれは部屋に入ったと同時に脱ぐから」

キャサリンは荒い息をし、ますます濡れた。マックが目をあけて彼女の乳房を見おろすと、乳首がサクランボの色になり、固くとがっていた。

そそられる光景だったが、マックも動けなかった。空気が蒸し暑くなり、肺に吸いこめない。脚から力が抜けてきた。ふたたび指を締めつけられ、もうだめだと思った。

「窓に両手をついて。脚をひらいてくれ」低くしわがれた声でいった。口をきけただけでも幸いだ。キャサリンは溜息をついて窓に両手をついた。残照がキャサリンを金色がかった象牙色の幻に変える。マックは無駄な贅肉のないしなやかな背中や、引き締まったウエストを見おろした。

キャサリンの腰をつかんで近づく。彼女はマックの意図を察した。ふたりともたがいがなにを求めているのか感じ取っていた。キャサリンも望んでいる。マックも同じくらい切望している。

キャサリンが脚をひらいて背中をそらし、自分自身を差し出した。

マックが手を使う必要はなかった。股間のものは、とろりとした熱さのなかへすべりこみ、根元までおさまった。彼女の背中に覆いかぶさり、強く抱きしめると、耳元に唇を寄せた。

「ハニー」とささやく。「ただいま」

一月九日
パロアルト
ミロン研究所

夜、リーはレベル4のデータを丹念に見直し、上階にいる公式の被験者の様子を確かめることにした。とくに調べたい被験者がひとりいる。ナンバー9だ。以前はルシウス・ウォード大佐として知られていた男。

リーはいまでも、ウォードが——もはや死ぬまで患者ナンバー9だが——いや、彼の脳が、プロジェクトの進展の鍵を握っていると信じていた。そろそろ、彼の頭の中身を調べてみる頃合いではないか。

日勤の職員が退出し、セキュリティ・スタッフと、必要最低限の助手だけになるのを待った。彼らがリーを悩ませることは決してない。セキュリティ・スタッフが交替する午後十時、リーはひとけのない廊下を歩いていった。ナンバー9の病室に入り、静かにドアを閉める。

ナンバー9は椅子に座っていた。ひたいは椅子の背に、両手首は肘掛けに、両膝も両足首も拘束具でとめてあった。拘束具は、九十キロの力をかけなければ壊れないことが事前検査でわかっている。いまのナンバー9にはとてもそこまでの力は出せない。完全に、体の自由を奪われているのだから。

彼の全身に装着した小さなセンサーから、あらゆるバイタルサインを高セキュリティのコンピュータに送信している。データのチャートは、ナンバー9の頭の脇に、ホログラムで映し出されていた。

心拍数、脳波、アドレナリンのレベル、あらゆる血液の検査から皮膚伝導反応まで、彼を作りあげているすべてが、彼の本質が、宙に白い文字で書き出された。

ナンバー9を利用するのは最後の手段だった。軍歴のある彼は、レベル4にいるほかの三名の被験者たちと同様に、最高の実験台となるはずだった。ところが、レベル4の三名はひどく反抗的で扱いにくく、結局は実験台としての価値を帳消しにするほど厄介だということがわかった。ナンバー9もそうだ。

彼は昏睡(こんすい)状態でも反抗的で、薬剤の成分にも強情に抵抗するので、いつも効果が損なわれた。

彼の脳波は、いまではあまりに乱れ、ほとんど利用価値もなくなっている。

リーは、ボノボを見ていて感じられた、凶暴性に火をつける導火線を発見したかったが、ナンバー9がいまだに意志の力を残していることを考えると、それはほとんど不可能に思われた。

いろいろな点で驚くべきことだ。だが、実験台としては役に立たない。

リーはナンバー9の目をまっすぐ見つめた。彼の体は主(あるじ)のいうことを聞かないが、目の奥に残っている知性が、耳を澄まし、状況を理解しようとしている。

わずかに身を乗り出すと、案の定、その目は少し見ひらかれた。リーがこれからなにか重要なことを話そうとしているのを察しているのだ。

左手にタブレットを持ち、右手ですばやく指示を入力した。画面に給水弁のアイコンが現れた。SL—59がナンバー9の体内に流れこむ。彼の意志を押し流してしまうほど大量に。

科学の試験を超えた行為だった。ナンバー9は犠牲になるのだから、科学の手法にのっとって薬剤の量を少しずつ増していっても意味がない。これから起きることは、実質的には科学には関係ない。薬剤の力を実感したい、ただそれだけのために、一気に実験を進めるつもりだった。

SL—59の透明な液体が細いチューブのなかを流れていく。粘度が高いため、時間がかかるが、いっこうにかまわない。リーは注意深くナンバー9を見つめた。目を離すことなくモニターの数値を読む。心拍数は低い。心電図では、一分間に六十四回で、不整脈も見られる。脳波計からは、認知機能が最低レベルに落ちこんでいることが読み取れる。ホルモンのレベルが低いことも、進行した認知症の症状に一致している。いまのところ順調だ。

SLが鎖骨下静脈に入り、ナンバー9の体内に流れこみはじめた。熱さと痛みを感じ、アドレナリンの分泌量が急上昇するはずだ。まもなく、薬剤は血液脳関門を透過し、脳そのものに入っていく。

ほら。脳波がジグザグな波形を描きはじめた。

ナンバー9にはさんざん悩まされたので、リーは少しばかりこの状況を楽しむことを自分に許した。彼を本名で呼んでもしかたがない。ウォード大佐。大佐殿は一年前に認知機能とともに身分もなくしてしまった。いまでは合衆国軍のウォード大佐ではなく、獣とほとんど変わらない、みじめに縮んだ物体でしかない。弱ってしまったとはいえ、生まれながらに強い意志の力のおかげで、なんとかわずかな認知機能を保っているだけだ。

だが、リーはナンバー9がメッセージを受け取ってくれると期待している。彼がめちゃくちゃに傷つくのを待っている。

つかのま、ほんとうに一瞬のことだが、リーのなかの科学者がいなくなり、裸の人間に替わっていた。七歳のときから見ていない祖国に帰りたくてたまらず、一刻も早く使命をまっとうしようとあせっている生身の男になっていた。勝者として、英雄として、自分ひとりの力でこれから何世代ものあいだ中国を世界の覇者にする者として、祖国に凱旋したい。

だが、その目標は、流血を伴う武力ではなく、核爆弾でもなく、数十年の研究によって研ぎ澄まされ磨きあげられ、それ自体が兵器となった人間の頭脳の力によって達成しなければならない。

目標は明確だから、リーは毎日毎晩、考える。そこへたどりつくためにどちらへ進んでいけばいいか、必要な通路はなにか、暴力ではなく知識で乗り越えなければならないハードルはなにか。

そしていま、リーと世界を変えるゴールとのあいだに立ちはだかっていたものが、だんだん疲れてしゃがみこみはじめたようだ。ルシウス・ウォードのような男が理想的な実験台であると、以前のリーは確信していた。元来備わった性質と厳しい訓練のおかげで完璧な兵士になった男が、現代の生化学という魔術によってリーの完璧な兵士になると思っていた。それなのに、それなのに……。

ナンバー9はことごとく邪魔をした。プロジェクトは当初の予定より一年も遅れている。あのアメーバ並みに愚鈍なクランシー・フリンですら、リーを激しく非難している。リーにいわせれば、どう見ても知性のかけらもないフリンですら。

ウォード大佐。全部、あの男のせいだ。

いや、もうウォード大佐などいない。役立たずになったいまとなっては、ただの障害物であり、さっさと取り除けばいいだけのことだ。しかし、その前に、彼には苦しんでもらわねばならない。彼が地上で最後に感じるのは、苦痛と敗北の悔しさだ。

「おまえの部下が来たぞ」リーは噛みつくようにいった。

ウォード――違う、ナンバー9だ！――はまばたきした。前頭葉にさっと電流が走った。顔に表情はないが――顔の筋肉を微細に動かす機能が失われているからだ――リーの言葉は通じている。

「ずいぶん長居していたぞ。ケンブリッジ研究所で火事があったあの晩、七人が生き残った。三人はとらえたが、マッケンローとロスとライアンは逃してしまった。彼らはいま、反逆の罪を着せられて逃亡、潜伏中だ。よくもまあ、この国のあらゆる法執行機関から逃げきったものだと思うが、いつまでも隠れてはいられまい。残りの三人、ロメロ、ランドキスト、ペルトンは……ここにいる。ただし、いまでは患者ナンバー27、28、29だがね。自分の名前も思い出せなくなっているよ。一年前からずっとここ、この地下にいる。もしおまえがわれわれからひどい目にあわされたと思っているのなら、いま三人がどうなっているか見せてやろう。おまえが守れなかった部下の姿をな」

これが昔の漫画だったら、ナンバー9の脳味噌が溶けて耳から煙が出てくるところだな、とリーは思った。脳波計はさながら地震計のように激しく上下する波形を描いている。硬膜下が出血している可能性がある。

「明日、おまえたち四人を殺すことにした。ただし、われわれの言葉では〝臓器摘出（ハーベスト）〟というんだがね。そう。おまえの脳味噌をトマトみたいに収穫（ハーベスト）するんだよ。トウモロコシみたいに」

どのセンサーの数値も乱高下していた。心拍数一四〇、血圧一九〇／一三〇、視床下部は大量の副腎皮質刺激ホルモン放出ホルモンを下垂体へ分泌し、コルチゾールの値は一〇〇〇nmol／Lまで上昇。いますぐにクッシング症候群を発症してもおかしくない。

SL－59が一滴残らずナンバー9の体内に入ったいま、彼は拘束されたまま激しく暴れた。あまりの迫力に、リーは少し怖くなり、背筋を伸ばした。

ばかばかしい。この拘束具を引きちぎることのできる人間などいない。全体重の半分を失い、限界まで薬を投与された男には、なおさら無理だ。

だが……。

椅子は床にボルトで固定されているが、少しずつ位置がずれているように見えた。ナンバー9はひどく震え、やせ衰えた体ながらなけなしの筋肉を張りつめさせ、拘束具を引きちぎろうとしている。

拘束具は持ちこたえているが、ナンバー9の動きは力強さを増し、的確になってきた。喉から獣のような低いうなり声が漏れる。拘束具がガチャガチャと音をたてているが、ちぎれはしない。拘束されたままだ。

センサーはどれも混乱していた。ナンバー9はついさっきまで意識がなかったはずだ。明らかに、SL－59が馬鹿力の源だ。あとで記録を丹念に分析しなければならない。あらゆる筋肉の動きを、腕と脚の緊張を、脳の活動と血中のアドレナリン濃度とコルチゾールの濃度と関連づける必要がある。

この時間は、豊富なデータを取るためにある。だが、勝利のよろこびに彩られた、熱く甘美な復讐のときでもあった。

「明日の朝から、おまえの部下の脳を顕微鏡で観察する」ほんとうにそうするつもりだった。じつに楽しみなことだ。リーは引きつった笑みを浮かべ、ナンバー9の顔をじっと見つめた。ナンバー9の脳波は重篤な脳出血をあらわしているが、それでもまだ全力で拘束具にあらがっていた。

ナンバー9の喉から漏れる低いうなり声にかぶさるように、ガタガタという不気味な音が聞こえてきた。うめき声もガタガタという音もだんだん大きくなり、信じられないことに椅子が揺れていた。リーはぎょっとして、地震でも起きたのだろうかと思った。大きいやつが、ついに来たのか。

だが、そうではなかった。原因はナンバー9だった。どういうわけか、ますます力をみなぎらせ——いや、もちろん、SL－59の影響だが——革の拘束具を引きちぎろうとするので、手首に血がにじんでいた。その暴れ方はすさまじく、椅子を床に固定しているボルトが、ほんとうにゆるみかけていた。

大丈夫だ。拘束具はちぎれない。

ナンバー9の体力はそのうち尽きる。そもそもこの力は薬で増強されたものであり、薬が切れれば、ぐったりと動けなくなるはずだ。

さっさと力を使い果たしてもらう方法がある。

リーは鼻がくっつかんばかりにナンバー9に顔を寄せ、両手を重ねた。ナンバー9の手の皮膚はたるんで細かい皺が寄り、拘束具の下でひどく震えている。

リーはナンバー9の曇った目に向かってほほえんだ。「わたしは科学者だから、感情を差し挟まず冷静に観察する訓練を積んでいる。だが、明日おまえの部下たちを野良犬のように処分するのは、楽しくてたまらないだろう。どんな目をして死んでいくのか観察し、この手で脳を少しずつ切り取って分析する。おまえも同席して、わたしのやることをじっくり見物するがいい。そのあとは、おまえの番だ。一分一秒を楽しませてもらうぞ」

ナンバー9の手の震えがさらに激しくなり、むき出しの足が床をドンドンとたたく。拳がひらいたり閉じたりしている。筋肉のひとつひとつ、腱のひとつひとつが浮きあがっている。

リーのなかで怒りといらだちが湧きあがった。「おまえの部下たちは死ぬんだよ、大佐。そしておまえもな。反逆者とそしられて死ぬんだ！」

ナンバー9は腹の底から金切り声をあげ、血を飛び散らせて右手の拘束具を引きちぎり、血まみれの手でリーの腕をつかんだ。そして、しわがれた悲鳴をあげ、呆然としているリーの手を放すと、死人のようにがくりとうなだれた。

リーは眉をひそめ、ナンバー9のまぶたを押しあげ、頸動脈に二本指を当てた。それから、安堵して顔をあげた。

意識を失っただけで、死んではいない。

ナンバー9が死ぬのは今日ではない。明日だ。

ブルー山

夜遅く、マックは音をたてずに自分の部屋に入った。ふたりの部屋だ。キャサリンがここに住むようになってから、彼女が迎えてくれるのを楽しみにしながら帰ってくるのが当たり前になっていた。

キャサリンがベッドの上に座ったまま、首を片方に傾げてうたた寝している。

マックは部屋に入ってすぐのところで立ち止まり、ドアが閉まってからもしばらくキャサリンを眺めていた。自分のベッドにいる彼女の姿に、よろこびが胸に染みた。壁の〝眺望(ビスタ)〟がつけっぱなしになっている。ジョンがプログラムにつけた名前だ。キャサリンはビスタの使い方を教わって以来、一度も消さず、部屋の周囲にはいつも自然の景色が広がっていた。リアルタイムの映像を見られるように設定してあるので、いまは月光に染まった雪景色が映っている。キャサリンは、もっとも広角で谷間をとらえるカメラを選んでいた。マックも、すばらしい眺めだと認めるしかなかった。

キャサリン自身もすばらしい眺めだった。電子書籍リーダーを膝に置いたまま眠っている。そのリーダーは追跡不可能なクレジットカードにリンクさせてあり、キャサリンはそれまで時間がなくて読めなかった本を山ほどダウンロードしていた。今日は一日、診療所に詰めて備品の在庫を調べ、骨折を治療した。いまでは、パットとサルヴァトーレもおおっぴらに彼女に頼っている。

やれやれ、と思いながらマックは部屋の奥へ歩いていった。キャサリンはいかにも寝心地の悪そうな姿勢だった。肩に頭をのせ、力の抜けた手から電子書籍リーダーが落ちそうになっている。マックはそっとリーダーを取り、キャサリンが目を覚まさないように気をつけて寝かせた。きっとマックが帰ってくるまで待っているつもりだったのだろうが、マックはミロン研究所へ潜入する方法について、本部でニックとジョンと遅くまで話しあっていた。生きて帰ってこられて、なおかつヘイヴンに攻撃の矢が向けられることのない方法でなければならない。

マックたちは、新しい二機のドローンを研究所の上空一千フィートで数時間飛ばした。それぞれ、一日二回飛んでいる。昼間に一回。夜間に一回。

偵察飛行をはじめて数日がたち、ジョンとニックが二日がかりで偵察に出かけることになっている。

マックは複雑な気持ちだった。キャサリンのいうことはなんでも信じられる。空はチーズでできていると彼女がいえば、そういうものかと考えてみてもいいほどだ。そのキャサリンが、研究所の患者はほんとうにルシウスだと信じている。だが、マックがそれを信じるかどうかは、またべつの問題だ。

だったら、確かめるしかない。

いまのところ、研究所のセキュリティは厳重で、警備員が武装しているのはわかっている。普段のマックは、その程度のことはものともしない。敵が何人いようが、ニックとジョンと三人で立ち向かう。だが――兵士にとってはよくあることではあるが――悪い事態は起きるものだ。

マックはいままでずっと、完全に死ぬ覚悟ができていた。そう簡単には死なないと自負しているが、予知できない危険というものはあるし、熟練した有能な兵士たちがたまたま運が悪くて死ぬのを何度も見てきた。地雷を踏んでしまったり、銃弾をよけきれなかったり。

兵士として生きてきてはじめて、マックは死にたくないと思った。残していくことができないものが――人がいる。原則として、ゴースト・オプスのメンバーたちには帰る家がなかったが、いまのマックにはある。

なんとしても生きていたい。キャサリンとともに寿命をまっとうしたい。ふたりでコミューンを作り、守り、発展を見つめたい。逃亡中の身ではあるが、キャサリンと結婚することはできる。もちろん、法律上の結婚はできないが、不動産開発業者に教会を解体されてヘイヴンへやってきた元牧師がいる。よい牧師であり、よい人間である彼に、結婚式をとりおこなってもらえばいい。マックがいつも冷笑していたニューエイジ的な行為だが、かまうものか。仲間たちの前で、キャサリンに愛を誓うのだ。

披露宴の料理はステラに頼む。

よし、そうしよう。

マックは服を脱ぎ、キャサリンの隣にもぐりこむと、指をパチンと鳴らして明かりを消した。

股間が岩のように固くなっていた。キャサリンの温もりをかたわらに感じただけでそうなる。いや、キャサリンに触れるどころか、姿を見る必要もない。ただ彼女の姿を思い浮かべるだけでいい。

ゆっくりと、ゆっくりとキャサリンを抱き寄せ、自分の肩に彼女の頭をのせた。反対の手を枕にし、天井を見あげながら、息を吸うよりキャサリンがほしいと思った。

キャサリンがここにいる、すぐそばにいる。いま彼女を起こせば、すぐに応じてくれるだろうと、一片の疑いもなく思える。長い脚と両腕を広げ、よろこびに満ちた体を差し出してくれるだろう。そうしたら、マックは家に帰ってくるように彼女のなかへ入り、ふたりして完璧に調和したリズムで動きはじめる。

だが、そのうちマックもただキャサリンにのしかかって挿入するだけではすまなくなる。

彼女はいつも歓迎してくれるとはいえ、女は前戯を求める――必要とするものだ。ただ、いつも頭のなかに熱風が吹き荒れるので、時間をかけて彼女を愛することができない。

前戯ができないわけではない。むしろ得意だといってもいい。自分のような見てくれの男にとっては身につけておくべき知識だから、身につけた。一度など、つま先を吸って相手をいかせたこともある。だから、知識は持っている。その知識をキャサリンに活かしたい。

そう。あのきれいな胸に何度もキスをしよう、口が形を覚えるほど。乳首が赤くとがるまで吸い、キスをする。それから、平らな腹に唇をゆっくりと這わせ、彼女が身をよじるのを味わってから、とっておきの場所に到達する。

いいぞ。もともとオーラル・セックスに抵抗はないが、とくにキャサリンとしてみたい。両脚を持ちあげてひらき、そのあいだにおさまる。ああ、何時間でもそこにいられる自信がある。やわらかな褐色の繁みの奥にあるピンク色のふっくらとした唇が、キスをせがむ。できれば、舌でそこを愛でていかせてみたい。舌を締めつけられ、彼女のあげる甘い声を聞き……。

くそっ。泣きたくなってきた。これほど楽しいのがわかっているのに、なぜいままで試さなかったのだろう？　キャサリンに触れたとたん、頭のなかで新星爆発が起きるせいだ。そうなると、彼女のなかに入ることしか考えられなくなる。純粋な本能であり、あらがいようがない。

あと何千回かキャサリンを抱けば、普通のカップルのように日常の行為になるかもしれないし――普通のカップルがなにをしているのか、さっぱりわからないが――そうすれば、前戯を楽しめるようになるだろう。

だがとりあえずいまは、キャサリンの脚のあいだに顔をうずめたり、乳首を吸いながら指でいかせたりするところを想像するにとどめておこう。それにしても、ああ。ペニスの代わりに指で彼女がいくのを感じるのもよさそうだ……ただ、ペニスは意志を持っているから、交替しろと騒ぎたてそうだな。

キャサリンがこれから数千時間、自分だけの楽しい遊び場になってくれるのを想像すると、もはや我慢できなくなった。

股間が痛い。激しく脈打っていて、一拍ごとに裂けるのではないかという気がした。睾丸が縮まり、爆発寸前だ。解決方法はただひとつ、腕のなかにある。いまからキャサリンを口で愛すれば、あっというまに濡らすことができる。すぐに終わるのはわかりきっているし、痛い思いをさせることもない。

でも……。

キャサリンは疲れているようだ。あの美しいグレーの目の下に隈ができている。パットの話では、一日じゅう三人で診療所にこもり、壁に梁を取り付けようとして腕を骨折した技術者の治療に当たったらしい。まったく、キャサリンには驚かされてばかりだ。マックを探しにきて危うく凍死しかけ、そのあげく、マックに死ぬほどファックされて……。だめだ。だめだだめだ。こちこちに固まったものを抱えたまま横たわり、キャサリンが少しでも休めてよかったと思いながら、寝息に耳を澄ませよう。明日がある、明後日がある、明明後日がある。これからいくらでも一緒にいられる。そのうち、前戯ができる日が来る。

マックは目を閉じ、ゆるゆると眠りに落ちていき……。

ゆるゆると川を流されていた。温かな水がそっと優しく体を舐める。仰向けに浮かび、ぽかぽかとした日差しを顔に浴びた。雲ひとつない空は、目に痛いほど真っ青だ。マックはほほえみ、目を閉じた。

完璧だ。これ以上、完璧なことはない。

優しい波がマックをふわふわと押し流していく。ここは川か？　それとも海？　海なら、コロナードに近い太平洋ではない。あそこの水は地獄のように冷たい。ここはどこかべつの場所だ。どこだろう？　どこでもいいじゃないか。

どこかはわからないが、とてもいい匂いがする。マックは深く息を吸いこんだ。知っている匂いは、きなくさいものばかりだ。セムテックス、コルダイトといった爆薬、銃を手入れするための溶剤。そういうものとはぜんぜん違い、天国のような、春のような、さわやかですがすがしい匂いだ。もしかしたら、ほんとうに天国にいるのかもしれないが、そうだとすればおかしい。ゴースト・オプスのメンバーが天国に行けるわけがない。キャサリンが連れていってくれたのなら話はべつだが。

腕のなかに、軽くて温かくてやわらかいものがある。マックはそれがなにか確かめようとしたが、目があかない。いうことを聞かない。心地よすぎて、どうしても体に力が入らない。

ここが天国なら、無理をして天国を台無しにすることはないんじゃないか?

マックは満ち足りた気持ちで、快楽の海を漂った。

苦痛に満ちた鋭い悲鳴が空を切り裂いた。恐ろしい痛み、生々しく耐えがたい痛みがいつまでもつづく。

マックはさっと起きあがり、ベッドサイドテーブルからグロックを取った。兵士のマックは、すぐに目を覚ますことができる。一瞬でいまここがどこか思い出した。ここは自分のベッドで、肩を枕にキャサリンが眠っていたのだった。

いま、キャサリンも目を覚まし、頭が吹っ飛びそうな勢いで叫んでいる。ヘイヴンの各部屋が防音になっているのは幸いだった。

マックは指を鳴らして薄く明かりをつけた。キャサリンは怯えているので、スポットライトの下にいると思わせてはいけない。マックは隠れた危険がないかどうか室内を見まわしたが、なにもかも眠る前と同じだった。気づかれずにマックの部屋に忍びこむことができる人間などいない。ニックやジョンにも無理だ。

外からの脅威はない。そのことは一秒で確認できた。ではキャサリンだ。マックはグロックをテーブルに置き、彼女をそっと腕で包みこみ、強く抱きしめた。

　キャサリンは悲鳴を止めたが、喉から痛々しい声を漏らしつづけた。途切れ途切れに、あえぐようにすすり泣いている。それは悲鳴よりもつらそうだった。二度と叫ぶことができない、恐ろしくて声も出ないという感じだ。

　キャサリンはがたがたと震えながら浅い息をしていた。唇に血の気がない。マックの腕のなかで、必死に息を吸い、固く体をこわばらせている。背中に手を当てると、早鐘のような鼓動を感じた。まるで、肉食獣ににらまれた草食動物だ。死に直面した動物。

　マックは胸の奥深く、それまで感覚がなかったところに痛みを覚えた。ひどい痛みだ。彼女のパニックが見え、聞こえ、感じ取れる。

　マックはキャサリンをさらに強く抱き、全身で震えを吸収した。怯えている子どもや動物を安心させるように、体で彼女を慰めた。口もきけないようだが、マックはとにかくそうした。

「シーッ」腕のなかで彼女を優しく揺らした。「夢を見たんだ。悪い夢だ。怖かったな。でも、ただの夢だ。きみを傷つける者はだれもいない、大丈夫だ――」

　キャサリンに胸を強く押され、マックは驚いてとっさに彼女を放した。やめてといいたい女のひと突きだった。腕の縛めがほどけたとたん、キャサリンはベッドを飛び出て、あわてて着替えはじめた。ジーンズに足を突っこみ、裸足のままブーツをはく。そのあいだもずっと、たったいま冷たい水からあがったばかりのように震えたままだった。

「ハニー」マックはそっと声をかけた。マックの知っているキャサリンは、いつも冷静で落ち着いている。少しだけ悲しそうにしているが、決して取り乱すことはない。だが、いまのキャサリンは、どこから見ても感情が参っている。精神的な症状が出ている。「どうしたんだ――」

「時間がない」歯がカチカチと鳴っている。「時間がない」目を見ひらき、顔をあげてシャツとセーターを探したが、すぐにマックの大きなTシャツをつかんで頭からかぶった。華奢な肩からふわりとふくらむTシャツを着た彼女は、非力なティーンエイジャーに見えた。

「あなたたち、どこに集まるの？」

マックもすでに服を着ていた。なにがあったのか、キャサリンがなにをしたがっているのかわからないが、手を貸したいし、そのためには裸でいるわけにはいかない。

マックは面食らった。「なんだって？」

キャサリンは両手を頭に当て、焦燥を抑えきれない様子でくるくるとまわった。「あなたたち、どこに集まるの？　通信手段のある部屋は？　作戦本部みたいな」

「もちろんある。連れていこうか？」

キャサリンはとうにドアの前にいた。足を踏み鳴らしながら、ドアをあけるボタンを探すものの、あせりすぎて見つけられずにいた。「早く早く」キャサリンは小声で繰り返した。

「みんなを呼んで。ニックとジョンのほかにはいないの?」

マックはかぶりを振り、耳のそばを軽くたたいた。幸い、いつもの癖でインターコムをはめていた。

「おれだ」応答したニックに話しかけた。ニックも眠っていたが、たちまち目を覚まして臨戦態勢を取ることができる。ゴースト・オプスの仲間はみんなそうだ。「二分後に本部集合。ジョンに伝えてくれ。スリングショット」緊急事態の暗号だ。

マックは出入り口の脇の壁に触れ、ドアをあけた。キャサリンは廊下に飛び出て、しきりに左右を見やった。首筋の血管が脈打っているのが見える。「どっち?」

「右だ。廊下の突き当たりにエレベーターがある」

キャサリンは走りだした。マックは苦もなくついていった。エレベーターの三メートルほど手前で手を振ると、扉があいた。キャサリンはエレベーターに駆けこんだ。マックもつづき、落ち着いて階数ボタンを押すと、キャサリンに向き直った。

キャサリンは震えが止まらないらしく、暖を取るように両腕で上体を抱いていた。そんな彼女を見るのはつらい、マックは彼女に近づき、両腕をまわし、頭のてっぺんに頬をのせた。「大丈夫だ」キャサリンの緊張を少しでもほぐすため、軽く体を揺すってやった。体のメカニズムは知りつくしている。体は動きたがっているのに、動かし方がわからないとき、かえって縛られたように固まってしまうのだ。「大丈夫だ」

「いいえ」キャサリンはマックの肩に向かってささやいた。震えはいくぶんおさまっている。「大丈夫だとは思えない」顔をあげ、マックの目をまともに見つめた。その表情に、マックはひるんだ。傷ついて真っ青な顔をしている。涙がいまにもこぼれそうで、見ているうちに一粒があふれて頬を伝った。大理石の表面を水滴が流れていくようだった。「急がなければ。大変だわ」

マックは笑うという間違いを犯さなかった。なにに怯えているにせよ、キャサリン本人にとってはほんとうに恐ろしいことなのだ。マックは親指の腹で涙をぬぐってやり、冷たい唇にキスをした。「おれたちならやれる。長いあいだ、大変な任務をこなしてきたんだ。おれたちは専門家だぞ」

小さなチャイムが鳴り、扉がひらいた。マックはキャサリンの肘を取り、足早に本部へ向かった。キャサリンが小走りでついてきた。広いアトリウムを歩いている者がふたり、急いでいる様子のマックたちを怪訝そうに見やり、目をそらした。

ニックとジョンが、ふたりのすぐあとから本部に入ってきた。キャサリンは室内を見まわし、何台ものモニターと椅子に目をとめた。ジョンとニックが設置したハイテク機器のおかげで、ほとんど世界じゅうに目と耳を持っているようなものだった。サーバーは一・五キロほど離れた場所にある、空調の効いた倉庫のなかだ。月にも飛べるほどのコンピュータ・システムだ。

「座りましょう。お願い」キャサリンの声は高く張りつめていた。ニックとジョンが顔を見あわせ、肩をすくめてから座った。キャサリンに促され、マックも椅子に腰をおろした。全員が落ち着き、状況を受け入れていた。これからはじまるのは最終打ち合わせだ。四人とも大人になってからは日常的に打ち合わせをしている。マックは、全員が心をひらき、キャサリンの話を真剣に聞かなければならないと思った。

やはり、衝撃的な話だった。

「患者ナンバー9は、やっぱり間違いなくルシウス・ウォード大佐よ」キャサリンはきっぱりといいきった。マックは椅子の上でもぞもぞし、ニックとジョンにちらりと目をやった。キャサリンはマックの目を見て、ニックとジョンとも順番に目を合わせた。マックは、仕事に集中している彼女ほど美しい女はほかにいないと思った。現代版ジャンヌ・ダルクだ。任務のことだけを考えて話しはじめると、震えは止まった。

「ようやくわかったの。彼はミロン研究所に捕虜として囚われていた。わたしは彼が進行した認知症だと思っていたけれど、薬で認知症にされていたのよ。いまわかったの。わたしたち、早く彼を助け出さなければならないわ」

マックは考えた。〝わたしたち〟とは、だれのことだ?

キャサリンは、兵士を召集した女王さながらに威厳があった。これはジャンヌ・ダルクではない。古代ローマに反旗を翻した女王、ボアディケアだ。三角旗を翻し、二輪戦車に乗っていてもおかしくない。

パニックでがたがた震えていたキャサリンが、やるべきことをきっぱりと宣言している。たいしたものだ、とマックは思った。堂々として、グレーの瞳が光をとらえて銀色の剣のように光る。つややかな濃い褐色の髪を肩に垂らし、その場を行ったり来たりしている。大きすぎる黒のTシャツが、戦士の優美なマントのようだ。

その下にどんな体が隠れているのか、マックは知りつくしている。ひとつひとつのなめらかな筋肉、あらゆるくびれやへこみ、乳房のやわらかさ、乳首のとがり方……。だが、目の前にいるのは、新しいキャサリンだ。凍死寸前でここにたどりついたときの、怯えた彼女ではない。あれはいつのことだ？　たった三日前か？　狼狽した女に寄り添い、健康な赤ん坊を取りあげた優しい医師でもなく、マックの腕のなかで声をあげた情熱的な女でもない。これは新しいキャサリンだ。強く、断固とした意志を持ち、いままでのキャサリンと同じくらい、あらがいがたい魅力を放っている。

「彼はあなたたちの助けを必死で求めている。明日、殺されてしまうの。いますぐ助けにいかなければ」

ジョンはゆったりと椅子の背にもたれていた。だが、マックはそんな外見にはだまされなかった。ジョンの青い瞳は冷たく輝いている。「ダーリン、おれたちはみんなきみが好きだ。ここのみんながそうだし、マックはただの好きではすまないくらいらしいから、おれもきみはいい人だと思ってる。だが、マックには悪いが、きみはなにもわかってない。人質救出には入念な計画と時間が必要なのに、おれたちは準備不足だ」

ジョンがそんなふうにものをいう——目に冷たい輝きがあり、いつでも攻撃できるよう力をたくわえている——ときはだれもがたじろぐ。普段は日焼けした肌の下に隠れている不穏さが、剣が光を反射するように、きらりと閃くからだ。

だが、キャサリンはひるまなかった。「準備だのなんだのといってる場合じゃないわ。いますぐ出発しなければだめなのよ。あの精巧な鷹のバッジ。マックは隠そうとしていたけれど、とても大切なものなんでしょう。わたし以外、あなたたちみんなは……」ゆっくりと振り向く。「あれがなんなのか知っている。あれはルシウス・ウォードのものだったのね。かつて、彼はあなたたちの仲間だった。そしていまこのとき、死の危険にさらされている。だから、助けにいかなければならないの」

「証明してくれ」不意に、ニックが口をひらいた。暗い目が、すっと細くなる。「おれもあんたのことは好きだ、キャサリン。だがあんたは、おれたちが死ぬかもしれないのに、かまわず逃げた男のために、多くの危険を冒せといっている。やつが裏切り者じゃないと、どうしてわかるんだ？　具体的な証拠はあるのか？　あんたはなにをしたいんだ？　そして、なぜルシウスが明日殺されるとわかるんだ？　おれたちはカウボーイじゃない。あんたがいますぐ助けにいけといったからそうするってわけにはいかないんだ」

マックはキャサリンが躊躇するのを見て取った。キャサリンはちらりとマックを見やったが、マックはさっと両手を広げた。空っぽの両手を。彼女に加勢することはできない。だれひとり。彼女は自力でニックとジョンを納得させる必要がある。彼女がなにを求めているにしろ、マックですら、ニックとジョンの協力なしには動けない。

キャサリンは大きく深呼吸した。ストレスをやわらげようとしているのだ。「ふたりとも、マックがわたしを尋問しているのを聞いていたんでしょう」ニックとジョンが椅子の上でもぞもぞと動いた。イエスともノーともいわない。キャサリンはきっぱりとうなずいた。「図星ね。わたしだってそうしたと思うわ。このコミューンを守らなければいけないのだし、わたしはよそ者だし」

「いまは違う」マックは思わず、胸の底から声をあげていた。いまでもよそ者だとは、一秒たりとも思ってほしくなかった。

キャサリンはマックにほほえんだ。短く悲しげな笑みだった。「ありがとう」静かにいう。ふたりの視線が合った。そう、彼女は仲間だ。「ナンバー9は口がきけないの。わかってるわ」キャサリンは片手をあげた。「あなたたちのいいたいことは。しゃべれないのに、どうして彼の気持ちがわかるんだっていうんでしょう？　とにかく、それでも彼はわたしに伝えてきた。大事な情報を。ほんとうに切羽詰まっていたから、わたしとのあいだにコミュニケーションの通路がひらけたんだと思う」

ジョンとニックが目配せした。ニックのあごがぐっと引き締まった。

キャサリンはニックのそばへ行った。膝と膝が触れあうほどに近づく。「一刻を争う状況よ。時間がないの。だから、手短に教えてあげるわ、わたしがルシウス・ウォードとどうやってコミュニケーションを取ったのか」

キャサリンはいきなりニックの手に触れた。

マックはトラブルが勃発するのを予測して身構えた。キャサリンは、ニックが他人に触れられるのを嫌っているのを知らない。マックは、ニックの肩に触れた男が手を振り払われ、手首を骨折したのを見たことがある。いま、マックはニックの両手の動きを見張っていた。チームメイトだろうが、追放者同士だろうが、もしニックがキャサリンを攻撃しようとしたら、ただではおかないつもりだった。

だが、ニックは微動だにしなかった。じっと座ったまま、キャサリンに手を握られている。いつもは決して感情をおもてに出さない彼が、歯を食いしばっている。

「ああ」キャサリンが驚いたようにつぶやいた。「ああ」ニックの顔から目をそらさない。表情がやわらいだ。「彼女はあなたのことをいつも思ってるわ、ニック。たぶん……あなたを愛している。真剣に。いまでもね。もう何年もたっているけれど」

マックはジョンを見やった。ジョンはあからさまに驚いた顔をしている。だれかがニックを愛している？　冷淡で、だれも寄せつけないニックを？　わからないものだ。女たらしのジョンがそんなふうにいわれたのなら、だれも驚かない。ジョンは合衆国どころか世界じゅうの女と寝ている。だが、ニックが女といるところを見た者はひとりもいない。ニックは任務のことしか考えていない。私生活などないのだ。マックと同類だ。

ニックがわずかに身動きした。「あのとき以来ずっと、あいつとは……」

「会っていないのね」キャサリンはうなずいた。「わかってる。でも、まだあなたを愛しているのよ」

ニックがごくりと唾を呑みこんだ。ニックの喉仏が動くのがマックにも見えた。「いま……」唇を舐める。「いま彼女はどこにいるんだ?」

キャサリンは悲しげにかぶりを振った。「わからないわ、ニック、ごめんなさい。どこにいるのかはわからない。ただ、あなたを通じて彼女の気持ちを読んだだけなの。あなたは彼女の気持ちを知っているけれど、認めようとしていない。あなたが彼女の居場所を知らないのなら、わたしにもわからないの」

しょんぼりと悲しそうなニックは見ものだった。ニックは決して弱みを見せない。どうやら、その別れた女がたったひとつの弱みらしい。

「彼女は……元気なのか?」声がしわがれていた。

キャサリンはかぶりを振って肩をすくめた。「それもわからないわ、ニック。だけど、あなたが彼女のことを心配しているのは読み取れる。彼女は……」目を閉じ、眉根を寄せる。

「帰ってはいない。彼女の家には。あなたは何度も調べたし、いまもそうしてる。だけど、居場所がつかめない。彼女が病気じゃないか、困っているんじゃないか。あなたを必要としているんじゃないか。あなたは心配のあまり苦しんでいる」

マックが驚いたことに、ニックはうなだれた。ほんとうに苦しんでいるのだ。つかのま――錯覚かもしれないが――ニックの目が潤んだように見えた。ニックが泣いている？　世界の終わりが近づいているのではないだろうか。

ニックが顔をあげた。「つまり、あんたはおれの心を……」

「ええ」キャサリンはうなずいた。「そういうこと」

「なんてこった」ニックがつぶやいた。

「できればこんなことはしたくないのだけど、わたしはあなたの心を読める。どちらかというと、考えていることではなくて、感情そのものを読むの。そして、わたしもあなたに心をひらいた。あなたも読めたでしょう？　少なくとも、わたしの一部は。嘘をついていないことだけはわかってくれたわね」

キャサリンはニックの手首を放した。また顔をあげたニックの目に、もう涙はなかったが、かすかに表情がやわらいでいた。いままでになかったことだ。

「くそっ」ニックは小さな声でいった。「すまん。こんなことははじめてだから。まるで――」

「まるで、わたしがあなたのなかにいるようだった、でしょう？　あなたの頭のなかに入りこんで、あなたの気持ちを感じて、考えているみたいだった」

ニックは唇を引き結んでうなずいた。

キャサリンは彼の肩に手を置いた。服の上からなので、もうなにも読み取れない。普通の人間同士の触れあいだった。

「びっくりしたでしょう。信じてほしいんだけど、二度とあなたの心を読むことはないわ。これをすると……この力を使うと、ひどく気力を消耗するのよ。一週間くらい眠りつづけられそうな気がするわ。でも、ほんとうのことを知ってほしかったから。もうわかったでしょう？」

ニックはうなずいた。

「ちょっと待てよ」ジョンが喧嘩腰でどなった。マックは緊張した。「どういうことだ？　キャサリン、いまニックに薬を盛ったな？　いかさまだ。いかさまなんだよ、ニック。おまえもわかってるはずだ。大佐はおれたちを売って逃げた、どこかの研究所に閉じこめられたりしていない。そうだろう？　大佐がどうして閉じこめられなければならないんだ？　キャサリン、きみのことは嫌いじゃないが、ほんとうは、おれたちを誘き出すために送りこまれたんだろう？　たぶん、いやいやこんなことをやってるんだ。でも、絶対におれたちは山をおりて――」

キャサリンは手を伸ばしてジョンの手を握った。ジョンは突然、動きを止め、目を見ひらき、口をぽかんとあけた。

キャサリンは優しくほほえんだ。「裏切られたのね、ジョン。手ひどく。あなたはルシウス・ウォードに裏切られたと思っているけれど、それ以前にもっとひどい裏切りにあった。そのことが、あなたの人生に影を落とした。信頼できる人はひとりもいなかった、でもチームに入ってからは……？」最後の疑問符は、マックに投げかけられたものだった。

マックはうなずいた。

「チームに入ってからは人を信頼し、受け入れることを覚えたけれど、リーダーに裏切られた。でもね、ジョン、それは違うの。彼にそんなことはできないわ。あなたやニックやマックが、仲間を裏切ったりしないのと同じ。彼もあなたとなにも変わらない、だけど傷ついている。いま彼は困っていて、すぐにも殺されるかもしれない。頼みの綱は、あなたたち三人なのよ」華奢な手がジョンの手首を強く握ったが、ジョンは決してキャサリンに手をあげたりしないと、マックは信じていた。ジョンは呆然とし、ほとんど怯えているようにも見えた。ただ、ジョンの語彙に恐怖という言葉はないと、マックは知っている。ジョンが自分の安全などかえりみずに危険に挑むところを、何度も見たことがある。

マックはキャサリンから目を離さなかった。突然、キャサリンが息を呑み、ややふらついた。マックはとっさに駆け寄ろうとしたが、彼女の発した言葉に、その場で凍りついた。

キャサリンは、彼女の声帯が許すかぎり低く太い、男らしい声でいった。

「馬に鞍をつけろ。出発するぞ。おれたちは不死身だ」

それは、ルシウス流の鬨の声で、いつも任務に取りかかる前にそういってチームを鼓舞していた。キャサリンの声にはかすかな南部訛りまで聞き取れた。ジョージア訛りが濃かったルシウスの影響だ。

マックの上腕の毛が逆立ち、顔から血の気が引いたのが、自分でもわかった。ニックとジョンも青ざめている。ジョンはいまにも吐きそうな顔をして、こめかみから汗を流していた。

キャサリンは、火傷をしたかのようにジョンの手をさっと放し、目をあけた。喉を手で押さえ、怯えた様子を見せる。「マック……」糸のように細い声だった。咳払いをして、いい直した。「マック、いまなにが起きたの？　わたし、一瞬気を失っていたわ」

マックもすぐにはまともな声が出せなかった。キャサリンの顔を見ていられなかった。立ちあがり、彼女を抱き寄せた。キャサリンが震えながらマックのウエストに腕をまわし、肩に顔をうずめる。マックは彼女を抱きしめ、頭越しにニックとジョンを見た。

ふたりも気持ちの固まった顔で立ちあがった。

「彼女に心を読まれていたときに、聞こえたんだ……」ジョンは、頭のなかにこびりついているなにかを振り払うかのように、しきりにかぶりを振った。「大佐の声がした。彼女の頭と、おれの頭のなかにいたんだ。大佐はパロアルトにいる。危険が迫っている。いまこのときにも。助けにいくぞ」

「異議なし」ニックがいった。

「異議なし」マックは不承不承、キャサリンを放した。彼女はもう震えていなかった。キャサリンを抱いていたかったが、すでに頭は任務モードに切り替わっている。半分は彼女のそばに残り、半分は緊急の人質救出作戦の計画を立てはじめていた。下準備はゆっくり進めていたが、完全ではない。それでも、手持ちの情報で立ち向かうだけだ。

マックたちにはできる。テヘランのどまんなかに降り、アメリカ人パイロットを救出したこともある。必要なのは情報であり、キャサリンが情報を教えてくれる。

「よし、作戦を練ろう。日の出まであと六時間ある。おまえたちは装備してこい。おれはキャサリンから情報を聞く。おまえたちが戻ってくるまでに、手はじめになにをするか決めておく。行け」

「わたしも装備が必要だわ」キャサリンの言葉に、三人はぴたりと動きを止めた。

「なによ？」キャサリンは三人の顔を順番に見た。「もちろん、わたしも行くわ」

「だめだ」ニックとジョンが、そろってぞっとしたような声をあげた。

「絶対にだめだ」マックもいった。

14

パロアルト
ミロン研究所

彼の体力はだんだんと衰えていた。死の冷たい指が胸のなかへもぐり、心臓をぎゅっとつかむ。それまでに何度もあったことなので、もうその指の冷たさにも慣れてしまった。どこまでも落ちていく感覚にも……。

もはや自分のこともわからなくなっていたが、それでも抵抗していた。自分はだれなのか、なにをしていたのか——答えは空白だった。過去は消えてしまった。ときどき、以前の自分を思い出そうとしてみるが、なにもかも手の届かないところへふわふわと逃げていく。言葉は残らない。残っているイメージすら、少しずつ消えていく。

男たち。凛(りん)とした顔つきの、黒装束の男たち。飛び抜けて背の高い男には、火傷の傷がある。あの傷は知っている、彼に火がついたのを見たことがある。その男たちは……彼の仲間だ。なぜか……自分もその一員だ。男たちがだれなのか、いまどこにいるのかもわからない。名前も思い出せない。ただ顔だけが記憶の表面に浮かんだり消えたりしているが、つかまえることができない。

体じゅうがひどく痛む。この新しい生活をはじめる際、抵抗したのをかすかに覚えている。以前の自分から〝患者ナンバー9〟に変えられたときに。たしかに戦った……戦ったのではなかったか?

いくつかのイメージが浮かんだ。注射器を持った白衣の男たち。もっとひどいことが起きて……血管を焼く注射液。目を覚ますたびに増えていく皮膚の縫い目。失われた記憶、どんどん消える記憶。白衣の男たちは、彼からなにかを得ようとしているが、彼は決して与えない。与えてはいけないのだ。怒り、さらなる注射と手術。

いまでは、すっかり放置されている。ここ数日間、だれにも会っていない——あの男を除いて。名前は知らないが、懸命に集中すると、霧のなかから姿が浮かびあがってくる。背が高く、やせている。肌は浅黒く、鼻は低く、吊りあがった黒い目からして、頭がよさそうだ。いつも注射をするのは、その男だ。

だが、彼が手を伸ばそうとすると、男は消える。すべてが消える。

それで終わりだ。彼は終わりを受け入れる、喜んで受け入れさえする。

最後の努力で、だれかに手を伸ばして……触れた。顔見知りだった。あれは……女? 頭のなかで穏やかな声がする。褐色の長い髪、とてもきれいだ。そう、女だ。ここにはいないが……ここにいる。頭のなかで声がする。彼女が現れ、手で触れてくれると、そこから温もりが広がる。この温もりは久しぶりだ……。

温もりが消える。人生のどこかの時点では、温もりを知っていた。肉体的な温かさ、肌に注ぐ日差し。でも、いつだったか思い出せない。かすかな記憶が本物かもわからない。もしかしたら、生まれてからずっとここにいたのかもしれない、半裸で、体のあちこちに針や管を刺されて、血管に焼けつくような液体を流しこまれて。

違う。

そうじゃない、たしかに自由なときがあった……以前は。ふたたび、厳しい表情の男たちがつかのま目の前に現れて消えた。

彼は呼びかけた。だが必死に呼びかけたせいで、意識を失ってしまった。どのくらいの時間、気を失っていたのかわからない。

死が迫っているから呼びかけた。もうすぐ、何者かに殺される。だから、手を伸ばした。たしかにだれかがいたのだ。優しく温かいだれか。あの女だ。

だが、だれもいなかった。無人の部屋のなかは機械の電子音がするばかりで、明るすぎるライトのせいで、ぐっすり眠れない。

眠りたい……もうすぐ眠れる。もうすぐ永遠の眠りにつく。

笑えるような状況ではなかったが、キャサリンはこみあげる笑いをこらえた。

三人の男たちはひどくショックを受けていて、とくにマックはショックを受けると同時に怒っていた。怒ったマックは手強い。彼を知っているから、骨の髄まで知っているからこそ、キャサリンは怖くなかった。

マックの顔つきは険悪だった。傷跡が引きつり、眉間に皺が寄っている。いつもより体が大きく見え、キャサリンの視界は彼の広い肩でふさがれていた。マックは戦闘の準備をしているかのように、大きな手を握ったりひらいたりしている。

いや、マックはもう戦っている。

彼自身と。

キャサリンはマックの目を見つめ、それからニックとジョンを見やった。

ふたりの魂を覗きこんだことでわかったことは大きかった。ニックは別れた恋人をいまでも思っている。二度と会えないのを承知のうえで、彼女が無事でいるのか、死ぬほど心配している。あの冷たく人を寄せつけないうわべからは、だれも気づかない。彼があらゆる感情を押し殺して、仮面をつけて世界に対峙していることに。愛情を内側に押しこめて生きていることに。

そしてジョンも——自分の人生を侵食する裏切りに対する怒りを燃やしている。子どものころのジョンがだれにどう裏切られたのかはわからないが、人間とは思えない仕打ちだったことはたしかだ。過去になにかがあり、その出来事が彼のあらゆる感情を色づけている。そしてやはり、明るいサーファー男の仮面の下に憤りと痛みが渦巻いていることは、だれも知らない。

屈強な大男三人が、敵を殺す訓練を積んだ戦士たちが、目の前に立ちはだかっている。キャサリンが彼らの元リーダーを救出しにミロン研究所へ行くのを阻止すべく、怖い顔でにらみつけている。

「みんな座って」キャサリンは静かにいった。「心のなかでは認めているんでしょう、わたしを連れていかなければならないって。あなたたちのリーダーを救うには、わたしが必要よ。わたしは研究所の造りを知りつくしている。セキュリティ・システムも、どこに監視カメラがあるのかも知っている。なによりも、ナンバー9を見つけたら、わたしが必要になるわ。彼はさまざまな医療機器につながれている。死なせないようにチューブだのなんだのをはずすのは、細心の注意が必要な作業よ。あなたたちのだれひとり、その技術を持っていない。わたしだけが、医療機器から彼を自由にすることができる。あなたたちが彼を連れ出すのはそのあとよ」

室内がしんと静まり返るなか、歯ぎしりの音だけがした。その音はますます大きくなっていく。

「もうひとつ、いっておきたいことがあるの。わたしはあなたたちのように訓練を受けていない。だから、絶対にあなたたちの指示に従う。伏せろといわれれば伏せる。あなたたちの影になって、命令どおりに動くわ。足を引っぱるかもしれないことはよくわかってる。でも信じて。わたしは邪魔者になりたくないから、いわれたとおりにする。ただし……」片手をあげて、なにかいおうとしたマックを制した。「建物に入ったら、わたしの指示に従って。三人ともね。ただちに従うのよ。銃撃戦になったら、あなたたちのスキルのほうが上だわ。でもそれまではわたしのいうとおりにして。そうするしかないのよ」

もう一度、三人の顔を見た。「さあ、その怖い顔をやめて、仕事に取りかかるわよ。ニック、ジョン、マックがいったとおり、準備をしにいって。わたしにもなにか持ってきてね。十分後、ここに集合。研究所の情報を用意しておくわ」

強い精神力を持った男たちにしては、三人とも妙に不安そうな顔をしていた。キャサリンを連れていくのがどうしてもいやなのだろう。素人を連れていきたくないというよりは、それぞれが本心では女を危険に巻きこみたくないのだ。三人とも、もともと仲間を守りたいという思いが強い。キャサリンを危険な場所へ連れていくなど考えられないのだろう。

キャサリンはわざと腕時計を見た。「一分も無駄にしたわ。大佐の生死を分けるのに充分な時間よ。マック？」

彼の顔を見あげた。彼はキャサリンを連れていきたくはないが、そうしなければならない理由もわかっていて、悩んでいる。しばらくそんなふうに内心の葛藤にがんじがらめになっていたが、理性が勝った。僅差で。

「行け」マックは有無をいわせぬ口調で告げ、ジョンとニックが部屋を出ていったとたんにキャサリンを抱き寄せた。「くそっ」彼女の髪のなかで毒づいた。「こんなことはしたくない」

「わかってる」ほんとうにわかっていた。頬にマックの鼓動を感じた。ベッドでは、運動選手のように着実に拍動していたが、いまはすさまじい速さで打っている。全力疾走しているように。ある意味、マックは全力で走っている。心の内で競走し、戦っている。ここにキャサリンを置いていき、ただでさえ低い勝利の可能性をさらに低くするのか、それとも彼女を連れていき、絶えず不安をともにして進むのか。

どちらも避けたい。

マックはひとたび任務につけば不安を感じない。キャサリンはそのことを読み取って知っている。そもそもマックの精神に不安は存在しない。彼は人間として可能なかぎりの覚悟を決めて――人生のほとんどが訓練だったからだろう――不安を感じることなく前進する。

マックがいつでも死ぬ覚悟をしていることも、キャサリンは知っている。そういうことは、隠しても隠しきれないものだ。

それなのにいま、マックは全身から不安をにじませていた。自分のことが不安なのではなく、キャサリンを心配している。

「マック」キャサリンはマックの心臓のあたりにキスをし、体を離した。彼の顔は冷徹だったが、緊張で鼻孔がつままれたように色を失っている。「こうするしかないのよ。ニックとジョンに話したことは、わたしたちにもあてはまるわ。あなたを安心させよう、元気づけようとしているうちに、時間はどんどん過ぎていくし、わたしも気力を消耗する」

マックの両手が驚いたようにさっとおりた。キャサリンは、わざと自分の力をマックに注入するふりをしたのだが、実際にはその反対だった。ほんとうは、マックのそばにいるだけで力と勇気をもらえる。だが、自分の不安がキャサリンを危険に陥れるかもしれないと思っただけで、マックはショックを受けていた。

「いいわね。研究所の造りについて、わたしがみんなに説明するわ。コンピュータを一台貸して」

「どうぞ」マックはぼそりといった。「おれはなにをすればいいか、指示してくれ」信じられないことに、マックはいたずらに大きな両手を握ったりひらいたりして、所在なさそうだった。いつものいかめしい男らしさはみじんもない。

「いまのところはいいわ。情報をまとめてから手伝って」

「せめてコーヒーを持ってこさせようか」

なにかせずにはいられないのだ。その気持ちはキャサリンにもわかった。キャサリン自身、胸がむかついているので、カフェインは遠慮したかったが……。「ありがとう、助かるわ」

マックはボタンを押し、静かな声で注文した。

ミロン研究所は、建物の見取り図とセキュリティ・システムの規定、安全に関する内規を記録したファイルを従業員全員に配布していた。キャサリンはそのファイルを呼び出し、ホログラム作成のアプリケーションで拡大した。すべてのプリントアウトを終えたとき、ジョンとニックが戻ってきた。そのあとから、ヘイヴンの住人たちがワゴンを押してどやどやと入ってきた。

またステラだ。ありがたい。

ワゴンにはコーヒーと紅茶がのっていた。あらためてステラに感謝する。小さなパニーニ、ミニドーナツ、削りたてのシナモンパウダーを振りかけたリンゴのスライスも、皿に山盛りになっていた。マックたち三人はコーヒーとパニーニ、ドーナツに飛びつき、キャサリンは紅茶を味わい、リンゴを食べた。果糖を摂取すると、たちまち元気が出てきた。

「さて、みんな聞いて」マックとジョンとニックは視線を交わしたが、文句をいわずに従った。キャサリンは行ったり来たりしながら、三人に研究所について説明した。なんだかなつかしいような気持ちがした。数年前までボストンで学部生を教えていた。この三人の屈強な男たちは、キャサリンがよく知っているガリ勉大学生たちとはまったく違うけれど、聞く態度は立派だ。一言一句聞き漏らさないよう、真剣に耳を傾けている。

「おさらいするわよ。ここが本館。別館があるけれど、研究室はこの本館にあって、大佐もここに囚われている」ホログラムが少し傾き、見取り図が立体的になった。建物の辺の上に、白い文字で長さが書いてある。「上から見るとL字形になっているわ。長い翼と、短い翼がある。短い翼は研究室エリアで、長い翼には、不気味な同僚たちが〝ミートウェア〟と呼んでいるもののための部屋がある。つまり、人間の被験者と実験用動物ね」ペンで両方の翼を指した。マックのコンピュータ・システムは最新のものだ。ホログラムはとてもリアルで、目の前に縮小した研究所が3D画像で映し出されているように見える。それぞれの翼をペンでタップするたびに、ペン先が空を切り、金属やガラスをたたくコンコンという音がしないのが不思議なくらいだ。「地上三階、地下三階。地下三階で、薬品の試作をしている。つまり、フロア全体が製薬施設で、専用の出入り口もあるわ。わたしのセキュリティ・パスはどの階でも入れるものだったけど、もちろんいまごろ無効になってるでしょうね。ジョン、いま州外にいる知りあいの同僚の名前で二重パスが作れる？」

「簡単だ」ジョンが答えた。

「よかった。各階の構造の前に、セキュリティ・システムについて説明するわ。ミロンは表向き、親しみの持てる企業イメージを保ちたいから、建物の周囲には目に見える塀はないけれど、目に見えない塀があるの。人間を含めた哺乳類の肌を黒焦げにするくらい強力なマイクロ波ビームを、建物のまわりに張りめぐらせてる。ビームは十メートルほどで焦点がぼやける。敷地の縁に並んでいる高価なデザイナーズブランドの植木鉢が、ビームの発射装置よ」

キャサリンは、人の身長ほども高さのある磁器の植木鉢を拡大した。研究所の周囲に並んでいる植木鉢には、莫大な費用をかけてトスカーナから輸入した細長い糸杉が植わっている。それが三千本以上あるのだ。非常に印象的なので、多くのデザイン雑誌に掲載されている。

「午前四時にシステムの電源が切れて、何人もの清掃係がいっせいに掃除をはじめるわ。動物や昆虫の死骸だの、パリパリに焼けた木の葉だのを掃いて捨てるの。十五分後には、ふたたびシステムの電源が入る」

「C&Cはどこにあるか知っているか?」ニックが尋ねた。

キャサリンはなんのことかわからず、眉をひそめてかぶりを振った。

「コマンド&コントロール」マックがいった。「命令を出して、実行されたかどうか確認する部署だ」

「そう。ごめんなさい、知らないわ。一階の研究室エリアと被験者の病室エリアにはセキュリティ室があるけれど、マイクロ波のフェンスがそこで制御されているのかどうかはわからない。玄関脇にも警備員室があるし」

マックはうなずいた。「では、どの程度の範囲を警備しているのか確かめよう。敷地の外も警備していても驚かないよな。ジョン？」

ジョンがタブレットからべつのホログラムを映し出した。夜間に広い範囲で研究所を上空から撮影したものだった。キャサリンの見たところ、建物を中心におよそ五百メートル四方が映っている。やがて、キャサリンが目で追うことができないほどの速さであちこちの建物内の明かりが点灯しはじめ、画像が黒から明るいグレーへと変わり、また黒に戻るのを繰り返した。十個ほどの赤い点が、短い弧を描いて移動する。

キャサリンはジョンを見やった。「これはなに？」

ジョンのあごに力がこもった。「時間の流れをさかのぼった。これは、衛星〝ブライト・アイ〟からの一週間分の夜の画像だ。蚊だって撮ることができるくらい性能がいいが、撮影範囲を広げて、ランダムなできごとの画像を削除するボットを作成した。そうでなければ、画像が膨大になってしまって、チェックしきれない」

「すごい」キャサリンはつぶやいた。ミロンの仕事に関連して、政府の機密情報のうち下位のものにアクセスする権限は与えられていたが、これは最高機密だ。人工衛星〝ブライト・アイ〟のシリーズは、小説やタブロイド紙などにたびたび取りあげられ、驚くほど詳細な画像を撮影すると噂されていた。個人情報保護主義者たちがよくやり玉にあげるが、政府はそつなく存在を否定している。「どうやってこんな映像を手に入れたのかいわないでね。刑務所送りにならないためにも、知らないほうがいいわ」

三組の無表情な視線が返ってきて、キャサリンは笑いを嚙み殺した。彼らを知っている時点で刑務所送りだ。「でも、どうせ刑務所に行かなければならないとしたら、せめてこれがなんなのか教えて」

ホログラムは黒からグレーへ、また黒へとめまぐるしく変化を繰り返している。

「研究所一帯の日の入りから日の出までの記録だ。一カ月前まで戻るぞ」ジョンはタブレットをスワイプし、刻々と変わる映像を停止させた。「これがおれたちの知りたいことを教えてくれる。ランダムなできごとの画像は削除しながら――一カ月に三回、繰り返されることのなかったできごとだ――このあたりにドローンを巡回させて監視している」研究所を中心に半径五百メートルほどの円を指で描いた。「連中はおもに夜間照明を使っているが、よく見えるように、ちょっとした技を使って明度をあげた。これらはジープだな。屋根のないオフロードカーだ。定員五人、それからおそらく五〇口径の機関銃を装備している」画像をさらに拡大すると、車内に四人がいて、後部の機関銃を設置した台座のような場所に、もうひとり座っていた。

キャサリンは目を丸くした。ここまでセキュリティが厳しかったとは、まったく気づいていなかった。

マックが小さなタブレットをタップしていた。「ルーティンはわかった。これからセキュリティ室を見つける。つづけてくれ」

ジョンは、研究所の周囲で短い弧を描いて行ったり来たりしている赤い明かりをペンで指した。「これはパトロール要員だ。十名のパトロール係が、一時間ごとに長さ一・五キロほどの弧を描くように巡回している。車輛隊の後方支援だな」

「待て」ニックが身を乗り出し、日に焼けた精悍（せいかん）な顔をしかめた。「最初から再生してくれ」

ホログラムは、黒からグレーに変わるのを繰り返しながら、パトロール車輛と徒歩要員を映した。ニックはしばらくのあいだ画像の上で視線を行き来させていた。マックとジョンは彼に時間を与えることにした。マックは引きつづき自分のタブレットをタップしつづけ、ジョンはべつのコンピュータで、技術を要するリサーチをした。キャサリンは、次々と変わる画像を見つめていたが、速すぎてニックがなにを探しているのかわからなかった。

待つしかない。ブリーフィングの最初に研究所のセキュリティの概要を説明してしまったので、ほかに手伝えることはなにもない。

「セキュリティは内側を向いているぞ」ついにニックが体を起こし、声をあげた。

マックはタブレットをタップするのをやめ、ジョンの両手がキーボードの上で止まった。

「見ろ」ニックが赤い点を指さし、複数の車輛がかすかに映っている画像を一時停止させて、ホログラムを傾けた。「武器はすべて研究所のほうに向けられている。パトロールの動き方も、機関銃の向きも、外からやってくる脅威ではなく、なかから逃げ出そうとする者を阻止しようとしているとしか考えられない」

「意外だな」マックは息を吐いた。

「変じゃない？」キャサリンはいった。「ミロンは侵入者を阻止するために警備しているはずでしょう。ここ一カ所だけで、十億ドルもの価値がある産業機密があるのよ。外から侵入者がやってきて、機密を盗むのを恐れているんじゃないの？」

「ニックのいうとおりだ」マックがいった。「建物の内部のセキュリティも厳しい。きみが教えてくれたものだけでも、最高の技術を使っている。そして、敷地の外の防御線も——金もかかれば人材も必要だ。外のパトロール隊が研究所からの逃亡者に備えて、警報が鳴ったと同時に動けるように待機していると考えれば、この配置に合点がいく。このセキュリティ態勢は、間違いなくなかのものを外に出さないようにするためだ」

「そうね」キャサリンは考えこみながらいった。「ということは、ひょっとするとわたしたちの仕事はずいぶん楽かもしれない。侵入しやすいかもね」

「まあな」マックは溜息をついた。「難しいのは、生きて出てくることだ」

五十分後、マックは耳をタップした。いや、軽量ヘルメットのある場所をタップした。

キャサリンも従順に自分のヘルメットの同じ場所をタップした。そうすると、チームのリーダー、マックとインターコムがつながる。その場所から二センチほど左をタップすると、チーム全員と通信できる。

「大丈夫か？」耳元でマックの太い声がした。音質はクリアで、低く張りがあり、包みこむように響くので、マックが頭のなかでしゃべっているようだった。「大事なことは覚えたな？」

ニックとジョンに手伝ってもらい、驚くほど薄く軽量なのに、おそらく防弾仕様になっているボディスーツを着ているあいだに、イヤーピース越しにマックから大量の知識が流れこんできた。スーツの上には、マックにいわせればミサイルも通さないという軽い防護板を胸と背中につけた。そのとき、ニックはウインクをした。ニックが！　冷たくよそよそしいニックが。もしかしたら、錯覚だったのかもしれない。ニックの顔を見直すと、普段どおりの仏頂面だった。

幸い、呑みこみは速いので、膨大な専門的知識を覚えることはできた。

コンバットスーツの素材は、カーボンナノチューブだ。この素材は、瞬間的な圧力下で強度を増し、いまでも財政が困難な都市の警察で使われている昔ながらの重いケヴラーの防弾チョッキより、はるかに防弾性が高い。

また、赤外線を反射し、周囲の色彩にたちまちなじみ、可視領域ではほとんど見えなくなる。

「覚えたわ」キャサリンは落ち着いて答えた。薄暗いヘリコプターのキャビンで、マックはしばらくキャサリンをじっと見ていたが、やがてうなずいてからむこうを向いた。

キャサリンは、いまのはマックなりの賛辞だと思った。彼が過保護すぎるほど心配性なのはわかっている。手を握られたときに、マックのなかに居座っている恐怖を感じた。彼はキャサリンのことだけを心配し、恐怖を抱えていた。

けれどいまは、三人がかりでキャサリンにたたきこんだ知識と、その知識を処理するキャサリンの能力を信頼している。マックがそうなるまでにひどく葛藤し、恐怖を乗り越えなければならなかったことは、キャサリンにもわかっていた。

ジョンが操縦しているヘリコプターは、キャサリンが見たこともない機種だった。機体はごく小さい。四人も乗ればぎゅうぎゅう詰めだ。武器や装具は、機体の両側面に取り付けられた金属の収納袋（ブラダー）におさめてある。ジョンによれば、ブラダーは防弾仕様になっているそうだ。

ヘリコプターは赤外線放射量を低減したステルス機で、よほど高性能のレーダーでなければ探知されにくく、赤外線探知機にも引っかかりにくい。マックは、研究所には対空レーダーがなく、あらゆる航空機の飛行ルートをはずれていると考えていた。

また、このヘリコプターは静かだった。キャサリンは、そのことにも驚いていた。乗っていてもほとんど音がしない。梢（こずえ）を吹き抜ける風の音と変わらないくらいだ。ただし、四人は機内でもヘルメットに内蔵されたインターコムを介して会話していた。地上に降りてからヘルメットをかぶり、テストをする時間が惜しいからだ。

三人のいい方をまねれば、この〝ヘロウ〟は人間の真上にでも着陸しないかぎり、音で気づかれることはない。もちろん、そんなことはしない。なぜなら、このヘリコプターには人間が知っているあらゆる撮影装置はもちろん、キャサリンすら知らない機器も搭載されているからだ。ジョンが任務遂行に必要なデータを読み出している。一帯の完璧な地形図、鳥一羽飛んでいない周囲の空の写真。わからないのは、途中にあったファーストフードチェーンのピザの値段くらいなものだ。

ヘリコプターはほとんど自動操縦のようなものだったが、ジョンの話では、いざというときには一マイクロ秒で制御できるという。キャサリンは彼を信じた。ジョンはひとたび任務につくと、のんびりくつろいだサーファー男ではなくなる。マックやニックと同じくらい、真剣に集中する。

三人はミロンの俯瞰図(ふかんず)を映し出しているタブレットを覗きこんでいた。空撮写真は先行しているドローンから送られてくる。規定どおり、午前二時に見張りが交替したのが確認されていた。

いまは午前二時三十分で、予定では十五分後に警備範囲のすぐ外側に着陸する。

キャサリンのヘルメットのなかで、作戦について話しあっている男たちの低い声がしていた。落ち着いた声が、小川のせせらぎのようで……。

手袋をはめた大きな手に肩を揺さぶられ、キャサリンはびくりとした。「着いたぞ、ハニー」マックの声が耳元でした。「六十秒後に着陸する。準備はいいか?」

心臓の鼓動が速くなり、口のなかが乾いた。キャサリンは大学院時代に学んだバイオフィードバック法を思い出し、動悸を静めるために背中に装着してあるリザーバーの水を一口飲んで、うなずいた。

「ええ」冷静な声を出せた。「準備オーケイよ」

マックの目がすっと細くなったのがわかった。「忘れるな。絶対に——」

「あなたとニックとジョンが作る三角形のなかにいること。ハンドサインにかならず従うこと——止まれ、進め、伏せろ。そして、無茶をしないこと」キャサリンも険しい目で彼を見返した。「いったでしょ。ちゃんとわかってる」

「着陸する」ジョンの声が耳元でした。小さなヘリコプターは徐々に高度をさげ、ほとんど音をたてずに着陸した。

「行け」マックの命令で、男たちは影のように音ひとつたてず、外に出た。キャサリンはまねようとしたが、彼らほど洗練された動きはできなかった。ブーツが着陸脚をこすり、カランと小さな音をたてた。キャサリンはぎくりとしたが、男たちは気にもとめず、機体側面のブラダーから黙々と装備品や武器をおろしている。

「装備確認」マックが小声でいい、男たちは恐ろしく長いリストの確認をはじめた。最後に、三人はその場で黙って飛び跳ね、装備品がじゃらじゃらと音をたてたりしないか確かめた。

問題なし。

マックのハンドサインに従い、全員で前進をはじめた。キャサリンは勇敢な大男たちが作る三角形のまんなかで思った。彼らの命はあてにならない自分の両手のなかにあるのだ、と。

闇のなかへ静かに突き進み、マックが発見したセキュリティ室を抜けると同時に、キャサリンは試しに思考の蔓を伸ばしてみた。ヘリコプターで接近するあいだ、ナンバー9――ルシウス・ウォードから、かすかにこだまのような感情が飛んできたのを感知したような気がした。もしそうなら、いままではなかった力が発達したことになる。信頼してよいのかどうかはわからないが。

ルシウスを助けたいという気持ちが強すぎて、信号を受け取ったと勘違いしただけかもしれない。もしそうなら、最悪だ。ルシウス・ウォードと交信したという間違った仮定に基づいて、マックたち三人を危険に巻きこもうとしていることになる。ほんとうは自分の心と交信しただけなのに、危地のどまんなかへまっすぐ引っぱりこもうとしていることになる。

ルシウスがすでに死んでいたらどうすればいい？

マックが拳をあげ、全員が止まった。キャサリンは目を閉じ、心のなかを空っぽにした。靄のなかに溶けこむように、思考が外へ出ていく。

どこにいるの？

それはたしかにキャサリンが発した質問だったが、そんなことを訊きたいと感じた覚えはなかった。質問自体が勝手に出てきたのだ。

また言葉が浮かんだ。**あなたを迎えにきたわ。あなたの仲間が来たのよ。どこにいるの？**

かすかな……なんだろう？　なにかを感じる。山のむこうの花火にも似た、ぱっとはじけるもの。

来てくれたのか……朝靄のようにぼんやりとした声が聞こえた。

ええ、あなたを迎えにきたわ。アドレナリンがどっと放出された。彼だ！　間違いようがない。なぜそんなふうに確信できるのかはわからないけれど。でも、人の声や顔がわかるようなものだ。頭のなかで、かすかにささやくような声がする。

……急いで……。

え？

「進め」耳のなかでマックの声がして、キャサリンは握った拳をあげた。止まれのサインだ。三人の男がただちに止まって振り返る気配がした。キャサリンはしきりにかぶりを振った。いまは黙っていて。集中しなければならない。頭のなかの声がどんどん小さくなっていく。キャサリンは拳を高くあげたまま、目をつぶって集中力を高めた。

マックたちがじっとしているのが感じられ、キャサリンは彼らの存在を頭のなかから消した。

どこにいるのか教えて。

沈黙。だが、頭のなかが痛みでいっぱいになった。どこにいるのかわからないが、ルシウスは痛がっている。目いっぱい集中すると、彼の痛みが伝わってきた。できるかぎり交信の道を広げるよう努めながら、痛みを分析してみた。キャサリンのなかの共感者(エンパス)である部分はおそらくベッドに横たわって死にかけている男につながり、べつの部分、つまり神経学者の部分は、痛みを観察し、分析した。

この痛みは……全身性のものだ。たいていの痛みは、器質的かつ局所的なのだが。この痛みは全身に広がっていて、しかも強い。強烈だ。さらなる痛みの波が襲ってくる……。

キャサリンは前屈みになり、呼吸を遅くし、思考を飛ばした。糸杉の塀を越えてコンクリートの壁を突き抜け、廊下を進んで……。

彼のもとへ。

この痛みはなに？　焼けつくような痛みが全身の皮膚のすぐ下に広がっている。次の波がやってきたとき、キャサリンはついに痛みのもとを探り当てた。鎖骨の下。カテーテルから入ってくる。投与されている薬物が、ひどい痛みをもたらし、意識を鈍らせている。

彼は殺されかけているのだろうか？

キャサリンはさらに自分の奥深くへ引きこもった。

どこにいるの……ルシウス？

驚き。

おれを……知っているのか？

ええ、あなたの仲間が助けにいくわ。もうすぐよ、ルシウス。

ルシウス……。深い悲しみの波に呑まれ、キャサリンは膝を折りそうになった。おれは、ルシウスという男だった。そうなのか？

いまもよ。わたしたち、あなたを迎えにきたの。どこにいるのか教えて。

悲しみ、諦念。手遅れだ。おれは死ぬんだ、明日。

死なないわ！　キャサリンは体の芯から湧き出たエネルギーの波に乗って飛んだ。自分がこれほど強い力を爆発させることができるとは、思ってもいなかった。**わたしたちがここにいるわ！　もうすぐそばに行くから！　どこにいるの？**

近く？　声はとても小さかったが、わずかな望みがこもっていた。

すぐ近くよ。

いますぐ……来てくれるのか？

ええ、行くわ。どこにいるの？

沈黙。だが、キャサリンはすでにルシウスの頭のなかにいて、ごく細い絆でそこにつなぎとめられていた。ささやき声も、絆も、いつ途切れてもおかしくない。彼が聞いているものが聞こえ、見ているものが見える。体内をめぐっている薬物は強力だが、彼のほうが強い。ぼやけていた視界が、焦点を結んだ。

どこ？　キャサリンは必死に問いかけた。どこにいるの？

もうすぐ……レベル4で。悲しげな思考が、だんだん弱くなっていく。死ぬんだ。

キャサリンはルシウスを見失い、突風に吹きつけられたかのようによろめいた。


危ない！

マックは片方の腕をさっと出し、キャサリンの肘をつかんだが、彼女がすっかり弱っているのを感じて、もう片方の手も出した。キャサリンは立っているのもやっとだ。いったいなにが起きたんだ？

暗視ゴーグルをつけていたので、キャサリンの顔が薄い緑色に見えた。マックは彼女を支えながら、なにがあったのか思いつくかぎり頭のなかにあげていったが、想像はどんどん恐ろしいものになっていった。

心臓発作。塞栓症。頭が痛そうだったから、塞栓症かもしれない。もしくは、ミロンが仕掛けた防御線に引っかかって……いや、その可能性は排除できる。彼女は三人が作った安全地帯のなかにいた。防御線があったとすれば、三角形の頂点にいる人間が引っかかるはずだ。つまり、マックだ。

キャサリンはぐったりとして、マックの腕の上でのけぞっていた。白く長い喉が見えるからにか弱く、脆そうだった。そのとき、キャサリンが咳きこみ、顔をあげた。マックは彼女に力が戻ってくるのを感じた。なにか怒濤のようなものが体のなかを駆け抜け、全身からどっと汗が吹き出し、マックはつかのまうなだれた。

キャサリンが死んだと思っていた。あの吐き気のするほど恐ろしい一瞬、キャサリン・ヤングが自分の上官を助けるために死んだのだと思った。あの温もりと優しさがこの世界からなくなった、人生から消えた、と。

こんなことは二度とごめんだ、それだけはたしかだ。キャサリンがいなくなったら、世界は以前のように色のない等高線図に縮まり、そのまんなかにぽつんと自分ひとりで立っていることになる。毎日は決まりきった仕事だけで、ほかになにもない。彼女のような温もりを得ることは二度とないのはたしかだ。この世で過ごした三十四年間、温もりなど一度も見つけられなかった――そんなものがあると想像もしていなかったのだから。キャサリンがいなくなったら、その温もりも永遠に失われてしまうことに一片の疑いもない。死ぬまでずっと、寒々とした自分の殻のなかにこもって過ごすはめになる。

マックは身震いし、人生を変えた美しい女の顔を見おろした。

一緒に過ごした時間は短い。三日間だ。たったそれだけ。三日間で、マックの人生はひっくり返った。生まれてはじめて将来が楽しみになった。そんなふうに感じたことなどなかった。日々は果てしなく……だらだらとつづいているだけだった。今日と同じで、つらさだけは増していく。将来を楽しみに思える理由がなかった。明日が来ても、今日となにも変わらないのだから。

けれど、キャサリンと一緒なら、将来は……そう、手招きしてくれているように思えた。向上する。どんどんよくなる。キャサリンと暮らし、日々を共有し、できれば家庭を作り……。

すぐにそんな空想は頭のなかから追い出したが、それは戻ってきて、栗(くり)のいがのように引っかかってしまった。家庭とは、ほかの人々には用意されているが、マックには手に入らないものだった。マックの知っている家庭は、人々が傷つけあう暴力的な場所だ。

でも、キャサリンと作りあげる家庭は、たぶんそうではない。

ばかげた考えだとわかっているが、一度考えてしまったものは頭のなかから出ていこうとしなかった。考えたことというより、イメージだ。濃い褐色の髪に銀色の瞳の小さな娘。その子のイメージが頭にこびりつき、胸がやけにどきどきする。新しい人間を生み出し、その子が成長するのを見守り……だめだ、なにを考えているんだ。

「どうしたんだ?」ジョンの声に、マックはわれに返った。

「わからない」いやにしわがれた声になってしまった。

「マック」ジョンの反対側から、ニックがマックの肩に手をかけた。そのときはじめて、マックは自分が震えていたことに気づいた。「大丈夫だ」

閉じたまぶたの内側で、キャサリンの目がなにかを追っているように動いていた。手袋をはめた手がマックの手をつかむ。

マックはキャサリンの頬を軽くたたいた。男の部下なら平手打ちするところだが、キャサリンを平手打ちするなど、想像しただけでまた冷や汗が出てくる。

「ハニー」トン、トン。「起きろ。起きてくれ。目をあけるんだ。きみならできる」

声がおかしかったに違いない。ニックとジョンが、慎重に表情を消した顔を見あわせた。マックは気にもとめなかった。彼女が、大事なキャサリンが、どこにいたのか知らないが、そこから戻ってきたからだ。

「マック？」何日も口をきいていなかったかのように、かすれた声だった。「なにが起きたの？」

「知るか」全身から力が抜けそうだった。「きみは気絶していた。おれを死ぬほど怖がらせたんだ。二度とこんなことはするな。くそっ」

キャサリンはマックに弱々しくほほえみかけ、ジョンとニックを見やった。「怖い思いをすると、言葉遣いが悪くなるのね」

「ちくしょう、そのとおりだ」しかし、マックももう笑っていた。「で、いったいなにが起きたんだ？」

キャサリンは頭に手をやった。「ルシウス・ウォードと交信したのといったら、信じてくれるかしら。もうすぐレベル4に連れていかれて、そこで殺されると思ってる。以前から、地下にもうひとつ秘密の階があるという噂は聞いていたんだけれど、まさかほんとうだとは思っていなかったわ。どうやらレベル4は実在するようね。ルシウスはひどい痛みをもたらす薬を投与されていたけれど、ひょっとしたらそのせいで……わたしに話しかけることができたのかも」三人の男たちを見た。「ルシウスがレベル4に連れていかれたら、侵入方法がわからない。助け出すことができなくなるわ。急がなきゃ」

「歩けるか？」マックはキャサリンにここで待っていてほしかったが、歩けるのであれば、待っていてくれるわけがない。いざとなったら、抱えて動くしかない。

「ええ、歩けるわ。大丈夫よ」キャサリンはまた頭に触れ、なにかを確かめる様子で首を一方にかしげ、次に反対側にかしげた。「わたしが意識を失っていたのだとしたら、ルシウスとつながっていたからだわ、わたし自身がどうかしたわけじゃない。急ぎましょう。できるだけ早く彼のもとへ行かなくちゃ」

「了解」ニックは〝蟻塚〟と呼んでいるものの状況をタブレットで確認し、調節した。「マイクロ波のバリアを突破したら、蟻ん子を放す。正面玄関に入れば、敵に悟られずに大尉のもとへたどりつけるはずだ。研究所内の警備員は、せいぜい十名くらいしかいないだろう」

「蟻ん子？」

「あとで説明する。行くぞ」マックはキャサリンに、自分の選んだ女に、ふたたび感心した。彼女はうなずくと、軽いバックパックを背負い直し、三人と一緒に進みはじめていた。あれこれ訊かず、文句もいわず。軍事訓練など受けたこともないのに、骨の髄までチームの一員だ。

マックのなかに愛情の波が勢いよく広がった。生きて帰ることができたら、早くキャサリンと結婚して、二度と目の届かないところにはやらないぞ。

四人はペースを乱すことなく前進した。キャサリンは、安全な三角形のまんなかからはずれないようについていった。研究所の外側のセキュリティを突破し、マイクロ波のバリアまでもう少しだ。

暗視ゴーグルは赤外線を感知するので、巨大な植木鉢のあいだの空間が薄い赤に染まって見えた。タブレットからは、半径百メートル以内に警備員がいないことが確認できる。それでも、マックはハンドサインを使った。キャサリンに、自分の脇で止まるようサインで指示した。

バリアの外側で、ニックとキャサリンとジョンはそれぞれ植木鉢を前に立った。マックはキャサリンの背後についた。マックのサインで、三人はいっせいに高さ百八十センチの植木鉢にのぼった。ニックとジョンは苦もなくのぼりきって、反対側におりた。キャサリンはマックに植木鉢の上へ押しあげてもらい、反対側で待っていたジョンの手を借りておりた。

マックが植木鉢を越えると、四人は固まってしゃがんだ。

マックはニックが持っている軽迫撃砲を指さし、指示を出した。

ニックは砲口を空に向け、調整をしてトリガーを引いた。砲弾が打ちあがり、視界から消えた。四人はニックのタブレットを覗きこんだ。

白くてほとんど目に見えない、蟻のように小さな飛行ロボットが数えきれないほど、本館の玄関にわらわらと集まっている。特殊なプログラムによって、各ロボットから発信されたデータが整理され、タブレットのスクリーンにはロボットが見ているものが鮮明に映し出されていた。何カ所か空白があったが、プログラムが修正してくれる。画像は九十八パーセントが埋まった。充分すぎるほどだ。スクリーンの右上部には、建物の見取り図があり、ロボットの現在位置が示されている。

キャサリンはほほえんだ。「蟻ん子。なるほど。極小ロボットね。賢いわ」

ニックが説明した。「玄関に警備員が二名。武器は？」ちらりとキャサリンを見る。

キャサリンは肩をすくめた。「知らないわ。わたしは武器に詳しくないもの。ただ、やたらと大きくて重そうなグリップがついた武器がホルスターに入ってるのは知ってる」

マックは口元を引き締めた。「スタナーか。くそっ。電気ショックで相手の動きを封じるだけでなく、感電死させることもできる銃だ。百メートル離れていても標的の心臓を止められる。まだ市場には出まわっていない」

「まずいな」ジョンがつぶやく。

「まずい」マックはうなずいた。

「蟻ん子を奥へ進めて」キャサリンが、見取り図上で短い翼の突き当たりを指した。

ニックが調整すると、やがて画像が動きだし、廊下がぼんやりと映った。途中、だれかが角を曲がって現れたとたん、画像が傾いてさかさまになった。床が川の激流に変わったかのように流れていく。

「見つからないように、天井にのぼったんだ」ニックがいった。

四人は、スクリーン上で小さな赤い点がキャサリンの指示した廊下を目指して移動するのを目で追い、待った。

「蟻ん子を分けることはできる?」

「もちろん」ニックがいった。「どうすればいい?」

「この四部屋をチェックして」キャサリンは見取り図上で四つの箱を押さえた。

蟻ん子が四グループに分かれると、画像はやや荒くなった。三室は無人だった。もう一部屋では、白い寝台にだれかが横たわっていた。何本ものチューブにつながれ、顔を横に向け、口を力なくあけて目を閉じている。

「くそっ」ニックがつぶやいた。「大佐だ。生きてるのか?」

「蟻ん子をモニターのほうに向けて」キャサリンが指示した。「残りの蟻ん子も全部ここに集めて」

画像が傾き、鮮明になった。「生きてるわ。でも心拍数が落ちている。心電図では基本的なことしかわからないけれど。要するに昏睡状態なの。ニック、点滴のバッグを映して」

また画像が傾き、点滴スタンドからぶらさがっている透明な袋が映った。

「SL－59をこんな大量に！」キャサリンの声は怒っていた。「なんてことを！　まだ試験段階の薬なのに。動物実験すら終わっていないのよ。粘性が高くて、注射するとひどく痛いの。さっき、彼の痛みを感じたわ。まさか、こんなことをされていたなんて。彼にSLを限界まで投与して、脳を取り出して効果を調べるつもりなんだわ」

「そんなことをしてもいいのか？」ジョンが尋ねた。「違法だろう？」

「違法に決まってるわ。殺人よ」キャサリンは立ちあがった。「行きましょう。彼の心臓がいつまで持ちこたえられるかわからないわ。ただでさえ衰弱していたもの。薬に殺されてしまう。ぐずぐずしてはいられないわ。マック、いますぐ行かせて」

キャサリンは堂々としていた。マックの胸は誇りでふくらんだが、嫌な予感もした。キャサリンは自分も安全ではないということを忘れている。ひとつのことに集中し、ひとつのことしか見えていない。ひとりだったら、さっさとルシウスを救出にいってしまっただろう。

彼女は勇敢だが、そのせいでマックは怖くてたまらなかった。勇敢な初心者は、しばしば悲惨な死に方をする。

「正面玄関から入る必要はない」マックは大尉がいる部屋から十五メートルほど離れた地点を指さした。「ここがいちばん近い出入り口だ。警報器は？」

「どのドアにも警報器がついてる」キャサリンが答えた。「そして、カードキーがなければあけられない。ジョンが作ってくれたスペアが使えればいいんだけど」

「使えるに決まってるだろう！」ジョンが憤慨した。「おれが失敗するもんか」

「赤外線装置を遮断しなきゃ。ほとんどどのドアでも、入ってきた人数を数えているの。カードキーをスワイプした数と、ドアから入ってきた人数に差があったら、警報が鳴る仕組みになってる」

「おれがなんとかする」ジョンがいい、キャサリンはうなずいた。

「じゃあ行くわよ」キャサリンがじれったそうにしている。彼女とニックとジョンが、マックを見た。

「馬に鞍をつけろ」マックはささやき、進めのサインを出した。


リーは身を乗り出し、運転手の肩をたたいた。「もっとスピードを出せないのか？」

「無理ですよ。制限速度は守らないと。たとえあんたの命令でも、規則は破れないね。仕事ができなくなっちまう」運転手は平板な声で答えた。彼はリーの雑用係としてミロンに雇われている。リーは、指示に従う者、とはっきり注文をつけて運転手を変えさせること、と頭のなかにメモした。

腕時計を見ると、午前三時だった。一時間前に、ナンバー9にSL－59を静注するよう指示しておいた。午前五時には、ナンバー9と、彼同様に役立たずだとわかったほかの三名の兵士たちから脳を摘出する予定だ。六時間もあれば、灌流して神経系や神経組織がどう変化したのか調べられるだろう。

もちろん、来週か来月まで待ってもかまわないのだが、リーはわけもなくあせっていた。普段の冷静さが崩れ、とにかく急がなければという思いに駆り立てられていた。ばかばかしい。二十カ年計画の先は長い。必要なのは、急ぐことではなく、じっくり取り組むことだ。それなのに、科学者であり、揺るぎない理性こそが大事だと信じているリーが、直感に左右されるようになっている。

こんな夜更けに研究所へ赴き、秘密のチームにまかせておけばいい程度の簡単な仕事をわざわざ監督するのはどうかしていると思うが、自宅にいれば、もっとおかしくなりそうだった。

ましてや、眠ることなどできるわけがない。

おそらく、これは夢のようなものだからだ。リーは科学者だが、いわゆる夢のお告げを信じている。夢は、潜在意識が観察に基づいて推定していることを明示している。ひりつくような焦燥を覚えるのは、ナンバー9がどう変わったか、この目でじかに確かめることが自分にとって重要だからではないか。監視カメラに映らなかったなにかが、研究員も見落としたなにかが、自分には見えるかもしれない。

研究所に行けと潜在意識が告げているのなら、そこにはなにか理由がある。いうまでもなく、愚か者のフリンが援助を打ち切ると脅してきているという事実も無視できない。

そしてもちろん、ナンバー9が死んでいくのを見届けるのは、純粋なよろこびでもある。彼は扱いにくい、厄介な患者だった。リーが出会ったなかで、もっともいやな患者だった。その彼が死んで役に立ってくれるのを見届けられたら、これほどのよろこびはない。

リーはもう一度、腕時計を見た。いまごろナンバー9のなかに、二〇ccのSLが入っているはずだ。

リーの推測では、能力を増幅させる適量は一週間に二ccだった。二〇ccはその十倍で、しかも六時間で取りこまれる。検死は興味深いものになりそうだ。

結局、来てよかったのだ。最後の変化をじかに観察できる。リーは耳元をタップした。

「レヴィンソン、三十分以内にナンバー9をレベル4の解剖室へおろしておいてくれ。わたしはもうすぐそちらに着く」

「承知しました」レヴィンソンは、秘密の実験について知っている三名の科学者のひとりだ。

「きみ、通用口に車をつけてくれないか。通用口D。荷積み場に入ってくれ」そこから短い階段をおりれば解剖室だ。着替えて、個人的な記録の機材を用意する時間は充分ある。

「了解」運転手が答えたあと、リーはボタンを押して運転席との境にあるパーティションをあげ、ゆったりと座り直した。

概して、楽しい夜勤になりそうだ。


最初のうち、キャサリンは走るのに苦労した。脚ががくがくし、頭はふわふわとどこかへ漂っていきそうで、ほとんど集中できなかった。だが、時間がたつにつれて、いつもの自分を取り戻した。

マックがずっとそばについていた。キャサリンがよろめくと、彼の手がさっと肩をつかんで支えてくれた。それもさりげなくやってくれたので、ニックもジョンも気づかなかった。キャサリンが疲れていたのは、ルシウス・ウォードと交信した後遺症だった。彼にすっかり体力を奪われてしまった。他人の頭や心と通じあうのは、ウェイトリフティング並みに疲労する。キャサリンは腹部を拳で殴られたような気分で、ひたすら走った。

それなのに、マックは広い芝生を突っ切りながら、セキュリティ・スタッフがいつ現れるか秒単位で計算しているので、キャサリンはわれに返った。いまなぜ自分がここにいるのかを思い出した。

人ひとりの命を助けにきたのだ。

四人は建物の脇にいた。マックたちが周囲を見張り、キャサリンはジョンがきちんと仕事をしてくれていますようにと祈りながら、同僚のフレデリック・ベンソンのカードキーを偽造したものをスワイプした。

ジョンはちゃんと仕事をしていた。

ドアがカチリとあいた。キャサリンがドアを押し、四人はひとかたまりになってなかに入った。出入り口の赤外線装置には、大柄な人間がひとり入ったと認識された。警報は鳴らないが、朝が来てナンバー9がいなくなっていることが明らかになったら、記録を詳細に調べられることになる。

キャサリンは、自分がミロン研究所に不法侵入しているだけではないことを、はっきりと理解していた。これで、新しい人生に一歩踏みこんだ。自分はマックのチームの一員になり、無法者になった。脇を固めている三人と、彼らが築きあげたコミューンに、決して切れることのない絆で結ばれ、以前の生活とは永遠に断ち切られたのだ。

四年間、ミロンと親会社のアーカ製薬の関連施設で過ごした。ミロンとアーカから推薦状をもらって転職することは不可能になり、履歴書に四年間もの空白がある科学者など、どこの研究所も雇ってはくれない。二度と科学の業界で働くことはできないだろう。

それでもよかった。

マックが受け入れてくれるかぎり、彼のそばにいる。

ジョンがタブレットの見取り図を見ていたが、キャサリンには必要なかった。どこへ向かえばいいのかはわかっている。「こっちよ」小声でいい、病室のある翼へ急いだ。ホールB

の手前で、三人を止めた。彼らはキャサリンの背後に固まった。

「敵影なし？」キャサリンはジョンを見あげた。

「クリア」

「急いで！」キャサリンは三人と一緒に走りだした。ルシウスの部屋に入り、ベッドに横たわっている彼のもとへたどりついた。なによりもまず、鎖骨下のカテーテルを切断した。どのくらいの量のＳＬ－59を投与されたのかわからないが、致死量ではないことを祈るばかりだ。シャントから長い針をそっと抜き、脳波計、心電図、カテーテル、胸に貼られた筋電計のパッド、喉に入れられた人工呼吸器のチューブ、経管栄養のチューブをはずしていく。

機械が停止するにつれて、どこかで警報が鳴りはじめたが、キャサリンは手を止めず、てきぱきと作業を進めた。

ついにすべての機器から解放されたルシウスは、かつてはたくましかったのだろうが、死の寸前まで追い詰められたいま、背ばかり高く、骨と皮だけの痛々しい生き物と化していた。キャサリンは空気の変化に気づき、顔をあげてマックの表情を見たとたん、凍りついた。ニックとジョンも口をきけず、いまにも吐きそうな顔をしている。

「どうしたの？」

マックは唾を呑みこんだ。「いったい、ここでなにをされたんだ？」

キャサリンはルシウスを見おろした。絶頂期の彼は見たことがない。はじめて会ったときには、すでにこの状態だった。衰弱して無力になり、影のような人間になっていた。キャサリンは彼の手首に触れた。とたんに、彼が頭のなかに入ってきた。かつての彼が。まっすぐ背筋を伸ばしてぱりっとした軍服に身を包み、剃りあげた頭に黒いベレー帽をかぶった、迫力と貫禄に満ちた男。

それがかつてのルシウスなのだ。マックの記憶にあるはずのルシウスだ。

いまベッドにいる男は、やせ衰え、頭は縫合の傷だらけで、皮膚が骨から垂れさがっている。顔色が悪く、頬もこけ、かろうじて生きているという状態だった。

キャサリンは怒りでいっぱいになった。ルシウスがこんな目にあわなければならないいわれはない。キャサリンが触れ、触れ返してきた男は、厳しいけれど曲がったところがなかった。揺るぎなく祖国のために忠実に働き、揺るぎなく仲間に対して忠実だった。

熱く白い怒りがキャサリンを貫いた。

「もう少しで死ぬところだった。彼は人生と人としての威厳を奪われたのよ、マック。ここから連れ出さなきゃ」ちらりとマックを見やると、彼はわかってくれたようだ。キャサリンの怒りと、裏切られたという思いを。

キャサリンがいままでやってきたことはすべて、ひとつの目的のためだった。人間の脳を理解し、現状を改善すること。患者をよくすること。科学にすべてを捧げてきたのに、自分の科学を奪われ、邪悪な目的のためにねじ曲げられた。科学を恐怖と苦痛の源にされてしまった。

キャサリンもまた、マックと同様に裏切られたのだ。

「ルシウスを抱えて連れていける？」

「ああ。簡単だ」マックが屈んで子どもを抱えるようにルシウスを抱きあげるのを見て、キャサリンは自分以外にマックが優しく接するのをはじめて見たように感じた。マックは意識のない元上官を見おろした。その表情は、キャサリンが泣きたくなるほど悲壮だった。

「大佐」マックがそっと呼びかけた。ルシウスが苦しそうに身動きする。

キャサリンはルシウスの手首にまだ触れていたが、はっとした。「待って！」

ジョンがタブレットをタップしながら眉をひそめた。「キャサリン、警備員が来る。ぐずぐずしていられないぞ」

暗闇、苦痛、絶望。

フェルトにピンでとめられた蛾のように、ベッドに並ぶ人間。

獣にされてしまった勇敢な男たち。

キャサリンは激しい胸の鼓動を感じながらマックを見あげた。「あのとき、ほかにまだ仲間がいたの？」

マックは眉根を寄せた。「あのとき？」

「これが……」キャサリンはマックの頬の傷を指した。「これが起きたとき」

彼の眉間の皺が深くなった。「いた。みんな死んでしまったが。それがどうした?」

キャサリンはとっさに理解し、突きあげるような恐怖と悲しみを覚えた。「みんなここにいるわ」とささやく。「三人いる」

ニックがキャサリンの腕をつかんだ。「だれだ? だれがいるんだ?」

キャサリンは燃え立つような確信をこめて男たちの目を見つめた。「みんなここにいるわ」

はっきりといい直した。「あの晩、あなたたちと一緒にいた人たち。みんな死んでいないわ。とらえられたの。そして、実験台にされた。実験用の鼠にされたのよ。苦しめられて、ここにいるわ。助けなきゃ。ウォード大佐は、三人を置き去りにするのをいやがってる。ひとりで逃げるくらいなら死んだほうがましだと思ってる」

マックたちの衝撃を感じた。波のように伝わってくる。

「ロメロ、ランドキスト、ペルトン?」ジョンがつぶやいた。「生きてるのか?」

三人の名前を聞くたびに、そのとおりだと感じた。「ええ。生きてる。ここにいる。わたしたちが助けるのよ」

「どこにいるんだ?」マックが尋ねた。

キャサリンは心のなかに耳を澄ませ、答えを探した。なんてこと。「レベル4」ショックを隠せなかった。

「それはどこにあるんだ?」マックがあせって尋ねた。

「わからない。でも、知ってる人ならわかる」マックのたくましい腕に抱かれている男を見た。その男はいまにも死にそうに見える。普通の人間なら、とうに死んでいただろう。だが、彼には特別なものがあった。それはマックにもあるものだ。ニックとジョンにも。普通の人間には耐えられないものを乗り越えるための、強い芯のようなもの。彼はマックたちを率いていた人だ。同じくらい強いはず。いいえ、もっと強いかもしれない。そう信じるしかない。「あることを試してみるわ。うまくいくかどうかわからないけれど」キャサリンはマックの腕に触れた。サイキック能力を使わずとも、マックの力はもらえた。鋼のような腕の持ち主は、筋力だけではなく精神力も強い。「わたしを信じて。いい？」

マックの顔を見あげた。彼は体をこわばらせ、じっと我慢している。彼の本能は逃げろと叫んでいるに違いない。ルシウスが見つかったのだから、一刻も早く逃げたいはずだ。それでも、マックは動かず、キャサリンの言葉を待っている。

その瞬間、キャサリンはマックを深く愛しているのを実感した。彼のすべてを愛している。強さと忠実さを。命をかけて信じてくれるところを。絶対的な信頼を寄せてくれ、大きな危険を冒してここまで来てくれた。そんな人はいままでひとりもいなかった。マックを愛している。だからこそ、ほかの三人を見捨ててこの先平然と生きていけるような人ではないとわかる。それなら、やるしかない。

急いでレベル4に行かなければならない。レベル4は噂でしかなかった、ほとんど冗談だった。どうすればそこへ行けるのかわからない、ただし……。

「彼に苦痛を味わわせてしまうかもしれない」マックを見つめていった。「でも、ほかに方法がないの」

マックはうなずいた。

キャサリンはニックとジョンを見た。「時間を稼いでくれる？」

マックがうなずくのを見て、ニックが答えた。「わかった。蟻ん子を先に行かせよう。なにかあったら警告してくれるだろう」

屈強で有能な戦士ふたりが部屋を出ていった。ふたりが窓になってくれる、とキャサリンは信じた。

両手をルシウスの上にかざす。「こんなことはしたくないのだけれど」とささやく。「しかたないの」

「早く」マックが命じた。

患者用ガウンの胸元を引っぱりおろし、両手をルシウスの心臓の上にあてて目を閉じた。だれかの頭のなかに自分の意識を押しこむのは――心を読むのではなく支配しようとするのは、これがはじめてだった。手のひらは、やせ衰えた胸にごく軽く触れているだけだが、キャサリンは自分の両手が皮膚のなかにもぐりこみ、筋肉と骨を通過し、心臓をつかんだように感じた。

心臓を強く握りしめる。

マックの腕のなかで、電気ショックを受けたかのようにルシウスがのけぞり、ガラガラと喉を鳴らした。

「うわっ！」マックは、のたうつ魚にも似たルシウスを落とさないようしっかりと抱きしめた。

キャサリンはさらにルシウスの心の奥深くへと突き進んだ。洞窟探検にも似ている。奥へ奥へ、ひたすら奥へ……ああ。

仲間があなたを必要としているわ。手を貸して。

む……無理だ。

目を覚ましてくれた！　完全にではないけれど、意識が戻っている。

無理なものですか。あなたがいなければ、みんな殺されてしまうのよ。レベル4へは、どうやったら行けるの？

ルシウスが両腕をばたばたと動かして暴れた。

あなたの仲間を助けるために協力して。みんなあなたを必要としているわ、大佐。

キャサリンの頭のなかは静まり返っている。

ルシウスはベッドに戻りたいのか、ひどくもがき、鉤爪（かぎつめ）のように曲がった手をシーツのほうへ伸ばしている。

死の直前の激痛に襲われ、ベッドの上で死ぬことだけを望んでいるのだろうか。キャサリンは手のひらを強く押し出した。ルシウスの心臓が早鐘を打ち、筋肉が痙攣しているのを感じた。彼を殺してしまうのではないか。

鈍いうめき声がルシウスから漏れた。その声はうなりとなった。なけなしの筋力で、なんとしてもベッドに戻ろうとしているようだ。

「どうした?」マックが問いただした。「大佐を押さえつけたくないが、手に負えない! いったいなにをしたがってるんだ?」

ベッドで死にたいのよ。それが彼の望み。

けれど……けれど、なにかがおかしい。やせこけて変わり果てたとはいえ、その顔からは強い意志と義務感しか感じられない。ベッドで死ぬことしか考えていない男の顔ではない。

ルシウスはマックと似ている。

マックならどうする? マックが望むことなら、協力したい。「理由はわからないけれど、ベッドに行きたいようだわ」

ルシウスのしなびた筋肉が緊張したのが、両手に伝わってきた。その下で、鉄の意志が……ベッドへ向かい……。

折れ曲がった両手が落ち……。

ベッドをつかんだ。

なにかがベッドのなかにある。

キャサリンはベッドに飛びついた。

「どうした?」マックはルシウスを傷つけないようになだめながらいった。「なにをしているんだ?」

キャサリンはやみくもにシーツのなかをまさぐっていた。ベッド、ベッド……。遠くの悲鳴のような声が、頭のなかでこだましている。

ベッド。

シーツをはがして振ってみた。

ベッド……ベッドの下。

ひざまずいた拍子に膝をぶつけてひどく痛んだが、ベッドの下の暗がりをめちゃくちゃに手で探った。なにもない。

ここにあるはず……なにかはわからないけれど。

考えて、キャサリン!

ルシウスの弱々しい両手が伸びていき……。

キャサリンはマットレスの端を持ちあげた。それはそこに、医療用サポーターの上にあった。キャサリンは声をあげてそれを拾った。ボタンを押したかのように、マックの腕のなかでルシウスが静かになった。

それは、血のしみがついた、３Ｄホログラムの顔写真入りカードだった。敵の顔だ。

「リーのカードキーよ。アーカ製薬の研究部長。信じられない。大佐はリーのカードキーを盗んだのね。ほんとうにレベル４があるのなら、これで入れるはずだわ。いますぐ行きましょう」

「ボス、キャサリン」イヤーピースから、ニックの静かな声が厳しい現実を告げた。「お客さんだ。もうすぐ着く」


「何人だ？」マックは尋ねた。頭上に禍の暗雲が立ちこめている。ここまで来られたのは幸運だったのだ。どんな任務でも、割り当てられる幸運の量はかぎられている。今回はもう使い果たしてしまったのかもしれない。

危険が迫っているのなら、早くキャサリンを逃がさなければならない。彼女の誘導ぶりはすばらしかった。賢く美しく、優しいキャサリン。そこに、勇敢という言葉がくわわった。彼女を失いたくない。まだ出会ったばかりなのだ。

一刻も早く彼女を逃がさなければ。

ルシウスは腕のなかで発作を起こしたのかと思うほど暴れていたが、いまは静かになった。目を閉じ、やせこけた顔は弛緩している。マックが背負ってきたバックパックより体重が軽くなってしまったのではないだろうか。

これほど軽いのだから、どこへでも連れていける。彼を抱いたままレベル4までおりていくこともできる。キャサリンが安全だとわかっているかぎり、なんでもできる。

「聞いてくれ」マックは真剣にいった。「カードキーが手に入った。おれとニックとジョンでレベル4までおりて、三人を救出する。蟻ん子に外へ誘導させろ。ヘロウへ戻ったら、おれたちを待っててくれ。マイクロ波のバリアを乗り越える方法は覚えているな？　さあ――」

キャサリンは早くもドアへ向かっていた。「だめよ、マック。あなたを置いていくわけがないでしょう。あなたには目と耳が必要よ、蟻ん子ではなくて、この建物を知りつくしている目と耳が。それに、残りの三人が生きているのなら、機器をはずすためにわたしが必要でしょう。ほら、ドアを閉めてきてね」ドアをあけ、廊下の突き当たりにいるニックにサインを出し、マックのほうを振り返った。「早く！　ドアを閉めてね」

反論する余裕はなかった。どのみちなにをいっても無駄だと、マックにもわかっていた。全細胞がキャサリンを逃がせといっているが、頭では彼女のいうとおりだと納得している。やはり彼女が必要だ。

マックは二重の目標を掲げた任務についたことは一度もなかった。いつも侵入し、目的を果たして脱出することだけを考えていればよかった。一緒に活動するのは、自分と同様に、激しい訓練を受けて完全に自立しているチームメイトたちばかりだった。いまはキャサリンが一緒なので、絶えずチームメイトの安全を心配しなければならないが、なにしろそんな経験はなく、かなりきつい。

それでも、しかたがない。

マックはルシウスを抱え、キャサリンのあとから部屋を出てドアを閉めた。キャサリンは早くも廊下を走りだし、ニックとジョンが追いかけていく。マックはニックに追いついた。

「何人いるんだ？」

「三人」ニックは廊下を走っていくキャサリンを目で追いかけた。「そろそろ曲がり角から現れて、おれたちに気づきそうだ」

「おまえとジョンは後方支援を頼む」

「了解」ジョンとニックは武器を構えた。マックは大佐を肩にかつぎ、やはり武器を抜いた。

ニックはタブレットの画像をホログラムにした。「ボス？　連中がもうすぐ――」

「こっちよ！」キャサリンがあるドアの前で立ち止まり、そのドアをあけて全員を手招きした。マックたちはドアのなかへ駆けこんだ。キャサリンが静かにドアを閉めたと同時に、ニックのホログラムに三人の警備員が角を曲がるところが映った。あたりは静かで、五人の呼吸の音しかしなかった。傷ついた仲間を抱え、守らなければならない素人がいるのだから、銃撃戦は避けたい。

マックはあたりを見まわした。そこはさまざまな機材のある広い部屋だった。病室ではない。ベッドはなく、四方の壁際は天井まで機材で埋まっていた。明かりはニックの脇に映し出されたホログラムの光だけだ。

三人の警備員が完全に警戒態勢を取り、武器を手にそろそろと歩いていた。ひまな時間をつぶすためにアルバイトをしているような警備員ではなさそうだ。

「病室を見にいくんだろうか？」ジョンがささやいた。

「ええ。大佐の機器が停止してしまったから、ドアの上の赤いライトが点滅しているはずよ。患者がいないことに気づいたら、警報を鳴らすでしょうね。早くレベル４へおりなきゃ。ついてきて」

キャサリンは返事を待たずに部屋の奥へ急いだ。そこには、マックも気づいていなかったドアがあった。現在使われている小型のものとはまったく違う、旧型の大きなＭＲＩの陰に隠れていた。

一行は、薄暗い明かりのともった広い廊下に出た。

「いまの部屋は、おもに倉庫として使われているの。リサイクルに出す機械とか、修理が必要なもの、捨てるものを一時的に保管してある。技術者が時間どおりに入ってくるだけで、ほかの人は来ないわ。そしてここは、メンテナンスに使われている区域よ。セキュリティ・システムは、ここまでは入っていないわ。レベル４に到着するまで見つかる心配はないはず。この先にレベル４があることを祈りましょう」キャサリンは息を弾ませて話していた。マックは彼女の手を取った。建物の見取り図は記憶しておいたが、ここは見取り図には載っていない。

今度もまた、キャサリンに助けられた。

廊下は三百メートルほどのびていて、突き当たりにエレベーターがあった。大きさからして、貨物運搬用だ。全員でそれに駆けこみ、キャサリンはリーのカードキーをスワイプした。ボタンは三個だけだったが、カードをスワイプしたとたんに、大きな〝4〟の文字がスクリーンで点滅した。キャサリンが4の文字を押すと、エレベーターは降下をはじめた。

ニックに呼ばれた蟻ん子の一団が、エレベーターの天井に張りついていた。マックは、タブレットに真上から見た自分たちの姿が映っているのを確認した。

エレベーターのドアがあき、鈍い輝きを放っている広い廊下に出た。

突然、霧笛にも似た警報が二秒間隔で鳴り響いた。

くそっ。

キャサリンがニックの顔を見あげた。「ごめんなさい、どうすればいいのかわからない。ニック、蟻ん子で部屋をひとつひとつ調べられないかしら?」

ニックはとうに蟻ん子を招集していた。ほとんど目に見えない極小ロボットたちが廊下に散らばり、壁を這い進んで各部屋へ入っていく。マックたちは、タブレットに無人の部屋が次々と映し出されるのを見ていた。

キャサリンがタブレットを見ながらマックの腕に触れた。マックは温もりと希望と不安が同量ずつ体内に染みこんでくるのを感じた。キャサリンの手を握り返したかったが、大佐を抱いているので、屈んで彼女の頭のてっぺんにキスをした。

「待って！　いまのところ、巻き戻して」マックの腕に触れたままの手から、興奮がどっと伝わってきた。すぐに、その興奮が彼女のものなのか自分のものなのか、マックにはわからなくなった。「ほら！」キャサリンが指さした。薄暗い室内にベッドが三台並んでいる。人間が三名、それぞれ機器につながれていた。

その部屋の前は明るい照明のついた廊下だった。タブレットを見ていると、白衣姿の男女が部屋から出てきた。廊下の曲がり角から、警備員がふたり現れた。

ジョンはすでにバックパックからスタン手榴弾を取り出していた。

「後ろを向いて目を閉じろ。口をあけて」マックは急いでキャサリンにいった。ニックとジョンはそれぞれ小さなイヤープロテクターをつけ、二個をキャサリンに渡した。マックはルシウスをそっとかつぎ直し、イヤープロテクターをつけた。そして、ジョンにうなずいた。

「爆発するぞ」ジョンがささやき、曲がり角から身を乗り出して手榴弾を放った。

曲がり角の先でぱっと光が閃き、イヤープロテクター越しでも耳が痛くなるほど強烈な音がした。

残しておいた少数の蟻ん子たちが、警備員たちが地面に伏せて体を丸め、耳をふさいでいるところを不明瞭な映像にとらえた。さらに二名の警備員が駆けつけた。タブレットを見ていたニックが、前に進み出てひとりずつ一発で仕留めた。タブレットには、警備員が立てつづけに倒れるところが映った。

「行け、行け、行け!」マックの命令で、一行は廊下を走った。

キャサリンは三人の患者がいる部屋のドアからなかを覗きこみ、マックのほうを振り返った。

マックは、はっとした。キャサリンの表情は、沈鬱だった。

よくない徴候だ。

全員が部屋の前にたどりつき、戸口で止まった。

ひどい。

ロメロ、ランドキスト、ペルトンが、三台のベッドに横たわっていた。それぞれの脇に据えてある機器には、色つきの線がジグザグに延び、低い電子音が鳴っている。そのことに気づかなければ、マックは三人とも死んでいると勘違いしたかもしれない。

大佐よりみじめなありさまだった。もっとやせ細り、変わり果てていた。大佐よりもっと多くの手術を受け、投与された薬剤もさらに強力だったのかもしれない。

三人は屈強な若者だった。いかにも異常な科学者がいじりたがるような男たちだ。三人とも昏睡状態で、頬のこけた顔はすでに死んでいるように見えた。何カ所も青あざがあり、長いあいだ点滴の針を打たれていたことがうかがえる。

彼らは患者用ガウンすら着せられていなかった。両手両足を広げて固定され、なにかの生(い)け贄(にえ)に見えた。いや、ほんとうに生け贄だ。だれかの欲望のための。

若く強く勇敢だった三人は——世界屈指の強者(つわもの)たちだった——並みはずれて過酷な捕虜収容所の捕虜になってしまったかのようだった。だが、彼らがいるのはここ——すばらしきアメリカ合衆国のシリコンヴァレーだ。

マックは怒りを抱えて戦闘に参加したことはない。憤り、怒り、復讐心——そんな感情を抱く余裕などないからだ。戦いに感情が入りこむと、目がくらんでしまう。感情は足手まといで危険なものだ。だから、マックはあらゆる感情を洗い流してから任務に取りかかる。任務中は冷静に醒(さ)めた頭で考え、計算高く行動する。

だがいまは、理性など吹き飛び、仲間たちへの哀れみの念に溺れそうになっていた。こんなことに巻きこまれた仲間たちが哀れだった。拷問され、苦しめられ、同じ国に住む人間から動物以下の扱いを受けたのは明らかだ。

怒りが止めようのない大波となって襲ってきて、マックはあらがうすべもなかった。仲間たちを、キャサリンとルシウスを危険にさらすかもしれないとわかっていても、怒りを抑えきれなかった。

一度、二度、と息をするあいだ、マックは立ちつくしていた。ニックとジョンも彫像のごとく動かなかった。さまざまな戦闘に参加し、さまざまな死を目撃してきた三人でさえ、これほどの邪悪さを感じる光景には衝撃を受けずにはいられなかった。まるで悪魔の手に触れられたようだ。

最初に立ち直ったのはキャサリンだった。てきぱきと手を動かし、優しく速やかに男たちから機器をはずしていった。小さな声でなにかをつぶやいている。マックはしばらくして、彼女がチェックリストを確認していることに気づいた。マックたちが戦闘に入る前に装備品を確認するのと同じことをしている。

ついに三人とも機器から解放されたが、かろうじて息をしているだけでじっと横たわった姿は、肉屋の大理石のカウンターに置いた肉のかたまりを思わせた。キャサリンは悲しそうに三人を見た。

「ニック、ジョン、三人をシーツで包んであげて。わたしはやることがあるの」

ふたりはうなずき、裸で死にかけている仲間たちをシーツでくるみはじめた。なんとか手分けして三人を担ぎあげたとき、ふたたび甲高い警報が鳴った。一度目より緊急度が高い響きがした。

キャサリンが病室に戻ってきた。

「いまの警報は?」マックが尋ねた。

「火災報知器を作動させたの。避難指示のサイレンが鳴るわ。出口が全部あいたはず。行きましょう」

リーは休憩室に立ち寄ってみようと考えた。こんな夜中に、だれもいないはずだ。ミロンの社員に対する待遇はなかなかいい。ネスプレッソのコーヒーマシンでおいしいコーヒーが飲め、中国茶やハーブティーも種類がそろっている。

椅子は座り心地がよく、清掃スタッフがいつも清潔に掃除をしている。とりあえず、お茶を一杯楽しむ余裕くらいはあるだろう。飲みながらノートを読み返してもいいし、瞑想してもいい。時間はある。

リーはあらゆる意味でこの日を楽しみにしていた。ナンバー9とその仲間は、結局のところ実験台としてはあまりにも扱いづらかった。リーは科学者なので、運などあてにならないものは信じないが、彼らを始末すれば、プロジェクトも自然のリズムを取り戻し、普通の患者たちを対象にした実験も進むのではないかと思えた。

ナンバー9たちは、まさに外れ値という言葉がぴったりだ。

リーはリムジンを降り、運転手に行ってもいいと指示を出し、赤いテールランプが視界から消えるまで見送った。

セキュリティ・スタッフが巡回しているのは知っているが、いまこの瞬間は、広い敷地内に自分以外のだれもいないような気がした。それどころか、カリフォルニア州全体で、自分以外の人間が残らず消えてしまったようだった。

もうすぐだ。リーにはわかる。外れ値を削除すれば、成功に向けてプロジェクトを再起動できる。あと半年間、試験をすれば——あの愚か者のフリンで試してやろうか——準備完了だ。

そう、来年のいまごろは北京にいて、科学技術部長の地位についているかもしれない。もしくは国防部だろうか。祖国の未来を決めるのに重要な役割を果たした男として、祖国の中枢部の栄えある一員となる。長いあいだ異郷で孤独なつらい生活に耐えつつも、祖国に忠実だった男として。

ああ、待たされれば待たされるほど、勝利の味はますます甘美なものになる。自分はまだ若く、四十歳にもなっていない。癌ワクチンは祖国に譲り渡した。中国共産党の幹部たちは、世界最高の治療を受けている。

リーは、八十歳、いや九十歳になってもかくしゃくとしている自信があった。あと四十年から五十年、世界一の強国で権力の頂点にいられるはずだ。

深呼吸をして西に目をやった。もちろん、ここから海は見えない。だが、四十五キロほど西へ行けば太平洋だ。祖国の呼び声が大海を渡ってくるのが聞こえる。人類の知るもっとも偉大な文明が、もう一度、世界を制覇する。

このチャールズ・リーの功績によって。

リーはほほえみ、カードキーを取り出そうとして眉をひそめた。おかしい。いつもはズボンの前ポケットに入っているカードキーがない。ほかのポケットもまさぐってみたが、やはり入っていなかった。ブリーフケースにもない。

いらだちが募ったが、最大のいらだちのもと――フリンのばかを除く――が今日、始末できるのはほんとうにありがたかった。それにしても、大事な書類を忘れたことは一度もないのに、カードキーをなくすか忘れてしまうとは。

まあ、ほかにも入る方法はある。

セキュリティ・システムとは、こういうときのためにある。リーを含めた十一名が、カードキーを忘れたり、カードキーが割れて使えなくなったりしたときのために、特別に暗証番号を与えられていた。リーはその番号を入力した。

すでに頭のなかでは休憩室で静かにお茶を用意し、いらだちを静めているつもりだったので、最初は面食らった。

ドアがあかない。リーはもう一度、暗証番号を打ちこんだ。そのとき、外周のスピーカーから火災報知器のサイレンが鳴り、ドアがあいた。最初にドアがあかなかった理由がわかった。サイレンが鳴った理由も、だれが鳴らしたのかも。セキュリティ・システム上では、すでにリーが出社し、まだ退出していないことになっている。そのため、リーは侵入者と判断された。何者かが、リーのカードキーを使って建物に入ったのだ。それがだれかはわかっている。

サイレンを鳴らしたのと同じ人物だ。

キャサリン・ヤング。

彼女がここにいる。


くそっ！　死にかけている男が四人いるのに、彼らを運ぶ人間は三人しかいない。ニックとジョンはベッドの毛布をはぎとり、橇もどきの運搬具を作り、それにひとりを乗せてふたりで運んだ。それぞれ、ひとりずつ背負ってもいる。前進するのも大変で、格好の標的になってしまいそうだが、仲間を置き去りにするなど考えられなかった。仲間を実験用の鼠のように死なせてはならない。

キャサリンはなにかを考えこんでいる様子で、顔をしかめてつかのま足を止めた。マックは彼女にほとばしるような愛情を感じ、ひざまずきそうになった。普通の女なら、パニックで泣きわめくか、いたずらに騒いで体力を無駄使いするのだろうが、彼女は違う。考えている。

「マック」キャサリンが差し迫った口調でいった。「早くみんなを出口に連れていかなければならないわ。五百メートル、三人でこの人たちを連れていける？」

「ああ。どこに出口があるのか教えてくれれば、おれたちだけで大丈夫だ。急げ。外のパトロール隊がどこにいるのかは復習したな。いま、東側なら大丈夫だ。ヘロウで落ちあおう。おれたちがそこまでたどりつけなければ、操縦席の隣にサバイバルキットがある。現金一万ドルが入ってるから、それで――」

キャサリンは驚いて口をひらき、目を丸くした。それから、怒ったように険しい目になった。「どうしちゃったの？　このことは話しあったでしょう。それなのにまだ、あなたたちを置いていけというの？　信じられない。帰ったら罰が待ってるわよ、トーマス・マッケンロー。ニック、ジョン、あなたたちはおばかさんには見えないから、ついてきて」

一行はできるだけ急いで移動した。マックはルシウスを肩に担ぎ、ランドキストを包んだ毛布の片側を引っぱった。反対側は、ロメロを担いだジョンが引いた。ニックはペルトンを背負い、たびたびタブレットに目をやった。

三人はとにかくキャサリンについていった。彼女はマックにどなったあと、一度も振り返らなかった。その背中すら、美しいが怒っているように見えた。

「ばかだな。ルールその一」ジョンがぼそりといった。「惚れた女を怒らせてはいけない」

「おまえにいわれたくない」マックは答えた。「女とつきあった最長記録が四日のくせに」

この埋めあわせはしなければならない。そのためには、生き延びるのが先決だ。全力で走ることはできないし、大男たちを運んでいれば、いやでも目立ってしまう。救出した四人はカムフラージュのボディスーツも着ていない。格好の標的だ。しかもヘリコプターは五人乗り。八人も乗ったら離陸できないかもしれない。

進み具合ははかばかしくなかった。ヘリコプターまで、あと十五分はかかるだろう。マイクロ波のバリアを突破するのにかかる時間を含めれば、もっとかかる。

十五分間もあれば、なにが起きてもおかしくない。致命的ななにかが。

マックは、心のなかの冷たい場所へ行こうとした。そこは彼にとって戦闘中の砦だった。マックは自分自身を生身の人間ではなく、ただのロボットだと見なすことに慣れている。たしかに肉と骨のかたまりではあるが、戦略に必要な部品のひとつであり、火器のひとつであり、死の群舞の一員でしかない。

だがいま、どんなにその場所を探しても見つからなかった。いま、自分はチームのリーダーであり、冷徹な判断力で守らなければならないのは、ニックとジョンだけではない。ルシウス、ランドキスト、ロメロ、ペルトン、そしていうまでもなくキャサリンの命もあずかっている。全員で生きてここを出るには、マックはただの男ではなく戦士でいなければならない。

それなのに、足を一歩踏み出すごとに、おまえはただの男だ、人間らしい弱みを持つ男だと思い出させる存在が、前方を走っている。キャサリンだ。

マックはキャサリンに頭のなかをかき乱されていた。状況から距離を置き、冷静に考える能力を奪われていた。

任務でも戦闘でも、マックは仲間を守るために全力を尽くすが、いつも任務が最優先だった。仲間たちもまた兵士なのだから、犠牲になることの価値を理解し、受け入れてもいた。生還することができないかもしれないが、任務遂行のためならやむをえないことと受け止められていた。

だが、キャサリンを失うことは受け入れられない。絶対にだめだ。

彼女を心配する気持ちが思考回路を焼き切り、マックの力を殺いでいる。あまりにもプレッシャーが強く、マックはいまにもまっぷたつに割れそうだった。キャサリンを愛することで、ましな男になれるかもしれないが、兵士としてはだめになる。だがいま、彼女が必要としているのは、ただの男ではなく兵士だ。

「もうすぐよ！」キャサリンがあえぎながら振り向いた。マックは彼女の顔に恐怖を見て取り、ふたたび愛情がこみあげるのを感じた。キャサリンは怯えているが、なんとか戦っている。まったく仲間の足を引っぱらない。恐怖を抱えながらも、全身全霊で仲間を助けようとしている。

キャサリンには全力で応えなければならない。マックは最後まで彼女を守りとおすと決意した。キャサリンこそ人生でもっとも大事な任務なのだから。

「どうした？」

一行は廊下の交差する地点の手前にいた。キャサリンは小さな拳をあげて立ち止まり、全

員を止めた。息を切らし、華奢な胸を上下させながらもニックのほうを向いた。「右の廊下

にだれかいる？」あえぎながら尋ねた。

天井が波打った。ニックは残りの蟻ん子を右の廊下へ向かわせた。

「あまりきれいに映らないな」ぶつぶつとつぶやく。「無人だ。なにか機械があるが」

キャサリンはタブレットをつかむと、にっこり笑って小さな歓声をあげ、伸びあがって

マックの唇にキスをした。マックは笑みを返した。キャサリンにはつい頬がゆるんでしまう。

それに、彼女が許してくれたのがうれしかった。

「ここからは見えないけど、それは電動カートよ。安全が確認できたら、ルシウスたちを乗

せていけるわ。タイミングさえ合わせれば、ヘリまでそれに乗っていけばいいのよ」

まったくニックらしくないことに、彼も歓声をあげ、身を乗り出してキャサリンにキスを

した。大きくチュッと音をたてて、唇に。

「おい！」マックは眉間にしわを寄せた。

「ボスの彼女に感謝しただけだよ」ニックはタブレットから目をそらさなかった。映像はぼ

やけているが、なんの動きも見られない。「よーし……行くぞ！」

一行は右の廊下へ飛び出し、カート目指して走った。カートは荷物の運搬用だが、人間も

運搬できる。ルシウスたち四人を荷台におろし、薪のように固定した。マックは小さく丸め

た布を取り出してさっとひらき、四人にしっかりとかぶせた。光を屈折させる布だ。完全で

はないが、赤外線装置から四人を隠してくれる。

「ジョン、運転を頼む。ニックは後ろに」マックは指示し、防御態勢を取った。ニックとマックが背中合わせになった。ジョンとキャサリンの後ろで、マックは前方を向いている。

ジョンがスイッチを入れ、カートはごろごろと廊下を走りだした。

サイレンの音がふたたび変わり、さらに甲高くうるさくなった。「避難指示の第二段階よ」キャサリンがいった。

それはいい知らせだ。さらに混乱が増し、社員たちがあちこちで走りまわるようになり、警備員も、やたらと発砲できなくなる。だが、マックたちには発砲することへのためらいはなかった。ルシウスたちのありさまを目にしたからには、この研究所の人間はひとり残らず標的であり、姿を見た瞬間に撃たねばならない。

また交差路に差しかかり、キャサリンがジョンに耳打ちした。ジョンはスピードを落とさずに左に曲がった。廊下の先は長い傾斜路になっていて、突き当たりに巨大な両びらきの金属製のドアがあった。

「ジョン！」マックは大声で呼んだ。「このがらくたは、これ以上スピードが出ないのか？」

「試す方法はひとつしかない」ジョンはむっつりといい、わずかばかりスピードをあげた。

水平の廊下から傾斜路に入ったとたん、ドアがひらきはじめた。そのむこうに、ベルベットのようになめらかな夜空が見えた。

「暗視ゴーグルだ」マックはいい、自分のゴーグルのスイッチを入れた。敵も暗視ゴーグルをつけているはずだ。かまうものか。夜の闇を目指して傾斜路をのぼっていくにつれ、マックは自分の気分も高揚するのを感じた。勝手のわからない建物のなかにいるとあせりを感じるばかりだったが、こうして対等の場所に出てきてしまえば、ミロンの警備員が何人いようが、どんな布陣を展開してこようが、自分たちの敵ではないと思えた。

おれたちは百人だって相手にできる。そのうえ、キャサリンを守らなければならないとしたら？　一千人だってかかってこい、だ。

「ニック」静かな声で呼んだ。ニックは荷台からおりて走りだした。

マックは百八十度の射界を確保するため横を向き、後ろを見やった。ジョンは片手でハンドルを握り、もう片方の手に銃を持っていた。

「マック」キャサリンがマックの顔を見あげた。マックはあえて振り向かず、視界の端で不安そうに青ざめた美しい顔を見た。

「大丈夫だ。ニックが建物の反対側で敵を引きつけてくれる。あとから合流するんだ」

「そう」キャサリンがほっとした様子を見せ、また前方を向いた。

キャサリンは信頼してくれている。みんなを信頼してくれている。

彼女をがっかりさせたくない。

敷地内のすべての照明がともっていた。まばゆいスポットライトが昼間のように明るく芝生を照らし、ところどころに三角形の影を落としている。セキュリティのためではなく美的な観点から、建築家がライトを設計したらしい。マックが照明システムを設計するなら、いざというときにはクリスマスツリーよろしくどこもかしこもピカピカにしてやるのだが。

マックとジョンはあらかじめ知っていたが、キャサリンは大きな爆発音にびくりと身を震わせた。炎も飛び散る瓦礫(がれき)も見えないが、屋根の上まで煙がもくもくとあがっているのが見えた。その煙の大きさからすると、ニックはいい仕事をしたようだ。

ジョンは限界までカートのスピードをあげていた。さして速くもないが、重たい病人を四人も抱えて走るよりはよほどましだ。やがて地面のこぶに乗りあげ、どさりと着地した。その衝撃で、ルシウスが身動きした。一瞬、目があき、また閉じた。

暗視ゴーグルには平らな緑色の地面しか映っていないが、百メートル前方にマイクロ波のバリアがあることはわかっている。ニックがカートの右側五十メートルのあたりで、バリアのほうへまっすぐ走っていくのが見えた。

遠くで複数の人間が走っている音がするが、彼らはマックたちではなく爆発の現場に吸い寄せられていった。どこかで警備員が赤外線カメラのモニターを見ているはずだが、いまのところなんの指示も出されていないようだ。

マックはイヤーピースをタップした。「手榴弾。キャサリン、頭を守れ」キャサリンは屈み、両腕で頭を守った。

「了解」ニックは息切れすらしていなかった。逃亡生活でも体調の管理は万全に保っている。それどころか、日々のトレーニングは以前より厳しくしていた。国家と軍に追跡されていては、絶えず気を引き締めていなければならない。

ニックの腕があがって伸び、カートが目指す先を狙って正確に手榴弾を投げた。手榴弾が爆発し、一気に六個の植木鉢を吹き飛ばしてマイクロ波のバリアを崩した。

土塊が舞いあがり、植木鉢の破片とともに、カートの上にばらばらと降り注ぐ。だが、コンバットスーツとルシウスたちにかぶせた布が破片をはじき、なにごともなかった。

ジョンはかつて致命的なマイクロ波のバリアがあった場所をまっすぐ突っ切った。でこぼこの地面の上でカートがはねる。荷台の布が少しずつずれ、風にあおられて飛んでいった。

くそっ！　赤外線カメラに映ってしまう。

どこかで叫び声があがり、五人の警備員がカートのほうへ走ってきた。

「見つかった！」ジョンがどなり、屋根のないカートの脇に突き出ているバックミラーを見やった。「しっかりつかまれ！」

ジョンはカートをジグザグに走らせた。敵の銃弾がまた土塊を舞いあがらせる。もはや数の問題だ。残り時間と追っ手の数。ニックがカートのすぐ後ろまで近づき、併走し……荷台に飛び乗った。病人たちをまたぎ越えて、荷台後部に伏せた。速やかにライフルを構える。

ふたたびマックとニックが背中合わせで三百六十度をカバーした。

「ドローンだ！」マックはどなった。「警備員たちは？」

ニックがタブレットの画像をホログラムにし、全員に見えるよう、横に向けた。三個の赤い点が近づいてくる。周縁部の警備員たちだ。そう、彼らはまさにこのために訓練を積んでいるのだった。逃亡者を阻止するために。

キャサリンとジョンにもホログラムが見えるよう、ニックはコピーを運転席のほうへ送った。ヘリコプターまであと四分。

百メートル離れたあたりから、赤い点がどんどんカートへ集まってくる。

「ヘロウには気づいていない。こっちに来る！」ジョンが叫んだ。

早くヘリコプターに乗らなければ、とっととこの場を離れなければ。上空に出れば、楽に息ができるようになる。それまでは標的であり、数でも負けている。それに、キャサリンがいる。

彼女は黙って前のバーにしがみついていた。美しい顔を引きつらせ、ひとことも口をきかない。マックたちの邪魔をしたくないのだ。

あと三分。

七十メートルほど後方から、武装した男たちが追いかけてくる。ライフルを構え、全力疾走している。マックもライフルを構え、狙いをつけた。飛び跳ねるカートの上で自然にバランスを取り、好機を待つ……いまだ！　一瞬、揺れがおさまる。マックは息を吐きながらトリガーを引いた。ひとりが倒れる。ふたたびカートの揺れがおさまったとき、ふたり目を仕留めた。さっと向きを変え、三人目を倒す。

あと二分。

いま倒した三人は、自分たちの位置を知らせたはずだ。すでに研究所じゅうの人間が、武装した男たちがミロンのカートで逃走しているのを知っているに違いない。ニックがライフルを構え、後方でショルダーマイクに向かってしゃべっていた男が倒れた。

あと一分。

ヘリコプターまでもうすぐだが、まだ見えない。ぎりぎり間に合うかどうか。四方八方から赤い点がわらわらと集まってくる。

マックはイヤーピースをタップし、チーム全員に話しかけた。「キャサリン、カムフラージュのタープをヘロウからはずしてくれ。ニックとおれが防御する。ジョンは大佐たちをヘリに乗せろ。一分三十秒後には離陸だ」

言葉にしなかったことがある——離陸でき、れ、ば。ヘリコプターはスピードとステルス性を重視した機種で、頑丈な馬車馬ではない。テクノロジーの粋を集めたスマートな娘だが、力には限界があり、八人を乗せるのは限界を超えている。唯一の希望は、病人たちはひどくやせ細っているということだ。四人の体重を合わせても、せいぜい普通の男ふたり分にしかならない。

なんとか持ちこたえてくれるかもしれない。

マックはすばやくべつの可能性についても考えてみた。ここからヘイヴンまでのどこかで不時着しなければならなくなったら。ヴァンを盗んで、山へ向かい……。

着いた！　カートがぐらりと揺れて止まった。キャサリンが飛び出て、手早くタープをはぎ取っていく。ジョンはルシウスたちをヘリコプターに乗せた。キャサリンは作業を終え、意識のない男たちを座らせ、離陸に備えて固定するのを手伝った。

四人の警備員が発砲しながら走ってきた。マックは脇腹に鋭い痛みを感じたが、無視した。防弾チョッキがなんとかしてくれる。あざくらいはできるかもしれないが。マックはひとりを撃ち、その隣にいた男も撃った。残りのふたりはニックが倒した。

ジョンがコックピットでエンジンをかけていた。「行くぞ！」

マックは手すりをつかんでよじのぼり、顔をしかめた。脇腹がひどく痛む。ヘリコプターはゆっくりと上昇しはじめた。ニックがハーネスを締め、ひらいた乗降口の外にぶらさがり、追いかけてきた男たちに発砲している。明るい光が閃き、またひとり倒れた。

なにかがはぜる音がした。

くそっ！　スタナーだ！　当たっていたら、みんな家畜のように感電死しているところだ。

銃弾が着陸脚に跳ね返った。もう地上の人間にはほとんど見えず、赤外線カメラにもとらえられないはずだ。

ヘリコプターは機首をさげて前進し、銃弾やスタナーの射程圏外に達した。マックは警備員たちの薄緑の顔を見おろした。音やレーダーや赤外線カメラでもヘリコプターをとらえきれず、でたらめな方向に銃口を向けている。ヘリコプターは北を目指してどんどんスピードをあげていく。帰るのだ。

マックは安堵の息を吐いた。ニックはハーネスをはずし、後ろの座席を振り返った。そのとたん、目を丸くした。

敵が土壇場でヘリコプターに乗りこんでいたのかと思い、マックは銃を構えてさっと振り向いたが、だれもいなかった。

いや……チームメイトたちの体の上に、青ざめた顔の人間が倒れ伏している。

キャサリンだ。

死んでいる。


リーはセキュリティ・スタッフたちの怒号を聞きながら、廊下をつかつかと歩いていった。何者かが侵入し、貨物運搬カートで逃げ、警備区域の端で乗り捨てていったという。

侵入者がだれか、知っている者はいなかった。

リーは知っている。いや、心当たりがあるというべきか。正面玄関で監視モニターを見ていた二名は、変わったことはなにもなかったと断言したが、リーはだれかがナンバー9をさらいにきたのだとわかっていた。

ナンバー9が鍵だ。だれかが、ナンバー9がここにいるのを知り、リーの一年分の苦労と輝かしい将来を盗んでいった。

リーはドアの上で点滅している赤いランプを見やりながら、ナンバー9の病室に入った。ナンバー9はいなくなっていた。機器は丁寧にはずしてあった。無理やり引きちぎられてはいなかった。手順を知りつくしている者のしわざだ。

そう。キャサリン・ヤングだ。

リーはインターコムで玄関脇の警備員室の番号を押した。「今夜、勤務表にない者がだれか来なかったか?」

一瞬の沈黙のあと、警備員が答えた。「ええと、ベンソン博士が来ました。午前三時十七分に入館しています」

「緊急連絡先は名簿に載っているな。電話をかけて、彼がいまどこにいるのか教えてくれ」

「あの、彼はいま――」

「早くしろ!」

「わかりました」警備員室とのインターコムを入れたままにして、リーは警備員がベンソンに電話をかけ、いまどこにいるのかと尋ねるのを聞いていた。ベンソンの答えは聞こえなかったが、リーにはわかっていた。彼が研究所にいないことは。「部長」警備員が困ったようにいった。「ベンソン博士はここにいません。いまボストンです。母親が病気とのことで」

リーは目を閉じ、またあけた。警備員がなにかわめいているが、リーはもはや聞いていなかった。

「セキュリティ・チームに、カートに手を触れるなと伝えて、科学捜査チームを呼んで証拠を集めさせろ。ＤＮＡでもなんでも、見つかるはずのないものが見つかったら、わたしのところへ持ってこい」

「承知しました」

騒々しいサイレンの音が響き渡るなか、リーは慎重にレベル４へおりた。建物内は無人だった。だれもが避難指示に従ったようだ。

レベル４の入口で、サイレンが不意に止まった。セキュリティ・チームが、上階を捜索して証拠を集め、夜勤の社員に事情聴取をするのだろう。彼らがここまでおりてくることはない。レベル４の秘密は守られる。

リーは、患者ナンバー27、28、29の部屋のドアへ向かった。三人とも昏睡状態だったが、いまでは行方不明だ。四人の男をひとりで運べる人間などいない。

つまり、これは組織的な誘拐だ。キャサリン・ヤングが指揮しているのか？

リーの知っているヤングには、こんなことはできそうにない。優秀な研究者であり、すばらしい科学者だが、人の上に立つタイプではない。静かで、控えめな性格だった。ところが、彼女は姿を消し、研究所が荒らされた。

ヤングが関与しているのであれば、リーは地球の果てまでも彼女を追い詰めるつもりだ。その一方で、プロジェクトも進めなければならない。じつは、ヤングの脳の画像に、非常に興味深いものを見つけたのだ。おそらく、あれは利用できる。役に立つ。

今回のことは、プロジェクトをつかのま停滞させただけだ。

どうせ、ナンバー9たちは放っておけば死ぬ。彼らの脳の組織は手に入らなかったが、それだけのことだ。

そして、目標には着実に近づいている。

だれにも止められない。


「嘘だ！」マックは叫んだ。パニックで体じゅうがちりちりした。目の前が真っ暗になり、手足の感覚がなくなるほどの恐怖がこみあげてくる。

ひざまずいてキャサリンを抱きあげた。完全にぐにゃりとなったその体は、死んでいるようにしか見えない。

だめだ！

「救急箱！」叫んだと同時に、ニックが救急箱を差し出した。マックは中身をひっかきまわし、除細動器を取り出して小さなバッテリーにつないだ。キャサリンの防弾チョッキの留め具をはずし、その下のシャツの胸元をひらく。白い肌に除細動器の電極を貼りながら、気づかないふりをした。キャサリンに触れても生気がなく……死の手ざわりがすることに。

嘘だ！

いつもキャサリンに触れると、彼女の肌は歌を返してきた。生気がみなぎり、彼女に触れるのは命そのものに触れることだった。ほんの少し触れただけで、温もりとエネルギーが伝わってきた。心臓の鼓動を、キャサリンの本質である感情の渦を、彼女独特の優しさと明るさを感じた。

キャサリンに触れることはいつだって魔法だった。マックを生き返らせてくれた。

いまは違う。マックの指の下には、冷たくうつろな穴しかない。

汗ばんだ指で、除細動器のスイッチを入れた。キャサリンの背中が反り返り、一瞬、マックは思った——生き返ってくれた、と。だが、そうではなかった。機械から流れた電流が、彼女の筋肉を収縮させただけだった。

もう一度、電流を流すと、今度はさらに背中が強く反ったが、ぐったりともとに戻った。キャビンのなかがやけにうるさい。しばらくして、マックはそれが自分の叫び声だと気づいた。生きろ、生き返ってくれ！

みたびの電気ショックで、キャサリンはまたのけぞり、もとに戻った。マックはここ数日、何度もしたように、彼女の胸に触れた。いつもそうするたびに、彼女の肌がキスをしてくれるように感じていた。温かくマックを迎える気持ちが、とろりとした波動となってすべりこんでくる。マックはその感覚のとりこになってしまった。いつも、いつもそうだった……でも、もうあの感覚はない。

手の下にあるのは、空っぽの穴だけ。

いやだ！

ほんとうにそう叫んでいたのか、頭のなかに響いた声だったのか、マックにはわからなかった。どうでもいいことだ。電極を引きはがし、心臓マッサージをはじめた。手の下の肌に生気はなかったが、マックはかまわずつづけた。この自分が彼女を生き返らせるのだ、この手で彼女はよみがえる。彼女の手でマックがよみがえったように。

左手を胸に置き、右手のひらのつけねを重ね、一分間に百回の速さで少なくとも五センチの深さまで押す。

訓練の成果が現れ、マックはキャサリンの胸を絶え間なくリズミカルに強く押しつづけた。詠唱するように、ひたすら胸を押した数を数える。汗が彼女の胸にしたたり落ち、両手は何度も押されて真っ白になっていたが、マックはあきらめなかった、あきらめきれなかった……。

「ボス」ニックの手が肩に置かれた。「彼女はもういない。残念だ。スタナーの閃光が見えた。殺傷力のある緑だった。彼女に当たったんだな。ほんとうに残念だ、ボス」

マックは聞いていなかった。聞こえなかった。パニックのせいで耳鳴りがしていたからだ。視界も狭まり、キャサリンの胸に置いた両手しか見えていなかった。その手の下でぴくりとも動かない彼女の心臓のほかは、真っ暗だった。

ニックの声を聞かずにすむよう、マックは大きな声で数を数えた。ニックのいうことなど聞きたくなかった、だれの声もどんな言葉も聞きたくない、両手に彼女の鼓動を感じたいだけだ。百年このままでいなければならないのなら、そうしたっていい。こんなふうに彼女が生き返るのを念じていたい。

キャサリンがいなければ自分は存在できないのだから、この命を彼女に注ぎこもう。自分のすべてを、思いと夢と不安のすべてを両手にこめて、この両手で彼女の心臓を動かしてやればいい。そうだ。永遠にそうしよう。おれの心臓が彼女の心臓の代わりに鼓動する。なんだってやる、ほんとうになんだって……。

涙と汗が混じりあい、キャサリンの胸に落ちた。目がひりひりしたが、目やひたいをぬぐおうとも思わなかった。キャサリンにはこの両手が必要だ、休んだら心臓が拍動をやめてしまう。

「ボス……」ニックがまた口をひらいた。哀れみがにじんでいた。

マックは肩をすくめてニックの手を払った。手を使えるならたたき落としたかったが、キャサリンから手を離すわけにはいかなかった。いまこの瞬間、自分はキャサリンなのだから。両手はいまキャサリンの肌の下へ、骨と筋肉を突き抜けて心臓に達し、熱を送りこんでいる……。

マックはいつのまにか両手でキャサリンの心臓をつかみ、強く握りしめていた。あいかわらず、一分間に百回の速さでぎゅっ、ぎゅっと胸を押しつづけているはずなのに……心臓に触れている。全身全霊で触れている。できるならこの命をあげたいけれど、そんなことはできない。ただひたすら両手で彼女の胸を押すだけだ、一分間に百回の速さで。

マックは単調に数を数えつづけ、熱に浮かされたように手を動かし、汗をかき、恐怖にとらわれていた。

「十五分後に着陸」ジョンがいったが、マックには聞こえていなかった。聞きたくなかった。ずっとこうしていたい、愛する者の心臓に両手を当てていたい。こうしているかぎり、彼女を行かせなくてもいい、さよならをいわなくてもいいから……。

「マック……」ニックが低い声でいった。ニックが彼を名前で呼んだのははじめてだった。マックはふと目をあげ、ニックの目に涙を認めた。ニックが泣くとは知らなかった。「彼女はもういないんだ」ニックがささやく。

違う！

いいや、おれはキャサリンを……行かせない。マックの頭は、死という言葉を避けた。キャサリンは死なないのだから。彼女が死んだりしたら、この世はなにもかもめちゃくちゃだ。彼女こそ命とよろこびなのだから、彼女の心が、あの魔法のような力を持つ心(ハート)が……。

心臓(ハート)が、脈を打っている。

これは幻覚か？　両手のつけねの下にはなにも感じないが、ほかの感覚が、さっき幻の手で彼女の心臓に触れたときのあの感覚が、ドキンと力強く脈打つものを感じた。

キャサリンがふたたび電気ショックを受けたかのようにのけぞったが、いま、電極はつけていない。彼女はのけぞり、咳きこみ、首を動かした。

「なんてこった！」ニックが叫び、両手をあげて飛びすさった。

「どうした？」ジョンがコックピットからどなった。

ニックは蒼白だった。「キャサリン……キャサリンが……」

「生きてる！」マックは叫んだ。キャサリンを抱き起こし、きつく抱きしめて号泣した。嗚咽(おえつ)で息もできないほどだったが、空気などいらなかった。キャサリンさえ腕のなかで生き返ってくれたら、ほかのなにもいらない。

頰の傷跡をなにかがかすめた。キャサリンの手だ。その手は一度だけマックの頰をなでると、ぱたりと落ちた。「マック」彼女の声は、マックの胸の底から出てくるかすれた泣き声にかき消されそうだったが、かろうじて聞き取れた。「愛してる」

「なんだって！」喉が詰まり、マックはいいたいことがいえなかった。おれもきみを愛している。頭のなかでそう叫んだが、彼女には聞こえない。

キャサリンはマックの腕のなかで気を失った。

ヘイヴンまで、ふたりはそのまま動かなかった。キャサリンはマックの腕にしっかりと抱かれている。マックはキャサリンの背中に手を添え、心臓の鼓動を感じていた。大事な大事な彼女の心臓が。

鼓動するのを。

二週間後
ブルー山

「食事はしたのか？」マックが心配そうに尋ねながら、ドアを閉めた。部屋を突っ切り、テーブルを挟んでキャサリンのむかいに座った。

キャサリンは、あなたこそ食べたのと尋ねたかった。マックはここ数日でずいぶんやせてしまった。とにかく、キャサリンにはそう見えた。キャサリンは十日間、昏睡状態にあったが、ようやく四日前に意識を取り戻した。パットとサルヴァトーレが水分とブドウ糖を点滴してくれていたおかげで、目が覚めたときには……生き返ったような気分だった。長い長い時間、眠りつづけ、やっと目を覚ましたような感じだ。

マックは魂の抜け殻のようになっていた。キャサリンが意識を取り戻したとき、彼はベッドの脇に座っていたのだが、あとでステラに聞いた話では、十日間、手洗いに立つのを除いてずっとキャサリンのそばについていたそうだ。

十日間、ひげもそらず、ほとんど食事もせず、風呂にも入っていなかった。

十日ぶりに目を覚ましたキャサリンは、山男らしいあごひげが生え、目を充血させ、頬がこけて新しい皺が増えたマックを見た瞬間、思わず顔をほころばせたが、彼の頬に大きな涙の粒が伝うのを見て、眉根を寄せた。マックは涙をぬぐおうともせず、キャサリンにほほえみかけると、ずっと黙っていたせいでしわがれた声でいった。「おかえり」

そのひとことで、キャサリンの心は大きくひらき、それ以来閉じていない。

体力はたちまち戻ってきた。マックのおかげではない。彼は、フォークを口に持っていくより力がいることをキャサリンにさせなかった。

キャサリンはずっと部屋にいて、ステラがよこした大量の料理の一部を食べ終えたところだった。マックは一日、留守にしていた。十日間、仕事から離れているあいだに、さまざまなできごとがあったのだ。最初のうち、ボルトカッターとクレーンでも使わなければ、マックをベッドの脇から引き離すことはできそうになかったが、そのうち一時間か二時間ほど留守にしたところでキャサリンは死にはしないと納得したようだった。

実際、キャサリンは元気だった。

頭のなかでは、致死的な電気ショックを受けて心臓が止まったのを理解していた。だが、実感としてはなにも覚えていない。最後の記憶は、四人の病人と一緒にヘリコプター目指して走り、乗りこんだところで終わっていて、そこからヘイヴンの診療所で目覚めるまでは空白だった。

話を聞いて理解しただけであって、心や体でわかっているわけではない。少し疲れが残っていて、頭がぼんやりするが、それだけのことだ。

正直なところ、ほかにも感じるものがあった。相談するには時期尚早だし、ヘイヴンには妊娠検査薬もないが、体のなかに間違えようのない輝きがあった。光とよろこびの泡がひそかにふくらみ、かすかな命が巻きひげを伸ばしている。鼻歌を歌いたくなるほどうれしい。

マックが眉をひそめてキャサリンを見た。「そんなに料理がうまかったのか？」

「最高だった」キャサリンは皿をマックのほうへ押しやった。「食べてみて。体重を増やさなきゃ。ひどいありさまよ」

マックはたじろいだ。「おれはいつもひどいありさまだ。もし見てくれのいい男が好きなら、おれは違うぞ。ただ、もしきみが見てくれのいい男に乗り換えたら、そいつのきれいな顔をぶん殴ってやる。だから、おれから離れないほうがいいかもな」

キャサリンはにっこり笑った。「食べて」

マックは食べた。キャサリンが意識を取り戻して以来、はじめて食欲を見せた。キャサリンは気分がよかった。マックも間違いなく同じ気持ちだ。彼のいい気分を感じることができる。

「大佐の具合はどう？　ほかの三人は？」

「まあそうだな……安定している。パットとサルヴァトーレがいうには、いずれは回復するが、時間とリハビリが必要らしい。ステラがとくにかいがいしく大佐の世話をしている。そのうち、大佐たちからなにがあったのか話を聞いて、どうするか決めることになるだろうな」

キャサリンは真顔になった。「あなたたち、汚名を返上するべきよ。濡れ衣を着せられたんだから。大佐が証言してくれるなら、事情を公にしなきゃ」

マックの笑みも消えた。「ああ。いずれはそうしたい。だが、大佐たちがここに来たからには、汚名を返上するより大事なことがあるような気がするんだ。先週もここへ五人の新入りがやってきた。水の設備を改良しなければならないし、ジョンはコミュニティ・センターを建設する計画を立てている。たぶん……」深呼吸し、キャサリンの目を見つめた。「たぶん、おれたちの居場所はここなんだ。でも、おれがきみのことを決めるわけにはいかない。きみは山ほど学位を持った科学者だ。研究のキャリアを捨てて、無法者のハイテクなキャンプで無法者と暮らしてくれとはいえない。きみがそうしろというのなら、おれたちが不在のまま有罪になった判決を取り消すよう、申し立ててもいい」

キャサリンはびっくりした。「ちょっと待って！」手を伸ばすと、すぐにマックが握り返してきた。温もりと愛情でたちまちふたりの手はつながり、溶けあった。キャサリンの特殊な力は――才能は――ますます強くなっている。ヘイヴンでの暮らしでギアが入ったかのようだ。けれど、マックと共有しているものは、ほかの人とのあいだにはない。マックとの絆は、強く深く……三角形をなしているのかもしれない。「そんなことは望んでいないわ。わたしたちはここですばらしいものを作っている。とても大切なものをね。なぜかわからないけれど、心底そう思うの。ここで起きていることを、決して邪魔したり壊したりしてはいけないって。あなたもそう感じない？」

マックの口角があがった。「このところ、疲れしか感じなかったんだが、ああ」息を吐く。「おれはこれからもきみとここにいて、ふたりで作っていきたい……なんにしろ、おれたちが作ろうとしているものを。きみと一緒にそうしたい」

「わたし、ほかにもふたりでしたいことを知ってるわ」キャサリンは椅子からすべりおり、テーブルをまわってマックの膝に座った。マックは驚いたように目をみはったが、そろそろとキャサリンに両腕をまわした。

マックはキャサリンが目を覚ましてからずっと、このうえなく気を遣っていた。ちょっと手荒に扱ったら壊れてしまう磁器の人形のように、キャサリンを大事にした。死の世界から帰ってきたキャサリンに、ほとんどキスもしていない。もしマックのことをよく知らなかったら、もう興味をなくしたのかと思っていたかもしれない。だが、マックはキャサリンに興味がなくなったのではなかった。いつもそばにいて、食べるものを口へ運んでやり、キャサリンが行くところへはどこだろうが付き添った。風呂にも入れてやるといったが、キャサリンは断固として断った。

たったひとつ、マックがしなかったのは、キャサリンを抱くことだった。キャサリンはそのことを、動脈をガラスの破片で切られるように感じていた。

いま、マックはキャサリンにゆるく両腕をまわしている。恋人ではなく、落ちてくるものを待ち構えている人のように。

キャサリンは彼の首に鼻を寄せて息を吸いこんだ。わたしのマック。彼がとても恋しかった。「抱いて」とささやき、彼の耳たぶに甘く歯を立てる。

マックがびくりとした。キャサリンは体を引いて彼の顔を見た。警戒している。

「いいのか……パットになんていわれた？」

「こうするのにパットの許可はいらないわ」キャサリンはまた息を吸いこみ、マックの胸板に自分の胸をこすりつけた。「質問に答えると、いいと思うし、すべきだと思う」

「参ったな」マックは身震いし、目を閉じてキャサリンとひたいを合わせた。「おれはまだ、ショックから抜けきれてないらしい。きみが死んだと思ったときは……」また体を震わせた。

「あら、死ななかったわ」キャサリンはマックの耳の下を軽くかじり、あごまでキスを繰り返した。唇に吐息を感じているはずだ。もう少し……。

「やれやれ。セックスか」マックはかぶりを振った。「できるかどうかわからない。不能になってしまったかもしれないな。男性ホルモンが全部なくなってしまったような気がする。あのときは気づかなかったが、きみの心臓をもう一度動かせるなら、二度とセックスはしないと誓ったのかもな」

「誓ってないわ」唇に軽くキスをする。「誓っていたら、ニックとジョンが教えてくれたはずだもの。それに、強制された誓いなんてあてにならない。ちなみに」マックの胸から引き締まった腹へ、そしてスウェットパンツのなかへ手をすべらせる。ほら、もう固くなってい る。「ちなみに、あなたが不能になったとはぜんぜん思わない」

その言葉に、マックの股間のものは一気にふくらみ、キャサリンの手のなかで跳ねた。

マックは声をあげて笑った。

「あなたの負けよ、トム・マッケンロー。わたしと、このあなたの息子対あなた。二対一」

マックの口角にキスをすると、軽いキスが返ってきた。「あなたはヘイヴンの民主主義をとても大切にしてるんだから、多数決に従うべきね」

「うーん」

キャサリンはキスをしながらほほえんだ。言葉に詰まった彼はいいなりだ。

「立って」

キャサリンは立ちあがった。マックがキャサリンのパジャマのズボンと下着をおろし、腰を浮かせてスウェットパンツを脱いだ。彼も特殊部隊の隊員の例に漏れず、たいてい下着をつけていない。キャサリンは、はじめてそのことを聞いたときの驚きを思い出した。ばい菌から守るためだ、と彼はいったが、なんのことだろうか。

でもいまは、すっかり大きくなった彼のものがさっと出てきて下腹に寄り添っていることが、とにかくうれしかった。

ああ、これだ。これがほしかったのだ。この熱さ、この近さ、舞いあがるようなよろこびが。マックはいまや片方の手でキャサリンの頭を支え、もう片方の手を腰に添えてぐっと抱き寄せ、激しくキスをしている。

やがて、マックの手がキャサリンの脚のあいだに触れた。彼はほんの数秒でゼロから千になってしまったので、キャサリンの準備ができているかどうか確かめたかったらしい。下腹に当たる彼のものは、ずっしりとした熱い棍棒のようだ。彼の指に、キャサリンが準備できていることが伝わっている。キャサリンは、彼が細心の注意をこめてそっと触れた一点に集中し、やはり一気にゼロから千になっていた。

細心の注意はいらないのだけれど。

わたしは死ななかった。助かる見こみなどないも同然だったのに、死ななかった。意識を取り戻したあと、しばらくしてニックに聞いた。あのときマックが絶対にあきらめようとしなかったから、きみはいまここにいるのだ、と。若く健康で、恋をして。

生きている。

たくましい指が入ってきた瞬間、キャサリンはよろこびに息を呑んだ。脚のあいだが収縮し、もっとマックを引きこもうとする。指は少し震えていた。マックはキャサリンを傷つけまいと我慢するあまり、全身をかすかに震わせている。

マックがどんなに気をつけてくれているのか、はっきりとわかる。彼の気持ちは手つきに、キスにあらわれている。なによりも、彼の肌の下に、キャサリンだけが触れることのできる場所に感じ取ることができる。

顔をあげてマックの愛しい顔を見おろした。キャサリンとて、マックがハンサムではないことは認める。傷だらけで、ニキビの跡もある。鼻は何度も骨折したせいで曲がっている。けれど、キャサリンはそんなものは見ていなかった。見えているのは彼、肌の下に隠れているありのままの彼だ。それはキャサリンにしか見えない。

そのマックは、とても美しい。

「早く、マック」キャサリンはささやいた。

「早く」マックは同じ言葉を返し、目を見つめながらキャサリンを抱きあげ、ゆっくりと自分の上におろした。深く。もっと深く。奥まで貫かれて一体になり、どうすれば分かれられるのか、もはやキャサリンにはわからない。

ああ、なんて素敵。キャサリンは目を閉じたが、そっと揺さぶられて目をあけた。

「だめだ」マックがいった。「目をあけていてくれ」

キャサリンは、いわれたとおりに目をあけた。マックが少しキャサリンを抱きあげ、腰を上下させる。彼にまたがったキャサリンの髪が、褐色の滝となって外の世界を遮断し、小さな楽園にふたりを封じこめた。

マックの腰は力強く上下の動きを繰り返した。キャサリンは息を呑んだが、彼にはそれが痛みのせいではないとわかっている。触れて、知っているからだ。これがほしかったのだ。この親密さ、ふたつの体がひとつになる感じが。

マックに突かれて揺れるたびに髪も揺れた。マックにしっかりと支えられているので、動くことはできなかったが、動く必要などなかった。マックがなにもかも、完璧にしてくれる。最初はゆっくりと、ふたたびキャサリンを慣らす。いつスピードをあげればいいのか感じ取っているのだ。

突き方がさらに激しく速くなり、キャサリンの脚のあいだから熱が全身に広がっていった。目を閉じたいけれど、それはできない。緊張し、力のこもるマックの顔から目をそらせない。マックの動きの大きさに椅子が揺れ、接合部がきしんでいる。熱はどんどん上昇し……。キャサリンの全身がぐっとこわばり、つづいてこわばりがほどけていった。少し膝を立ててのけぞり、痛みとすれすれの熱い波のなかでわななないた。

それがきっかけでマックも達し、最後に強くひと突きした。しわがれた叫び声をあげ、キャサリンのなかに熱い液体をほとばしらせる。

キャサリンはぐったりとマックにもたれた。汗ばんでほてった体で、満足していた。ふたり一緒に。

ふたりはしばらく黙ったまま座っていた。キャサリンはマックに抱かれて肩に頭をあずけ、マックはまだキャサリンのなかで半分固いままだった。

キャサリンの人生で、いちばん幸せなひとときだった。ふたりで山にのぼり、約束の地を眺めているような気分だ。

ゆっくりと首をめぐらせ、マックの耳にキスをした。「いいことを教えてあげる」

彼がほほえんだのが、見えたというよりも感じた。「なんだ?」

「わたしたち、赤ちゃんができたみたい」

マックの全身がびくんと動き、キャサリンはよろこびがどっとあふれるのを感じたが、それが自分のものかマックのものなのかはわからなかった。ふたりのものかもしれない。

サンフランシスコ
アーカ製薬

何者かに侵入されたミロン研究所では、現場となった建物から地元警察によって大量の証搬が運び出されました。武器は軍事用と見られますが、どの軍のデータベースにも登録されておりません。指紋やDNAは発見されませんでした。監視カメラを交換し、二度とこのようなことが起きないよう対策を練っております。セキュリティ会社の契約を打ち切り、クランシー・フリンという元将官の経営する、大変評判のよい会社と新たに契約を結びました。

徹底的に棚卸しをしましたが、研究所からはなにも盗まれていないようです。コンピュータ・システムも侵入された形跡がありません。わたしの考えでは、侵入者は目的を達成できなかったようですが、これを機にセキュリティを強化することにしました。


リーは報告書を書き終え、アーカ製薬の重役会に送ったが、どうせ重役連中は目を通しもせずに部下に読ませ、サインするのだろう。

それよりも、新しく興味深い研究に着手していた。アーカ製薬は、患者に気づかれずにfMRIを撮ることのできる携帯型の機器を開発した。現場で役に立ちそうなので、リーは助手に命じ、映画館や図書館、スポーツの試合場などで、こっそり人々の脳をスキャンさせていた。

そして、おもしろい結果が出ている。

だが、なにより興味深いことは、ある報告書だった。その報告書を読んだ者はいない。公になる前にリーが目を通し、執筆した研究者は事故にあった。

リーは、精神医学の研究所に勤めていたその研究者に患者の脳をスキャンさせるつもりで、新型ｆＭＲＩのプロトタイプを渡した。その研究所には、病気ではないが特異な才能を持っていると見られる患者が数人いた。研究者はひとりひとりの患者について膨大な資料を作った。その資料を読んだリーは、三名の患者が研究者の推測しているとおりのことができるのではないかと、ほぼ確信した。

ひとりは未来が読める。

もうひとりはアストラル投射、つまり体外離脱ができる。

三人目は念力（テレキネシス）を使える。

リーは三人の脳の画像をコンピュータのモニターに並べた。それぞれ、海馬傍回に、小さな白い点がある。普通は活発な活動が見られないとされている部分だ。モニターの上で指をすべらせ、三枚の画像を重ねると、それぞれの脳の小さな点がまったく同じ場所に重なった。

四枚目の画像をひらいた。キャサリン・ヤングのものだ。彼女が行方をくらます数週間前に、こっそり撮ったのだ。それをほかの三枚に重ねると、頭蓋の形は異なるものの、白い点がやはりほかと重なった。

キャサリン・ヤングの脳に、リーがほしくてたまらないものがある。

リーは、かならずそれを手に入れると決意していた。

訳者あとがき

リサ・マリー・ライスの近未来ロマンス『ゴースト・オプス』シリーズの第一作『危険な夜の果てに』をお届けします。

時は二〇二〇年代初め。神経学者のキャサリン・ヤングは、北カリフォルニアの山中で暴風雪に見舞われ、遭難しそうになっていた。ろくな装備もせずに冬山を登ってきたのは、わけあってマックという見知らぬ男を探さなければならなかったからだ。

死を覚悟したそのとき、黒ずくめの大男に助けられた。マックという人を探しにきたと告げたとたん、大男はキャサリンに目隠しをして拘束し、有無をいわせずどこかへ連れていく。たどり着いた先は、最先端技術を駆使して建設された、秘密のコミューンだった。明かりの下で大男の顔を目にしたキャサリンは、彼がマックだと確信する。

たしかに、彼こそがトム・〝マック〟・マッケンローだった。マックは〝ゴースト・オプス〟という、存在自体が極秘の特殊部隊に属していたが、一年前、信頼していた上官に裏切られ、チームメイトのニックとジョンとともに逃亡生活を余儀なくされ、その後、仲間となったお尋ね者たちと協力し、自給自足のコミューンを築いた。マックはコミューンのリーダーとして、仲間を守ることをみずからの任務と考えている。

マックはキャサリンの美しさに惑わされながらも、彼女が政府のスパイかもしれないと疑い、尋問に取りかかった。もし彼女がスパイなら、非情な決断をしなければならない。ところがキャサリンは、マックたちを裏切った元上官、ルシウス・ウォードに頼まれてここへ来たと告白した。ルシウスは認知症に似た病気を患い、キャサリンの勤務先であるミロン研究所で臨床試験の被験者になっているという。信じようとしないマックに、彼女は不思議な能力を使ってみせ、嘘ではないことを証明しようとする。

一方、ミロン研究所では、キャサリンの行方を追いはじめていた。実は、キャサリンは知らず知らず究極の兵器を開発する研究に従事していたのだ……。

これまで、サスペンスをきかせたエロティック・ロマンスを数多く発表しているリサ・マリー・ライスですが、一種のサイキックであるヒロインを登場させた本作で、新境地をひらきました。少女時代のライスはSFが好きで、よく読んでいたとのこと。それなのに、本書のような近未来ロマンスは書く気がしないと公言していました。そのライスがこうした要素を入れた作品を書くとは、読者にとってはうれしい心境の変化です。彼女の新しい魅力を知ることができたのですから。

もちろん、ライスは従来のファンの期待にもしっかり応えてくれています。リサ・マリー・ライスといえば、なんといっても強くたくましく、ヒロイン一筋の男らしいヒーローが特徴であり、人気の理由でしょう。

鍛えた体の持ち主で、出会った瞬間からヒロインに強く惹かれ、聖女を崇拝するかのように尽くす。ライスはそんな男性を書くことにこだわりがあるようで、どの作品でもみごとなまでにヒーロー像がぶれません。みんな似ているといえば似ているのですが、だからこそ、読者は安心してロマンスを堪能できるのではないでしょうか。

たとえば、ライスの描く男性は、ヒロインを誤解して怒ったりしません。ライスは「愛しあっているはずのヒーローとヒロインが、怒りをぶつけあうなんていやでしょう？　わたしにいわせれば、全体をぶち壊しにしてしまうわ」と述べています。なるほど、と思わずうなずく言葉です。

本作のマックも典型的なライスのヒーローです。不遇な子ども時代を送った元軍人で、体にも心にも傷を持ちながらも、愛する者を大事にし、キャサリンを文字どおり崇め、命をかけて守り抜こうとします。トレードマークとなっている激しいラブシーンもさることながら、マックがキャサリンについて思いをめぐらせる場面で著者の筆は冴え渡り、ページから熱いものがあふれてくるようです。

ヒロインのキャサリンも、みずからにかけられた〝呪い〟としか思えない特殊能力のせいで、幼いころから傷つけられてきました。その力から逃れるために研究生活に没頭するのですが、力はいつも強さを増して戻ってきて、キャサリンを悩ませます。けれど、マックと出会ったことがきっかけで、キャサリンはもてあましていた力をはじめて自分のものにするのです。

ずっと孤独だったふたりがともに幸せを見いだす物語は、温かな読後感を残しますが、危険は去ったわけではなく……。どうぞ、第二作をお待ちください。

ここで、リサ・マリー・ライスをはじめて読んだ方のために、公式なプロフィールから一部を抜粋しましょう。

三十歳から年を取らず、柳のようにたおやかな女性。世界じゅうの著名な文学賞を受賞している。考古学、原子物理学、チベット文学の上級学位を取得。コンサート・ピアニストでもある。リサ・マリー・ライスはバーチャルな女性で、エロティック・ロマンスを書くときだけキーボード上に現れ、モニターが切れると同時に姿を消す……。

なんともロマンティックなプロフィールですが、ライスはしばらくのあいだ覆面作家として活動していました。ひところは、ロマンス作家シャノン・マッケナの別名義では、いやじつは男性では、などと噂されていましたが、現在ではウェブサイトにポートレートをのせ

「輝く若さなんかとうの昔に失った、ただの……えーと、中年女で、基本的には一日じゅうパジャマ姿でパソコンの前に座ってる、なんていうのより、千倍はましでしょう？」と述べています。そして「リサ・マリー・ライスでいられてほんとうによかった！」とも。

彼女の言葉からは、自分のファンタジーを形にすることを心から楽しんでいるチャーミングな人が思い浮かびます。

本作を訳すのも楽しい作業でした。読者のみなさまにも楽しんでいただければ幸いです。

ザ・ミステリ・コレクション

危険(きけん)な夜(よる)の果(は)てに

著者　リサ・マリー・ライス
訳者　鈴木美朋(すずきみほう)

発行所　株式会社 二見書房
東京都千代田区三崎町2-18-11
電話 03(3515)2311［営業］
03(3515)2313［編集］
振替 00170-4-2639

印刷　株式会社 堀内印刷所
製本　株式会社 関川製本所

ISBN978−4−576−15020−8
http://www.futami.co.jp/